KERRY LONSDALE

TUDO O QUE DEIXAMOS PARA TRÁS

São Paulo
2019

Everything we left behind
Série Everything — Vol. 2
Copyright © 2016 by Kerry D. Lonsdale
All rights reserved.

Copyright © 2017 by Universo dos Livros
Todos os direitos reservados e protegidos pela Lei 9.610 de 19/02/1998.
Nenhuma parte deste livro, sem autorização prévia por escrito da editora, poderá ser reproduzida ou transmitida sejam quais forem os meios empregados: eletrônicos, mecânicos, fotográficos, gravação ou quaisquer outros.

Diretor editorial: **Luis Matos**
Gerente editorial: **Marcia Batista**
Assistentes editoriais: **Letícia Nakamura e Raquel Abranches**
Tradução: **Jacqueline Valpassos**
Preparação: **Jonathan Busato**
Revisão: **Luisa Tieppo e Geisa Oliveira**
Arte: **Valdinei Gomes**
Diagramação: **Rebecca Barboza**
Capa: **Damonza**

Dados Internacionais de Catalogação na Publicação (CIP)
Angélica Ilacqua CRB-8/7057

L847t

    Lonsdale, Kerry

    Tudo o que deixamos para trás / Kerry Lonsdale ; tradução de Jacqueline Valpassos. — São Paulo : Universo dos Livros, 2019.

    352 p. (Everything ; 2)

    ISBN: 978-85-503-0430-4

    Título original: *Everything we left behind*

    1. Ficção norte-americana 2. Ficção romântica I. Título II. Valpassos, Jacqueline

19-0757   CDD 813.6

Universo dos Livros Editora Ltda.
Rua do Bosque, 1589 - Bloco 2 - Conj. 603/606
CEP 01136-001 - Barra Funda - São Paulo/SP
Telefone/Fax: (11) 3392-3336
www.universodoslivros.com.br
e-mail: editor@universodoslivros.com.br
Siga-nos no Twitter: @univdoslivros

Aos meus pais, por não perderem a fé.

Prólogo
JAMES

SEIS MESES ATRÁS
18 DE DEZEMBRO
PUERTO ESCONDIDO, MÉXICO

Ele sonhou com ela de novo. Olhos azuis tão brilhantes e cálidos que marcaram a sua alma. Ondas de cachos morenos acariciavam seu peito enquanto ela se movia sobre ele, beijando sua pele aquecida. Eles se casariam em dois meses. Ele não via a hora de acordar com ela todas as manhãs e amá-la como esposa, exatamente como ela o amava agora.

Havia algo importante que precisava contar a ela. Algo urgente que precisava fazer. O que quer que fosse permanecia incompreensível nos recônditos nebulosos de sua mente. Ele afunilou o foco, aguçando o pensamento até poder...

Proteja-a.

Ele tinha que proteger sua noiva. Seu irmão a atacara. Ele a machucaria de novo.

Viu seu irmão, a convicção em sua expressão, beirava a insanidade. Estavam em um barco. Seu irmão portava uma pistola e proferia ameaças. Apontou-lhe a arma e não hesitaria em atirar; então, ele mergulhou na água. O mar estava bravo e arrastou-o para baixo. Sentiu-se afundando. Uma saraivada de balas atravessava a superfície e passava por sua cabeça e tronco, errando por pouco o alvo.

Ele nadou forte e rápido, seus pulmões queimando, impulsionado pelo maior medo com o qual já se defrontara. Tinha que protegê-la.

Ondas gigantescas e poderosas o arremessaram contra os grandes rochedos. Uma dor excruciante rasgou seu rosto e membros. O oceano o puxava, mas a vontade de proteger o amor de sua vida era mais forte. Ele tinha que chegar a ela antes que seu irmão a tocasse. A corrente o sugou sob a superfície. Ele flutuou, à deriva. De um lado para o outro, para cima e para baixo. Então tudo escureceu.

– ¡Papá! Papá! – gritou uma vozinha.

Os olhos dele se abriram de repente. Uma criança pequena saltou sobre ele, bagunçando os lençóis. Ele olhou para o menino, que ria enquanto pulava pela cama.

– ¡Despiértate, papá! Tengo hambre.

A criança falava espanhol. Ele quebrou a cabeça, cavoucando em seu passado os cursos de espanhol da época da faculdade. O garoto estava com fome, e o tinha chamado de "pai".

Onde diabos ele estava?

Sentou-se ereto e moveu-se para trás, batendo na cabeceira da cama. Estava em um quarto cercado por fotos emolduradas. Viu a si mesmo em muitas das imagens, mas não se recordava de elas terem sido tiradas. À sua direita, janelas davam para uma varanda e para a vista do mar mais além. *Que merda é essa?*

Sentiu o sangue sumir de seu rosto. O corpo repentinamente começou a suar frio. A criança pulou mais perto, girando em círculos quando se lançava ao ar.

– ¡Quiero el desayuno! ¡Quiero el desayuno! – o menino cantarolava.

– Pare de pular – ele grunhiu, erguendo as mãos para evitar que o garoto se aproximasse demais. Estava desorientado. Tentáculos de pânico deslizavam por sua garganta. – Pare! – ele gritou.

A criança congelou. Com os olhos arregalados, o menino o encarou por um breve instante. Então, voou da cama e saiu correndo do quarto.

Apertou bem os olhos, fechando-os, e contou até dez. Tudo voltaria ao normal quando os abrisse novamente. Estava estressado – trabalho, casamento, lidar com os irmãos. Devia ser essa a razão. Aquilo não passava de um sonho.

Abriu os olhos. Nada havia mudado. Respirações árduas explodiam de seus pulmões. Aquilo não era um sonho. Era um pesadelo, e ele o estava vivendo.

Na mesa de cabeceira, viu de relance um telefone celular. Apanhou-o e acendeu a tela. Seu coração descompassou quando leu a data. Era para ser maio. Como diabos poderia ser dezembro... seis anos e meio depois da data do casamento?

Ele ouviu um barulho na porta e virou abruptamente a cabeça. Um menino mais velho estava parado na soleira, seu rosto cor de café estava pálido.

– ¿Papá?

Ele sentou-se mais ereto.

– Quem é você? Onde estou? Que lugar é este?

Suas perguntas pareciam assustar o menino, mas, ainda assim, ele não saiu do quarto. Em vez disso, arrastou uma cadeira até o armário. Subiu em cima dela e pegou uma caixa de metal da prateleira superior. O menino mais velho levou a caixa até ele e digitou um código de quatro dígitos no teclado numérico. O trinco da caixa abriu-se. Ele levantou a tampa, e então recuou lentamente, lágrimas escorrendo por seu rosto.

Dentro da caixa de metal havia documentos legais – passaportes, certidões de nascimento e de casamento, junto a um atestado de óbito de uma tal de Raquel Celina Dominguez. Pendrives e vários discos de armazenamento de dados estavam guardados no fundo, juntamente a um anel de noivado. Ele conhecia aquele anel. Ela o usava. Segurou-o contra a luz, olhando fixamente, sem compreender. Por que ela não estava usando o seu anel?

Kerry Lonsdale

Devolveu o anel à caixa de metal e um envelope chamou sua atenção. Era destinado a ele: James. Rasgou o envelope, abrindo-o, e tirou uma carta dali de dentro.

Escrevo isto usando um tempo emprestado de alguém. Receio que chegará o dia em que me lembrarei de quem era e esquecerei quem eu sou. Meu nome é Jaime Carlos Dominguez.

Eu já fui conhecido como James Charles Donato. Se eu estiver lendo este bilhete sem nenhuma recordação de tê-lo escrito, saiba de uma coisa:

EU SOU VOCÊ.

Capítulo 1

JAMES

DIAS ATUAIS
21 DE JUNHO
SAN JOSE, CALIFÓRNIA

Morrer é muito mais fácil do que retornar à vida. A quantidade de papelada necessária para restaurar sua identidade é suficiente para drenar a vida de novo de seu corpo.

Talvez ele devesse ter ficado morto. Porque é certeza absoluta de que não há mais nada que valha a pena aqui para ele.

O pensamento percorre a mente de James como uma bola rebatida em um campo de beisebol, chocando-se com força na parede do campo. Ela deixa uma dor chata em sua têmpora e um vazio em seu peito.

Ele fita o horizonte de arranha-céus de San Jose pela janela do escritório do irmão Thomas, nas Empresas Donato. Os edifícios de vidro refletem o pôr do sol em tons radiantes de ouro e laranja. Seis anos e meio perdidos, e não há droga nenhuma que ele possa fazer, falando no sentido médico, para recuperar esse tempo.

Mas ele se lembra do dia em que deixou Aimee como se fosse ontem.

Ele caminha de um lado para o outro em frente à janela, atormentado pela conversa que tiveram na noite anterior à sua partida. "Ficarei longe por menos de uma semana, não dá nem tempo de você sentir minha falta." Então, ele a beijou e fez amor com ela. Seus dedos haviam acariciado a luz da lua em seus cabelos, enquanto lhe assegurava que seu futuro seria aquele que queriam, com ele livre de sua obrigação para com as Empresas Donato. Ele queria dedicar-se à arte. Sua boca percorrera as linhas flexíveis de suas coxas, a curva de suas panturrilhas, enquanto prometia cuidar dela pelo resto de sua vida.

Mas ele fracassara em cumprir essa promessa. Falhara com ela.

Tanto tempo perdido. Tanto de sua vida perdida. Seu lar. Sua arte. Sua identidade.

O amor de sua vida.

Aimee.

Seu nome passa através dele como um sussurro.

Será que ela sabe que ele retornou aos Estados Unidos? Será que sabe que *ele* está de volta, o seu James?

Ela não o via desde que o encontrara no México, mais de cinco anos antes. Descobrira que ele ainda estava vivo, e não morto, como seu irmão Thomas fez todos acreditarem. O idiota até havia organizado o funeral de James e comprado uma lápide para o jazigo da família.

Para protegê-lo, foi o que Thomas lhe dissera, senão Phil teria tentado matá-lo novamente para salvar o próprio rabo.

Thomas aproveitou-se de sua amnésia, que, no caso de James, consistira num branco total da informação autobiográfica. Seu irmão chegara ao ponto de criar uma nova identidade para ele, uma nova vida.

Jaime Carlos Dominguez. Artista. Viúvo. Pai.

Ele não tem lembrança alguma da viagem de Aimee para o México. Lembrança alguma de se apaixonar por sua fisioterapeuta, Raquel; de casar-se com ela; adotar o filho dela, Julian; gerar o filho Marcus; e da morte dela, durante o parto de Marcus. Não tem lembrança alguma de nada do que Thomas lhe contara sobre o que ele, como Carlos, fez no México. Ele nem ao menos consegue se recordar de *como* foi parar no México.

Ele não se lembra de nada das horas que o levaram a perambular por Playa Zicatela, ensanguentado, atordoado e confuso, sem fazer ideia de quem era ou de onde viera.

O que ele tem, no entanto, são mais de seis anos de diário de Carlos, todos arquivados ordenadamente em um pendrive. Escritos diários que pararam dois dias antes de James se manifestar.

O maldito homem mantinha um diário.

James produz um estranho ruído na parte de trás da garganta. É irônico. Sempre que xinga Carlos, ele simplesmente está xingando a si mesmo. Mas pensar em si mesmo como alguém separado de Carlos tornou mais fácil aceitar o tempo perdido.

Há muito a respeito do homem que Carlos era e que James não compreendia. A única coisa que ele consegue entender, entretanto, é a paranoia de Carlos de perder sua identidade. Pois quando James emergiu de seu estado de fuga, dando de cara com todas as revistas e jornais ali empilhados, mosaicos de fotografias emolduradas recobrindo as paredes, e uma caixa fechada com os detalhes da curta vida do homem, Carlos deixara este mundo para sempre.

James pensa nos itens naquela caixa. Fotos, certidões de nascimento e de óbito. O anel de noivado de Aimee.

Seus dedos ásperos esfregam as bordas do anel solitário de diamante enfiado no fundo do bolso da calça. As calças finas de gabardina arranham as coxas acostumadas a usar shorts. E o anel é um sólido e frio lembrete de que, pelo resto da vida, ele pagará por seus erros com mais do que cicatrizes físicas que desfiguraram seu corpo de trinta e seis anos. A feia cicatriz estendendo-se da têmpora direita à mandíbula, a ponte do nariz consertada, mas que não ficara totalmente perfeita, o talho de tecido rígido em seu quadril – um rastro de bala, ele suspeita. Com essas cicatrizes ele pode lidar. O que não consegue superar, o que ainda não entrou na sua cabeça, é que nunca compartilhará sua vida com Aimee, porque ele fodeu com tudo.

James pensa em seus filhos esperando por ele na sala de reuniões. Julian, de onze anos, o odeia. Está convencido de que James não quer mais ser pai deles, que ele irá despachá-los para o Havaí para morar com a tia, a meia-irmã de Raquel, Natalya Hayes. Marcus, de seis anos, tem andado desconfiado dele desde o primeiro dia em que o pai começou a falar inglês. James não é o mesmo *papá* de antes.

Só Deus sabe como fará para conseguir que seus filhos sejam radicados em um novo lugar, ainda por cima em um país que é estranho a eles, e que confiem nele como seu pai, enquanto tentam recomeçar uma vida juntos.

Uma vida da qual Aimee não fará parte.

James inspira, uma dor profunda atravessando-lhe o peito.

— Ela não vai vê-lo.

Ele fecha o anel de noivado em sua mão e vira-se lentamente da janela para fuzilar o irmão com o olhar. Thomas senta-se atrás de sua mesa, tamborilando aleatoriamente uma caneta Montblanc contra a superfície de vidro. As orelhas de James contraem-se, detectando o barulho. O som é irritante. Ele aperta com mais força o anel em sua mão e o diamante fere sua palma. A vontade de dar um soco em Thomas, sentir o ranger da cartilagem vibrando em seu braço — esse sentimento o consome. Quase.

Segura a onda, James.

Thomas encontra o olhar furioso do irmão, com uma sobrancelha arqueada, como se o desafiasse a contestá-lo.

— Como você poderia saber? — James pergunta, virando de volta para a janela. — Você não a vê há cinco anos.

As batidas na mesa cessam.

— Eu não falei com ela.

No último mês de dezembro, quando James bombardeou Thomas com perguntas sobre Aimee, ele não pôde respondê-las. Aimee havia pleiteado, e o tribunal concedera, uma ordem de restrição temporária contra o seu irmão, imediatamente após regressar aos Estados Unidos. Ela não queria ter mais nenhum envolvimento com Thomas ou com a família Donato; por isso, à exceção de alguns e-mails trocados depois de a ordem ter expirado, Thomas a deixou em paz.

James não culpa Aimee. Se não fosse tão dependente da ajuda de Thomas para se restabelecer, também teria cortado o contato com o irmão. Ele até pensou em processar Thomas por violar seus direitos humanos. Mas a própria vergonha, bem como o respeito por sua mãe, o detiveram. Os três filhos de Claire Donato já haviam feito o suficiente para destruir a família. Além disso, James merece o que aconteceu com ele. É por causa de seus próprios erros que ele acabou onde estava, abandonado e praticamente esquecido.

— Eu tenho visto Aimee — Thomas murmura.

James vira o anel em seu mindinho. Ele apoia o antebraço contra a janela, bate no vidro com um dedo e fica se perguntando se Thomas está falando a verdade. Aimee desejaria vê-lo?

As rodas da cadeira deslizam sobre a trama firme do carpete, e o farfalhar característico do tecido elegante e customizado perturba o ar. Thomas dirige-se até ele e fica ao seu lado na janela.

— Los Gatos é uma cidade pequena. Passo pelo café quase todo dia. É difícil não ver Aimee ou Ian. Ou a filha deles.

James apoia a testa contra o braço curvado que suporta seu peso.

— Ela teve que seguir em frente — diz Thomas. — Filha. Marido. Ela ama Ian. Está feliz.

James sabe disso, soube desde o dia em que tentou ligar para ela dezembro passado e tudo que encontrou foi um número desativado. Ele nunca sentira tanto medo na vida.

Conseguiu entrar em contato com Thomas, entretanto. Seu irmão atendera no primeiro toque do telefone. Então, lá estava ele, no México, vinte e quatro horas depois, e lhe contou tudo.

Thomas bate no ombro de James.

— Não ferre com o casamento dela.

— Como você ferrou com a minha vida?

Thomas se encolhe.

— Eu lhe disse, tentei consertar isso. Você, quando era Carlos, não queria nada comigo. — Ele inclina o rosto para o tráfego do entardecer lá embaixo. Com as mãos nos bolsos, brinca irrequieto com a caneta. — Eu não podia forçá-lo a deixar o México, não importava o quanto tentasse convencê-lo.

O sol desaparece no horizonte, e o céu escurece. Seus reflexos no vidro se tornam mais distintos a cada momento que passa. James percebe pela primeira vez em suas vidas que ele é maior do que Thomas. Ele também parece muito mais jovem do que os dois anos que o separam de seu irmão mais velho.

Foi o que mais surpreendeu James quando ele viu o próprio reflexo naquele mês de dezembro: o quanto tinha envelhecido. Os cabelos longos como os de um surfista e a pele do rosto coberta de cicatrizes tinham sido um choque. Seis anos e meio haviam aprofundado os vincos ao redor de seus olhos e boca, endureceram a pele ao redor de suas costelas como se ele houvesse sido assado frequentemente sob o sol mexicano. Mas Carlos conservara seu corpo na melhor forma. Entre praticar corrida e *mountain bike*, ele mantivera um estilo de vida ativo e ao ar livre.

Thomas não se saíra tão bem. Seu estresse ficava evidente nos cabelos cinzentos e opacos cortados bem rente à cabeça, na pele pálida carente de vitamina D, e sua constituição física, mais magra do que a de James, sugere que sobreviva apenas de cafeína, charutos e uma dieta líquida. O bar do escritório de Thomas está bem abastecido, e é impossível evitar o cheiro de queimado rançoso dos charutos do irmão quando se está perto dele. O acentuado odor de fumo no terno de Thomas atinge-lhe o olfato, quase fazendo os olhos de James lacrimejarem.

É difícil de acreditar que Thomas fará quarenta em menos de dois anos. Ele parece muito mais velho.

— Não planejo ver Aimee — assegura James com um suspiro de resignação. Pelo menos não por enquanto. Ele não tem certeza se consegue suportar vê-la, sabendo que já não é mais dele.

Ele se afasta da janela e para próximo à mesa de Thomas. Um grande envelope descansa sobre o tampo, dirigido a ele.

– É isso aqui?

– Sim, chegou esta manhã.

James abre o envelope, dá uma olhada nos itens. Uma escritura e chaves da casa de seus pais. A mãe mudara-se vários anos antes para uma luxuosa comunidade de aposentados após a morte de seu pai. Agora, a casa é dele, um lugar para criar os meninos. Ele pretende vendê-la o mais rápido possível.

Examina o restante da papelada. Uma lista de números de contas bancárias e de investimento, formulários de matrícula escolar para os meninos. Chaves de carro. Uma nova vida.

Se fosse assim tão simples...

James pensa nos filhos. Por culpa dele, tudo o que era familiar em suas vidas desapareceu: a casa, a escola e os amigos. Eles perderam a mãe e, mais recentemente, o pai que conheciam. E, de acordo com Julian, James deixava muito a dever como substituto.

– Esta semana, vendi a sua participação restante nas Empresas Donato. A casa de mamãe e papai é sua para fazer o que quiser com ela – explica Thomas. – Tudo o que você enviou do México está lá. Guardei suas telas encaixotadas.

James retira um documento do envelope. Thomas se junta a ele na mesa e bate no formulário com a caneta.

– Os meninos estão matriculados no Saint Andrew's. – O mesmo colégio particular no fim da rua onde ele e Thomas cresceram. A mesma escola que frequentaram.

– Eles têm um excelente programa que ensina o inglês como segunda língua.

– Eles falam inglês fluente. Ao que parece, eu me empenhei nisso – James caçoa.

Ele enfia de qualquer jeito a papelada de volta no envelope e o bate contra a coxa. Quer ir embora. Está cansado e faminto, e sabe que os meninos também estão. Eles haviam ido direto para o escritório de Thomas depois que o voo vindo do México aterrissou.

– Você ainda precisa de algo de mim?

Thomas balança a cabeça negativamente.

– Já terminamos, então. Eu ligo, se precisar de alguma coisa. Caso contrário, não espere notícias minhas. – *Nunca mais*, James gostaria de acrescentar. Mas parece que, quase todo lançamento da vida que ele corre para apanhar, Thomas está lá para interceptar a bola. *Roubo de bola!*, deseja gritar. Tudo que ele precisa é que Thomas o deixe em paz e pronto.

James se vira para partir.

– A pena de Phil termina na próxima terça-feira – comenta Thomas, quando James chega à porta. – Ele vai sair. É um homem livre. – Ele estende os braços, as palmas para cima.

– E você está me contando isso só agora? – James olha fixamente para o irmão. Ele achava que Phil tinha mais alguns meses para cumprir. Seus olhos se estreitam. – Há quanto tempo sabe disso?

Thomas volta a fixar a atenção na caneta que segura.

– Maldito seja. – Ele sabia dessa informação tempo o bastante para que James pudesse ter se mudado para qualquer lugar que não ali. Mas Thomas estava determinado a consertar tudo o que pudesse na vida de James, o que incluía fazê-lo voltar para Los Gatos.

– Já lhe disse que Fernando Ruiz, o líder do cartel de Hidalgo, foi capturado, julgado e condenado. Eu duvido que Phil mantenha qualquer associação com o cartel. Ainda assim – Thomas batuca a caneta contra a articulação do polegar –, mantenha seus olhos abertos. Não temos nada a não ser o meu instinto me dizendo que ele tentou matá-lo, e não faço ideia do que fará quando sair. Ele ainda não sabe que você está vivo.

James dá um soco na porta.

– Meu Deus, Thomas, fala sério! Você deveria ter contado pra ele. – James pensou que teria tempo para visitar Phil *antes* de ele sair da prisão. – Você acha mesmo que ele virá atrás de mim de novo? Para quê? Tudo está resolvido. Os federais pegaram o cara deles e você meteu Phil na prisão.

– Phil irá atrás de você se tiver algo a ver com sua tentativa de assassinato.

– Nós não sabemos se ele, ou qualquer outra pessoa, aliás, tentou me matar – ressalta James. – Não consigo me lembrar de nada.

– Nada mesmo?

– Não.

Thomas pragueja em voz baixa.

– Você me diria caso se lembrasse de algo, não é? Certifique-se de entrar em contato comigo assim que o fizer.

James lhe dispensa uma assentida pouco entusiasmada. Pode ser importante para Thomas, mas, para James, o que aconteceu, aconteceu. Ele estragou as coisas, perseguindo Phil sem ter qualquer tipo de plano em mente. Ficara furioso por Phil ter atacado Aimee, enojado por Thomas não demonstrar nenhum interesse em deter sua lavagem de dinheiro, e estava bravo com a forma como Phil planejava arruinar a família. No fim das contas, James falhou com todo mundo, especialmente com Aimee.

Com um puxão, ele abre a porta, uma placa sólida de mogno.

– James.

Ele vira a cabeça na direção de Thomas, mas não o olha.

– É bom ter você de volta.

James sai do escritório e fecha silenciosamente a porta atrás de si. Espia pelo corredor, aliviado por ver que seus filhos ainda estão na sala de reuniões. Os garotos que Carlos não havia confiado a James para criar.

Capítulo 2
CARLOS

CINCO ANOS E MEIO ATRÁS
1º DE DEZEMBRO
PUERTO ESCONDIDO, MÉXICO

Aquele cara que viera com Aimee estava espreitando do lado externo do bar da praia do Casa del Sol. Ian, esse era seu nome. Com a câmera dependurada no ombro, ele olhava para mim de vez em quando. Por que ainda estava aqui? Devia ter partido junto com ela.

Imelda Rodriguez, proprietária do hotel e mulher que se apresentou como minha irmã, me disse que Aimee tinha voado para casa no dia anterior, algumas horas depois de eu tê-la deixado no hotel. A única razão pela qual sabia disso era porque eu havia passado no hotel novamente esta tarde para dar uma mensagem clara a Imelda: fique longe de mim e dos meus filhos. Ela não era minha irmã nem tia deles. Eu não a queria em nossas vidas. Ela havia conspirado, manipulado, mentido. Tudo isso para que não perdesse seu hotel, do qual atrasara os pagamentos. Thomas Donato a pagara para sustentar a vida fabricada que ele havia criado para mim.

Eu ainda não sabia por que ele sentira necessidade de envolver Imelda. E naquele momento eu não dava a mínima. Sentado no bar, entornei uma dose de Patrón e enxuguei a boca com as costas da mão.

Dois dias antes, Imelda confessara que eu não era Jaime Carlos Dominguez. Meu nome era James Charles Donato e eu estava vivendo em um estado de fuga dissociativa há dezenove meses. A qualquer hora, qualquer dia, em qualquer lugar, eu poderia sair disso. Pá! Eu seria James novamente. O verdadeiro eu. Quando isso acontecesse, perderia todas as lembranças que tivera desde aquele dia em que acordei no hospital ao zumbido de máquinas, com tubos serpenteando dos meus braços e o fedor sufocante de sangue seco, antisséptico e meu próprio corpo imundo. Não tinha ideia de quem era ou de onde vinha. Eu não tinha sequer uma única lembrança na cabeça, a não ser aquela primeira. A de um médico assomando-se sobre mim e perguntando pelo meu nome.

Quando eu emergisse da fuga, esqueceria o quanto amara minha falecida esposa, Raquel, e meus filhos. Eu não me lembraria do abraço de Julian quando ele ficou sabendo que eu o havia adotado como filho, nem recordaria a primeira vez que Marcus apertou o meu dedo e me deu um sorriso desdentado.

Eu esqueceria quem eu era agora. Jaime Carlos Dominguez.

Durante dezenove meses, eu não estava vivendo uma mentira. Eu *tinha sido* uma mentira. Um homem com uma identidade falsa e sem passado.

Quanto ao meu futuro, parece que não tenho um. Meu cérebro giraria a chave de Carlos para James, e o homem que eu era hoje desapareceria amanhã. E, quando isso acontecesse, meus filhos teriam um pai que não os conhecia, e talvez não os desejasse.

¡Dios! O que acontecerá com meus filhos?

Entorno mais algumas doses e engulo a tequila, que desce queimando. Prometi a mim mesmo que iria para casa depois de ver Imelda, mas, que droga, eu precisava de uma bebida, ou duas. Viro outra dose. Mais uma, para fechar cinco.

A tequila desce mal. Silvo pelos dentes, socando meu esterno com um punho, então tusso.

Olho para meu relógio de pulso. Ótimo, tenho algum tempo para ficar à toa antes de voltar para casa. Natalya, a meia-irmã da minha falecida esposa, estava cuidando dos meninos. Como representante dos negócios de seu pai, as pranchas Hayes, ela estava na cidade para o *torneo de surf* anual de Puerto Escondido. Ela planejava partir esta manhã, mas, em virtude da bomba nuclear lançada no fim de semana passado, estenderia sua estada por mais uma semana. Eu precisava lidar com as consequências sem ter que me preocupar com quem estava cuidando de Julian e Marcus.

E precisava de outra dose.

Servindo-me de mais tequila, esvazio as doses em rápida sucessão – uma, duas, três –, batendo o copo no balcão depois de cada rodada. Depois de mandar goela abaixo minha nona dose, olho para o meu reflexo no espelho atrás do balcão. Olhos injetados encravados num rosto com três dias de barba por fazer me encaram de volta. O espelho se inclina.

– Opa, vai com calma – diz o cara no banco ao meu lado. Ele me empurra de volta para o assento.

– *Lo siento*. – Curvo-me sobre os cotovelos e abaixo a cabeça em minhas mãos.

– Não se preocupe, cara. – Ele bate nas minhas costas empapadas de suor. Os cabelos desbotados pelo sol caem sobre sua testa. Ele os atira para trás com uma virada de cabeça e sorri.

– Você encerra por aqui, Carlos. Parei de servi-lo, amigo – avisa Pedro, o barman, falando em espanhol. Ele retira o meu copo, deslizando-o sobre o balcão, e o oculta astutamente dentro da pia, onde colide contra outros copos sujos.

Agarro a garrafa de Patrón, o dedo de bebida remanescente chacoalhando no interior, e desço cambaleando do meu banquinho. Pedro grita para mim enquanto vou embora. Aceno com a mão por trás da cabeça.

– Põe na minha conta.

Afasto-me vagarosamente do deque do bar e desabo na areia. O sol do fim da tarde queima meu rosto, cegando-me temporariamente.

Apertando os olhos para evitar o brilho, eu me arrasto pela areia e busco refúgio sob a sombra de uma palmeira solitária. Ela não proporciona nenhum alívio do calor seco.

Tampouco a tequila, penso, limpando o suor da minha testa. Eu ainda era o cara com nome falso e futuro condenado. E não tinha um pingo de controle sobre isso.

Recostando-me contra o tronco da palmeira, fito o sol mergulhando no horizonte do oceano. A bile se acumula em minha garganta, e meu estômago gorgoleja daquele jeito inquieto que avisa "preciso vomitar". Esfrego a frente da minha camisa e olho para a lata de lixo ali perto. Uma câmera solta um disparo.

Franzo o cenho para o fotógrafo.

Ian baixa a câmera, deixando-a dependurar-se pela alça sobre o ombro. Ele usa a mão como viseira, fazendo sombra em seu rosto.

– A iluminação está fenomenal. Foi uma boa foto.

Mostro o dedo médio para ele.

Ele levanta as mãos, as palmas viradas para a frente.

– Ei, eu deveria ter pedido.

– Esqueça isso. – Eu provavelmente esqueceria. Um dia. Ofereço-lhe a garrafa quase vazia. – A fim de um gole?

Ele apanha a garrafa, enxuga a boca do gargalo com a camisa, e bebe. Seus lábios esticam-se numa linha fina sobre os dentes enquanto a acidez da bebida desce para o estômago. E devolve a garrafa, agora vazia.

– Por que ainda está aqui?

Ele encaixa uma tampa na lente.

– Imelda está procurando algumas informações para mim.

Eu arremesso num arco a garrafa de Patrón à lixeira mais próxima e erro o alvo. Ela cai na areia. *Droga*.

– Eu não confiaria em nada que ela lhe dissesse.

– Minha situação não tem relação com a sua.

– Quer dizer que ela não foi paga para mentir para você? – Eu me afasto da árvore e o horizonte se inclina.

— Se segura aí, cara. — Ian agarra meu braço. Ele apanha a Patrón e sacode a garrafa para mim. — Você tomou esse troço todo? — pergunta, atirando-a no lixo. Ela bate sobre uma pilha de garrafas de Corona vazias que sobraram do *torneo*.

Faço que não com a cabeça. *Não, graças a Deus*. Eu estava bêbado, não em coma alcoólico. A garrafa estava em menos da metade quando Pedro começou a me servir doses. Falando nisso...

— Preciso de outra. — Eu me afasto da árvore aos tropeções.

Ian cruza os braços.

— Você é igual a ele, sabe.

— É óbvio que eu pareço James. — *Seu idiota*.

Ele acena com a cabeça na direção do saguão do Casa del Sol.

— Eu estava falando do seu irmão Thomas.

O babaca que orquestrou a bagunça que está a minha vida. Definitivamente, não era a pessoa que eu queria encontrar. Eu não poderia ser responsabilizado pelo que faria se o encontrasse. Ele descobriria em primeira mão como é se recuperar de uma cirurgia facial reconstrutiva e ligamentos dos ombros.

Essa era a minha segunda lembrança. Abrir os olhos e ver uma mulher sentada ao lado da minha cama. Ela usava uma blusa branca e uma saia cinza, suas pernas bem torneadas cruzadas e inclinadas para o lado. Estonteante, esse foi meu primeiro pensamento sobre ela. Como uma modelo exótica de um catálogo de roupas de grife. Ou aquelas retocadas à perfeição nas páginas brilhantes de uma revista, como a que ela própria estava folheando. Levantei a cabeça para ver o que ela estava lendo e gemi com a dor aguda que explodiu no meu ombro.

Sua cabeça virou-se rápido na minha direção. Ela jogou a revista de lado e se inclinou sobre mim. Sua mão encontrou a minha, macia e fria ao toque e, quando sorriu, seus olhos cor de cacau brilharam.

— Não se mova; você precisa descansar — ela disse com uma voz tranquilizadora. — Seu nariz e maçãs do rosto tiveram que ser reconstruídos. Quanto menos você se mexer, menos dor sentirá. — Seus dedos movem-se sobre meu rosto, chamando minha atenção para as ataduras que envolvem minha cabeça.

Ela acena com a cabeça na direção do meu ombro direito.

– Você o deslocou. – Ela explicou que o inchaço tinha finalmente diminuído o bastante para o doutor Mendez colocar a articulação de volta no lugar com um estalo. Eu tinha que mantê-lo imobilizado, depois precisaria de fisioterapia.

Meu olhar percorreu seu rosto, os ângulos pronunciados das maçãs e a linha reta do nariz, sugerindo ascendência europeia. Franzi o cenho. Como eu poderia saber disso quando sequer fazia ideia de quem era ela, nem ao menos o meu próprio nome?

– Quem é você? – sussurrei pelos lábios esfolados.

– Imelda. – Ela esfregou as palmas sobre a parte da frente da saia. – Imelda Rodriguez. Sou sua irmã, e vou cuidar de você, Carlos. *Sí?*

– *Sí*.

Eu tinha uma irmã.

Eu não sabia por que isso era importante. Era mais uma sensação do que um pensamento. Essa mulher iria tomar conta de mim enquanto eu sarava. Naquele momento, eu me senti seguro.

Enquanto olhava para Ian, a poucos passos de distância, um sentimento desconfortável espalhou-se dentro de mim, potencializado pelo mal-estar provocado pela ingestão de muito álcool num intervalo de vinte minutos. Fiquei me perguntando se eu estava mais seguro hoje do que estivera antes de entrar no estado de fuga.

Pedro havia deixado seu posto no bar e fora para os fundos, provavelmente para fumar. Ele jamais iria saber se eu voltasse de fininho para tomar mais uma dose.

– Vou pegar uma bebida. Quer?

Ian balançou a cabeça e enfiou as mãos nos bolsos de sua bermuda cargo.

– Beber até esquecer não vai resolver seus problemas.

Bufei com desprezo.

— É, seu irmão está bebaço, também. Tem sido uma figurinha permanente no bar do saguão desde que chegou, dois dias atrás.

— Estou pouco me lixando. Quanto a meus problemas, essas doses fizeram um trabalho fenomenal me deixando esquecer deles. — Comecei a me afastar.

— Posso lhe dar um conselho?

A areia quente debaixo dos meus pés e o álcool que consumira estavam fazendo meu corpo derreter de suor. Cambaleei enquanto o encarava. Ian não disse nada, só inclinou a cabeça e ergueu ambas as sobrancelhas, esperando. Suspirei, fazendo movimentos em círculo com a mão para que prosseguisse. *Vai, cara, fala logo*. Eu precisava seguir em frente.

— Converse com ele — Ian aconselhou.

— Sério? — zombei, e comecei a me afastar de novo.

— E, então, desça o cacete nele. Confie em mim, vocês dois se sentirão melhor.

— Não quero vê-lo — eu disse, a fala enrolada, a língua parecendo mais grossa. Talvez não devesse tomar outra dose. Eu não precisava, ainda por cima, de Imelda tendo que me carregar para casa.

— Como quiser. — Ian fez um rápido contato visual antes de tocar sua testa e me lançou uma saudação com dois dedos unidos na direção em que começou a caminhar. Provavelmente estava indo arrumar as malas para o voo de retorno aos Estados Unidos. De volta para Aimee.

— Você a ama — afirmei quando ele alcançou os primeiros degraus, onde o pátio do hotel beijava a praia arenosa.

Ele se virou e encontrou meus olhos com determinação.

— Sim, amo. Muito.

— Trate-a bem. Parece que eu não fiz um bom trabalho.

Ele assentiu brevemente e apressou-se pelos degraus, subindo-os de dois em dois.

Meu telefone vibrou. Uma mensagem de texto da Natalya.

> Você estará em casa para o jantar?

Limpei o suor dos olhos e teclei a resposta.

> Não. Não esta noite.

Eu não queria aparecer bêbado. Não antes que os meninos fossem para a cama. Eles não precisavam ver como seu pai estava destruído. Mas Natalya...

> Espere por mim acordada. Por favor.

Sua resposta zune para mim em segundos.

> Espero. Cuide-se.

Eu a preocupei. Ela me disse isso quando lhe contei minha trágica história como um peixe recém-pescado cortado, esfolado e já sem espinhas. Eu me sentia como esse peixe fora da água. Virando-se de um lado para o outro e sufocando. Debatendo-se enquanto tentava conferir sentido a tudo aquilo. As mentiras, a enganação. O abandono. Minha família tinha me deixado aqui, como um chinelo descartado perdido na areia. Natalya me encarara, seus olhos do tamanho da lua cheia do lado de fora da porta do meu quarto, sua mandíbula trêmula. Então ela chorou e tentou me consolar. Eu não queria sua solidariedade, e especialmente não queria sua pena. Em vez disso, esmurrei a parede e saí para correr. Corri muito, e rápido, por quilômetros. Porque, se eu ficasse, ela me veria chorar também.

Deslizando o telefone de volta para o bolso, olhei para o mar e refleti a respeito de onde ir. Ao meu lado, estava o bar da praia. Atrás de mim, o hotel. Ian desaparecera no interior do saguão, e Thomas estava em algum lugar lá dentro. Provavelmente no bar. *Você é igual a ele.* As palavras de Ian retornaram como ondas que continuavam chegando. Esqueça a tequila. Eu precisava pintar.

Examinei minhas pinturas anteriores ao estado de fuga, aquelas que Thomas tinha enviado para cá sob o pretexto de que eram minhas. Estudei-as como se as estivesse vendo pela primeira vez. Essas eram dele. Quero dizer, minhas.

De James.

Tanto faz.

Percorri rapidamente as telas, apoiando uma na outra contra as minhas canelas. Pinturas de paisagens que eu só poderia presumir que contemplara um dia. Uma floresta de carvalhos à luz do entardecer. Um prado ao pôr do sol. Um mar em tons de ardósia e pedra. Onde ficavam esses lugares? Que significado possuem para ele?

Ele não. Eu, corrigi. Que significado possuem para *mim*?

Nenhum. Não significam merda nenhuma.

Empurrei com força as pinturas de volta contra a parede e arrastei a janela, abrindo-a. A brisa do fim da tarde, carregada com sal do oceano, e a fumaça das churrasqueiras nas calçadas abaixo invadiram a sala. Suguei o ar pungente e uma dor penetrante atravessou meu crânio, esmagando meu cérebro como uma espátula num montinho de tinta acrílica. Pressionei a palma da mão contra a testa. A ressaca do dia seguinte seria terrível.

No canto mais distante do meu estúdio particular, pinturas de retratos parecidos com Aimee zombavam de mim. Eu a vinha pintando há mais de um ano, a mulher que eu buscava em meus sonhos. Sua imagem foi mudando de pintura para pintura até se tornar quase uma réplica exata da mulher que encontrei chorando do lado de fora do meu estúdio.

Esse tinha sido o toque final para ferrar minha cabeça, vê-la sentada ali; tocar a mulher que me deixara confuso nas noites em que veio até mim. Sempre o mesmo sonho – sempre eu estendendo a mão para ela, beijando seus lábios macios até que ela desaparecia, deixando meus braços vazios e a alma desejosa. Ansiando por alguma coisa. Ou será que tinha sido essa outra parte minha, o James em mim, que ansiava por ela?

Tais sonhos misturavam emoções primárias. Alegria, tristeza, raiva e medo. Todas elas, com exceção do medo, dissipavam-se quando eu acordava sobressaltado, ofegante. O medo permanecia cravado em mim muito depois de eu acordar com os lençóis ensopados de suor emaranhados em torno das panturrilhas. Algumas noites, levava horas para voltar a dormir. Em outras, ficava acordado até os primeiros raios de sol da manhã. Punha meus tênis de corrida e partia para a rua com o intuito de queimar o medo.

Mas ele nunca desaparecia por completo. Agora eu sabia. Para ser franco, senti medo desde o dia em que acordei no hospital. Eu achava que a perda de memória ocasionava esse medo, quando talvez fosse alguma outra coisa me alertando de que tudo o que Imelda e os médicos me disseram sobre meu passado havia sido fabricado. Alguma parte enterrada dentro de mim sabia que tudo era uma mentira. *Eu* era uma mentira.

Esfreguei o rosto com as duas mãos, odiando aquele pesadelo. Eu detestava aquela imagem de Aimee me atraindo. Ela representava tudo o que eu não conseguia lembrar, e tudo o que perderia. Maldita fosse ela. Maldita fosse!

Soltei um berro, agarrando uma das versões mais antigas de sua imagem e golpeando-a contra a mesa. A moldura de madeira arrebentou. Bati novamente o quadro. De novo, e de novo, e de novo. Meu Deus, eu a odiava. Odiava sonhar com ela. Odiava o fato de que tivesse vindo me procurar. Ela arruinou minha vida. *Não!* Bati com força a tela contra o tampo da mesa. Imelda arruinou minha vida. Thomas me ferrou completamente. Eles destruíram as chances de os meus filhos terem uma vida normal.

O suor brotava pelo meu corpo e as veias saltavam em meus braços enquanto fazia o possível para destruir a pintura. A moldura de madeira ficou em pedaços, e a tela, toda rasgada. Fui ofegante atrás de outra.

– James!

Girei, os dentes arreganhados. Thomas estava em pé na entrada, calças sociais amassadas e camisa branca desabotoada na altura do pescoço, as mangas enroladas até os antebraços e o paletó pendurado sobre o ombro. Seu cabelo estava despenteado, e os olhos castanhos, desvairados. Tínhamos a mesma cor de olhos.

Sorri com desdém. Ele se agarrava ao batente da porta, o peito arfava como se tivesse corrido. Há quanto tempo estava ali? Quantas vezes chamara pelo meu nome?

Não, ele não chamara pelo *meu* nome. Eu não era James.

– Não faça isso, James. Não destrua suas pinturas.

– Esse não é o meu nome – vociferei. – Eu não sou *ele*. – Eu não queria ser ele. *Eu sou eu*. Meu corpo, minha vida.

– Tudo bem, Carlos. Não me importo com o nome que você vai usar. Você ainda é meu irmão.

Apontei um dedo para ele e encurtei a distância entre nós.

– Você não é meu irmão. – Esmurrei-o no queixo. Sua cabeça estalou. Ele cambaleou alguns passos para trás. A dor abrasadora irradiou dos nódulos dos meus dedos para o ombro, estremecendo o meu braço. *Isso doeu*. Sacudi a mão.

Thomas segurou-se no batente da porta para recuperar o equilíbrio. Pressionou os dedos no queixo, movendo a mandíbula.

– Droga. Acho que mereci isso.

Ele merecia muito mais. Queria esmurrá-lo novamente, bater até que o nariz *dele* estivesse destruído, e a maçã do rosto, quebrada.

Ele tinha que ir embora. Precisava ir embora *agora*. Apontei o dedo em sua direção.

– Saia daqui. – Eu tinha dois filhos com os quais me preocupar. Se eu chegasse em casa bêbado, machucado e ensanguentado, Natalya ficaria furiosa e Julian faria perguntas. Ele tinha quase seis anos, e era inteligente. Saberia que seu pai havia se metido numa briga e iria querer saber por quê.

¡Mierda! Como eu conto para eles sobre mim?

Não vou fazer isso. Por enquanto não. Eles são muito pequenos para entender. Com a minha cabeça ferrada, eu mesmo mal consigo compreender.

Flexionando os dedos, dei as costas a Thomas. Apanhei a tela danificada do chão. Tinha se partido ao meio, rasgada exatamente nos lindos olhos que me enfeitiçaram por meses. Joguei a pintura arruinada sobre a mesa, perguntando-me se Aimee me visitaria novamente nos sonhos agora que sabia quem ela era. Será que aquela outra parte de mim ainda tentaria se comunicar enquanto eu dormisse? Porque era o que eu acreditava que James estava fazendo. Havia algo que ele queria que eu soubesse.

Thomas entrou na sala, aproximando-se da mesa. Parou do lado oposto.

– Precisamos conversar.

– Não, não precisamos. Imelda e Aimee já me contaram o suficiente.

– Elas contaram apenas o que sabem.

O que era mais do que eu queria saber. Quanto mais soubesse a respeito de James, maior a chance de recuperar-me do estado de fuga.

– Eu não quero ouvir mais nada, principalmente de você.

– Não me importo com o que você quer ou não.

– Obviamente. É por isso que estou aqui – zombei, afastando-me da mesa e estendendo os braços para abranger a sala, a cidade. Oaxaca. Essa merda toda de país.

– Mas que droga. – Thomas bateu na mesa. – Quer apenas ouvir? *Por favor*. Ouça-me.

– Por que agora? Por que não dezenove meses atrás, quando eu estava estirado em uma cama de hospital? Por que não quando meu rosto estava inchado, o ombro quebrado, e eu estava enlouquecendo imaginando quem diabos eu era? – Minha mente retorna ao hospital, para um homem parado em pé na minha porta. Óculos estilo aviador, terno caro e o semblante demonstrando pesar. A fúria acendeu, inflamando-se como um fósforo riscado. – Você estava lá, no hospital.

Thomas trocou de posição sem sair do lugar. Sua boca abriu-se brevemente, depois fechou-se numa linha fina. Ele assentiu.

– Você deu a Imelda o envelope com todos os meus documentos.

– Sim.

– Você não me disse nada e pagou a ela para mentir! – Peguei o frasco de tinta ao lado da mesa, a cor azul-caribe que dei duro para customizar, de modo que combinasse com os olhos da mulher nos meus sonhos. Os olhos de Aimee. Arremessei o frasco através da sala. As sobrancelhas de Thomas se arquearam até a linha do cabelo. Ele se abaixou. O frasco estilhaçou-se contra a parede atrás dele. A tinta escorreu pela superfície como uma pintura de Jackson Pollock, formando uma poça no chão.

Thomas correu para sair do caminho. A tinta manchou a parte de trás de sua camisa, espirrou em seus cabelos. Pintinhas azuis como os animais desenhados em um dos livros infantis de Julian. Sua camisa estava arruinada.

Deslizei os dedos pelos meus cabelos.

– Vá. Simplesmente vá embora.

Thomas hesitou; então retirou um cartão do bolso da camisa e o depositou sobre a mesa.

– Eu o mantive escondido para mantê-lo seguro. Phil tentou matá-lo.

– O mesmo cara que atacou Aimee? Onde ele está agora?

– Na prisão.

– Então eu não preciso me preocupar com ele.

– Há mais... – Ele se deteve quando ergui a mão no ar para que parasse de falar. Coçou a lateral do nariz. – Você é quem sabe. Me ligue quando estiver pronto para conversar. Mas, por ora, acho que provavelmente é melhor que permaneça em Puerto Escondido.

– Nunca tive a intenção de partir.

Thomas me lançou um olhar antes de caminhar até a entrada. Apanhou seu paletó do chão, onde o deixara cair depois de eu tê-lo esmurrado. Dobrou a peça sobre o braço.

– Prometa-me que você vai ligar se mudar de ideia.
– Sobre conversar ou partir de Puerto Escondido?
– Ambos. – Ele me ofereceu um sorriso triste. – Cuide-se e... tome cuidado. – Com isso, ele saiu da sala.

Capítulo 3

JAMES

※

DIAS ATUAIS
21 DE JUNHO
SAN JOSE, CALIFÓRNIA

— *Papá* vai ficar bravo.

— Quem se importa? Ele está sempre bravo. Ele também não é o nosso verdadeiro *papá*.

Julian repreende Marcus pelo que James acredita ser a milionésima vez. Marcus, ou Marc, como ele passou a chamá-lo, deve estar cansado da atitude de seu irmão. James com certeza está.

Da entrada da sala de reuniões, ele observa Julian lançar na janela com uma zarabatana bolinhas de papel encharcadas de cuspe. Ele andara ocupado enquanto James estava com Thomas. As bolinhas de papel babadas salpicam o vidro como neve que cai. Julian rasga um guardanapo, enfia o papel na boca e o sopra através de um dos canudos plásticos que pegaram na cafeteria para os seus refrigerantes. O chumaço pegajoso bate na janela e gruda.

Já chega.

— Julian — James ergue a voz com autoridade, um tom que ele adotou muito rapidamente após a primeira "reunião" com os meninos no dezembro anterior.

Julian toma um susto. Ele atira o canudo embaixo da mesa de reuniões.

James franze os olhos para a obra-prima de papel amassado. Que sujeira.

A maioria dos funcionários do escritório já havia ido para casa. Ele deixou os meninos sozinhos na sala de reuniões com pacotes de batatas fritas e refrigerantes das máquinas automáticas da cafeteria. Provavelmente não foi a ideia mais brilhante que teve, mas suas boas ideias vinham diminuindo desde antes de deixar os Estados Unidos, anos atrás.

Ele baixa o olhar para onde Marc está sentado. Fragmentos de Doritos se espalham pelo chão ao redor de sua cadeira como tinta respingada em um pano de limpeza.

– Vamos limpar isso. Hora de ir.

Julian bufa de desdém – uma exalação curta e aguda que chacoalha suavemente sua franja.

– Ir para onde?

– Para casa.

– Nós vendemos nossa casa.

– Não comece, Julian – adverte James. – Agora, limpe isso.

Julian resmunga e apanha o canudo. Lança-o no lixo.

– Boa pontaria – elogia James. O menino é um atleta natural. Ele o viu driblar com uma bola de futebol na areia com seus amigos e acertar arremessos seguidos de três pontos na cesta de basquete que tinham na garagem em Puerto Escondido.

Julian lança um olhar para James e puxa a alça da mochila por cima do ombro. Levanta-se da cadeira e começa a caminhar até a porta.

– Não está se esquecendo de nada?

Com ar de desânimo, Julian se vira, arrastando os pés. James gesticula para a janela.

– Tá. Tanto faz. – Julian deposita a mochila na cadeira que acabara de desocupar.

– Você também, Marc. – Ele aponta para o chão.

Marc olha para o chão. Sua boca forma um pequeno círculo de surpresa com a bagunça. Ele desliza para fora do assento e começa a catar as batatinhas, atirando algumas em sua boca.

– Não coma isso.

Seu filho o encara de baixo. Uma batatinha dependura-se do lábio inferior. Ele limpa a boca.

– *Lo siento, Pa...* Quero dizer, desculpe.

James arrasta a mão pelo rosto de cima a baixo. Ajoelha-se ao lado de Marc.

– Não, a culpa é minha. Eu não quis perder a paciência. Aqui, deixe-me ajudar. – Ele segura as palmas das mãos unidas e faz sinal para que Marc lhe dê os fragmentos de batata frita. – As pessoas andam por esse tapete todo. E se elas tiverem pisado em caca de cachorro?

Marc contrai o rosto em questionamento.

– Caca? – Ele ri com a palavra engraçada, então inclina a cabeça. – O que é caca?

– É merd... – James se detém balançando a cabeça. – Hum... cocô?

A boca de Marc se estica por cima dos dentes.

– Nojento, né?

Marc assente com vontade e limpa a língua com a parte de trás da mão. James ri.

– Acho que você ficará bem.

Ele joga as batatinhas quebradas no lixo, depois apanha os lápis de cor espalhados pela mesa. O bloco aberto de Marc chama sua atenção. O esboço de uma cabeça de lobo é rudimentar, mas vai muito além do talento esperado para uma criança de seis anos.

– Você fez isso? – James aponta para o esboço.

Marc arrasta o bloco em sua direção e o fecha, depositando-o no compartimento aberto da mochila.

– É muito bom. – James lhe entrega a caixa de lápis. Marc desvia o olhar como se estivesse envergonhado pelo elogio, coloca a caixa na mochila e desliza o zíper, fechando-a.

James suspira, perguntando-se se algum dia conseguirá ter intimidade com o garoto. A não ser pela falta de memória, ele continua sendo o mesmo cara. Ainda é o pai deles. Algum dia, espera, Marc verá isso. Assim como Julian.

James junta-se a Julian na janela. Arranca algumas bolinhas de papel. Suas mãos se tocam.

Julian se afasta.

— Pode deixar.

— Está bem — James responde da mesma forma lacônica. Seis meses vivendo sob o mesmo teto juntos em Puerto Escondido e já estavam começando a soar parecidos. Talvez tivesse sido sempre assim. Ele deixa que Julian termine o restante do trabalho.

Seu filho descarta as bolinhas encharcadas no lixo, esfregando as mãos, depois as enxuga na parte de trás da calça jeans. Apanhando bruscamente sua mochila, ele sai da sala de reuniões. Marc circunda James e corre atrás do irmão.

James bufa e pega a mochila de Marc, pendurando-a no ombro. O primeiro dia de paternidade repleto de diversão nos Estados Unidos fora vencido. Faltava ainda um zilhão.

James está parado com os meninos no corredor vazio da casa de sua infância. Exceto por algumas peças de mobília — o sofá Henredon & Schoener da mãe na sala de estar e a antiga mesa de nogueira italiana na sala de jantar —, a casa está vazia.

Julian deixa cair sua mochila no chão e a chuta contra a parede.

— Isso é uma droga. Onde é que a gente vai dormir?

Boa pergunta. Espero que haja camas.

Já passou das dez. Está muito tarde para encontrar um hotel em uma área que normalmente tem um índice de ocupação de 100% durante os dias de semana. Ele conduz os filhos pela casa, largando a caixa de pizza com as sobras do jantar na bancada da cozinha.

Marc fareja o ar e faz uma careta.

— Aqui dentro é fedido.

Sim, é mesmo. James sentiu o cheiro de ar estagnado e azedo de "casa velha" que ele costumava associar ao pai moribundo assim que abriram a porta da frente. Ele também reparou em um aroma sutil e rançoso, como se o perfume de sua mãe tivesse estragado. Isso o fez lembrar demais de como fora crescer ali e por que ele passava tanto tempo na casa de Aimee.

— A casa está fechada há muito tempo. O cheiro vai embora quando abrirmos as janelas — assegura ao filho.

Marc caminha despretensiosamente até as portas francesas da grande sala e pressiona o nariz e as mãos no vidro. Ele perscruta a escuridão do quintal.

— Cadê a praia?

— Não tem praia. — Julian desaba em um sofá de couro. Essa peça de mobília é nova demais para pertencer à mãe dele. Thomas deve tê-la trazido do depósito da Donato. Com sorte, mandou entregar camas também.

— Tem praia, sim. — James lança um olhar a Julian e se junta a Marc na porta. — Mas fica a vinte minutos daqui. Lá atrás tem uma floresta. Vou mostrar a vocês de manhã. Podemos caminhar pela trilha. Podemos avistar um lince, se tivermos sorte.

Os dedos de Marc se curvam contra o vidro. Ele morde o lábio inferior. James entende isso como um sinal de interesse.

— Então, onde nós vamos *dormir*? No chão? — Julian coloca seus fones de ouvido e aumenta a música em seu iPhone.

James suspira. Por Deus, ele espera que não tenham que dormir no chão. Thomas disse que abastecera a casa com o básico. Toalhas, louça, leite, alguns produtos secos. Espera também que ele tenha se lembrado de lençóis e travesseiros. E cerveja.

Sua boca saliva. Uma cerveja escura e gelada cairia realmente bem depois de um dia como aquele. Eles estão acordados há quase vinte e quatro horas. Os meninos tiveram algumas horas de sono durante a escala na Cidade do México, mas James temia que, se fechasse os olhos, os garotos não estariam mais lá quando acordasse. Então, ficou acordado.

Vender sua casa e sua galeria em Puerto Escondido tinha sido uma decisão fácil para ele. Ele teria retornado antes para a Califórnia, não fosse por seus filhos. Eles não queriam partir. Depois de ter tocado no assunto pela primeira vez, só mencionava de tempos em tempos a "grande aventura" que fariam, dando-lhes a chance de se acostumarem com a ideia. Também esperou que concluíssem o ano letivo. Era melhor esperar pelo verão, quando teriam tempo de se acostumar com a nova vizinhança. Além disso, tinha que aguardar os vistos dos meninos e a própria documentação de identificação.

Em pouco tempo, Julian e Marcus foram gostando da ideia de uma grande mudança, até que a placa de "Vende-se" foi afixada no quintal da frente. Foi quando a ideia se tornou realidade e James se tornou o "vilão" da família.

E ele está cansado desse papel que lhe foi atribuído. Tudo o que quer é se estabelecer e seguir em frente com sua vida. Crianças se adaptam. No fim das contas, vão se acostumar com a mudança e com ele. É o que espera.

Marc boceja. James dá um gentil puxão na manga de sua camisa.

— Vamos lá, rapazinho. Vamos encontrar uma cama para você.

Eles encontram camas *queen size* feitas, com lençóis, cobertores e travesseiros, nos antigos quartos de James e Thomas. Marc choraminga. Não quer dormir sozinho. Depois de um pouco de insistência de James, Julian relutantemente se oferece para compartilhar uma cama com seu irmão mais novo.

James retira a bagagem do carro que seu irmão preocupado com o meio ambiente comprou para ele — um maldito Prius — e conduz os garotos pelo corredor.

— Qual quarto? — Ele aponta para a sua antiga porta, depois para a de Thomas.

— Este aqui. — Julian entra no quarto à sua esquerda. O antigo quarto de James. Fica surpreso como isso o faz se sentir bem, e não ousa dizer uma palavra sobre isso a Julian. O menino simplesmente mudaria de ideia.

James lhes mostra o banheiro e depois aguarda por perto enquanto se preparam para dormir. Uma vez que estão debaixo das cobertas, inclina-se como se para beijar a cabeça de Marc. Os dedos de Marc apertam o lençol que ele puxou até o queixo. James hesita, pairando sobre o filho. Toda aquela conversa de Julian sobre James não ser seu "verdadeiro pai" havia deixado Marc confuso e retraído em relação a ele. O garoto era mais afetuoso com seus professores e com o cachorro do vizinho. Pelo menos ele os abraçava. James não consegue se lembrar da última vez que alguém o abraçou, muito menos o tocou, a não ser para colocar a mão em seu ombro ou cutucar um braço para chamar sua atenção.

James se endireita e faz o habitual carinho no menino, bagunçando os seus cabelos no alto da cabeça. Não arrisca qualquer coisa além disso, temendo que Marc se retraia ainda mais.

Marc sorri e se enfia debaixo das cobertas. O ar aqui é mais frio em comparação com as noites secas e salgadas de Puerto Escondido.

Julian está esparramado em cima das cobertas do outro lado da cama, vestindo uma camiseta surrada e uma bermuda que lhe chega até os joelhos, ainda plugado à sua música. James aponta para as próprias orelhas e pede que Julian guarde os fones de ouvido.

– Hora de dormir. Agora.

Julian bufa, as bochechas inflando como um peixe. Rolando para o lado, ele retira os fones do ouvido e os atira, junto a seu telefone, no criado-mudo. Dá as costas para James e, em poucos segundos, sua respiração está regular. Já está dormindo.

– Boa noite – James sussurra da porta. Ele apaga a luz e puxa a porta para fechá-la, deixando-a entreaberta para permitir que entre um feixe de luz, advinda do banheiro do corredor.

Um "boa noite" sussurrado lhe chega quando se afasta. James fica imóvel, piscando para conter as lágrimas de emoção que lhe queimam os olhos. Quando as palavras de Marc são assimiladas, ele faz uma prece silenciosa.

Então bate duas vezes no batente da porta e volta para a cozinha. Quando coloca a pizza na geladeira, encontra um engradado de seis unidades de Newcastle na prateleira de cima. *Graças a Deus.* Abrindo uma garrafa com um estalo, ele aspira o aroma de nozes torradas da cerveja escura. Os músculos endurecidos pela longa viagem relaxam. Ele entorna metade da cerveja e se inclina contra a bancada. Cruza os braços, deixando a garrafa balançar nos dedos, e inspira, longa e profundamente. Vai fechando os olhos, deixando-os semicerrados.

Finalmente está em casa. Mas não, de fato, em casa.

Aquela não é a sua casa.

Mas ele também não pertencia ao México; por isso, deixou aquela vida para trás. Não apenas porque a Califórnia lhe é familiar, mas porque Carlos tinha tudo o que James queria antes do acidente – uma galeria de arte para exibir o seu trabalho, uma sala de aula para ensinar aos outros e um estúdio com localização ideal para aproveitar a luz natural de um dia inteiro. Além disso, havia a arte de Carlos, pinturas que iam muito além da habilidade de James.

Por mais envergonhado que estivesse para admitir isso, James está com inveja do homem que ele era no México.

Ele se afasta do balcão e alonga os braços acima da cabeça. Suas costas estalam e as pernas enrijecidas doem. Sentindo-se inquieto, dá uma olhada lá fora pelas janelas e considera sair para uma corrida noturna. Ele o faria caso se sentisse confortável deixando os meninos sozinhos. Eles ainda são muito novos, e é a primeira noite deles em um país estrangeiro e numa casa estranha. Uma casa que abrigara Phil durante os meses que antecederam sua prisão.

Além do vidro, ele olha para o bosque sombrio de carvalhos e pinheiros, que parece pacífico durante os meses de verão. Um lugar de renascimento e renovação. Mas, no inverno, é escuro e sinistro, com galhos nus e encurvados como ossos.

Esqueléticos como a fisionomia de Phil.

Estava a seis dias de ser solto. Seis dias para descobrir como evitá-lo, junto ao restante da família. Será que Phil viria para cá, sendo este o último lugar em que morou?

Seu olhar dispara para o ferrolho da porta dos fundos. Praguejando baixinho, ele envia um e-mail a si mesmo para não esquecer.

TROQUE AS FECHADURAS.

Ele enfia o celular no bolso de trás e olha em volta da sala. Uma energia reprimida passeia dos dedos nervosos às cãibras nas batatas das pernas. Talvez a sua velha esteira esteja na garagem.

James vai até lá, aperta o interruptor. Luzes de LED inundam a garagem para quatro carros e um choque profundo atinge seu peito. Ele sabia que seus pertences estavam lá, o que ele possuía antes e o que mandou do México. Mas saber e ver são duas coisas diferentes.

O volume de seus itens ocupa o espaço de duas vagas para carros, caixas de papelão empilhadas como grossas colunas quadradas. Elas guardam tudo o que ele queria preservar de uma vida no México que desejava nunca ter acontecido, e de uma vida anterior que nunca teve a intenção de deixar para trás. Sob o brilho das lâmpadas de LED, suas duas vidas convergem sobre o concreto liso.

Ele entra na garagem, atraído pelas letras grossas e pretas feitas com marcador permanente em uma pilha de caixas. MATERIAL DE PINTURA. Ele desliza a mão lentamente pelas palavras, reconhecendo a caligrafia de Aimee. Quando ela empacotou suas coisas? Antes ou depois de tê-lo encontrado? Não consegue imaginar como foram difíceis para ela os meses que sucederam o anúncio de Thomas sobre sua morte. A necessidade de abraçá-la que surge simplesmente ao pensar nisso quase faz seu coração parar.

As palavras ficam turvas e, pela segunda vez naquela noite, os olhos de James estão marejados. Conhecendo Aimee, sabia que ela tinha embalado seus materiais perfeita e organizadamente, mesmo tendo consciência de que ele jamais os usaria outra vez.

E provavelmente não irá usá-los. O desejo dentro dele – aquele impulso de criar, de compartilhar sua interpretação do mundo – se fora.

Assim como Aimee.

Ele dá um soco na caixa e volta para dentro.

Capítulo 4

CARLOS

CINCO ANOS E MEIO ATRÁS
8 DE DEZEMBRO
PUERTO ESCONDIDO, MÉXICO

Estava escuro quando cheguei trançando as pernas na entrada da minha garagem. Era a quarta noite naquela semana que eu passara com Patrón, ouro líquido e o único remédio que me fazia atravessar as horas solitárias da noite. Depois de outro dia dando aulas de arte, organizando a próxima temporada de exibições da galeria e finalizando contratos em vários trabalhos encomendados, deixei meu carro no trabalho e aterrissei em um banquinho no La Cantina de Perrito, um bar na rua da minha galeria. Natalya não ficaria nada contente. Os garotos estavam perguntando por que eu andava tão ausente.

Porque o seu pai é uma bomba-relógio, é por isso.

Olhando para o alto, para o segundo andar da casa, para os quadrados pretos das janelas de seus quartos contrastando com a pintura de estuque branca da construção, eu ansiava por uma sensação de normalidade. Por voltar ao modo como as coisas eram antes de Aimee aparecer.

Com o rosto voltado para as janelas dos meninos, dei um passo para trás e tropecei na borda de um vaso. Meu ombro bateu com força no muro de adobe que circundava minha propriedade. A dor se alastrou como fogos de artifício através do meu deltoide, despertando o antigo ferimento. Sibilei e esmurrei os tijolos.

– *¡Mierda!*

Eu precisava me recompor. *¡El pronto!* Se não fosse por mim, então que fosse por Julian e Marcus. Chupei a pele rasgada nos nós dos meus dedos e sacudi a mão, tentando apaziguar a dor.

Thomas havia partido para a Califórnia há seis dias; Imelda me mandou uma mensagem quando ele saiu do hotel. Fiel à sua palavra, o que não dizia nada a respeito de seu caráter, Thomas não me contatou novamente. Imelda tentava entrar em contato comigo todos os dias. Eu deixava as suas ligações caírem direto no correio de voz, onde o número no círculo de notificação vermelho no aplicativo do meu telefone ficou subindo aos poucos a semana toda.

Atrapalhei-me com a fechadura. A porta da frente se abriu. Natalya ficou parada ali, as mãos nos quadris, de cara fechada. Estava usando uma regata branca e uma saia tingida que tocava o chão. Caramba, como era colorido, assim como seus longos fios de cabelo cobre. Brilhantes e lustrosos com múltiplas tonalidades. Pisquei com força, tentando me concentrar, e entrei pela porta tropeçando. Ela me segurou antes de eu cair em cima dela. Meu queixo mergulhou em seu ombro coberto de filtro solar. Coco e sal. Ela estivera na praia com os meninos. Droga, ela praticamente morava na praia, mesmo depois de anos de competições de surfe. Tinha sido uma estrela na prancha, assim como seu pai, o surfista de nível mundial Gale Hayes.

Natalya cambaleou sob o meu peso.

— Você está cheirando como capacho sujo de bar.

Eu me endireitei, focando-me em sua cabeça para evitar que a sala girasse, e puxei com gentileza algumas mechas de seu cabelo.

— É tão bonito — murmurei sobre as cores. Seus tons de pele e cabelos eram mais claros do que os de sua irmã Raquel. Elas tinham o mesmo pai, mas ambas haviam puxado suas respectivas mães.

Natalya afastou minha mão.

— Você está bêbado. De novo.

— Sim. — Abaixei minha mão e engoli em seco, minha garganta mais seca do que a encosta por trás do bairro. — Preciso de água.

Ela me seguiu até a cozinha e vasculhou os armários. Enchi um copo do filtro de água da geladeira. Ela abriu a tampa de um frasco de aspirina que encontrou ao lado das vitaminas dos meninos e colocou dois comprimidos na minha mão.

– Isso está se tornando corriqueiro.

Sorri para ela, joguei as pílulas na boca e tomei a água.

Ela me observou beber, seu olhar ziguezagueando do copo para o meu rosto e depois de volta para a minha mão. Respirou fundo.

– Carlos. – Ela pegou o copo de mim, depositou-o no balcão e segurou a minha mão. Passou um polegar suavemente sobre a carne rasgada. – O que você andou fazendo?

Puxei minha mão das dela.

– Tive um desentendimento com um muro. – Esta noite foi outra baixa para mim. Eu estivera esmurrando coisas a semana toda. A parede do meu quarto quando contei pela primeira vez a Natalya sobre o que ficara sabendo com Imelda, depois com Thomas no início desta semana e agora com os tijolos do lado de fora. Era hora de ficar sóbrio e fazer...

Meu pensamento foi sumindo. *Fazer o quê?*

O que, em nome de Deus, eu poderia fazer para melhorar a minha situação? Como eu poderia garantir que meus filhos fossem cuidados se eu acordasse um dia como James?

Natalya suspirou e eu levantei a cabeça como se estivesse olhando para ela à procura de uma resposta. A compreensão surgiu como o sol do leste, cintilante e luminoso. Talvez ela fosse a resposta.

Ela envolveu um braço em volta das minhas costas.

– Vamos lá, vamos levá-lo para cima.

Ela ficou comigo enquanto eu me lavava e escovava os dentes. Então, ela foi abrir a porta deslizante para a sacada e fechou a tela, proporcionando-me um momento de privacidade enquanto eu tirava minhas roupas e vestia cuecas boxer e uma camiseta.

Joguei-me na cama, com os braços bem abertos. Minha cabeça girou na direção oposta do ventilador de teto. Gemi e fechei os olhos, ouvindo

Natalya se mover ao redor da cama. O tilintar das pulseiras de prata esterlina que ela sempre usava. O ritmo constante de seus pés descalços pisando na madeira. O amontoado de lençóis de algodão quando ela os arrancou de debaixo de mim. Grunhindo, levantei meus quadris para ela. Ela ficou parada perto da extremidade da cama. Eu sorri, ergui e baixei as sobrancelhas rápida e sucessivamente. Abaixou os braços, lançando-me um olhar de repulsa, e a semelhança naquele gesto me atingiu no peito, quase acabando com a minha zonzeira.

– Você se parece com ela. – Sua expressão ficou triste, e eu quis retirar as palavras assim que saíram da minha boca. Porcaria de álcool. A bebida deixava a minha língua solta.

– Eu não sou ela.

Não. Você não é.

Natalya puxou o lençol para cima, deixando-o flutuar sobre mim. Sentou-se na beirada da cama.

– Você sempre a vê quando olha para mim? – ela perguntou, seu rosto estudando o meu.

Será que eu enxergava minha falecida esposa quando pousava a mão nas costas de Natalya? Eu a via quando ansiava por beijar Natalya? Mesmo que ainda não houvesse tentado, Natalya via o meu desejo de fazê-lo pela forma como, ambos sabíamos, eu olhava para ela.

Sentia falta de Raquel, e sempre sentiria. Ela era a mãe dos meus filhos. Mas não era Raquel que eu via quando Natalya vinha nos visitar.

– Eu vejo você.

Seus ombros baixaram e eu estendi o braço para pegar na sua mão. Nossos dedos se entrelaçaram e um pensamento terrível se derramou em minha cabeça, escorrendo para fora como tinta a óleo diluída até que me cobrisse completamente, deixando-me desesperado por uma resposta.

– Foi real? Raquel e eu?

Alguma coisa na minha vida aqui foi real?

Natalya analisou nossas mãos unidas. Ela virou a minha e traçou as linhas na minha palma. A pressão de seu dedo me fez cócegas.

– Nat – implorei, meu coração acelerado. Apertei seus dedos. – Thomas teria subornado Raquel também?

– Acho que o que Raquel sentiu por você foi muito real. – Ela fechou minha mão nas dela. – Nunca a tinha visto tão feliz quanto com você. Ela lhe deu dois filhos.

O ar escapou dos meus pulmões.

– Que bom. – Eu me acomodei no travesseiro. – Isso é bom.

Ela pressionou minha mão contra o meu peito.

– Descanse um pouco, Carlos – sgueriu ela, levantando-se. – Vou embora de manhã, e os meninos precisam de você.

– Eles também precisam de você. – Levantei meu braço em direção a ela. – Eu também.

– Eles têm a mim. – Ela abriu a boca, hesitou brevemente com uma inspiração de ar curta e prosseguiu: – Você também. Eu gosto de você, Carlos, gosto muito.

Balancei a cabeça.

– Não foi o que eu quis dizer. – Ela piscou e desviou o rosto, as bochechas coradas de vergonha.

– Eu também gosto de você. Mas escute. – Enterrei as duas mãos nos meus cabelos.

Natalya voltou a se sentar na cama.

– O que foi?

Meus olhos dispararam para o corredor na direção dos quartos de Marcus e Julian, meu peito se comprimiu. Eu disse a Aimee que ela nunca teria seu James de volta. Já fazia quase dois anos e eu estava convencido de que seria assim permanentemente. Eu sempre seria Carlos. Mas isso fora há nove dias, quando o impacto total da minha condição mal havia penetrado meu peito. Agora eu entendia que não havia garantias. Eu poderia permanecer como Carlos pelo resto dos meus dias, ou acordar como James amanhã. Tudo dependeria de quando minha mente estivesse pronta para lidar com o trauma que desencadeou minha condição.

— Quando eu deixar de ser eu, você é tudo o que eles terão.

— Isso não vai acontecer — assegurou Natalya.

— Mas pode acontecer. É uma possibilidade real. Não confio em ninguém da família Donato, então como posso confiar no homem que eu deveria ser? Não sei como eu era. Eu poderia ser como Thomas, ou aquele outro irmão do qual ele me contou... Phil. Aquele que agrediu sexualmente Aimee. Não quero alguém assim perto dos meus filhos, quanto mais criá-los.

— Como pode falar assim? Você e James são a mesma pessoa. Mesmo corpo, mesmo coração.

— Mas não a mesma mente.

— Vocês têm a mesma alma. — Ela descansou a mão sobre o meu coração, e a pressionei de volta. — Não posso acreditar que James faria alguma coisa para machucá-los. Você irá amá-los como James tanto quanto os ama como você mesmo.

— Eu gostaria de ter a sua fé.

Ela espalmou os dedos no meu peito.

— Talvez você tenha, um dia. Até lá, como posso ajudar? O que posso fazer para tranquilizá-lo?

— Quero que você adote os meus filhos.

Ela recuou num ímpeto.

— O quê?

— Você me ouviu.

Ela olhou fixamente para mim. Encarei-a de volta.

— Você está falando sério.

— Muito. Quero que você os crie se algo acontecer comigo.

— Nada vai acontecer a você. Você está bêbado. Não sabe o que está pedindo.

— Sim, estou bêbado, e sim, sei com exatidão o que estou pedindo. Você é a tia deles. Julian é mais próximo de você do que de mim, e Marcus a adora. Faz todo o sentido.

— Não faz absolutamente nenhum sentido — ela objetou. — Eu moro no Havaí. Você espera que eu leve seus filhos para longe de você, o único pai que eles conheceram, quando você ainda está vivo?

— Mas eu não vou ser *eu*. — Segurei sua mão. — Não saberei quem eles são, e há uma boa chance de eu nem me importar com eles, sem mencionar o perigo ao qual poderiam estar expostos se James os levar de volta aos Estados Unidos. Prefiro que eles morem com você no Havaí do que na Califórnia com a família Donato.

Natalya deslizou a mão da minha e ficou em pé.

— Eu parto amanhã cedo. Posso pensar a respeito?

Gemi, frustrado. E assenti.

— Leve o tempo que precisar. Conversaremos daqui a algumas semanas. — Ela voltaria para as festas de fim de ano.

Ela se inclinou sobre mim, seu rosto a alguns centímetros do meu. Tomou-o entre as mãos.

— Você deveria pensar sobre isso também. Pode se sentir diferente sobre isso amanhã.

Duvidava que o faria.

Ela beijou minha testa e eu apertei a parte de trás do seu pescoço, fazendo com que seus lábios se demorassem mais na minha pele. Ela levantou um pouco a cabeça e acariciou minha bochecha com o polegar.

— Cuide de seus meninos, Carlos. E cuide-se.

— Essa não tem sido uma tarefa fácil.

— Eu sei. Mas tente. Estarei no meu quarto no andar de baixo se você precisar de mim, senão o vejo pela manhã. — Ela se dirigiu para a porta, seus pés descalços um sussurro no chão. — Boa noite — despediu-se.

— Boa noite, Nat.

Capítulo 5

JAMES

DIAS ATUAIS
22 DE JUNHO
LOS GATOS, CALIFÓRNIA

James deveria saber que voltar para sua casa de infância o recompensaria com uma noite agitada. Ele flutua para dentro e para fora do sono. O interior frio e o silêncio mortal de uma casa que é grande demais para os três o mantêm acordado. O mesmo acontece com sua mente hiperativa.

Ele se revira na cama, o lençol todo enrolado em suas pernas. Está preocupado com a adaptação dos filhos ao novo país. Está atormentado pela ideia de que nunca mais o vejam como o pai que já tiveram. Está paranoico que vá ouvir Phil andando pelo corredor. E a pessoa com quem ele mais quer falar, aquela com quem costumava conversar todos os dias, é a única pessoa para a qual ele não pode telefonar.

James geme, rolando na cama e se levantando. Ele caminha descalço pela casa, checando três vezes as fechaduras, depois gira a chave do termostato. O ventilador ressoa, ganhando vida. A ventilação crepita, agitando o ar, pondo um fim ao silêncio opressivo da casa. Talvez o ruído ambiente o ajude a descansar. Muito forte, ele sente falta do oceano do lado externo das janelas do seu quarto.

Sente falta de Aimee.

Uma lembrança se move graciosamente através de sua mente do jeito que Aimee fazia quando estava em seus braços enquanto dançavam.

E de repente ela está ali de volta, em seus braços, enquanto ele a gira pelo salão lotado no casamento de Nick e Kristen. Seu sorriso é deslumbrante e destinado apenas a ele.

– Eu te amo – ela declara.

Ele se inclina para beijá-la e o relógio carrilhão na sala de jantar anuncia a hora com uma badalada. James fica tenso, então suspira, um som frustrado de saudade. Esmurra a parede. Não com violência a ponto de causar qualquer dano, mas com força suficiente para evocar a fisgada aguda de lembrete de que ele está sozinho nessa nova vida. Não tem ninguém em quem confiar ou se apoiar, não da forma como fora com Aimee durante a maior parte de sua vida.

Meu Deus, como sinto falta dela.

Ele esfrega seu esterno com a base da palma da mão para aliviar a dor e retorna ao quarto de hóspedes onde está dormindo, ou tentando dormir. Liga seu laptop e abre o navegador. Ele deveria entrar no LoopNet e procurar por imóveis comerciais. Mas qual é o objetivo? Ele não tem vontade de pintar, e, sem pintar, não tem arte para mostrar e vender, o que significa que precisa encontrar um emprego. Sua participação nas Empresas Donato que Thomas vendeu em seu nome é o suficiente para eles viverem por enquanto, mas o dinheiro não vai durar para sempre.

James acessa o site de buscas de empregos Ladders e permanece olhando para a página inicial. Ele se formara em Stanford com dupla especialização em Finanças e História da Arte e, em decorrência das expectativas de seu pai em relação aos negócios de importação e exportação da família, concluiu o programa de língua espanhola da universidade. Graças à sua experiência nas Empresas Donato, ele é mais do que qualificado para se candidatar a posições gerenciais superiores. Também pode voltar para a faculdade e obter uma licenciatura para dar aulas de arte de nível médio ou superior.

Ambas as ideias soam totalmente desagradáveis.

James abre uma nova janela do navegador e se vê encarando a vista por satélite de Los Gatos. Ele tem dois filhos para sustentar, precisa encontrar um emprego, quer uma nova casa e definitivamente precisa trocar de carro. De fato, deveria voltar a pintar. Mas não tem motivação alguma para fazer outra coisa senão olhar para a casa que ele tinha com Aimee. Esta não é a primeira vez que ele observa a casa, um bangalô de três quartos e dois banheiros no coração do centro da cidade. E duvida que será a última vez.

Ele amplia a foto até que a linha do telhado preencha a tela. Não reconhece o carro na garagem. Os plátanos no quintal cresceram além da conta e a grama ficou marrom. Seu dedo indicador batuca erraticamente na borda do laptop. Ele não gosta de como o quintal se deteriorou, e se pergunta se o mesmo aconteceu dentro da casa.

Ele e Aimee deviam ter criado seus filhos naquela casa. Eles tinham grandes planos para expandi-la – acrescentar um segundo andar e ampliar os fundos. Deveriam se apaixonar mais profundamente à medida que envelheciam juntos. Em vez disso, ela se casou com outro homem e agora tem uma filha.

Que nome terá dado à sua menininha?

Ele pragueja para si mesmo e fecha a tampa do laptop com violência.

Graças a Deus ela não mora mais lá. Não saberia ao certo como reagiria com ela vivendo ali com outro homem. Mas, droga, ele se sente como um maníaco perseguidor toda vez que pesquisa por ela no Google, ou a casa. Ou o café dela. Não pode evitar. O mesmo desejo que o levou a pintar agora o leva a saber todo o possível sobre Aimee.

Ele não a merece e, bem lá no fundo, sabe que precisa parar sua obsessão para com ela, mas também não pode evitar. Ele a quer de volta, *precisa* dela de volta, tanto quanto seu corpo precisa de ar para respirar.

Depois de uma caminhada matinal com os meninos pela reserva atrás da casa, James vê-se na calçada do lado de fora do café da Aimee. Ele não pretendia vir parar ali, mas o estacionamento mais próximo ficava a três casas de distância, e os meninos estão com fome. Morrendo de fome, melhor dizendo, como Marc enfatizara durante o passeio. Já passava bastante da hora do café da manhã.

Um letreiro chia no alto e James olha para cima. Ele reconhece o logotipo no mesmo instante. Uma caneca de café sob um redemoinho em formato de tornado de vapor. Ele esboçara o logotipo, um desenho tosco que não chega nem perto do que ele poderia ter projetado. Tinha desejado despertar o interesse de Aimee em abrir um restaurante assim como planejava abrir uma galeria de arte. Ambos estavam trabalhando para seus pais na época. Nunca teve a intenção de que ela usasse esse esboço, mas isso o tocou profundamente. É como se ela houvesse tecido pedaços dele em seu sonho.

Vestido com uma camiseta amassada do *Esquadrão Suicida* da DC Comics, bermuda chino e sandálias Adidas, Julian coloca uma mão na lateral do rosto e espia através do vidro.

– Este parece ser bom. Vamos comer aqui – ele diz em espanhol, desafiando descaradamente o pedido de James de que falassem em inglês. A escola começa em dois meses, então seria melhor que se acostumassem a falar a língua regularmente.

– Não – James nega com rispidez. É o fim da manhã e ele está morrendo de fome também. Mas sob nenhuma circunstância vai pisar no café.

Julian franze a testa e mete nas orelhas seus fones de ouvido sempre presentes.

– Estou com fome – choraminga Marc num inglês com forte sotaque.

– Eu também, amigão. – James estica o braço para pegar na mão de Marc e quase tropeça de espanto quando a mão menor de seu filho segura a dele.

– Eu não consigo enxergar o cardápio daqui. – Julian se esgueira para dentro do café.

– Julian!

Marc solta sua mão num ímpeto e segue o irmão.

James pragueja, olhando para o fim da rua na direção do restaurante onde planejava levar os meninos. *E agora?* Ele aguarda ali na calçada como um idiota e espera que as crianças voltem quando perceberem que ele não foi atrás delas? Ou aguenta as pontas e entra de uma vez?

Através do vidro, ele vê Julian fazendo um pedido.

– Merda. – Ele aguenta as pontas.

Decidido, James puxa a porta, abrindo-a. Os sinos no alto balançam em um amplo arco, atingindo o vidro com moldura de madeira. Cabeças se voltam em sua direção, exatamente a atenção que ele não quer chamar para si. Ele dá um breve aceno de cabeça aos clientes e congela. Uma montagem de fotografias, desenhos e pinturas cobre as paredes mais distantes. Suas pinturas.

Ela as conservara, mesmo após todos esses anos. Ele as encara até que seus olhos secam – cenas de celeiros rústicos nas colinas e prados cobertos de orvalho da manhã com vista para o oceano, florestas com a luz do sol se infiltrando através das copas das árvores ou o luar refletido nas cachoeiras de Yosemite. Ele expira de forma longa e constante pelos lábios e sua mão desliza para o bolso da frente, pressionando em um punho fechado o sempre presente anel de noivado como uma tábua de salvação.

– James?

Os tendões em torno de suas orelhas se contraem ao som de seu nome. Ele se vira lentamente e encara uma mulher com a barriga dilatada. Ela o fita como se ele tivesse voltado dos mortos; de certa forma, foi isso mesmo que acontecera. Os lábios dela se entreabrem com um suspiro, ao mesmo tempo em que recua um passo, os olhos azuis se arregalando. Ele reconheceria aquela cor, a mesma da flor silvestre centáurea, em qualquer lugar.

– Kristen – ele diz, esganiçado. Ela parece a mesma, mas, ainda assim, diferente. Sete anos amadureceram e melhoraram a linda esposa de seu melhor amigo.

– É você. É mesmo você. – Ela se atira em seu peito e o envolve em seus braços, segurando-o tão firmemente quanto sua barriga de grávida lhe permite.

É o primeiro abraço que ele recebe há mais tempo do que se importa em lembrar. O rosto de James se contrai enquanto ele luta contra uma súbita enxurrada de emoções e acaba se contendo. Ele não retribui o abraço, mas desajeitadamente dá tapinhas em Kristen entre as omoplatas.

Ela se inclina para trás a fim de olhar para ele.

– Nick me disse que você estava retornando para casa e eu não acreditei. Então, mal podia esperar até você chegar aqui. E você chegou. – Lágrimas escorrem por suas bochechas. Um sorriso bobo lhe estica amplamente os lábios; então, dá pulinhos de empolgação. – Oh, meu Deus, você está aqui! – ela guincha.

James se encolhe. Seu olhar salta para a porta de vaivém que conduz à cozinha, depois para o corredor nos fundos, antes de retornar para Kristen. Ela ainda está pulando e gritando. James luta para represar um sorriso. Não, Kristen não mudou muito, exceto pelo barrigão. Ele olha com uma expressão abobalhada para a barriga dela.

– Você está grávida.

Ela bufa.

– De novo. Eu sei.

Nick o visitou uma vez em Puerto Escondido. Quando ele não conseguiu contatar Aimee, James ligou para Thomas. O número de Nick foi o terceiro que ele discou. Teve que ouvir de Nick que tudo o que Thomas lhe dissera era verdade. Ao contrário das mentiras que vinha lhe contando há anos, a única que ele esperava que fosse, de fato, uma mentira, a de que ele havia sido abandonado no México, era a mais absoluta e horripilante verdade. Nick confirmou isso com uma afirmação sóbria.

– Sim, é verdade, tudo isso.

Alguns dias depois, Nick estava com ele no México, atualizando-o sobre os seis anos e meio que faltavam em sua vida. Ficou sabendo de Aimee, sobre como ela nunca desistira dele, de como o acabara encontrando, somente para deixá-lo em paz para que ele pudesse viver sua vida como Carlos. Nick, então, o fez se sentar, porque ele estava andando de um lado para o outro em sua sala de estar como um homem enlouquecido confinado em uma cela de prisão, e lhe contou os fatos cruéis e duros sobre Aimee. Ela estava apaixonada por outro homem. Era casada e tinha uma filha. De todas as notícias que ouviu, essa foi a mais dolorosa. Quase o destruiu.

James atirara seu copo de uísque contra a parede, onde se estilhaçou em milhares de pedaços, exatamente como o seu coração.

Agora, a esposa de Nick está grávida do terceiro filho.

Kristen acaricia sua barriga com um movimento circular, e faz uma careta.

– Faltam quatro meses.

– Você parece bem – ele lhe diz com sinceridade.

– Você também – ela responde, a exuberância de momentos atrás ausente. – É bom ver você. Nunca pensei que...

Um som de panelas batendo vem da cozinha. Vozes chegam até eles, chamando sua atenção. Sua pulsação acelera.

– Ela...? – Ele olha ansiosamente para Kristen. – Ela está aqui?

Kristen balança a cabeça.

– Ela não veio esta manhã.

Ele faz um ruído no fundo da garganta. Ela não está aqui, o que é melhor. Quando enfim a vir, não vai querer uma plateia.

James sente um puxão na bainha da camisa. Ele olha para Marc.

– Posso comer uma rosquinha, por favor?

– Nós não vamos comer aqui, Marc.

– Mais alguma coisa para você, senhor? – a caixa grita para James. Seu filho mais velho, parado na frente da fila de PEDIDOS, lança um olhar desafiador para James.

– Julian! – James vocifera. Lá se vai a opção de não comer aqui. Ele fuzila o filho com um olhar.

— Que foi? Estou com fome. — Julian estende as mãos com as palmas voltadas para cima, perguntando silenciosamente qual é o problema. Sua expressão se transforma em inocência dissimulada quando ele passa por James e Kristen. As sobrancelhas de Kristen elevam-se até a linha de seu cabelo preso num rabo de cavalo enquanto ambos observam o menino perambular pelo labirinto de mesas bagunçadas. Ele cai sentado em uma cadeira vazia.

Kristen sorri.

— Vejo que não sou a única que tem andado ocupada.

James grunhe, mas o canto de sua boca retrai para cima pela conexão compartilhada. Serem ambos pais.

— Por que não se juntam a nós? Acabamos de pegar uma mesa. — Ela aponta para uma mesa perto de Julian, onde uma criança em uma cadeira alta de bebê come avidamente seu mingau de aveia. Outra menina, com os lábios lambuzados de geleia, está de pé em sua cadeira cantarolando.

— Sente-se, Nicole — ordena Kristen.

A garota afunda na cadeira.

— Estou tão feliz que este é um menino. — Ela dá um tapinha na barriga.

— Meninos não são muito mais fáceis — James admite, lembrando-se de Julian e Marc correndo ao redor dele.

Kristen suspira.

— Só diferente, eu acho, certo? — Ela inclina a cabeça em direção ao balcão. — Vá fazer o pedido e venha comer conosco.

Marc examina o salão do restaurante. James o cutuca na direção de Julian.

— Sente-se com o seu irmão. Eu vou pegar sua rosquinha.

No balcão, James analisa o cardápio e pede um café e uma omelete. Trish, de acordo com o crachá, repete o seu pedido. A raiva rasteja subindo por sua garganta enquanto Trish recita rapidamente os itens.

— Dá noventa e cinco e cinquenta — conclui.

TUDO O QUE DEIXAMOS PARA TRÁS

Julian pedira o suficiente para os três, para o café da manhã, o almoço e o jantar. James puxa a carteira do bolso de trás e empurra o cartão com chip na fenda da máquina. *Escolha suas batalhas, cara. Escolha suas batalhas.*

– Fora a omelete, a rosquinha e as panquecas, embrulhe o restante para viagem.

– Claro, senhor. – Trish sorri e lhe entrega o recibo.

James não se incomoda em chamar os garotos para a mesa de Kristen quando se senta. Deixa que comam sozinhos. Eles precisam dessa breve pausa depois dos últimos dois dias.

Kristen entrega à filha mais velha um guardanapo.

– Diga oi para o senhor Donato, Nicole. Ele é amigo do papai.

– Oiê. – Com a boca cheia de comida, Nicole lhe dá um tchauzinho com as mãos lambuzadas de geleia.

James retribui o cumprimento para a garotinha que é uma imagem duplicada da mãe, que ele conhece desde a juventude. Depois de uma rodada de apresentações em que fica sabendo que a filha mais nova de Nick chama-se Chloe e um breve papo sobre as idades e atividades favoritas de seus filhos, Trish chega com as bebidas. Café comum para James e duas canecas gigantes de chocolate quente sob uma montanha de chantilly para os meninos. Ela também deposita uma grande xícara de café mexicano e café expresso no jogo americano de papel de Julian.

– Só pode ser brincadeira – James resmunga.

Kristen se inclina, tremendo com uma risada silenciosa.

Ele olha para ela.

– Eu não pedi por isso – ele admite, sem considerar o significado mais profundo de suas palavras.

Kristen descansa o queixo na mão.

– Sei que você não pediu. Mas, às vezes, os melhores presentes da vida são aqueles que não sabíamos que precisávamos.

James lança um olhar para os filhos. Os dois estão com bigodes de chantilly. Uma risada rápida vibra em seu peito e ele sente seu ânimo melhorar um pouco.

— Então, quais *são* os seus planos? — Kristen pergunta, voltando a atenção dele para a própria mesa.

Ele bebe de sua xícara.

— Meus planos?

— Você sabe, no que está trabalhando, a escola para as crianças, onde está morando. — Ela circula a mão, convidando-o a compartilhar.

— Você quer a minha história de vida.

— Quero, mas assim que terminarmos o café da manhã, eu vou ligar para a Nadia. Ela está no SoCal esta semana a negócios, mas vai querer saber de tudo.

Nadia, a cola que une o trio Aimee-Nadia-Kristen. James observa o vapor subir de sua xícara enquanto considera as perguntas de Kristen.

— Você planeja ligar para Aimee também?

Ela fica quieta por um instante.

— Não tenho certeza. Ela está passando por maus bocados, James. Ela ama Ian e eles são muito felizes juntos. Mas saber que você é *você*, agora, trouxe o passado à tona. — Ela amassa o guardanapo sujo de Nicole e estuda o papel amarrotado como se ele contivesse todas as respostas. — Vocês dois vão ter que descobrir como seguir em frente por caminhos separados.

O café da manhã logo chega e, depois que terminam de comer, eles planejam se encontrar novamente. Kristen os convida para um churrasco e para nadar em sua casa no próximo fim de semana. No caminho de casa, James dirige pela cidade. Mostra aos garotos a escola que eles irão frequentar e aponta para um parque de skate local repleto de crianças da idade de Julian. Seu filho se endireita no assento para ter uma visão melhor da janela do lado do passageiro e James faz uma anotação mental para lhe comprar um skate. Julian surfa, então pode ser que ele também venha a gostar de andar de skate.

Já passa do meio-dia quando chegam em casa. O aroma de torradas e bacon ataca seus sentidos enquanto James fecha a porta da frente. Os garotos levantam o nariz e fungam. Julian franze o cenho em reação ao cheiro de ovos cozidos e vinagre.

James e Julian olham um para o outro por alguns tensos segundos. Tem alguém ali.

James coloca a sacola de comida para viagem no chão.

— Fiquem aqui — ele ordena aos meninos, e cautelosamente se desloca pela casa. O suor encharca suas axilas. Phil foi solto? Ele jurava que Thomas dissera mais seis dias. Agora cinco, já que isso foi ontem. Ele fecha as mãos. Droga, ele gostaria de ter um taco de beisebol. Ou uma arma. A cicatriz em seu quadril lateja.

Ele contorna a quina da parede, onde o corredor se abre para a cozinha, e para de súbito. Pisca, enquanto sua mente tenta processar o que vê diante de si. Em pé na ilha central com tampo de mármore, cortando ovos cozidos, está sua mãe, Claire.

— O que você está fazendo aqui? — Ele deveria estar tomado de alegria por vê-la pela primeira vez em tantos anos. Qualquer bom filho estaria. Mas ele não era um bom filho, e Claire nunca foi a mais gentil das mães.

Ele realmente precisa mudar as fechaduras para ter certeza de que outros membros da família não apareçam sem avisar.

Claire deixa de lado a faca e lança a James um olhar crítico. Ele não se barbeou de manhã e sua camisa não está enfiada na calça nem passada. Não precisa perguntar se passou pela inspeção. O rosto franzido da mãe é toda a resposta de que precisa. Ela dá tapinhas no próprio queixo, uma mensagem silenciosa de que ele deveria ter se arrumado antes de sair de casa.

Ele tem trinta e seis anos, pelo amor de Deus. Era só o que faltava sentir-se culpado por sua aparência. Não bastasse já estar nadando em uma fossa de culpa por toda a situação.

— O que é tudo isso? — Ele aponta para a comida com a palma da mão.

— Fiz o almoço — diz ela, limpando cuidadosamente as migalhas de suas mãos. — Bem-vindo de volta, James.

Ele ouve os meninos entrarem na cozinha atrás de si. Marc solta um gritinho. Julian olha espantado antes que o primeiro sorriso desde que desembarcaram na Califórnia apareça em seu rosto. Sua expressão fica transtornada de emoção.

– *Señora* Carla, o que está fazendo aqui?

Capítulo 6

CARLOS

CINCO ANOS ATRÁS
17 DE JUNHO
PUERTO ESCONDIDO, MÉXICO

Marcus suspende um balde sobre a cabeça. Solta gritinhos, chutando com suas pernas rechonchudas enquanto a areia se derrama sobre seu corpo nu, aderindo a partes de pele encharcada de protetor solar. Adicionei outra torre ao castelo que eu estava construindo e Marcus está determinado a destruí-lo. Ele agita os braços, derrubando outro muro.

— Marcus. — Eu o agarro pelas axilas e planto sua bunda nua mais longe da nossa obra-prima de areia. Entrego-lhe balde e pá. — Tome, derrube o seu castelo. — Ele sorri e enfia um punhado de areia na boca. — Não coma isso. — Seguro-lhe o pulso e passo meus dedos por sua língua.

Marcus começa a mastigar e ouço o som crocante dos grãos ásperos. Seu rosto se retorce todo como um pedaço de papel e seus olhos castanhos se arregalam quando me encaram com uma expressão de confusão.

— Viu só o que acontece quando você come areia?

Ele prende a língua entre os lábios e assopra, produzindo um som semelhante ao de flatulência, as bochechas infladas. A areia ensopada de saliva escorre pelos cantos da boca.

Eu rio, voltando para o castelo de areia, determinado a consertar o muro que Marcus acabara de demolir. Próximo à entrada do nosso quintal, Julian está jogando futebol com seus dois amigos, Antonio e Hector. Por muito pouco ele não acerta nossa nova vizinha, repousando sob o guarda-sol que havia fincado meticulosamente na areia, cerca de meia hora antes. Termino o muro do castelo, acrescento mais uma torre, e então vou procurar o meu telefone em nossa pilha de toalhas. Natalya queria uma foto do último castelo de areia de Marcus.

Assisto Julian roubar a bola de Hector. Ele a chuta, um belo passe que voa sobre a cabeça de Antonio, aterrissando bem no meio do guarda-sol da vizinha. O guarda-sol tomba, enterrando sua dona embaixo dele. Ela grita.

– *Santa mierda* – Antonio pragueja.

Pernas pálidas projetam-se do guarda-sol derrubado, chutando o ar como uma batedeira.

– Socorro!

Julian está boquiaberto.

Apanho Marcus.

– Vá ajudá-la! – grito para Julian.

– Ah, tá – ele diz, despertando de sua surpresa. Ele faz como eu e fala em inglês. A julgar pelos gritos que partem de debaixo do guarda-sol, nossa vizinha é americana.

Eu deposito Marcus na areia com um aviso severo de que é bom ele não levantar o traseiro dali.

– Tirem isso, tirem isso de mim! – As pernas açoitam maniacamente o ar. Uma mão sai para fora.

Aponto para Hector e Antonio.

– Segurem a haste. – Eu me desloco para trás da mulher e seguro o topo do guarda-sol. – Agora, levantem. – Fecho o guarda-sol enquanto isso, certificando-me de que os raios de alumínio não prendam seu cabelo nem sua roupa. Nós o removemos de lado e atiramos o guarda-sol danificado na areia.

Nossa vizinha jaz esparramada em uma cadeira de praia meio tombada para o lado. Seus pés haviam afundado na areia. Ela retira o chapéu de abas largas esmagado em sua cabeça e afasta os cabelos prateados úmidos dos olhos e da testa. Arfando pesadamente, com o rosto corado, ela aponta um dedo ossudo com uma unha afiada pintada de bordô para Julian.

— Seu... — ela começa a vociferar, inclinando-se para a frente. Sua cadeira vacila e ambas as mãos voam para agarrar os braços do assento.

Julian balança-se para a frente e para trás nas pontas dos pés. Passa a mão sobre a cabeça encharcada de suor e cheia de areia, sacode-se pra lá e pra cá um pouco mais e corre mais uma vez a mão pelos cabelos. A massa espessa e curta de fios em pé.

— *Lo siento, señora.* — Seu olhar salta para mim antes de se voltarem para os seus pés. — Sinto muito — ele repete em inglês.

— E deveria sentir mesmo. — Ela se levanta da cadeira com um impulso e fica diante dele, sua figura pairando sobre o menino. — Eu ia gritar "belo chute", mas você precisa melhorar sua mira.

— *Sí, señora.* Quero dizer, sim, senhora. — Julian passa a mão pelo peito, deixando um rastro de areia. Limpa-se, arranhando a pele.

Agarro seu pulso e lhe lanço um olhar de repreensão, a fim de que pare quieto.

Nossa vizinha alisa sua túnica com estampado caxemira. As cores dançavam no material fino. Lantejoulas douradas decoravam as mangas e a bainha do traje, cintilando à luz do sol.

— Parece que eu acabei sem guarda-sol — disse ela, olhando por cima do ombro para a estrutura destruída. Ela aperta os olhos para o sol. Ele arde sobre nós, o ar seco e sufocante naquele dia. O suor escorre pelo meu peito e costas. A transpiração brilha ao longo da linha do cabelo da nossa vizinha. Julian e seus amigos continuam a mudar de posição em seus lugares, inquietos, a areia queimando as solas de seus pés.

— Pois bem. — Nossa vizinha esfrega as palmas das mãos, limpando a areia. — Acho melhor eu entrar antes que fique queimada.

— Nós vamos lhe comprar outro guarda-sol — ofereço, meus olhos se estreitando para Julian. Ele passaria as próximas manhãs de sábado ajudando minha recepcionista na galeria, Pia. O chão precisava ser varrido, e os expositores, espanados.

Julian murmura outro pedido de desculpas.

Os lábios de nossa vizinha unem-se bem apertados.

– Isso não será necessário. Mas, talvez – ela olha para a trupe coberta de areia, tocando o queixo –, seu filho e seus amigos me ajudem a carregar minha cadeira e minha bolsa para dentro.

Concordei totalmente. Era o mínimo que eles poderiam fazer.

– Meninos? – encorajei-os quando vi que ninguém se mexia.

– Tenho limonada e comprei alguns... Como vocês os chamam? – Ela estalou os dedos. – *¿Bizcochitos, sí?* Acho que é assim que os cookies são chamados. Vocês são bem-vindos para comer alguns.

– *Sí, señora* – os meninos concordaram em uníssono.

Eles reuniram os pertences dela – cadeira, bolsa e toalha – e correram para o seu quintal.

Apanhei Marcus, que tinha acabado de esfregar areia no cabelo.

– Eu sou Carlos, a propósito. Seu vizinho. – Inclinei a cabeça na direção da minha casa e estendi minha mão para cumprimentá-la. Ela não aceitou a mão porque não a viu. Estava olhando fixamente para Marcus. Seus olhos brilhavam. Fiquei me perguntando se ela tinha netos; então, percebi que o sol ardia atrás de mim. Desloquei-me para o lado para que nenhum de nós olhasse diretamente para ele.

Ela piscou algumas vezes, lançando os olhos brevemente na minha direção antes de pousá-los novamente em Marcus.

– Eu sou Cl... – Ela limpou a garganta. – Eu sou Carla. É seu filho?

– *Sí*. Este é o Marcus. – Fiz um malabarismo com ele sob o meu braço e ele riu.

– *¡Mas! ¡Mas!* – Ele bateu palmas, implorando para que eu o balançasse novamente.

Carla entrelaçou os dedos, mantendo as mãos unidas no peito.

– Quantos anos ele tem?

– Quase dezessete meses. – Olhei para Marcus, que acenou para Carla com as duas mãos. – Acho que ele gosta de você.

O canto da boca da senhora se ergueu ligeiramente.

— Eu também gosto dele.

Marcus se contorceu em meus braços.

— *Por, papá!*

Uma risada sussurrada ampliou o sorriso de Carla.

— *Papá.* — Ela observou Marcus se retorcer em meus braços. Seus olhos se arregalaram ainda mais e ela mirou a areia. — Ah, é melhor eu ir. — Ela esfregou as mãos nos quadris, limpando-as. — Seu filho e os amigos dele estão esperando suas guloseimas.

— Prazer em conhecê-la. — Ofereci minha mão de novo. Desta vez, ela me cumprimentou.

— Foi um prazer conhecer você também, Carlos — disse. Ela soou solitária.

— *Señora* Carla — chamei-a quando ela chegou ao portão do seu quintal. — Junte-se a nós para o jantar amanhã à noite. É noite de taco. Eu asso bacalhau ling.

Seus dedos tremularam no decote da túnica.

— Eu tenho planos para comer fora.

— Se os planos mudarem, é só aparecer lá em casa. Seis horas.

Ela levantou a mão em um meio aceno e seguiu para o seu quintal.

— Vamos, Marcus. Vamos dar um banho em você.

CINCO ANOS ATRÁS
18 DE JUNHO

O sol pairava baixo no horizonte, levantando uma brisa seca. Ela proporcionava pouco alívio enquanto Julian e eu jogávamos futebol no quintal.

A cada chute de devolução, Julian se aproximava mais do churrasco.

— Cuidado. Está quente. — Chutei a bola para o outro lado do quintal, para longe da grelha. Ela rolou até parar no portão de entrada da praia. Fui verificar a grelha.

Julian foi rolando a bola até o centro do quintal, recuou o pé e chutou forte o couro. A bola planou com agilidade no ar, passando por cima do muro de adobe, caindo no quintal da *señora* Carla. Julian gemeu dramaticamente.

Gesticulei com uma escova de grelha no ar.

— Vá buscá-la antes que a *señora* Carla volte — eu disse, presumindo que ela tivesse saído para jantar como programado.

Julian disparou pelo portão de ferro forjado e correu para o da vizinha. Raspei a grelha, limpando-a, e fechei a tampa para que a churrasqueira esquentasse um pouco mais.

— Pronto para os tacos, rapazinho? — perguntei a Marcus. Ele empurrou um caminhão de brinquedo pela grama.

— *¡Un taco!*

— Diga: "Eu quero um taco".

— Taco! — ele repetiu, sorrindo.

— Quase a mesma coisa. — Sorri de volta.

Julian retornou, a bola enfiada debaixo do braço. Ele abriu o portão para Carla.

— A senhora estava sentada em seu quintal sozinha. — Julian disse num rompante e bateu o portão com força. Carla se sobressaltou. Lançou-lhe um olhar e o menino sorriu. — Eu chamei ela para vir comer com a gente. — Ele largou a bola no chão e brincou habilmente com o objeto pelo quintal, onde a abandonou na terra.

Carla permaneceu no portão, chegou até mesmo a estender a mão para ele antes de desviá-la, agitada, e alisar seus cabelos. Ela prendera o rabo de cavalo grisalho na nuca, acrescentando um toque de elegância às suas calças de linho brancas e à blusa rosa-claro. Ela parecia desconfortável e prestes a ir embora. Então, abriu de novo o portão.

Coloquei a escova de grelha de lado e atravessei rapidamente o quintal.

— Vai ficar para o jantar?

— Eu tinha planos para sair, mas eles... — Ela manteve o olhar focado em algum ponto do meu peito. Seus dedos se flexionaram em torno do ferro forjado.

– Eles o quê? – Perscrutei seu rosto buscando a razão de ela parecer indecisa sobre se juntar a nós.

Sua expressão se anuviou por um instante, tornou-se triste. Então, ela se recompôs e ergueu o queixo. Seus olhos não encontraram os meus.

– Eles furaram. – Ela ofereceu um discreto sorriso.

– Então, fique – insisti. – Temos peixe mais do que suficiente. – Eu estava fechando gentilmente o portão quando me ocorreu que sua relutância poderia não ter nada a ver com o constrangimento dela em relação a seus planos não terem dado certo, ou que éramos desconhecidos. – Você não é alérgica, é?

– A peixe? Não. Eu adoro peixe. – Ela torceu as mãos.

– Então, você vai adorar nossos tacos de peixe. Eles são *el mundo famoso*. – Eu a conduzi pelo jardim e puxei uma cadeira para a mesa do pátio. – Aceita uma bebida?

– *Sí*. – Ela se sentou.

Eu sorri, estudando-a.

– Aposto que você não bebe tequila. – Dei batidinhas no meu nariz e apontei para ela. – Gim.

Ela inspirou o ar, um suspiro apenas audível.

Bati as palmas das mãos.

– Então é gim. Saindo um gim com tônica. – Acenei com um dedo, recuando em direção à casa. – Limão? – Gritei da ilha móvel da cozinha.

– Parece ótimo.

– Julian, venha pegar as tortilhas e o molho.

Depois de eu preparar sua bebida e pegar uma cerveja para mim, Carla ficou observando os meninos enquanto eu grelhava o peixe.

– O que a traz a Puerto Escondido?

Ela mexeu em círculos o misturador de plástico dentro de seu copo.

– É um lugar em que nunca estive.

– Já esteve em muitos lugares? – Julian abocanhou uma tortilha carregada de molho, mastigando-a ruidosamente.

Carla franziu a testa.

— Sim, muitos.

— Você viaja muito? — Julian perguntou com a boca cheia.

Seus olhos se estreitaram e chamei a atenção de Julian, gesticulando para a minha boca. Julian engoliu produzindo um ruído alto.

— Você viaja muito? — repetiu.

Carla depositou o copo sobre a mesa. As gotinhas brilhavam na base.

— Eu costumava fazer isso.

— Sério? Onde você esteve?

Experimentei o ponto do peixe, eu mesmo curioso.

— Todo tipo de lugar. — Ela suspirou de forma sonhadora. — Itália, França, Inglaterra. Também estive em Hong Kong, Tóquio, São Petersburgo.

— Onde fica isso?

— Rússia.

Julian assobiou.

— Negócios ou prazer? — Removi o peixe da grelha.

— Na maioria das vezes, negócios. Mas esta viagem... — Carla tirou o misturador de plástico. Espremeu o limão em seu copo. — Esta viagem é para mim. Estou aqui para passar o verão.

— Hum. — Apertei a boca enquanto considerava aquelas palavras. Normalmente, um fluxo constante de estrangeiros alugava a casa ao lado durante os meses de verão. Surfistas, turistas, universitários que viajavam pela América Central e do Sul antes de voltarem para casa a fim de iniciarem a carreira. Pelo menos uma vez por semana eu apresentava uma queixa de barulho. As festas exageradas não deixavam meus filhos dormirem. Duvidava que teríamos esse tipo de problema com Carla.

Coloquei a travessa de peixe sobre a mesa entre as tortilhas e a couve. Carla tirou o copo do caminho e sua aliança de casamento refletiu a luz do sol que se punha.

— Seu marido vai se juntar a nós?

Carla se encolheu. Lançou-me um olhar vazio. Apontei com o pegador para sua aliança de casamento.

— Oh. — Ela abriu os dedos e olhou para o anel. — Sempre esqueço que está aí. Não, não, ele não virá. Faleceu há muitos anos. Eu o uso há décadas. Não faz sentido retirá-lo só porque ele morreu. — Ela escondeu a mão no colo. — Não tenho interesse em conhecer mais ninguém.

— Nunca se sabe — disse Julian, montando um taco para si. — Você é velha, mas não pode ser tããão velha assim.

— Julian. — Baixei o pegador com firmeza proposital.

Ele deu de ombros.

— Ela ainda é bonita.

— Julian — sussurrei severamente.

As bochechas de Carla assumiram um tom carmesim. Ela mudou de posição na cadeira em sinal de desconforto.

— Ele tem seis anos e meio — justifiquei-me para Carla, como se a idade fosse uma desculpa. Entreguei-lhe um prato e olhei feio para o meu filho. — Por favor, se desculpe.

— Desculpe — Julian murmurou. Ele se jogou numa cadeira e meteu uma tortilha na boca.

Marcus se aproximou, chamando a atenção de Carla.

— Seu filho é lindo. Vejo você nele — ela comentou.

Olhei para Marcus. Ele tinha meus cabelos e olhos castanhos. Mas as maçãs do rosto e o tom de pele foram puxados da mãe.

Minha respiração quase entalou na garganta, a opressão mais fraca agora do que no passado, quando pensava em Raquel. Ela havia morrido há quase um ano e meio.

Marcus levantou ambos os braços, caminhões nas mãos. Eu o icei até sua cadeira alta de bebê.

— E quanto a você, senhora Carla? Tem filhos?

Seus olhos permaneceram fixos em Marcus. Sua expressão ficou triste.

— Eu tinha três filhos. Tempos atrás.

Mais tarde naquela noite, fiquei olhando para a foto emoldurada de mim e Raquel, aquela que eu mantinha na cômoda do quarto. Com nossas testas e narizes pressionados, compartilhávamos uma risada. Sobre o que, eu não me lembrava, mas a mordacidade de Raquel muitas vezes me deixava cambaleante, a barriga doendo de tanto rir e os olhos lacrimejando. As gargalhadas dissiparam as sombras que se ocultavam nas profundezas da minha mente, mesmo que por um breve período.

Tínhamos acabado de nos casar no pátio do Casa del Sol, com vista para o selvagem e caótico surfe da Playa Zicatela. Nosso amor tinha sido assim. Veloz e dinâmico. Muitas vezes me perguntei se teria me apaixonado tão profunda e rapidamente se não estivesse aterrorizado e alquebrado. Mas eu a amei desde o momento em que ela caminhou até mim enquanto eu aguardava no consultório de fisioterapia. Ela empurrou o cabelo para trás de uma orelha, momento em que pude ver de relance o buraco sem brinco em seu lóbulo, e estendi a mão para cumprimentá-la enquanto ela se apresentava. Para mim, aquele primeiro toque afastou a camada externa de ansiedade que mantinha meu coração acelerado desde o momento em que acordei no hospital, um mês antes. Exalei uma rajada de ar e reconheci os sinais de esperança. Eu ia ficar bem.

Em poucos instantes, com sua persuasão, ela me tirou do meu mau humor e da cadeira com uma determinação que a princípio invejei e logo adotei. Se eu não conseguia consertar o meu cérebro, então precisava concentrar tudo o que tinha dentro de mim para reparar o meu corpo.

Meus machucados eram na maior parte superficiais. Os ossos faciais se unindo, lacerações se curando em cicatrizes rosadas, e logo meu ombro estaria melhor. A julgar pela condição do meu corpo, Raquel observou no primeiro dia, eu tinha sido esportista durante toda a minha vida. Fazendo o que, eu não tinha ideia, mas dali a quatro meses eu já estava correndo dez quilômetros. Estava treinando para uma maratona quando Aimee apareceu e abalou meu mundo. No dia da corrida, uma semana depois de ela ter partido, eu curtia uma ressaca e chafurdava no inferno da autodepreciação, levantando-me da cama horas depois de a arma da linha de partida ter disparado.

Alisei um polegar no vidro, traçando a linha do coque despojado e frouxamente enrolado de Raquel, salpicado com flores mosquitinho. Tranças marrom-douradas e olhos de mel, ela nunca esteve tão estonteante. Vestida de seda branca, a cintura solta sobre o nosso filho crescendo dentro de si, ela irradiava felicidade. Fui atraído para essa alegria. Raquel tinha sido uma luz brilhante, o farol no meu mundo escuro.

Senti falta da minha falecida esposa, mais ainda naquele momento do que nos últimos meses. Sentia falta dela sempre que colocava os meninos para dormir. Algumas noites, eu a via lá, sentada na beirada da cama, seus dedos longos e graciosos percorrendo os traços do rosto de Julian enquanto entoava uma canção de ninar. Naquela noite, a ilusão parecia real o bastante a ponto de eu jurar que tinha escutado sua voz. Quantas vezes desejei que Marcus tivesse a chance de ouvi-la dizer "eu te amo"?

Ela morreu em sua cama de parto, de um aneurisma, enquanto eu contemplava meu filho recém-nascido, que acabara de ser limpo e enrolado, chorar em meus braços. Nós dois chorávamos.

Devolvi o retrato ao seu lugar na cômoda e pensei em Carla. Seu desespero por perder entes queridos – como, eu ainda não sabia – era palpável. Isso me afetou.

O ar dentro do meu quarto havia se tornado quente e sufocante. Liguei o ventilador de teto, peguei meu telefone na mesa de cabeceira e abri a porta que dava para a varanda. As tábuas rangeram quando caminhei pela madeira grosseira. Encostado na grade, deslizei para o lado uma notificação de Imelda, abrindo-a – "POR FAVOR, VENHA ME VER DEPOIS DE FECHAR NA SEGUNDA-FEIRA" –, e liguei para Natalya.

– Oi – ela murmurou. A suavidade rouca de seu tom me inundou, aliviando o vazio. Sua voz provocava isso em mim, me deixava calmo.

– Acordei você?

– Tudo bem. – Ela bocejou. – Adormeci no sofá. – Houve um farfalhar de tecido, o clique de uma fechadura, uma porta deslizando para abrir. A madeira rangeu e suspirou. Imaginei-a se acomodando delicadamente em uma cadeira do pátio, fitando o mesmo oceano à minha frente, a milhares de quilômetros de distância de mim.

Pousei os cotovelos na grade.

– Dia longo? – Era meia-noite para mim, o que significava que eram dezenove horas no Havaí.

Ela cantarolou uma confirmação.

– Eu estava praticando surfe com remo com Katy e seus alunos – disse, referindo-se a uma amiga dela. Katy dirigia um acampamento de verão de surfe e surfe com remo em Hanalei. – Ficamos lutando contra o vento o tempo todo. O pôr do sol foi espetacular, no entanto. Parecia um picolé cremoso de laranja derretendo na água.

O canto da minha boca se levantou.

– Agora fiquei com vontade de tomar sorvete.

Ela riu baixinho.

– Eu também. Que sabor?

– Gotas de chocolate.

Ela gemeu.

– Isso é tão sem graça.

– O que você sugere, então?

– Poi.

– Poi?

Ela cantarolou daquele jeito novamente.

– Tipo inhame-coco?

– Sim. – Ela riu.

Torci a cara.

– Parece nojento.

– É um pedaço do paraíso. Você tem que experimentar.

Fiz um barulho de objeção. *Quando?*, pensei. Não dá para arranjar sorvete de poi por estas bandas e eu não iria viajar. Nos últimos seis meses, tinha me recusado a deixar o Estado.

Sob a luz da lua, a maré lambia a praia como a língua de um cachorro em uma tigela de água. Preguiçosa e rítmica.

– Eu não quis dizer...

– Nat, não faça isso. – Pressionei a ponte do meu nariz. – Não se desculpe. – Ela detestava quando me lembrava da minha condição. Por alguns instantes, nenhum de nós falou. Ouvimos o ritmo de nossas respirações, e eu desejava que ela estivesse aqui.

Ela suspirou.

– Já que você não ligou para papear sobre sorvete, sobre o que quer conversar?

Eu tinha muito a dizer a ela, e algo mais importante para pedir, mas as palavras se dissolveram na minha boca como a água escorrendo na calçada quente.

– Nada em particular – menti. – Só queria ouvir sua voz.

Um riso rouco chegou aos meus ouvidos.

– Eu estou parecendo um sapo falando.

– Devia deixar você desligar. A que horas é o seu voo?

– Cedo demais. – Ela gemeu. – E eu tenho reuniões em Los Angeles a tarde toda. Vejo você em alguns dias?

– Sim. Estamos ansiosos por isso. – Porque, do jeito que eu via as coisas, Natalya era a única forma de eu poder manter minha promessa para Raquel, aquela que fiz quando beijei seu corpo sem vida pela última vez.

Vou mantê-los seguros.

CINCO ANOS ATRÁS
22 DE JUNHO

Encontrei Imelda exatamente onde eu esperava que ela estivesse às duas e quarenta e cinco da tarde: trabalhando em seu laptop no La Palma.

O restaurante ao ar livre do Casa del Sol tem a melhor vista de todo o hotel. O Oceano Pacífico se estendia até o horizonte, e a brisa que vinha do mar, abanada pelas palmeiras ao redor, era sempre bem-vinda. Em dias como aquele, onde o ar cheirava a fumaça de lenha e o calor podia chamuscar as sobrancelhas, minha roupa geralmente já estava ensopada de suor ao meio-dia. A camisa de abotoar em linho azul-celeste que eu havia vestido apenas uma hora atrás já estava com uma mancha de suor no ponto onde minhas costas tinham ficado pressionadas contra o banco de couro do carro.

Imelda almoçava em La Palma todos os dias. No mesmo horário e na mesma mesa. Ela estendia sua refeição por horas, reunindo-se com os funcionários e atualizando as planilhas. Eu confiava em Imelda tanto quanto confiava em Thomas, o que praticamente equivalia a zero. *Nada.* Mas havia uma coisa em que eu podia confiar, e essa coisa era a sua programação. Se havia algo que se podia dizer de Imelda é que ela era sistemática.

Fui desviando das mesas até ficar de frente para ela, e de costas para o oceano. Ela digitava rapidamente no laptop, um Bluetooth em seu ouvido, o cenho franzido. Usava uma blusa de seda branca e uma daquelas saias superjustas e apertadas na cor cinza. Era basicamente o mesmo tipo de roupa que usava todos os dias, inclusive naquele dia no hospital em que se apresentara como minha irmã.

Droga.

Num piscar de olhos, eu já estava de novo com raiva dela.

Por trás das lentes polarizadas dos meus óculos Maui Jim, contei silenciosamente até dez, observando um surfista desaparecer no buraco de um tubo, depois bati os nós dos dedos na mesa para chamar a atenção de Imelda. Hora de acabar de uma vez com aquilo.

Ela olhou para cima com surpresa e impaciência. Então seus olhos se arregalaram.

– Carlos! O que está fazendo aqui? – Ela se levantou, pegando uma caneta esferográfica da mesa. Segurou a extremidade da caneta entre as pontas dos dedos e o polegar, rolando-a para trás e para a frente, e sorriu.

– Você me chamou. O que é tão importante que você não pode me dizer pelo telefone?

– *Sí, sí*, é claro. – Ela apontou para a cadeira ao meu lado. – Por favor, sente-se.

Fiz uma cena olhando para o relógio, depois me sentei, joelhos afastados, costas pressionadas contra o espaldar e cotovelos pousados nos braços da cadeira. Minha perna balançava.

Imelda voltou para a sua cadeira. Clicou o botão da esferográfica.

– Como estão os meninos?

Meus olhos se estreitaram para aquela caneta. Ela estava com uma como aquela, apertando-a irritantemente, quando me confessou que não era minha irmã e que eu não era Carlos. Entre a choradeira e o pressionar compulsivo do botão da caneta, demorou um tempo excruciantemente longo para eu arrancar toda a história dela. Se na hora pareceu assim ou foi o tempo que desacelerou, não conseguia me lembrar. Aquela semana inteira foi um borrão.

Olhando para trás, acho que sempre suspeitei que ela estivesse escondendo algo de mim. Aqueles sonhos esporádicos com Aimee e minha obsessão em pintar seu rosto. Isso por si só devia ter sido motivação suficiente para eu perceber que alguma coisa não estava certa. Eu poderia culpar inúmeras coisas por não ter feito perguntas – recuperar-me de meus ferimentos, apaixonar-me por Raquel, cuidar dos meus filhos, a vida cotidiana. Mas eram apenas desculpas. No fundo, estava com medo. O que só me deixou mais enojado comigo mesmo.

Deslizei a mão pela nuca úmida.

– Os garotos estão bem. Estão na casa dos Silva.

Imelda girou a caneta como uma hélice de avião. Sua boca se abriu para falar. Ela queria fazer mais perguntas sobre eles, mas um garçom se aproximou e apresentou o cardápio.

Ergui a mão.

– Tem certeza? O ceviche de linguado com limão de Diego é leve e delicioso. Perfeito para este dia terrivelmente quente. – Ela abanou o pescoço com uma pasta de arquivo.

Balancei a cabeça.

– Tenho que sair em vinte minutos. O voo de Nat chega em uma hora. – Imelda dispensou o garçom e eu lhe lancei um olhar confuso. – Por que você trabalha aqui fora?

Ela deu de ombros.

– Hábito. Como está Natalya?

– Bem. – Ela estava vindo a negócios, mas planejava ficar várias semanas, o que era comum durante os meses de verão. Costumava passar seu período de férias conosco.

Imelda suspirou, sabendo que não conseguiria mais detalhes.

O garçom retornou com um cappuccino que ela havia pedido antes de eu chegar. Depositou a xícara e o pires ao lado de seu laptop, curvou-se ligeiramente e foi embora. Imelda rasgou um sachê de açúcar mascavo e mexeu até os cristais se dissolverem. Levantou a xícara, soprou a superfície e experimentou um gole, testando a temperatura.

Sacudi o joelho e fiquei batendo no braço da cadeira.

– Thomas assinou a escritura.

Parei.

– Quando?

Ela tomou outro gole e pousou a xícara.

– No inverno passado. O hotel está indo melhor do que há dois anos. – Como parte de seu acordo com Thomas para bancar minha irmã enquanto eu me recuperava fisicamente, e afastar quaisquer interesses que eu pudesse ter em saber quem realmente era, Thomas lhe emprestou dinheiro, mas com a condição de que seu nome fosse acrescentado à escritura.

Ela conseguiu manter o hotel, e eu uma babá de luxo.

– Ele ainda envia cheques a você? – Thomas também a recompensara.

– Não, desde dezembro. Parei de descontá-los há um ano.

Imelda ergueu os olhos para o teto com um ar de impaciência de irmã mais velha.

— Seus investimentos, contas, tudo. Está tudo lá quando você quiser.

O que idealmente seria nunca. Ela deu um clique na caneta. Eu queria arrancá-la da mão dela e atirá-la pela varanda.

— Eu agradeço, mas não, obrigado. Quando ficar sabendo da prisão de Thomas, sinta-se à vontade para me mandar uma mensagem pelo celular contando as boas notícias. — Afastei a cadeira para trás para me levantar, as pernas de madeira raspando no chão de ladrilhos.

— Sente-se, Carlos. — Lá estava o tom de irmã mais velha. Fiquei arrepiado, parando a meio caminho de me levantar. Ela apontou a caneta para a minha cadeira. — *Por favor*. Isso afeta você. Odeie a mim e a Thomas o quanto quiser, mas, acredite ou não, nós dois nos importamos com você. E eu amo os seus filhos.

Sentei-me lentamente na cadeira, minha cabeça inclinada enquanto um calafrio percorria meu corpo.

— O que isso tem a ver com eles?

Imelda olhou para a esquerda, depois para a direita. Largou a caneta e se inclinou para a frente.

— As autoridades estão fazendo perguntas a Thomas a respeito de sua morte. Estou preocupada, com receio de que elas possam vir procurar você para checar tudo o que Thomas lhes disse. Nós dois somos os únicos aqui — ela deu dois toques distintos no tampo da mesa — que sabemos sobre você. Thomas me deu seus documentos de identificação. Eu não faço ideia de onde ou como os conseguiu. Eles podem ser legítimos, pelo que sei, mas se não forem...

Eu não respirava. Não conseguia respirar. Minhas costas desabaram na cadeira.

— Posso ser preso ou deportado. — Porque podia estar aqui ilegalmente. Com identificação falsa e sem visto.

— Ninguém pode descobrir que eu o ajudei. Eu perderia o meu hotel. E você, Carlos — disse ela, em pânico —, você poderia perder Julian.

— Por que ele os continuou enviando?

Ela tomou um gole do cappuccino.

— "Culpa" seria o meu palpite. Ele se odeia pelo que fez com você.

Eu não saberia dizer. Não havia falado mais com ele desde que deixara Puerto Escondido no último dezembro.

— Ele está sob investigação por simular sua morte. Acho que sua amiga Aimee mencionou algo sobre você estar vivo quando entrou com uma ordem de restrição contra ele.

— Ele lhe contou isso?

Ela devolveu a xícara ao pires e pegou a caneta.

— *Sí*. Nós ainda conversamos.

— Depois de tudo o que ele fez? — Praticamente cuspi as palavras. Ela apertou o botão da esferográfica e eu praguejei. — Ele está de olho em mim.

— Ele se preocupa com você, Carlos.

— Eu não dou a mínima para ele. Por mim, ele pode apodrecer na prisão. — Já iria tarde.

— Ele não vai para a prisão por simular sua morte. Não há lei em seu país...

— Meu país?

— Eu não quis dizer... — Ela limpou a garganta. — Você está certo. Peço desculpas. Os Estados Unidos. Aparentemente, elaborar uma morte fictícia não é ilegal, e foi o que Thomas fez. Seu funeral e seu enterro foram para disfarçar. As autoridades estão investigando as consequências de sua morte. Elas querem saber se Thomas lucrou financeiramente.

Retirei o suor da ponte do nariz e empurrei meus óculos Maui Jim de volta no lugar.

— Os Donato são ricos. Tenho certeza que ele lucrou.

— Muito pelo contrário. As Empresas Donato não estão indo bem desde a prisão de Phil. Sua carteira de ações ainda está intacta. Thomas mantém tudo em um fideicomisso e o tem administrado. Ele nunca recolheu o seguro após sua morte.

— Que gentil.

Capítulo 7

JAMES

DIAS ATUAIS
22 DE JUNHO
LOS GATOS, CALIFÓRNIA

– Você é a *señora* Carla?

– Bom... sim – respondeu ela, como se essa revelação não devesse ser uma surpresa para ele.

James praguejou. Não podia acreditar naquilo. Claire passou férias em Puerto Escondido todos os verões e feriados de Natal nos últimos cinco anos. Ficou tão próxima de Carlos e de seus filhos que era praticamente da família. Ela não lhes contou antes que *era* da família.

James prende as mãos atrás do pescoço e percorre freneticamente os olhos pela cozinha. Quando a mentira e a enganação terminariam?

Marc passa esbarrando por ele e abraça Claire em volta da cintura. Pressiona a lateral do rosto na barriga dela. Claire abre a boca, surpresa; então, surge em seu rosto um largo sorriso, o maior que James se recorda de ter visto nela. Repousa as mãos nas costas de Marc, apertando-o contra si.

– Você o ama. – As palavras soam como acusação. Uma sensação de opressão invade seu corpo. Ele desvia o olhar para longe, com inveja do afeto que sua mãe dedica ao seu filho. *O neto dela.*

James empurra goela abaixo o nó amargo na garganta. Por mais que queira esconder a verdade de Julian e Marcus, uma hora terá que lhes contar quem realmente é a *señora* Carla. Como essa notícia afetará seus filhos além das outras mudanças?

Eles não irão confiar em ninguém, ele pensa sombriamente. Imelda não era a tia deles. Carla não era uma vizinha qualquer. E Carlos não era a verdadeira identidade de seu pai. A única pessoa genuína nessa salada é sua tia, Natalya Hayes. Graças a Deus que pelo menos têm a ela.

Claire se agacha até ficar na altura dos olhos de Marc. Aperta seus ombros. James aspira o ar bruscamente entre os dentes. *Será que contará a ele?*

É bom ela ficar *de boca fechada.*

Ele está indignado. São seus filhos. De jeito nenhum vai permitir que sua família ferre com a cabeça deles. Entre a morte de sua mãe e depois seu pai esquecendo tudo sobre eles seis meses atrás, tinham lidado com mais sofrimento e reviravoltas do que qualquer criança poderia suportar.

– Eu estava com saudades – Claire diz a Marc, e James relaxa um pouco, mesmo que apenas por um momento. Enche a testa de Marc de beijos. – Eu tenho algo para você. Para Julian também. – Sorri para o seu filho mais velho.

Julian conseguiu manobrar ao redor de James para abraçar Claire. Então seus filhos aguardam, a expectativa deixando-os irrequietos, enquanto Claire mergulha a mão em uma sacola de compras reutilizável. Ela presenteia Marc com um kit de pintura em aquarela.

James quase recua um passo. Um kit de pintura, da mulher que o fez devolver o primeiro kit que ganhou na vida. Tinha sido um presente de aniversário de Aimee. A mãe deixara bastante claro durante sua adolescência que ele precisava manter o foco nos estudos e nos esportes, e não em hobbies frívolos.

Uma lembrança atravessa rapidamente o campo de sua mente. Ele aos treze anos, a camiseta suada colada ao peito, as calças de futebol americano sujas de grama apertando-lhe os quadris, o capacete gasto pendurado na ponta dos dedos, chegando ao seu quarto depois do treino de futebol para encontrar Claire revirando suas gavetas.

Ele havia parado na porta, o coração batendo acelerado em sua caixa torácica.

– O que você está fazendo?

– Miranda encontrou tinta na sua camiseta. – Claire bateu uma gaveta da cômoda, passando para a seguinte.

A governanta. Ela deve ter visto a camiseta na lavanderia. Pigmento de tinta a óleo manchava roupas, então ele se certificou de que, quando pintasse nos Tierney, só usasse camisetas surradas – aquelas das quais sua mãe não sentiria falta se ele tivesse que jogá-las fora.

Sua mão mergulhou em outra gaveta, empurrando para o lado bolas de meia. Uma caiu no chão. Ela não encontraria mais nenhuma roupa manchada, ou pincéis ou tubos de tinta, se era isso o que estava procurando. Ele se tornara um expert em manter suas frequentes visitas aos Tierney em segredo. O motivo para passar tanto tempo lá era duplo. Ele realmente gostava de Aimee. Ela era alguém legal e divertida para se passar o tempo. Mas ele amava pintar, e o senhor e a senhora Tierney haviam lhe concedido um espaço em sua casa para que pudesse fazê-lo. Até o haviam suprido com materiais de arte.

Por que seus pais não poderiam fazer o mesmo? Por que sua mãe não poderia encorajá-lo a perseguir sua paixão como os Tierney? Sua habilidade florescera graças ao apoio deles.

Claire fez uma pausa e ergueu o olhar.

– Você está pintando?

Por que ela desprezava o fato de que estivesse?

Ele engoliu à força aquela sensação entalada na garganta e encarou-a com firmeza.

– Não. – Ele também se tornara hábil em mentir.

– Então explique a tinta na camiseta que Miranda encontrou.

– Aconteceu na escola durante um projeto de aula. – Quis retirar as palavras assim que elas saíram de sua boca. Como um *handoff* desajeitado, ele deixou a bola cair. Ele usava uniforme para ir à escola. – A Irmã Katherine nos deu permissão para tirar nossas camisas se tivéssemos uma camiseta de baixo – ele enfeitou. – Não tinha aventais suficientes para toda a turma.

Ela fechou a gaveta e se aproximou dele, chutando sem querer para o lado a bola da meia com o bico fino de seu salto de grife. Segurou com a mão sua bochecha suja de terra. Seu olhar deslizou de seus cabelos pegajosos para os lábios rachados e de volta para os olhos. Seus lábios se separaram em um suspiro de resignação.

– James, a camiseta que Miranda me mostrou é velha e alargada. Não use roupas assim para ir à escola. Você tem uma gaveta cheia de camisetas brancas e limpas. – Suas narinas se dilataram ligeiramente. – Vá tomar banho. – Ela acariciou sua bochecha e saiu.

James olhou para suas meias encharcadas de suor e sujas de grama, desejando que ela tivesse o mesmo interesse em sua arte quanto tinha em suas vestimentas e higiene. Pelo menos os Tierney emolduravam suas obras de arte. A mais recente que pintara, a de um *quarterback* na posição de arremesso logo antes de a bola ser lançada, fez com que pensasse que ele era melhor em empunhar um pincel do que em passar uma bola de futebol americano.

※

James observa seu filho inspecionar o kit de pintura. Marc não faz ideia de como esse presente é monumental.

– Você vai querer isso também. – Claire mostra-lhe um bloco de papel para aquarela.

Marc faz gesto de "mãozinhas cobiçosas" e pega o bloco.

– *Gracias, señora* Carla.

– Você é um excelente artista, assim como seu pai.

– Mas que mer... – James contém o xingamento. Ele deveria estar curtindo esse momento com Marc. Deveria estar feliz que o filho tivesse uma atividade para mantê-lo ocupado enquanto se instalam. Em vez disso, a raiva e a inveja causam uma pressão esmagadora ao redor de seu peito.

Ele odeia se sentir assim. Leu os diários de Carlos. E sabe por que sua mãe desprezava sua pintura.

Isso ainda machuca, no entanto.

Claire arrisca um olhar para cima, em direção a James, mas seus olhos se desviam quando ela registra seu péssimo humor.

– Isto é para você, Julian. – Sua voz geralmente estável vacila. Ela lhe dá uma bola de futebol.

– Legal. – Ele enfia a bola debaixo do braço dobrado. Sua outra bola de futebol está encaixotada em algum lugar da garagem.

– Isso também. – Claire enfia o braço dentro da bolsa. – É outra bola de futebol.

Julian bufa.

– Isso não é uma bola de futebol.

– De futebol americano – ela esclarece com um rápido sorriso. – Seu pai costumava jogar. Já teve um bom braço de passe. Você terá que pedir a ele para lhe ensinar.

Julian encolhe um ombro.

– Claro. Tanto faz.

– Julian, vá jogar bola com seu irmão lá nos fundos.

– Por quê? – ele pergunta, assustado. – Não vejo a *señora* Carla há quase um ano.

– Nós precisamos conversar.

– Quero falar com ela.

– Julian – ele explode, alto e brusco. O nome ricocheteia pela cozinha.

Julian empalidece. Ele olha de seu pai para Claire e de volta para o pai. Engole em seco, e James sabe que o menino sente que algo está errado. Como o pai conhece essa mulher, se não se lembra dela? Ele mexe nervosamente os pés e, furioso, bate a bola de futebol no chão. Apanha-a depois de um quique e a prende contra a cintura.

– Vamos, Marc, vamos cair fora daqui. – Prensa a mão em torno da nuca de Marc e empurra seu irmão para fora da cozinha.

Quando as portas duplas do quintal batem ruidosamente, James se vira para encarar a mãe. Claire torce os lábios. Pega a faca e parte os sanduíches de ovo.

– Você teria me mandado embora se eu tivesse dito a verdade – ela explica sobre o tempo que passara em Puerto Escondido. – Eu queria... – A faca para no ar, pairando sobre o próximo sanduíche.

James cruza os braços firmemente sobre o peito.

– Diga-me, mãe – ele zomba, qualquer resquício de paciência para com sua família há muito esgotada. – O que você queria?

Ela ergue o queixo.

– Eu queria conhecer os meus netos.

Um pensamento perturbador o atravessa como uma frente fria. Um arrepio encrespa a pele em seus braços. *Ela sabia desde o início que Thomas forjara a sua morte?*

– Sei o que você está pensando – diz Claire, alinhando metades de sanduíches em pratos. – Thomas não me contou sobre você ou porque o manteve escondido até Aimee encontrá-lo. Ele também me contou o que Phil fez com Aimee, e que acha que ele tentou matá-lo no México. – Ela faz uma pausa, limpando a maionese que escorreu da borda de um prato com a ponta do dedo. – É desnecessário dizer que seus irmãos e eu não estamos nos falando.

Eu tinha três filhos. Tempos atrás.

Carlos documentou muitas das conversas com a *señora* Carla. James se lembra de ter lido essa pequena confissão. A solidão de Carla ecoara a própria desolação de Carlos. Ele ansiava por companhia genuína, mas tinha dificuldade em confiar. Ele e Carla desenvolveram uma espécie de afinidade. Uma abertura, que não teria ocorrido se ele soubesse que era seu filho, evoluiu entre os dois.

Claire limpa a bancada e enxágua a faca, introduzindo a lâmina de volta na fenda do porta-facas. Faz um gesto em direção aos sanduíches. Quatro deles.

— Eu fiz o almoço.

Uma oferta de paz, James presume.

— Não espere continuar as coisas de onde você parou. Eu não sou o homem que você conheceu no México.

Claire pisca com força. Seus dedos elevam-se delicadamente até o botão de cima da blusa.

— Você também não é a mulher que meus filhos acreditam que você seja. — Sua voz é um sussurro de advertência.

Seus olhares se fundem através da ilha de mármore da cozinha. Após um instante, a expressão de determinação de sua mãe perde a força, fica desanimada. Seu queixo baixa em um leve aceno de cabeça. Ela esvazia a sacola de compras, balas de gelatina de ursinhos para Marc e Oreos para Julian. Os preferidos deles.

Empurra uma caixa achatada e retangular enlaçada com uma fita vermelha em direção a James; então, recolhe suas chaves e a bolsa. James a observa partir.

Ela para na porta da cozinha.

— Bem-vindo de volta, James. — Ela não espera por sua resposta, e um instante depois ele ouve a porta da frente se fechar com um clique.

Olha para a caixa à sua frente. Sua mãe jamais lhe deu presentes *só por dar*. Com exceção dos aniversários e do Natal, ela nunca lhe dava nada. Com a curiosidade aflorada, ele desfez o laço. Odeia como seu coração palpita de expectativa, e detesta o fato de se sentir como seus filhos se sentiram há poucos instantes. Exultante.

Ele levanta a tampa e apanha o conjunto de pincéis Filbert, suas cerdas de pelo de porco ideais para misturar tintas a óleo e acrílicas. Um nó do tamanho de um punho entala sua garganta. Sua mãe lhe comprara materiais de arte, depois de todos esses anos.

Bem, mamãe. É um pouco tarde demais. Ele não tem vontade de pintar novamente.

Ele joga a caixa de volta na bancada, e o quarto sanduíche, no lixo. O restante ele embrulha para mais tarde, já que ainda está empanturrado do café da manhã. Os meninos provavelmente também estão.

Mais tarde, ele e seus filhos passam a tarde desfazendo as malas e arrumando seus quartos. Eles despacharam apenas roupas, brinquedos, documentos importantes e algumas recordações, como fotografias de sua mãe. Exceto por algumas pequenas caixas de livros e arquivos, James deixa seus pertences intocados. Seu gosto por roupas é diferente do que fora como Carlos, e ele não tem estômago para ver os ternos e camisas feitos sob medida que Aimee escolheu separar em caixas em vez de doar. Aquelas roupas de *antes*.

Agora ele enxerga sua vida dividida em três períodos. A época anterior à fuga e a posterior a ela. O terceiro período, o *intermediário*, será sempre envolto em mistério, como aquele momento antes do amanhecer, quando o mundo não é escuro nem claro, apenas um cinzento nebuloso. Ele só saberá o que Carlos decidiu escrever nos diários. E ler sobre isso é totalmente diferente de vivenciar.

Seu olhar se lança para as caixas de papelão que sobraram na garagem. O restante é dele. Vai começar do zero o seu período *depois* e fazer compras no dia seguinte.

O chaveiro e a empresa de alarmes chegam depois das três. Enquanto as fechaduras são trocadas e o sistema de alarme é inspecionado e modificado para um novo serviço, Marc pinta na mesa da cozinha. Na esperança de apaziguar Julian, James instala seu Xbox. Seu filho recusa o desafio para disputar uma partida, e ele imediatamente inicia um *Halo* para apenas um jogador.

Julian não citou a *señora* Carla e, se por um lado isso preocupa James, por outro fica grato pelo filho não querer falar sobre ela. Pelo menos não por enquanto. Ele não está pronto para conversar sobre sua mãe também. Por dentro, ainda está furioso por ela tê-los enganado durante cinco anos. Mas, mais do que isso, teme que a verdade vá arrasar seus filhos, especialmente Julian. Ele não teve um pai nos primeiros quatro anos de sua vida, e o pai que o adotou não se lembra por que o acolheu. James sabe apenas o que Carlos escreveu. Precisa lidar com essa situação assim como se captura um peixe com as próprias mãos, que de outra forma irá escapar.

Jantam as sobras do café da manhã, e, depois que os meninos vão para a cama, James caminha de um lado para o outro pelos corredores, desesperado por uma corrida tarde da noite. Ele precisa comprar uma esteira.

Precisa sair.

Pega uma cerveja na geladeira, abre a tampa com um estalo, e pensa se liga ou não para Nick para encontrá-lo, enquanto continua perambulando pela casa, inquieto. É tarde, já passa das dez e meia da noite de um dia de semana, lembrando James de seu outro dilema. Ele deve levar a sério a tarefa de encontrar um emprego, pensa, andando nervoso pra lá e pra cá próximo à janela da frente e vislumbrando a noite lá fora.

Ele para e leva o gargalo da cerveja à boca. Seu telefone vibra no bolso de trás, mas ele o ignora. Tem feito isso o dia todo; a última pessoa com quem deseja falar depois da inesperada visita de sua mãe é Thomas. O cara não vai deixá-lo em paz. Além disso, toda a sua atenção está concentrada no SUV estacionado em frente à sua casa, os faróis acesos, o motor ligado. Ouve o motor pela janela aberta.

O movimento no interior do veículo põe seu coração em velocidade supersônica, um punho martelando o seu esterno. O gesto, de tão familiar, é surpreendente. Eletricidade dança em sua pele, e o ar invade repentinamente seus pulmões, carregando uma palavra: *Aimee*.

Capítulo 8
CARLOS

CINCO ANOS ATRÁS
22 DE JUNHO
PUERTO ESCONDIDO, MÉXICO

Meu coração batia no peito como no dia em que minha esposa morreu, quando a enfermeira colocou Marcus em meus braços e Raquel depositou sua confiança em mim. Meu passado era tão desconhecido para ela quanto era para mim, e ainda assim nós nos apaixonamos e nos casamos. Ela me deu seu filho Julian.

E agora eu poderia perdê-lo.

Acelerei o jipe aberto por Costera, aumentando a marcha. O vento secava o suor no meu cabelo, mas não oferecia escapatória alguma do calor, muito menos das preocupações de Imelda sobre a minha documentação. E essas preocupações eram válidas. Embora eu não tivesse tido problemas, fiquei me perguntando sobre os cartões em minha carteira. Alarmes não soaram e as autoridades não vieram correndo quando me casei com Raquel, adotei Julian e paguei meus impostos. Isso não significava que minha documentação não tinha sido falsificada. Só significava que eu não tinha feito nada para aparecer como um pontinho na tela do radar de alguém.

Eu poderia prosseguir com o meu *modus operandi*: manter a galeria, socializar com os vizinhos e contribuir ativamente para a comunidade. Mas isso não resolvia o grande *"e se"* com relação a Julian, principalmente porque o estado da minha mente já era questionável. Será que Julian era legalmente meu filho?

Sinais de alerta pipocariam se eu começasse a fazer perguntas. Eu poderia ter o traseiro arrastado para a prisão mais próxima ou ser chutado para o outro lado da fronteira. Havia uma pessoa que tinha as respostas, e me enchia de fúria o fato de eu precisar procurar sua ajuda. Também me apavorava pra cacete.

Segurei o câmbio e reduzi a marcha, desviando direto para o aeroporto. Minha conversa com Imelda durara muito mais do que os vinte minutos que eu tinha antes de o avião chegar. O voo de Natalya havia pousado quarenta minutos atrás, e aquela tendência à impaciência que corria por suas veias provavelmente a metera em um táxi a caminho da minha casa. Mandei uma mensagem de texto para ela enquanto deixava o Casa del Sol, pedindo que esperasse. Ela já tinha deixado uma mensagem de voz perguntando onde eu estava.

Apanhei o telefone no console central e sua mensagem mais recente piscou.

> Dê meia-volta. Peguei um táxi.

Praguejei, atirando o telefone no banco do passageiro. Então, eu acabara de passar por ela. Ela não poderia ter esperado mais cinco minutos?

Houve momentos durante suas visitas em que parecíamos um casal. Nossos horários encaixavam-se enquanto íamos pra lá e pra cá ao longo do dia. Dividíamos as refeições e as tarefas domésticas, enquanto fazíamos malabarismo com as atividades das crianças e discutíamos sobre as manias irritantes um do outro. Ela cutucava os dentes com a unha e eu usava as canecas de café para limpar os meus pincéis. Eu também guardava muita porcaria, coisas que ela considerava lixo, como velhos jornais e revistas. Esperava ansioso por suas visitas, adorava tê-la aqui, e sentia sua falta quando ela ia embora. Ela fazia eu me sentir como eu mesmo, seja lá o que significasse isso. E eu detestava querer mais. Ela não iria se mudar para Puerto Escondido, e eu tinha recusado seu convite de me transferir para o Havaí, onde ela ajudaria a criar Julian e Marcus. Eu não ia além da divisa do Estado desde dezembro. Medo de viajar é uma droga.

Mas, apesar da distância, o que tínhamos em comum nos mantinha unidos.

Natalya estava na sala de parto comigo quando o coração de Raquel parou. Acontecera tão rápido. A pressão arterial dela despencou como um avião abatido no céu; então o caos se instalou, enquanto observávamos o que deveria ter sido um dos dias mais felizes de nossas vidas em uma espiral descendente. Quando me dei conta, o médico estava oferecendo condolências pela minha perda no mesmo tom que diria aos pacientes para evitarem caminhar com seus pés enfaixados e descansarem. Segurou o meu ombro, assentiu com a cabeça uma vez e saiu do quarto. A enfermeira acomodou meus braços ao redor de Marcus, e quando teve certeza de que eu não o derrubaria, murmurou um parabéns indiferente acompanhado de um "sinto muito", seus olhos se desviando. Meu olhar encontrou o de Natalya por cima do cabelo cor de azeviche do meu filho recém-nascido. Sua expressão refletia minha incredulidade atordoada.

Natalya viera para o nascimento de Marcus e planejara ficar duas semanas para dar uma mãozinha com Julian enquanto nos adaptávamos à vida com um recém-nascido. Em vez disso, ela ficou dois meses, enquanto nos adaptávamos à vida sem Raquel. Não tínhamos experiência em lidar com um bebê, e fomos aos trancos e barrancos dando mancadas nos cronogramas de alimentação e trocas de fraldas, exaustos e abalados pela dor. Sua lealdade feroz a manteve em casa conosco, e sua compaixão garantiu que Julian e eu mantivéssemos um diálogo aberto sobre sua mãe. Como você conta a uma criança de cinco anos que sua mãe nunca mais voltaria para casa? Não havia um jeito fácil de fazer isso.

Mas a natureza compassiva de Natalya a trouxe para mim na noite anterior ao seu retorno ao lar no Havaí. Os meninos tinham ido dormir há muito tempo e ela dissera boa-noite, indo para seu quarto. Tomei um banho, sozinho com meus pensamentos, perguntando-me como diabos eu iria, sozinho, criar dois garotos quando a minha própria cabeça estava cheia de problemas. Girei a torneira e a água caiu algumas dezenas de graus quando a porta de vidro se abriu com uma rajada de ar frio. Minha pele se arrepiou e eu arfei pesadamente ao sentir suas mãos nos meus quadris. Eu me virei, a água açoitando a parte de trás da minha cabeça e ombros.

– O que você está...? – A pergunta ficou presa em minha garganta. Gotas de água camuflavam suas lágrimas, mas não a vermelhidão e o inchaço ao redor dos olhos. Ela estivera chorando.

Durante dois meses, Natalya colocou nossas necessidades adiante das suas próprias. Ela manteve minha jovem família unida e nos fez seguir em frente enquanto lidávamos com nosso luto, raramente demonstrando que estava sofrendo tanto quanto nós. Encarou-me com olhos vidrados e lábios úmidos, exposta de mais formas do que apenas pela nudez, e eu me dei conta de que nas últimas oito semanas ninguém a abraçara.

Resvalei meus dedos em seus cabelos e os apertei. Seus lábios se entreabriram em um suspiro. Ela não veio até mim para ser tranquilizada ou confortada. Este era um momento de emoção pura, onde a necessidade de receber transcendia o desejo de oferecer.

Minha boca aterrissou com força na dela. O gosto de sua angústia era tão palpável quanto a dor de se sentir viva. Em um turbilhão de membros, mãos e bocas, o corpo de Natalya se fundiu solidamente contra o meu. Eu gemi, chocado com o som possessivo que brotava do fundo da minha garganta, e agarrei suas coxas, levantando-a. Seus braços e pernas se entrelaçaram em torno de mim e eu me virei, pressionando suas costas contra os azulejos frios. Deslizei para dentro dela e nossos olhos se encontraram. Algo tácito passou entre nós, conectando-nos do modo como uma perda compartilhada faz. Mas não foi minha falecida esposa que eu vi nas linhas de seu rosto ou nos arcos de suas sobrancelhas. Não era nela que eu estava pensando quando comecei a me movimentar. Era tudo Natalya.

Uma emoção incontestável apoderou-se de mim. Segurando-a bem próxima, investi firme nela. Nós nos empurramos um contra o outro, forte e violentamente, até que nossas mentes e corações estavam despidos e tão nus quanto nossos corpos. Eu a baixei suavemente e nos inclinamos um para o outro. Ela chorou no meu ombro, tremendo em meus braços, e eu beijei seu cabelo úmido, a depressão em sua testa, a curva de sua orelha. Ela deitou um rastro de beijos ao longo da minha clavícula, descendo até meu coração acelerado. Então, ela me deixou, fria, nua e desnorteada.

Natalya pegou um voo para casa na manhã seguinte. Nenhum de nós teve a coragem de mencionar a noite anterior, e ela mal fez contato visual comigo quando deu um beijo de despedida em Julian e Marcus. Mas, no aeroporto, após eu apanhar sua bagagem na parte de trás do jipe, depois de ela brevemente me abraçar e beijar a lateral do meu pescoço, agarrei seu pulso quando ela começou a se afastar. Eu não queria que ela partisse. Mas essas não foram as palavras que deixaram a minha boca. Ela poderia ter engravidado. Não tínhamos usado camisinha.

Um sorriso triste tocou seus lábios e ela sacudiu a cabeça lentamente.

– Envio uma mensagem quando aterrissar.

Ela retornou a Puerto Escondido vários meses depois e entramos em um ritmo confortável, como se tivéssemos sido amigos por toda a vida. Depois disso, ela nos visitava muitas vezes por ano e conversávamos ao telefone algumas vezes por semana. Trocávamos mensagens de texto quase diariamente. Mas eu me perguntava se ela por acaso pensava naqueles momentos no chuveiro quando olhava para mim. Será que era a mim que ela enxergava, ou o marido da sua falecida irmã? Porque eu, com certeza absoluta, não tinha esquecido aqueles minutos ardentes, o jeito como seu corpo se encaixou no meu, e seus suspiros guturais enquanto eu deslizava dentro dela. Meu nome em seus lábios quando ela gozou. A lembrança faz meu pulso martelar. Deveria ter me sentido culpado por fazer sexo com minha cunhada apenas alguns meses após a morte da minha esposa. Mas não me senti. Tive que seguir em frente, continuar avançando para o futuro. O que fez eu me sentir culpado era o fato de eu não conseguir parar de pensar em Natalya dessa forma. Eu estava cobiçando-a como um adolescente excitado.

Diminuí a velocidade para a primeira marcha, parando no acostamento da estrada, deixando um táxi passar a caminho do aeroporto. Então, dei meia-volta e fui para casa.

※

Natalya tomou banho e saiu para uma reunião antes de eu chegar em casa com Julian e Marcus. Tínhamos terminado o jantar e Marcus já havia ido dormir quando Natalya encerrou sua reunião. Estava pegando os meninos, fazendo minhas rondas de fim de dia pela casa, quando a porta da frente se abriu.

– *Tía Natalya!*

– Julian, estou tão feliz em ver você! – Natalya caiu de joelhos. Julian correu para os seus braços.

Por cima de suas cabeças, observei o táxi saindo da garagem, de ré. Um sapato descartado do tamanho da minha palma jazia na varanda. Desviando-me habilmente de livros infantis, um trem de madeira e um chinelo de dedo solitário, peguei o sapato e me virei para Natalya.

– Quero lhe mostrar um novo truque que aprendi. – Julian saiu correndo para a cozinha. Ouvi a porta de correr abrir e bater com força.

Natalya levantou-se na ponta dos pés e beijou minha bochecha.

– Oi.

Eu sorri.

– Oi pra você também.

Fios de cobre espalhavam-se por seu rosto, enrolando-se em seu pescoço. Alguns se prenderam aos seus lábios. Eu os afastei para o lado, esbarrando no queixo dela com o sapato.

– Opa.

Eu ri, me desculpando.

– Essa foi uma investida de principiante.

Ela enrubesceu e olhou para trás. O táxi havia partido. Meus vizinhos Raymond e Valencia Navarro estavam lá fora para sua caminhada noturna. Eles acenaram e eu retribuí o gesto, fechando a porta em seguida.

Julian veio correndo pelo corredor, driblando com sua bola de futebol.

— Olha isso, *tía* Nat. — Ele lançou a bola para cima e a manteve no ar tocando-a com os joelhos. Natalya contou dezesseis toques antes que a bola ricocheteasse na ponta da coxa de Julian e quase colidisse com um abajur de mesa.

— Ops. — Julian foi atrás da bola.

Natalya bateu palmas.

— Isso foi impressionante.

Joguei os itens que carregava nos braços dentro do cesto de coisas a serem levadas para o andar de cima.

— Suas embaixadas estão ótimas, garoto. — Eu o encorajei da sala. — Mas lugar de bola é...

— Do lado de fora. Sim, sim, eu sei.

Natalya e eu seguimos Julian para fora, onde brincamos de passar a bola, comparando a pontaria e as habilidades de domínio. Julian ressaltou que as minhas eram as piores entre nós três, mas eu não estava completamente focado na bola. Minha cabeça estava na conversa que tivera com Imelda e como isso afetava o futuro de Julian.

— Cara. — Meu filho ficou me encarando com uma expressão de incredulidade estampada no rosto quando me pegou olhando fixamente para ele. Eu tinha errado a bola mais uma vez.

Natalya me fitou com curiosidade e eu balancei a cabeça.

— Foi mal. — Corri atrás da bola e a chutei para ela com um pontapé. Com a coordenação de uma atleta profissional, ela deteve a bola com o calcanhar e a passou para Julian. Meu filho ficou recitando as estatísticas do Albrijes de Oaxaca, um time mexicano de futebol, enquanto continuávamos passando a bola. Em dado momento, Natalya bocejou ruidosamente. Cobriu a boca com as costas da mão. Julian fez o mesmo, esfregando os olhos com os punhos.

— Vamos lá, futuro jogador de futebol profissional, vá pra cama. — Apanhei a bola e joguei-a em uma cadeira do pátio.

Julian deu um abraço de boa-noite na tia. Natalya depositou um beijo em sua cabeça.

– *Buenas noches.*

Ajudei Julian com seu ritual noturno de se preparar para dormir e escovar os dentes; então, li para ele uma história rápida. Ele adormeceu antes de eu chegar na última página. Deixando o livro de lado, dei-lhe um beijo de boa-noite e afaguei sua cabeça, bagunçando seus cabelos e deixando meus dedos ali por um instante. Ele perdera muito em sua curta vida. Abandonado por seu pai biológico e órfão de mãe. Então, ali estava eu.

Esfreguei as mechas escuras cor de nogueira, o cabelo áspero por causa do sal e do sol de verão. Havia três cenários em relação a Julian e dois com Marcus que me preocupavam. As autoridades poderiam tirar Julian dos meus cuidados, supondo-se que a adoção não era legal. Eu poderia abandoná-los. Poderia ser amanhã ou daqui a anos, mas um dia eu acordaria sem nenhuma lembrança deles. E se não quisesse filhos? Eu me afastaria deles? Tinha que considerar a possibilidade. O que aconteceria com Julian e Marcus se eu voltasse para a Califórnia?

Então havia o cenário final, com o qual eu vinha tentando entrar em acordo desde o último mês de dezembro. Eu não tinha certeza se queria que James tivesse a custódia.

O cabelo de Julian escorregou pelos meus dedos, e me perguntei quando o mesmo aconteceria com minhas lembranças sobre ele.

Encontrei Natalya no quarto de Marcus. Ela estava parada ao lado do berço.

– Não consigo acreditar no quanto ele cresceu – sussurrou quando eu me aproximei para ficar ao seu lado. – Está lindo.

Marcus se agitou, resmungando, erguendo o traseiro e fazendo o lençol deslizar. Ele estalou os lábios e Natalya sorriu. Ela puxou o lençol até seus ombros e deu leves palmadinhas em suas costas.

– Senti falta dele.

E eu senti falta dela. Queria lhe dizer que ela era linda também. A surpreendente tonalidade de seus olhos verdes, mesmo ali na iluminação fraca da luz do corredor que se derramava no quarto de Marcus, sempre me pegava de surpresa na primeira vez que a via depois de meses separados. Mas o lance sobre Natalya que me tocava em lugares que eu nunca tive a oportunidade de experimentar com sua irmã era a maneira como ela cuidava dos meus filhos. Ela os amava como se fossem seus. Sempre me surpreendeu o fato de que nunca houvesse casado e tido os próprios filhos. Ela seria uma mãe incrível.

– Você quer uma cerveja?

Ela cantarolou sua confirmação.

Fomos para baixo. Ela abriu a porta deslizante da cozinha e eu peguei as cervejas na geladeira, abrindo as tampas. Ela estava fitando as estrelas quando me juntei a ela.

– A lua está brilhando esta noite. – E lançava uma luz azulada em seu rosto.

Eu lhe passei uma garrafa.

– Obrigada. – Ela brindou e tomou um longo gole, depois suspirou.

As cigarras exibiam sua canção noturna e as palmeiras balançavam com a brisa do mar, o bastante para esfriar o que o dia havia derretido. Captei o delicado aroma de sabonete no ar carregado de maresia. Natalya havia tomado banho enquanto eu colocava Julian na cama, e pusera um vestido que mais parecia uma camiseta grande. A barra mal tocava a parte de cima de suas coxas. Ela cruzou aquelas pernas incríveis na altura dos tornozelos e recostou-se em um pilar de apoio da varanda de madeira acima de nós.

Desviei o olhar e tomei um grande gole de cerveja.

– Conte-me sobre sua reunião.

– Correu bem. O jantar foi fenomenal. Comemos no novo estabelecimento de frutos do mar na avenida Benito Juarez.

– O Luna's?

Ela assentiu.

— Pedi tacos de dourado-do-mar. Mari concordou em fazer três designs exclusivos para nós. Vamos nos reunir em alguns dias para discutir algumas ideias.

— Gale já está surfando nessa onda?

Natalya riu levemente do meu trocadilho, balançando a cabeça. Ela poderia estar rindo de seu pai, talvez dos dois.

— Não inteiramente, e ele não vai gostar da contraproposta de Mari.

As pranchas Hayes, a mais importante fabricante de pranchas de surfe fundada por seu pai, Gale Hayes, sediada no Havaí, era conhecida por seus acabamentos patenteados e designs de ponta. As pranchas que vendiam careciam de desenhos exclusivos. Eram muito masculinas e genéricas em cores, na opinião de Natalya. O número de garotas que estavam surfando disparara na última década, e ela estava determinada a expandir o público-alvo das pranchas Hayes, introduzindo uma linha de pranchas personalizadas com designs que atraíssem essa geração. Natalya viu essa oportunidade em Mari Vasquez, uma pintora de pranchas mundialmente renomada. Como artistas, Mari e eu frequentávamos os mesmos círculos, e eu a apresentei a Natalya no último novembro durante o *torneo*.

Ela tomou um gole demorado.

— Papai concordou em encomendar a Mari três projetos. — Ela levantou o mesmo número de dedos. — Vamos imprimir digitalmente os designs em um envoltório de fibra de vidro e aplicá-los em um número limitado de pranchas longas, para ver como elas vendem.

Pressionei minhas costas contra o pilar oposto e olhei para ela. A temperatura estava caindo, e eu finalmente me senti confortável na camisa de linho que usara o dia todo. Já quanto aos jeans o assunto era outro, e eu estava coçando para vestir um short.

— O que Mari está pedindo?

— O nome dela na prancha, coisa que eu já esperava, e em que não vejo problema algum. Papai, por outro lado, vai enxergar isso como uma traição aos princípios. As pranchas devem falar por si mesmas, não os desenhos delas ou os surfistas profissionais que as utilizam. É por isso que não temos nossa própria equipe profissional, enquanto muitos de nossos concorrentes as têm.

– Gale não deverá ter problema com o autógrafo de Mari quando as pranchas começarem a vender mais rápido do que vocês podem fabricá-las.

Ela deu um sorriso, seus dentes brilhando em contraste com o rosto.

– É aí que ele vai ter um treco. Ela não trabalha com pagamento adiantado fixo. Quer receber royalties.

Eu levei a cerveja aos lábios e ri, o som vibrando na garrafa.

– Gale vai ter mais do que um treco. – Fiz um brinde com a garrafa para ela e bebi.

Ela me devolveu uma careta.

– E quanto a você? – Ela deu tapinhas na testa. – Algo está se passando nessa sua cabeça.

Cruzei os braços.

– O que a faz dizer isso?

Ela terminou a cerveja.

– Você não estava lá quando jogávamos bola mais cedo. Estava distraído. Importa-se em compartilhar?

Eu não tinha certeza ainda. Por enquanto, estava trabalhando nisso.

– Estou bem. – Ergui a mão, preparando-me para voltar para dentro.

Ela me lançou um olhar de dúvida, mas não insistiu. Uma luz acendeu em uma janela do segundo andar da casa ao lado, chamando sua atenção.

– Quem está passando as férias ali? Não estou acostumada a ver aquela casa tão escura e quieta.

Geralmente não era assim naquela época do ano. A música estaria ensurdecedora, com a luz brilhando em todos os cômodos.

– Uma mulher dos Estados Unidos alugou o lugar para passar o verão.

– De que Estado?

Dei de ombros, surpreso por não ter pensado em perguntar a Carla.

– Não faço ideia. Mas ela parece legal. Você vai conhecê-la. Fica vendo as crianças brincar na praia.

Natalya bocejou, assentindo, e gesticulou para a porta deslizante.

— Está tarde. Vou para a cama.

Estendi o braço para pegar na sua mão quando ela começou a caminhar. Ela pegou a minha sem me olhar e eu a puxei para os meus braços. Quase suspirei pelo prazer que era aquele contato. Soquinhos de brincadeira e abraços no pescoço dados pelos garotos eram ótimos, mas não afastavam a solidão.

Natalya cruzou os braços em volta da minha cintura e eu enterrei os lábios em seus cabelos. O abraço foi platônico até que demorei ali os meus lábios, percorrendo a divisão dos fios. Ela ficou rígida e eu deixei meus braços caírem, com medo de ter cruzado um limite implícito. O incidente do chuveiro ocorrera quase quinze meses antes. Parecia até que jamais acontecera.

Ela recuou um passo e ergueu o rosto para me encarar, seus olhos perscrutando minha face. A pele entre suas sobrancelhas se franziu.

— Vamos tomar umas cervejas depois do trabalho amanhã. Podemos conversar sobre o que está incomodando você. — Ela sorriu.

O canto da minha boca repuxou para cima.

— Cerveja parece ótimo.

— Mas conversar não. — Ela sacudiu um dedo para mim. — Agora sei que está acontecendo algo com você. Não se preocupe, não vou insistir. Por enquanto. — Entrou na casa e eu a segui. Trocamos um boa-noite na cozinha e a vi caminhar pelo corredor. Ela se deteve e estudou as fotos na parede. Eu sabia qual delas havia chamado sua atenção. Uma foto dela e Raquel no nosso casamento, curvadas de tanto gargalhar. Ambas deslumbrantes em seus vestidos. Raquel de branco e Natalya de lavanda. Natalya tocou os dedos nos lábios e depois no vidro. Então desapareceu no banheiro.

Joguei as garrafas no lixo reciclável e subi para escrever. Ordens médicas. Mas o que começou como um exercício diário, na esperança de recuperar meu passado, evoluiu nos últimos seis meses para uma ferramenta de sobrevivência. Se eu me perdesse para James, minhas lembranças ainda estariam aqui.

Capítulo 9

JAMES

DIAS ATUAIS
22 DE JUNHO
LOS GATOS, CALIFÓRNIA

– Aimee.

O nome dela preenche a sala antes que se dê conta de que o pronunciou em voz alta. A agonia de não vê-la, ouvir a riqueza suave do timbre de sua voz, aconchegar seu corpo magro nos braços, a pressão de suas curvas femininas contra sua superfície sólida, inunda o vazio dentro dele. Quase o deixa de joelhos.

A garrafa escorrega de seus dedos, caindo com um baque no tapete de lã. O líquido âmbar sangra para as fibras cor de creme, encharcando a sola de seu pé descalço. Ele mal sente. Cada um de seus sentidos está fortemente sintonizado na mulher no veículo estacionado lá fora, diante da casa.

Os faróis se apagam; depois de alguns tique-taques do relógio feio e antigo atrás dele, uma herança de família que alguém teve a péssima ideia de deixar para trás, eles se acendem novamente. É como se Aimee estivesse tentando decidir o que fazer.

Ela vai embora.

Com seu pé encharcado de cerveja, James mal registra suas longas passadas encurtando a distância entre eles, ou a porta da frente batendo com violência contra a parede por ter sido aberta com força excessiva. Ele jurou para si mesmo que não iria contatá-la. Ela tinha agora um marido e uma filha. Não quer atrapalhar sua vida, complicando ainda mais a bagunça que Thomas criou. Não quer que ela sofra ainda mais do que já sofreu. Sofrera tanto quanto ele, se não mais.

Mas ali está Aimee, depois de anos de separação para ela e o que parecem ser meses para ele, e nada vai impedi-lo de entrar naquele carro. Ele quer sentir a proximidade dela. Quer ouvir sua voz.

Ele bate com vigor na janela do passageiro. Ela dá um pulo sobressaltado no assento, virando-se para ele enquanto esmaga o volante com ambas as mãos, os nós dos dedos esbranquiçando. Um complicado conflito de emoções devasta o seu rosto, visível sob o brilho enevoado da luz da rua que inunda o interior do veículo. Vê a mesma saudade que sente profundamente na medula de seus ossos, junto a um pesar perturbador. Mas ali também há decepção e ressentimento em relação a ele. Seu coração desmorona um pouco mais. Ele a magoou e traiu sua confiança; escondeu muita coisa dela. Estava profundamente envergonhado.

– Aimee. – Tenta abrir a porta, girando a maçaneta para cima e para baixo, produzindo um som maníaco. – Destranque a porta. – Sua pulsação está acelerada. Ele pode senti-la latejar na garganta. Sua pele está quente e desconfortável. O suor encharca suas axilas. – Por favor. – Ele insiste na maçaneta, o barulho repetitivo ecoando.

A porta é destrancada e ele a puxa, abrindo-a, deslizando para o interior do carro. Fecha a porta ao seu lado e prega as costas úmidas contra o couro para se impedir de pular em cima dela. Seus pulmões arfam e as narinas se dilatam como se ele tivesse corrido dez quilômetros. A aceleração esmaga seu peito quando sente o aroma dela. Jasmim e flor de laranjeira. O cheiro de Aimee. Muito mais poderoso do que a memória.

Seus olhares se fundem no console central, e algo elétrico corre através de seu corpo, um turbilhão de emoções. Ele sussurra fervorosamente o nome dela com uma expressão de adoração.

Um rio de cabelos castanhos e ondulados – cabelos que ele costumava enrolar em torno das mãos quando a beijava profundamente – derrama-se com graciosidade sobre seus ombros.

Os orbes azul-caribenhos que ele conhece tão bem nadam em poças de lágrimas não derramadas. Seus cílios brilham e a pele pálida e delicada envolvendo os olhos parece inchada. Ela está chorando há algum tempo. Há marcas de lágrima pontilhando seus jeans.

Ele observa a própria mão estender-se para ela. Quer acariciar o côncavo de sua bochecha, afastar as lágrimas com beijos, passar os braços ao redor dela e nunca mais soltá-la. Mas ela já não é dele para cuidar, para aliviar a preocupação. A aliança de ouro em seu dedo, cintilante como a luz das estrelas ao brilho da lâmpada da rua, é um lembrete cruel disso. Ela não é mais dele.

Seu braço despenca em seu colo, e o olhar dela segue o movimento.

– Você está tremendo.

– Porque eu quero muito tocar você – ele diz.

Ela afasta o rosto, revelando seu perfil. A suave inclinação do nariz, o tremor do queixo. Com a base da palma da mão, enxuga a umidade que faz seu rosto brilhar.

– Aimee. – Seus olhos umedecem. Ele pisca rapidamente, lutando contra a própria emoção. – Aimee, querida. Diga algo.

Ela aperta brevemente os olhos, e James prageja pelas palavras de ternura que escorregaram de sua língua. Não quer assustá-la.

Sua respiração engata em uma longa inspiração.

– Eu tenho dirigido em círculos nas últimas duas horas.

– Querida... – Dessa vez ele ignora o deslize. Não gosta quando ela está chateada ou triste. Isso o deixa arrasado.

Ela enxuga o rosto de novo. A mão de Aimee treme, e a contenção dele se rompe. James agarra os dedos dela e suas próprias lágrimas se derramam.

Por um instante, Aimee puxa a mão, assustada pelo contato, mas então aperta a palma dele com força. Ela se vira completamente para ele, sentando-se sobre uma das pernas.

– Eu sei há algum tempo que você se lembra novamente.

– Há quanto tempo? Desde dezembro? – E ela nunca tentou contatá-lo. Ela assente.

— Kristen me telefonou depois que você ligou para o Nick. Eu sempre me perguntei se você se recuperaria. Carlos não achava que iria. Quero dizer, você não achava. Mas eu ainda me perguntava. Também fiquei pensando como seria quando você voltasse. Eu me perguntei isso desde o começo — ela admite em voz baixa.

— Desde o México?

— Sim, desde que te encontrei. — Ela mira além do para-brisa com um olhar desfocado, e James se pergunta se está de volta com ele em Puerto Escondido. Tudo o que ele sabe sobre essa visita é o que Carlos escreveu no diário. Aimee fora honesta com ele e consigo mesma antes de partir. Tinha sido dolorosamente difícil de ler, mas ele admirava sua força. Não gostou, mas entendeu por que ela teve que se afastar.

— Não tinha certeza de como me sentiria vivendo perto de você sem poder estar com você. Será que eu perceberia que ainda estava apaixonada? Deixaria Ian para ficarmos juntos? — Sua voz diminui de volume até ficar quase inaudível. Ela umedece os lábios e olha para as mãos dos dois unidas, sua pele irlandesa clara num contraste vívido com o bronzeado profundo que ele ostenta, depois de viver anos sob o sol mexicano.

— Nick ligou ontem e me disse que você está aqui. — Ela gesticula para a casa. — Com seus filhos. E de repente... — Ela se detém, os lábios entreabertos como se estivesse pensando em como dizer o que quer. James dá um aperto encorajador em sua mão, e ela olha para ele por baixo dos cílios. — De repente, não precisei mais ficar me perguntando. Eu soube. Não posso convidá-lo para churrascos de sábado à noite. E não vou à casa de Nick e Kristen para suas festas à beira da piscina. Não se você estiver lá. — Sua boca se contorce em uma careta molhada, e James murcha por dentro. Mas ela está certa. Ainda assim, ouvir isso não faz com que doa menos. Vai ser estranho para os dois.

— Eu queria... eu queria ter dado ouvidos a Lacy. Eu poderia tê-lo encontrado antes. — Seus ombros tremem quando ela começa a chorar mais, forçando as palavras a saírem. — Mas ela era tão esquisita. Ela me assustou e eu não a conhecia, e a ideia de você ainda estar vivo...

– Amor... querida, não – James suaviza. Ela está se martirizando, e ele sente cada soco verbal. Ele sabe da amiga de Imelda, aquela que abordou Aimee em seu funeral. Imelda contou a Carlos tudo o que sabia sobre como Lacy, a quem ela conhecia como Lucy, convencera Aimee a procurá-lo. Imelda finalmente reunira coragem para atrair Aimee. Estava cansada da farsa, e disposta a se arriscar a receber a ira de Thomas e o ódio de Carlos por causa de seu bem-estar. Ele tinha direito à verdade. James sacode a cabeça. – Não se culpe. Você não pode se culpar.

Ela morde o lábio inferior, assentindo distraidamente. James muda a posição da mão, entrelaçando os dedos nos dela.

– Aimee. – Ele sussurra o nome dela de novo e de novo. Não consegue parar de dizer o seu nome, até o murmura contra a pele dela quando leva as suas mãos unidas aos lábios.

Ela choraminga.

– Kristen disse que você esteve no café esta manhã. É por isso que eu não estava lá. Eu não podia estar lá no caso de você... aparecer. Eu estava... Estava com medo. – Ela para e uma nova torrente de lágrimas escorre por suas bochechas, correntes finas que encharcam seus lábios e se acumulam no queixo. Algumas lágrimas caem em seu colo, manchando ainda mais os jeans apertados que vestem suas pernas. Pernas que ele anseia desesperadamente que montem em seus quadris.

Antes que possa compreender o que está fazendo, James solta o cinto de segurança e arrasta Aimee para o seu colo. Envolve um braço em torno da cintura dela e enterra a mão nas madeixas que tanto ama. Segurando a parte de trás de sua cabeça, oferece seu ombro para ela chorar. Para seu choque, ela o beija, chorando em sua boca.

Que Deus o ajudasse, mas ele retribui o beijo. A conexão o atinge com uma força tremenda. Sente a falta dela terrivelmente. Seu gosto, seu toque, seu cheiro.

Dela.

Eles despejam no beijo tudo o que são, tudo o que têm e tudo o que perderam. As lágrimas se misturam enquanto se abraçam, tremendo nos braços um do outro.

Ele interrompe o beijo e toma o rosto de Aimee nas mãos, pressionando a testa contra a dela. Há muito o que dizer, tanto a explicar. Ele sabia que a incomodava o fato de ele nunca ter gostado de falar sobre seus pais, ou como foi crescer em uma casa onde o amor de um pai tinha que ser conquistado. Nada era dado livremente como era a afeição que os Tierney dedicavam a Aimee. Tinha sido especialmente difícil esconder a verdade sobre Phil, que ele era seu irmão, não primo, como a família inteira levou todos a acreditarem. Cada um se sentia enojado à própria maneira pelo fato de a mãe ter tido um relacionamento incestuoso com o irmão. James, no entanto, sentia vergonha. Sua família e a forma como tratavam uns aos outros, a maneira como sua mãe desprezava sua arte e o modo como seu pai impunha punições. Tudo o envergonhava.

Olhando para trás, porém, ele entendeu por que o passatempo favorito de Phil era atazanar os irmãos. Sua mãe se recusara a reconhecê-lo publicamente. Ele poderia ter sido o filho do diretor-executivo das Empresas Donato na época, mas, para o mundo exterior, a mãe que o gerou era um mistério. O tio Grant nunca falava sobre ela. Nunca admitiu que havia dormido com a própria irmã, não até que Phil e James os vissem mais do que envolvidos nos braços um do outro.

James produz um ruído áspero de desespero no fundo da garganta. Palavras correm em sua boca. Ele quer explicar por que seguiu Phil até o México. Como as Empresas Donato ficariam se Phil continuasse a despejar dinheiro das drogas nas contas da empresa. Os policiais federais confiscariam os ativos. James perderia tudo, inclusive os próprios sonhos. Com os investimentos esgotados, ele não poderia abrir sua galeria, e não seria capaz de bancar a vida que acreditava que sua futura esposa merecia – não com os ganhos de um artista. Phil não tinha que atacar Aimee para chegar até ele. A lavagem de dinheiro teria sido suficiente para destruí-lo. Quase arruinou Thomas.

Mas essas não são as palavras que saem. Ele beija a testa de Aimee, sua têmpora e sua bochecha.

– Sinto muito por tê-la deixado. Eu nunca deveria tê-la deixado – ele lamenta, e Aimee chora ainda mais. – Sinto muito por tantas coisas. Eu deveria ter lhe falado sobre Phil. Deveria estar lá por você, ajudando-a a se curar...

Aimee grita, e antes que James possa compreender que ela se foi, ela está de volta em seu assento afivelando o cinto de segurança, deixando para trás um espaço frio e vazio onde seu corpo estivera pressionado contra o dele. James se sente igualmente frio e vazio por dentro.

Lágrimas escorrem por seu queixo. Ele enxuga uma com o dedo e ela recua. Então segura o volante com as duas mãos e dá a partida.

– Aimee? – Ele pronuncia hesitante o seu nome. Sente-a se afastando, e levando seu coração junto.

– Eu o amo, James – ela chora convulsivamente sem encará-lo. – Eu sempre vou amá-lo. – Ela ergue os olhos azul-caribenhos e fixa-os nos dele, castanhos. – Mas eu amo Ian. Eu o amo muito. Temos uma filha linda. Demos a ela o nome de Sarah, por causa da mãe dele. Somos uma família, uma família muito feliz.

O coração dele se parte por completo. Ela o está matando. No fundo ele sabe que eles nunca mais voltarão a ficar juntos, mas ouvi-la proferir as palavras o deixa sem ar.

Ele não consegue respirar. Tem que sair do carro.

James agarra o trinco e abre a porta. Foge do carro antes que faça algo idiota, como puxá-la de volta para o colo ou trocar de assento para raptá-la e levá-la consigo noite afora. Fecha a porta silenciosamente e olha para a rua, sem saber o que dizer em seguida, ou o que fazer.

Para onde ir.

Não quer voltar para dentro da casa. Aquela propriedade não parece pertencer a ele. Nunca parecerá um lar, não como a casa que ele tinha com Aimee.

A janela do passageiro desliza para baixo.

– James?

Ele se força a olhar para ela uma última vez, porque pode ser de fato a última. Percebeu que não pode morar perto dela e não tê-la.

Ela se inclina em direção ao banco do passageiro para encará-lo.

– Eu o perdoo.

Sua alma murcha. Ele assente firmemente.

Ela solta o freio de mão, engata a marcha e parte, afastando-se. James mergulha as mãos nos bolsos da frente e a observa até as luzes traseiras piscarem e ela desaparecer na esquina. Desaparecer de sua vida. Seus dedos se enrolam em torno do anel de noivado que mantivera consigo desde dezembro. O anel que ela nunca mais vai usar.

Ele quer amaldiçoar o mundo.

Quer encher Thomas de porrada.

Seu telefone vibra com uma mensagem de texto recebida. Thomas tem chamado a noite inteira. *Que diabos ele quer?* Ele desenterra o telefone. Quatro notificações de mensagens de texto iluminam a tela.

> A data de soltura de Phil está confirmada para a próxima terça-feira.

> Estou falando no telefone com ele agora. Ele quer voltar para a casa da mamãe.

> Porra, James, eu juro que não contei a ele, mas ele sabe que você está vivo. Como pode saber disso?

> Ele quer ver você. Quer conversar sobre o que aconteceu no barco, no México. O que aconteceu, afinal?

Capítulo 10

CARLOS

※

CINCO ANOS ATRÁS
25 DE JUNHO
PUERTO ESCONDIDO, MÉXICO

A *señora* Carla apareceu no El Estudio del Pintor esta tarde. Tinha visto Julian na praia com os amigos, e ele lhe disse onde encontrar minha galeria. Alegou que queria ver o meu trabalho, mas acho que na verdade estava solitária.

— Seu trabalho é tão diferente — disse Carla com fascínio. Ela usava uma calça cropped branca e uma blusa rosa de alfaiataria, de aparência cara. Várias pulseiras caíam das mangas, pousando no osso de seu pulso quando ela abaixava o braço. Diamantes cintilavam enquanto se movia.

— Diferente do quê? — perguntei, enrolando as minhas mangas quando me aproximei dela.

Ela levantou um ombro anguloso.

— Do que eu esperava. Elas são vivas e dinâmicas.

Relanceei os olhos para a pintura que ela admirava, um surfista descendo um vagalhão. Eu havia feito uma abordagem impressionista, usando espátulas. A tela era um estudo em azul, o surfista um corpo sem peso, como se estivesse voando pela superfície vítrea da onda. Que era a sensação que os surfistas descreviam quando pegavam *aquela* onda, e o que eu pretendia alcançar com a minha pintura. A sensação de flutuar no ar.

Ela se deslocou para a próxima pintura, outro surfista deslizando na crista de uma onda menor à frente da quebra da tubular, seu corpo uma silhueta contra o sol poente.

– A unidade de suas cenas e os matizes... a abordagem que você adota... sua perspectiva... o tom geral... eles transmitem... – Ela bateu um dedo curvado contra o queixo e olhou de soslaio para mim. – Estou tentando encontrar as palavras certas.

Pousei as mãos nos quadris.

– Experimente o seguinte. Como as pinturas fazem você se sentir?

– Como fazem eu me *sentir*? – Seus lábios, pintados da cor da limonada rosa que Julian adorava beber, se entreabriram. Ela girou o pescoço de volta para a pintura. Ficou em silêncio por um momento. – Elas me fazem desejar ter me juntado aos meus filhos quando eles surfavam.

Olhei para o chão de concreto, escondendo o meu sorriso à imagem de Carla em uma prancha de surfe. Limpei a garganta atrás de um punho, minhas sobrancelhas se erguendo.

– Você gostaria de surfar?

Ela parecia chocada.

– Santo Deus, não. – Seus ombros subiram e desceram em um suspiro de resignação. Ela retirou um cartão-postal promocional do suporte ao lado da pintura. – Eu não tinha interesse em observá-los. Achava que não faziam algo de produtivo com isso.

Como competir em torneios de alto nível. Mordi o lábio inferior, tentando não examinar Carla da forma crítica como ela analisou minhas pinturas. Todo interesse e toda atividade de Julian me fascinavam, e o mesmo aconteceria com Marcus quando crescesse.

Ela virou o cartão, leu a descrição da pintura e enfiou-o de volta em seu lugar.

– Você tem um estilo arrojado e fresco. Sua pincelada é bem habilidosa.

– Você parece crítica de arte. – E crítica dos filhos, o que poderia explicar por que viajava de férias sozinha. Ela disse uma vez que tinha três filhos. Mas não falou que eles tinham morrido.

Ela alisou os cabelos prateados com a mão e pôs os fios rebeldes de volta no lugar. Amarrado na nuca, seu cabelo se derramava numa linha reta paralela à coluna ereta. A postura de Carla e o trato refinado falavam por si sós. Por mais clichê que parecesse, ela nascera em berço de ouro.

– Eu não sou crítica. Tento não ser.

Meus olhos se estreitaram ligeiramente quando um pensamento me ocorreu. Presumindo que ela, de fato, havia nascido em berço de ouro, sua juventude teria sido repleta de recitais de dança e aulas de música. Lições de arte. Observei suas mãos de ossos finos.

– Você é uma artista.

Ela riu como se a minha declaração fosse ridícula. Balançou a cabeça lentamente.

– Faz muito tempo que não. Desde que... – Ela se deteve e se afastou.

– Eu aposto que você costumava pintar.

– Em outra vida. – Sua mão pairou suavemente sobre um barco de pesca entalhado em madeira encontrada na praia. Ergueu o rosto para olhar para mim. – Eu não pinto desde que era mais jovem do que você.

– Por que parou?

Ela encolheu um ombro delicado.

Uma ideia se formou, e abri um grande sorriso. Bati palmas, o barulho ecoando pela galeria. Ela se sobressaltou. Apontei um dedo em sua direção.

– Você tem que pintar novamente. Agora mesmo.

Sua boca se abriu, pendendo no rosto, sua expressão era quase cômica.

– Nunca é tarde para aprender a pintar. Ou, no seu caso, começar de novo.

A mão dela abriu o botão de cima da blusa.

– Mas... mas... eu não pinto.

– Você costumava pintar. Por que não começar de novo? Você está de férias.

Os cantos de sua boca se inclinaram para baixo. Ela cruzou as mãos na altura do peito, os dedos entrelaçados. Estava nervosa, talvez um pouco assustada. O que a fizera desistir de sua arte?

A necessidade de aliviar seu desconforto fez com que eu diminuísse a distância entre nós em dois longos passos. Agarrei suas mãos. Seus dedos pareciam como se ela tivesse estado muito ao norte daqui, em um ar frio e cortante. Apertei sua mão, reconfortando-a.

– Tenho um estúdio no andar de cima onde dou aulas. Pia! – chamei por cima do ombro. Carla ficou tensa, e eu lhe lancei um rápido sorriso.

Pia, minha recepcionista, espiou por cima das páginas desgastadas de seu romance. *Dios!* Eu desejaria que ela escondesse a capa de nossos clientes.

– Fique de olho na loja. Vou ensinar a *señora* Carla a pintar de novo.

– *Sí*, Carlos. – Ela sorriu para Carla antes de seu rosto desaparecer por trás do livro.

Carla pressionou os lábios em uma fina linha de desaprovação.

Dobrei meu braço e puxei a mão dela para aceitá-lo, então gesticulei em direção à porta. A entrada do estúdio era por um lance de escadas do lado de fora.

– Por aqui.

Seu passo vacilou quando chegamos ao pátio. Ela olhou para o alto, para a escada de metal em espiral.

– Não estou certa a respeito disso...

Levantei um dedo.

– Uma pintura apenas, e eu não a incomodarei novamente.

Pia esticou a cabeça para fora da porta.

– Não se esqueça do seu compromisso às três horas – ela me lembrou em espanhol.

Consultei o meu relógio. Duas e quinze.

– Vamos ver o que conseguimos fazer em quarenta e cinco minutos.

Ela hesitou, depois baixou o queixo com uma assentida determinada.

– Eu lhe dou quarenta e cinco minutos.

Sorri e a conduzi para cima, antes que mudasse de ideia.

Para minha surpresa, a *señora* Carla decidiu ficar quando pedi licença para comparecer ao meu compromisso. Eu havia demonstrado algumas técnicas, tais como pinceladas cruzadas para criar profundidade, camadas de cores claras sobre escuras para um efeito de cobertura desigual, e aplicação de camadas finas de cores translúcidas para dar a aparência do vidro. Ela assimilou as técnicas como um atleta talentoso que ficou várias temporadas afastado para se recuperar de uma lesão. Queria pintar flores. Peguei emprestado o buquê que o namorado de Pia mandara entregar na galeria no dia anterior pelo aniversário de um ano dos dois. Com uma piscadela exagerada, prometi devolver o vaso antes que as flores murchassem.

– As coisas somem com você, Carlos – Pia resmungou, agitando para mim o livro com uma imagem levemente pornográfica na capa. – Você é um esquilo. Você pega coisas e as esconde naquela sua casa de praia. O que você está fazendo? Armazenando para o inverno? Preparando-se para o apocalipse?

É. O meu.

– Eu apenas levo pra casa jornais e livros, e só depois que você os lê.

Ela abraçou o seu romance.

– Este aqui você não vai levar.

Meus olhos se arregalaram.

– Não se preocupe com isso, Pia. – Fechei a porta atrás de mim e corri para o andar de cima, subindo dois degraus por vez. Depois que arrumei um cenário para Carla pintar, voltei para baixo para encontrar um comprador que encomendara uma pintura acrílica para o seu restaurante. Quando terminamos, retornei para Carla. Envolvida em sua pintura, ela se sobressaltou. Pousei uma mão em seu ombro e franzi a testa. Ela estava tremendo. Encarei-a. – Alguma coisa errada?

Apontou para a tela com seus dedos elegantes.

– Já faz muito tempo. Está horrível.

Ela estava brincando? Um admirador amador não saberia a diferença. Sua habilidade para misturar as cores era genial.

– É um excelente começo – eu disse, como se estivesse aconselhando um aluno e não quisesse desencorajá-la. Na verdade, eu estava mais do que impressionado. Ela tinha habilidade.

Sua mão orbitou sobre a paleta de tintas a óleo misturadas. Começamos com um meio com o qual ela estava familiarizada em vez da tinta acrílica. Ela respirou profundamente.

– Eu tinha esquecido como amo esse cheiro.

Eu ri. Apenas um verdadeiro artista apreciava o odor pungente e químico do pigmento. Dei um tapinha em seu ombro.

– Você sentia falta disso. – Olhei para baixo, quase não percebendo que ela assentira. – Que bom, porque há algo que temos que fazer. – Dirigi-me até o armário de armazenamento.

– O que é? – Uma nota de pânico se manifestou em sua voz.

Virei-me e levantei um dedo.

– *Uno momento*. – Então, dei um grande sorriso. Seus olhos se arregalaram. Eu só podia imaginar o que passava por sua cabeça. Ela provavelmente pensou que eu era louco. Embora, em minha defesa, eu ficasse um pouco zeloso quando um novo aluno mostrava paixão e era promissor.

Chacoalhei uma sacola de papel, escancarando sua abertura, e depositei lá dentro pincéis para iniciantes, três telas em branco e um conjunto de óleo para principiantes, oferecendo-lhe. Ela olhou nervosamente para a sacola.

– Nós, *señora* Carla, vamos garantir que você continue pintando. Leve isso para casa.

– Não... não, não, não. – Ela balançou um dedo. – Isto foi um experimento único. Eu não posso... – Ela olhou de mim para a sacola na minha mão.

– Você pode, e eu insisto que continue. Você é brilhante. Deixe sua pintura aqui até secar. – Gesticulei para a tela molhada. – Volte na próxima semana e eu lhe darei outra aula. E você – apontei um dedo para a paleta dela, e o canto da minha boca se contraiu – pode me dar uma aula de mistura de pigmentos.

Ela baixou o queixo e sorriu. Um sorriso que desapareceu rápido, substituído por um cenho franzido.

– O loft do segundo andar em sua casa possui excelente luz natural, e as janelas da sala são enormes – sugeri.

– São, sim.

– Um local perfeito para montar um estúdio para o verão.

Ela soltou o botão na gola da camisa e desviou o olhar.

– Carla – sussurrei, e então arrisquei um palpite –, não há ninguém aqui dizendo que você não pode pintar.

A porta do estúdio se abriu e entrou Natalya. Carla se afastou, colocando distância entre ela e os materiais que insisti que levasse para casa.

Natalya sorriu para mim, a sala de repente parecendo mais acolhedora e mais viva com sua chegada. Meu pulso acelerou e minha boca ficou seca. Eu saí naquela manhã antes de ela acordar, para uma longa corrida, antes que o dia ficasse quente demais e insuportável, depois vim para a galeria. Ela estava deslumbrante. Ondas fulvas dançavam de forma selvagem ao redor de seu rosto. A pele estava corada do calor lá fora. Ela usava um vestido de verão que abraçava todas as curvas que eu ansiava pintar. E ansiava fazer outras coisas também.

Ela fechou a porta atrás de si e segurou a alça de sua bolsa de carteiro, que cruzava o peito.

– Pia me disse que você estava aqui em cima.

– E aqui estamos. – Eu estendi o braço. – Venha cá e conheça minha vizinha durante este verão.

Natalya se aproximou de mim. Descansei a mão em suas costas e olhei para ela. Um pouco de rímel preto recobria seus cílios, e um toque de brilho cintilava em seus lábios. Limpei a garganta e desviei o olhar.

– Nat, esta é a *señora* Carla.

Natalya estendeu a mão.

– *Buenos días*. Prazer em conhecê-la.

Carla apertou brevemente as pontas dos dedos dela. Seu olhar transitou de Natalya para mim e de volta para ela.

– E esta é Natalya Hayes – apresentei. – Ela é minha...

– Ela é sua namorada? – Sua voz saiu estridente.

Natalya e eu trocamos um olhar.

– Não – dissemos ao mesmo tempo. O que a fez pensar isso?

Provavelmente fui eu. Fiz uma careta. Minha expressão quando Natalya entrou lhe disse tudo. Óóóótimo.

Passei os dedos pelos meus cabelos.

– Ela é da família. Tia dos meus filhos – esclareci.

O olhar de Carla saltou entre nós novamente.

– Oh... oh. – Eu quase podia ver sua mente imaginando a conexão entre o franzir de suas sobrancelhas, e, em seguida, o arregalar dos olhos. Ela sabia que minha esposa havia morrido. Sorriu, sua expressão esboçando desculpas enquanto apanhava sua bolsa. – Tenho que ir. – Ela olhou ansiosamente para a porta.

Passando meus dedos pelas alças, ofereci-lhe a sacola de materiais de arte.

– Não se esqueça disso.

Ela me olhou feio.

– É sua? – Natalya contornou-nos, aproximando-se do cavalete com a pintura de Carla. – Muito boa.

Carla apertou firmemente a bolsa.

– Obrigada. – Ela olhou para a sacola. Balancei o conteúdo. – Muito bem. – Ela a agarrou. – Foi um prazer conhecê-la, senhorita Hayes. Obrigada... Carlos. – Ela hesitou ao dizer meu nome, então se virou para ir embora.

Apanhei um pincel e fiquei rolando-o entre as mãos.

– Vou agendá-la para o mesmo dia e horário semana que vem. – Ela parou na porta e apontei o pincel para sua bolsa. – Tem uma loja na avenida Oaxaca com materiais premium de arte. Só por garantia. – Ela franziu o cenho. Ergui as mãos e dei de ombros. Ela abriu a porta e partiu.

Voltei-me para Natalya e sorri sem mostrar os dentes, com as sobrancelhas arqueadas.

– Ela é interessante – disse Natalya.

– Sim – concordei. – E é incrível, também. – Apontei para a pintura com o pincel. Natalya puxou-o da minha mão.

– Você vai acabar furando o olho de alguém com isso.

– Ela não pintava há muito tempo, e demorei um pouco para trazê-la até aqui em cima. – Comecei a limpar os materiais que Carla utilizara. – Como foi com a Mari?

Ela juntou o cabelo e torceu a massa de fios em um rabo de cavalo improvisado, deixando-o cair sobre um ombro. Abanou o rosto com a mão. Natalya sempre levava vários dias para se acostumar com o nosso calor seco.

– A reunião foi boa. Até que horas os Silva podem cuidar dos meninos?

A noite toda. O pensamento deslizou pela minha cabeça como uma *mountain bike* descendo uma colina. Meu rosto se aqueceu.

– Deixe-me verificar. Eles me devem. – Enviei uma mensagem.

– E você me deve uma cerveja.

Eu a olhei por cima da tela do celular.

– Gale concordou com os termos de Mari?

– Não. – Ela parecia encabulada.

Enfiei o telefone no bolso de trás.

– Você ainda não contou a ele.

Ela balançou a cabeça.

– Mas trouxe para Pia uma pilha de livros novos.

Estreitei os olhos.

– Histórias de suspense. Nada de pele à mostra nas capas.

– Eu lhe devo mais do que uma cerveja.

– Os projetos de Mari são radicais – Natalya estava me dizendo enquanto caminhávamos até o Alfonso's, um bar na rua da galeria. – Ela me mostrou cinco desenhos. Eu os encaminhei pelo celular para papai durante a reunião e escolhemos três. Aqui, deixe eu mostrar.

Paramos em uma esquina. Os turistas lotavam a rua fechada para carros, voltando para casa depois da praia ou saindo para a noite. Eu me posicionei atrás de Natalya, olhando para a tela do celular por cima de seu ombro. Um grupo barulhento de pessoas passou, esbarrando em nós. Coloquei um braço ao redor de sua cintura para nos manter equilibrados. Ela não ficou tensa nem se afastou, e eu a olhei com curiosidade. Sua atenção estava concentrada no telefone.

– Aqui vamos nós. – Ela me mostrou o primeiro esboço, um mosaico de raios de sol em amarelo e laranja.

Segurei sua mão na palma da minha e inclinei a tela para tirar o reflexo. Ela se recostou contra o meu peito, e, sem pensar duas vezes, abaixei a cabeça na curva de seu ombro. Ela cheirava a praia e algo exótico. Inalei mais profundamente. Tangerinas. *Caramba, como isso era sexy.*

Ela se afastou um pouco e torceu o pescoço para me encarar.

– Você acabou de me cheirar?

O calor corou meu rosto. Graças a Deus eu tinha um bronzeado permanente, assim ela não podia ver como minhas bochechas enrubesceram.

– Meu Deus. Estou fedendo? – Ela fungou sua axila, e eu ri. Ela abanou a camiseta. – Esqueço como é quente e seco aqui.

– Você cheira bem, Nat. – Mais do que bem. Apertei seu quadril. – Mostre-me os outros.

Ela deslizou para a próxima imagem, uma montagem de flores com ondas do mar feita em preto e branco, e a terceira, um cenário do fundo do mar habitado por peixes e polvos.

– Esse é meu preferido.

– Humm, me mostre de novo o primeiro.

Ela voltou deslizando algumas fotos.

– Esse é o meu.

Ela torceu meu braço para me olhar novamente. Sua expressão se suavizou.

– Você ama o sol.

Assenti e fui acometido por um toque de melancolia balançando meu coração. O mundo desacelerou à nossa volta, desaparecendo até que tudo o que existia era eu, Natalya, minha conversa com Imelda e o *"e se"* à espreita no centro da minha vida. Quando o interruptor seria pressionado em minha cabeça?

– Todo pôr do sol é mais um dia que tive com meus filhos. Toda aurora é...

– Mais um dia em que você se lembra do dia anterior – Natalya concluiu para mim.

Deixei meu braço cair da cintura dela.

Ela se virou completamente para mim e descansou uma palma na lateral do meu rosto, seus dedos se enrolando em meu cabelo e em volta do meu pescoço. Senti uma leve pressão, como se ela tentasse puxar meu rosto para o dela. Seus lábios se entreabriram, e eu nunca quis beijá-la tanto quanto naquele momento. Mas seu polegar resvalou minha bochecha, e sua expressão mudou para uma de preocupação.

– Você tem pensado no estado de fuga.

– Eu nunca deixo de pensar sobre isso. – Sou lembrado todos os dias quando me sento para escrever. É a razão pela qual escrevo.

Ela franziu a testa.

– Então, o que foi? Thomas ligou para você?

– Para mim, não. Para Imelda. – Agarrei seus dedos e puxei seu braço. – Eu lhe conto sobre isso mais tarde. Vamos. Estou com sede.

Conduzi-nos pelo bar cheio e abafado. A música trovejava dos alto-falantes – uma dupla flamenca dedilhando sua mágica nas guitarras. A fumaça da churrasqueira do lado de fora se acumulava no teto, carregando o cheiro dos famosos tacos de peixe com cerveja batida do Alfonso's. Meus amigos Rafael Galindo e Miguel Díaz estavam estacionados no bar. Eu os conhecia da academia. Andávamos de bicicleta todos os fins de semana, e quando eu conseguia ter uma folga das crianças, encontrava-os para bebermos cervejas.

Bati a mão no ombro de Miguel.

– Ei, Carlos, meu amigo. – Ele me cumprimentou com um toque de punhos, e então viu Natalya ao meu lado. – *Mí bella novia americana*. – Ele a abraçou.

– Há duas coisas em que você acertou. Sou americana e sou bonita.

– Você parte meu coração. – Miguel bateu com o punho no peito. – Já que não vai ser a minha namorada, que tal me mostrar como você faz as coisas legais nas ondas?

– Vai sonhando. – Ela beijou sua bochecha. – Garotas surfistas nunca revelam seus truques.

Cumprimentei Rafael com um aperto de mãos. Trocamos algumas palavras até que pedi licença para nós e pedi duas margaritas com gelo. Levamos nossas bebidas para o pátio, e Natalya se apossou de uma mesa enquanto os clientes anteriores a desocupavam. Ergui meu copo.

– Um brinde à Mari e à nova linha de *longboards* personalizadas da sua empresa. Ao sucesso de vocês.

Natalya tomou um gole de sua bebida.

– Huum, isso é bom. – Ela limpou suavemente os cantos da boca com os dedos. – Não tenho dúvidas de que elas serão bem recebidas, e darei um jeito para que papai aceite os termos de Mari. Mas vamos falar de você. – Ela empurrou a bebida de lado e se inclinou para a frente, as mãos entrelaçadas e os antebraços apoiados na mesa. – O que está acontecendo com Thomas e Imelda? Pensei que ele tinha parado de ligar para você.

– Ele parou. – Olhei ao redor do pátio lotado. – Olha, não posso conversar sobre isso agora.

Suas sobrancelhas se contraíram.

– Porque está muito barulho ou porque não está pronto?

– Muito público. – Tomei um gole generoso. O gelo tombou contra os meus dentes. Bati o copo quase vazio sobre a mesa e fiz sinal para a garçonete, pedindo outra rodada. Desloquei minha cadeira mais para perto dela e me inclinei em direção ao seu ouvido, para que ela pudesse me ouvir. – Você se lembra de quando lhe pedi, em dezembro passado, para adotar meus filhos?

Ela bufou uma risada.

– Você estava muito bêbado. – Continuei a olhar para ela, que me encarou de volta. – Você não estava falando sério.

– Pensou a respeito? – Não tínhamos abordado o assunto desde então. Nós o evitamos como o incidente do chuveiro.

– Claro que não. Por que eu iria adotá-los quando você mesmo é perfeitamente capaz de criá-los?

Bati na minha cabeça, indicando-a.

– Um homem sem passado, lembra-se?

– Já faz mais de dois anos, Carlos, e você continua sendo você.

– Preciso tomar precauções.

– Levaria mesmo os seus filhos para longe de você? Meu Deus, isso sequer faz sentido. – Ela passou os dedos pelos cabelos, afastando as mechas acobreadas do rosto. – Você ainda acha que é tão babaca quanto os seus irmãos?

– Sim. – Como poderia não ser? Eu me meti nessa situação, abandonado em outro país. Depois, havia aquela história que Aimee me contara. Fiquei chocado com o meu próprio comportamento em relação a ela. Que tipo de pessoa faz isso, caramba?

Natalya soltou o cabelo e deslizou um dedo pela borda de seu copo. Não olhou para mim.

– Eu sei que você e Raquel não tiveram muito tempo juntos, mas ela não poderia ter escolhido um pai melhor para seus filhos.

– Isso é tudo o que sou para você? O pai de seus sobrinhos? – Encostei as costas com força contra a cadeira, meu humor azedando para combinar com minha bebida. – Um cunhado?

Natalya piscou, atordoada pelo meu tom e pela forma como distorci a conversa. Eu não pretendia perguntar isso, não aqui, e principalmente não desse jeito. Mas... ali estava, lançado no ar, pairando entre nós como a fumaça da churrasqueira. Fiquei esperando que ela compreendesse o fato óbvio de que eu sentia algo por ela, ou deixasse isso para lá, descartando o assunto com um abano de mão, como fazemos quando a fumaça arde nos olhos. Meu coração batia furiosamente no peito.

O rubor tingiu sua pele sardenta, começando em sua face e descendo até o volume de seus seios. Minha boca ficou seca, e ergui o olhar. Ela estreitou o dela, suas bochechas latejando por apertar a mandíbula. *Que maravilha. Agora ela está puta.* Eu não devia ter dito nada. Ela recuou a cadeira e se levantou assim que a garçonete retornou com nossas bebidas.

Meu rosto se inclinou para cima.

– Aonde você vai?

Natalya deslizou a alça da bolsa sobre a cabeça e a apoiou no ombro.

– Eu não quero falar sobre isso agora.

– Mas você disse...

– Droga, Carlos. Você e James são o mesmo cara. – Ela se afastou.

Praguejei, atirando notas sobre a mesa e entornando a margarita, e fui atrás dela. Ela já havia disparado, fula da vida, por dois quarteirões quando consegui alcançá-la. Agarrei seu braço e a girei para mim.

– Por que fugiu de mim desse jeito?

Ela soltou o braço e me encarou com raiva.

– Não se atreva a desistir de seus filhos. E não se atreva a desistir de si mesmo. Pense em como você ficará furioso quando descobrir que os deu a alguém.

– Como ao menos sei que vou querer ter filhos?

– Exatamente. Você não sabe. Estou chocada por sequer estar considerando isso.

– O que a faz pensar que isso é fácil? – perguntei com um tom duro. – Estou pensando na segurança deles. Aposto com você que, como James, vou levá-los para a Califórnia, direto para o coração daquela família que me abandonou aqui. – Apontei para a lateral do meu corpo no ponto onde a cicatriz da bala que parecia uma pálida marca de pneu no meu quadril se ocultava sob minha camisa. – Meu irmão mais velho tentou me matar. Você quer que seus sobrinhos sejam criados com pessoas desse tipo por perto?

– Não jogue isso contra mim. Não me faça sentir culpada por minha opinião.

Abri minha boca para objetar. Não era minha intenção fazer chantagem sentimental. Queria apenas que ela entendesse meu ponto de vista. Mas ela me deteve com um olhar fuzilante. Levantei as mãos e recuei um passo.

Ela levou as palmas das mãos às têmporas, exasperada.

– Isso é tão confuso. – Ela suspirou, derrotada, e deixou seus braços penderem ao longo do corpo. Fixou os olhos numa rachadura no concreto. – Em relação à sua outra pergunta.

– Que pergunta?

– Você é muito mais do que um cunhado para mim.

Ah. Essa pergunta.

– Olha, Nat, eu não quis dizer...

Ela encontrou meu olhar, e o desejo que vi nela me derrubou como um surfista engolido pela onda.

– Nat...

– Estou apaixonada por você. Sempre fui, na verdade. E me sinto horrível por ter me aproveitado da situação.

O quê? Encarei-a, só um pouco desconcertado. Minha mente disparou em um milhão de direções, até que surgi com a única coisa que fazia sentido.

– Aquela vez no chuveiro? Por que você acha isso? – Haviam sido os dez minutos mais incríveis que tivera nos últimos anos.

– Vamos lá, Carlos. Você é mesmo assim tão tapado?

– Pelo jeito, sim. Me esclareça.

Ela abriu a boca, mas então a fechou. Suas narinas se dilataram e ela se virou, o cabelo se esparramando sobre os ombros. Estava indo embora.

E agora? Joguei as mãos para o alto.

— Aonde você vai?

— Voltar para casa.

— Mas o meu jipe está para aquele lado. — Apontei na direção da galeria.

— Vou pegar um táxi — ela gritou por cima do ombro.

Fiquei parado no meio da calçada, estupefato. O que foi que acabara de acontecer, droga?

Apanhei Julian e Marcus nos Silva e dirigi para casa, que estava escura e vazia. Natalya não respondeu quando bati em sua porta. Abri-a de leve. O brilho azulado e opaco da luz do pátio revelou um quarto tão vazio quanto a casa. Preocupado, mandei-lhe uma mensagem de texto. Ela ficara zangada, mas não o bastante para passar a noite fora. Talvez tenha decidido arranjar um quarto de hotel. Esse pensamento me deixou inquieto, porque eu queria vê-la. Tínhamos que discutir sobre Julian e Marcus. Tínhamos que conversar sobre mim. E precisávamos tratar daquela revelação monumental que ela soltou no meio da rua como um sofá caindo de uma caminhonete em movimento. Natalya não ia fugir disso.

Como ela não respondeu imediatamente, liguei. Do canto do quarto, ouvi o celular vibrar. Ainda estava dentro da bolsa dela. Ela provavelmente deixara suas coisas aqui e tinha ido dar uma volta.

Era tarde, então coloquei os meninos na cama e fui para o meu quarto vestir short e camiseta; ia procurar por Natalya. Ela gostava de passear à noite, e provavelmente estava zanzando pela praia. Ou poderia estar correndo como uma máquina e se recriminando pelo que me dissera.

Passei as mãos pelos cabelos. *Dios!* Ela estava apaixonada por mim. Sempre estivera, durante todo esse tempo.

E nunca disse nada.

Por que não?

As cortinas se projetaram das janelas, chamando minha atenção. A porta deslizante que dava para a sacada estava aberta. Fui até lá fora e encontrei Natalya enrolada em um cobertor, deitada em uma espreguiçadeira. A temperatura caíra. Ela olhava o mar. A água lambia a costa, o som da arrebentação sem sincronia com o batimento irregular do meu coração. Além de Raquel, Natalya significava mais para mim do que qualquer outra pessoa que conheci nos últimos anos. Ela era minha única amiga, a única pessoa em quem eu confiava. Ela era autoconfiante, gentil e tão independente quanto bela. Eu adorava tudo nela.

Eu a amava.

Mas por razões que não consegui descobrir, ela se sentia culpada pela única vez em que compartilhou a si mesma comigo. Achava que tinha se aproveitado de mim. Que tinha me seduzido.

Aham, claro. Bufei.

Sequei as palmas úmidas na parte de trás do meu jeans e me acomodei suavemente na espreguiçadeira vizinha, de frente para ela. Uma lágrima solitária escorria por sua bochecha. Resvalei o polegar pela superfície macia do seu rosto e ela agarrou meu pulso, depositando um beijo no centro da minha palma. Ela o soltou e fechei a mão num punho.

Seu peito subiu com uma inspiração profunda.

– Eu tenho irmãos em diferentes países, graças ao meu pai, que viajou o mundo todo e não consegue manter o pinto dentro das calças. Eu amo meu irmão na África do Sul e minha irmã na Austrália, mas Raquel era a minha preferida. Éramos as mais chegadas.

– Ela sentia o mesmo por você.

Natalya apertou o cobertor em volta dos ombros.

– O pai biológico de Julian era um idiota. A melhor coisa que ele fez foi desistir de seus direitos para que você pudesse adotá-lo. Eu queria odiar você quando nos conhecemos. – Ela me lançou um olhar compungido. – Raquel se apaixonou tão intensa e rapidamente por você. Eu pensei que ela tinha engravidado de outro babaca. Foi muito rápido e você estava...

– Ferrado.

– Não! – ela exclamou. – Como pode pensar isso?

— Eu estava muito destruído.

Sua boca se curvou para baixo.

— Sim, mas era óbvio que você a amava tanto quanto ela o amava. É por isso que eu me odiei por me sentir atraída por você. Durante aquelas semanas após a morte de Raquel, eu me apaixonei e praticamente me atirei em você. Que tipo de irmã faz isso? — Ela balançou a cabeça, enojada, e eu quis envolvê-la em meus braços, afastar a culpa com beijos.

— Nat — eu disse. Ela enxugou as lágrimas. — Nat, olhe para mim. — Seus lindos olhos verdes brilharam ao luar. — Você não me forçou a transar com você.

— Entrei no seu banho ciente de que você estava sofrendo. Eu me aproveitei dessa dor.

— Nós dois estávamos sofrendo. Nós dois queríamos aliviar essa dor. Eu amava Raquel, e vou valorizar o pouco tempo que tivemos juntos. Mas algo aconteceu entre nós naquele banho. Algo que não acho que podemos ignorar mais. — E não achava que *deveríamos* ignorar.

Sua respiração ficou presa.

— Eu sinto o mesmo, Nat. Eu te amo — sussurrei, puxando a ponta do cobertor. Eu a queria no meu colo, onde eu poderia beijar sua pele sardenta e enterrar meu rosto na curva de seu ombro, aspirá-la. Queria enterrar tudo que pudesse me afastar dela e dos meus filhos, e ser apenas eu mesmo.

Sem tirar os olhos de mim, ela se levantou. O cobertor escorregou de seus ombros e caiu a seus pés.

Puta merda.

— Você está pelada. — Coragem, excitação, expectativa, cada emoção que estava fazendo o meu coração acelerar e a cabeça zumbir disparou.

Um riso lânguido escapou dela. Ela empurrou meus ombros de volta para o encosto da espreguiçadeira e me montou. Agarrei seus quadris. O lado sensível em mim queria conversar sobre aquilo. Ela tinha certeza? Como isso mudaria o nosso relacionamento? Mas aquele lado que estava ardendo há dois anos estava farto de ser ignorado.

Deslizei minhas mãos pelas laterais de seu corpo, curvei os dedos ao redor de sua nuca e a beijei. E, caramba, como ela beijava bem. Seus lábios eram delicados, e seu perfume, inebriante. Deus, eu amava o cheiro dela.

Minha boca se moveu sobre a dela enquanto ela desabotoava freneticamente a minha camisa. Então, suas mãos estavam na minha braguilha, e o lado sensível dentro de mim segurou seus pulsos. Ela baixou o queixo e me olhou. Um lampejo de vergonha iluminou seus olhos. Um toque de vulnerabilidade tremeu seus lábios. Eu queria afastar com beijos todos esses sentimentos.

– Eu não tenho proteção – consegui dizer, minha voz áspera como lixa. Foram quase dois anos para mim. Não houve ninguém desde Nat e aqueles dez gloriosos minutos no chuveiro.

Ela fechou os olhos e balançou a cabeça.

– Nós não precisamos disso.

Ela estava tomando pílula.

O ar deixou os meus pulmões.

Ela deslizou o dedo ao longo do meu lábio inferior, e eu mordisquei a carne macia. Os olhos dela brilharam. Então seus lábios estavam nos meus, e eu me perdi. Consumido pelo desejo que ela despejou em mim e minha necessidade possessiva de tomá-la. Ali mesmo. Na varanda.

Alguém se importava com quem pudesse nos ver?

Nós, com certeza, não.

Ela deslizou o meu zíper, abrindo-o, e eu levantei os quadris. Então levantei os dela, meus polegares resvalando um trecho de pele rígido dentro de cada osso ilíaco, e a posicionei em cima de mim. Queria perguntar sobre as cicatrizes que tinha visto antes, quando estava usando um maiô, as quais agora eu tocava pela primeira vez. Mas a sensação de estar dentro de Natalya roubou minhas palavras. Nós gememos e começamos a deslizar um contra o outro, nossas respirações se intensificando. Eu me empurrei dentro dela como se tentasse alcançar aquela parte que ela estivera escondendo de mim até ali. Quando ela revelou seus sentimentos e correu, como se à espera de que eu os devolvesse bruscamente, embrulhados para presente e tudo mais, com um cartãozinho escrito "Não, obrigado".

Eu fiz exatamente o oposto. Peguei sua declaração e a tranquei onde ela deixara para trás um pedaço de si mesma todos aqueles meses antes. Porque, com Natalya, eu me sentia completo. Curado.

※ ※ ※

Pouco tempo depois, Natalya estava deitada em meu peito, nossa respiração pesada diminuindo em um ritmo constante. Rocei os dedos por sua espinha, maravilhado com o que tinha acabado de acontecer entre nós. Queria mais daquilo. Da conexão e dela.

Ela estremeceu de frio. Peguei o cobertor e nos embrulhei com ele. Envolvendo meus braços ao redor de sua cintura, beijei-lhe a testa. Ela suspirou e beijou o meu pescoço.

— Estive pensando — ela murmurou.

Eu também. Sobre o que eu queria para os meus filhos, sobre minha identidade e o que viria a seguir com Natalya. *Case comigo* hesitou em meus lábios.

— Sobre o quê? — perguntei.

Ela cruzou os braços no meu peito e descansou o queixo sobre as mãos. Seus lábios estavam a um beijo de distância, mas quando encontrei seus olhos, parei. Ela mordeu o lábio inferior. A vulnerabilidade havia retornado.

— O que foi?

— Você deveria ir para a Califórnia.

— O quê? — Todo o calor que construímos se dissipou como se uma frente fria tivesse invadido meu corpo. Tudo dentro de mim congelou. Meus braços deslizaram por sua cintura. — Por quê?

— Para que você possa descobrir...

— Descobrir o quê? — cuspi a rude interrupção. Que a minha identidade é falsa e eu serei preso ao embarcar no avião? Enfiei os dedos nos meus cabelos e segurei a parte de trás do meu pescoço.

Ela se sentou, o cobertor escorregando atrás dela.

— Quem você é, ora bolas. — A irritação e a impaciência endureceram seu tom de voz.

Correndo o risco de esquecer quem sou agora? Eu podia ver um rosto ou uma paisagem. Podia ouvir uma voz. Qualquer coisa poderia me arrancar do estado de fuga.

— Eu não viajo.

— Ouça, Carlos. Sei que você está com medo.

Apertei a mandíbula.

Ela segurou o meu rosto entre as mãos e eu lutei contra o desejo de me afastar. Por mais que sinta isso, um homem não gosta que lhe digam na cara que ele está com medo.

— Você sabe sobre James há seis meses. Não acha que é hora de parar de se esconder de quem realmente é?

— Não estou me escondendo. Eu...

— Então você deveria ir e ver Aimee.

— Eu... Como é que é?

Ela se levantou, envolvendo o cobertor ao redor dos ombros, desviando o olhar.

— Ela conhece você melhor do que ninguém.

Capítulo 11

JAMES

DIAS ATUAIS
25 DE JUNHO
SARATOGA, CALIFÓRNIA

James não vê opção. Ele e os meninos devem ir para Kauai. Lar de Natalya. Thomas quer que James e Phil se encontrem em seu escritório, mas James não entende qual é o objetivo disso. Ele ainda não se lembra do que aconteceu naquele dia, e contanto que continue assim, Phil negará que disparou a arma contra James. O que faz James querer fugir de seus irmãos é o apelo desesperado de Carlos para manter Julian e Marc em segurança. E não pode fazer isso quando a chance de voltar para casa e encontrar Phil na cozinha em vez de sua mãe é algo maior do que lembrar o que provocou o estado de fuga em primeiro lugar.

Ele também precisa de um lugar para pensar sobre quais serão os seus passos e os de seus filhos a partir de agora. Porque acabou aceitando que não pode morar na mesma cidade que Aimee e não estar com ela. Sua decisão de retornar a Los Gatos foi apenas mais uma de uma longa lista de péssimas ideias.

Mas Nick acha que ir para Kauai é um erro. O melhor amigo de James lhe assegurou isso no quintal dos Garner, ao calor da grelha Bull que assava seus bifes. James acabara de mencionar seu relacionamento com Natalya.

– Isso é sensato? – Nick pergunta.

Ficar na casa de uma mulher por quem ele estivera apaixonado? Provavelmente não. Eles se conheciam há quase sete anos. Ficaram íntimos por cinco, compartilhando cama, desejos e medos. E, não fosse pelas fotos que viu na parede, ele não conseguiria se lembrar do rosto dela, muito menos um único momento passado em sua companhia. Não, ficar na casa dela seria estranho.

Seu estômago se contorce como sempre acontece quando ele pensa nela. Talvez devesse pegar um quarto de hotel.

– Os meninos confiam nela. – Ele gira a cerveja clara que está bebendo.

Nick parece considerar isso. Reduz a temperatura na grelha e retira dois bifes, deixando os de Kristen e Julian um pouco mais. Ele grelhou cachorros-quentes antes para suas filhas e Marc. Com a pinça na mão, Nick arrasta a parte de trás do pulso sobre a testa suada.

– Botar uns dois quilômetros entre você e Phil não vai impedi-lo de ir atrás de você.

Ele sabe disso. Mas evitar Phil não é a única razão pela qual está indo. Ele dá um belo gole em sua cerveja. No fundo do bolso de sua bermuda lisa, ele gira o anel de noivado de Aimee, colocando-o e tirando-o da ponta do dedo.

– Julian e Marc estarão mais seguros com ela.

Nick quase derruba o bife de Kristen.

– Você vai deixá-los com ela?

– Eu não pensei muito à frente.

– Agora pode ser um boa hora para começar. – Nick olha assertivamente para ele.

James lhe mostra o dedo médio.

Mas seu amigo está certo. Ali está ele, fugindo novamente. Ele foi imprudente quando seguiu Phil até o México. E foi imprudente quando abordou Phil do lado de fora daquele bar à beira-mar.

James congela, seus lábios pairando sobre a boca da garrafa, enquanto uma lembrança vem e vai da sua mente como um ponto piscando em uma tela de radar: Phil em uma mesa com dois outros homens. Moradores locais, considerando seus trajes, tom de pele e comportamento casual. A imagem some antes que ele possa distinguir os rostos dos homens e o lugar. James aperta bem os olhos. Forçar as imagens faz sua cabeça doer.

Kristen avisa, do interior da casa, que a salada e as batatas estão prontas. Nicole dá um gritinho na mesa do quintal, seguida pela risada de resposta de Marc. Nick põe o último bife no prato e limpa a grelha, raspando pedaços de comida. James pega o prato para levar para dentro.

— Como eu disse, os meninos confiam nela. E, pelo que li, eu também confio.

DIAS ATUAIS
27 DE JUNHO

Dois dias depois, James e seus filhos estão de volta ao aeroporto, e ele está se perguntando sobre a mulher que verá dentro de seis horas. *Ela é da família*, James pensa enquanto segue Julian e Marc pelo controle de segurança do aeroporto. Até agora, é o único membro da família que não o ferrou ou tentou controlar algum aspecto de sua vida. Muito pelo contrário, na verdade. Ela tinha sido mais do que uma cunhada para ele e tia para seus filhos. Da forma como vê, ele deve muito a ela. Chame-o de curioso, mas ele quer conhecer a mulher que um dia o amou.

Quando eles coletam seus pertences do transportador de bagagem de mão e James coloca seus sapatos, Marc está dançando na ponta dos pés.

— Eu tenho que fazer xixi. — Ele coloca uma mão sobre suas partes íntimas.

James gesticula para Julian.

— Banheiro, vocês dois, depois café da manhã.

Depois de uma visita ao banheiro e uma breve luta com Marc para que lavasse as mãos, ele pede chocolate quente e doces para os meninos e um café e aveia para si. Eles levam sua comida até o portão, que está apinhado de turistas em uma infinidade de cores e estampas tropicais, e encontram um assento de um único lugar perto da janela. Marc sobe de joelhos para observar o avião e imediatamente deixa cair sua rosquinha atrás da cadeira. Ele olha para James e seu lábio inferior treme.

– Tonto – Julian observa, ao mesmo tempo que divide a própria rosquinha, oferecendo a metade ao irmão.

– Obrigado. – Marc esfrega uma mão sob o nariz e morde a rosquinha.

James observa o seu filho mais velho afundar no chão, as costas apoiadas contra a mochila, e é atingido por aquela rápida queda livre que acompanha o *déjà vu* como se ele houvesse dado um passo além da borda de uma prancha de mergulho. Ele vê a si mesmo em Marc. Como ele enrola os dedos como se estivesse segurando um pincel quando tem o desejo de pintar. A inclinação de sua cabeça quando está ouvindo algo importante. E a maneira reverente como olha para o irmão mais velho, como se as palavras de Julian fossem o evangelho. Mas, pela primeira vez, ele vê a si mesmo e a Thomas na forma como Marc e Julian interagem. Julian é antagônico e mandão em relação ao irmão mais novo, e James se culpa. Os meninos passaram por vários acontecimentos transformadores nos últimos seis meses. Mas, apesar da turbulência, Julian continua tomando conta de Marc, que continua a idolatrar seu irmão mais velho. Eles estão mais próximos um do outro do que dele, o que tinha sido o mesmo que acontecera entre ele e Thomas em relação aos pais.

Ele remove a tampa da xícara de café e assopra a superfície, recordando-se de um evento em particular em que Thomas salvou sua pele. James havia passado pela loja de materiais de arte certa tarde para comprar novos pincéis e tubos de tinta. Mas, na pressa de chegar em casa e trocar de roupa para encontrar Nick e seus amigos para um jogo de futebol americano no parque, acabou deixando sua mochila com os materiais de pintura no sofá da sala de estar. Ele chegou em casa algumas horas depois, suado, sujo de grama e lama, e encontrou Phil na sala de jantar folheando suas anotações de geometria. O livro, aberto na página do mais recente capítulo que James estudara, repousava sob seu cotovelo. Phil havia deixado a mochila escancarada na cadeira ao lado dele.

– O que está fazendo com as minhas coisas? – O olhar de James saltou de Phil para a mochila e depois voltou para ele. Não queria deixar óbvio que estava procurando pelos materiais de pintura, mas onde eles estavam? A sacola de compras havia sumido. Ele ouviu a mãe ao telefone na outra sala. Será que tinha pegado a sacola?

James olhou feio para Phil, que o encarou casualmente erguendo a vista do caderno.

– Mamãe disse que você se saiu mal na última prova. Pensei que poderia ajudá-lo a estudar.

James estreitou os olhos. Matemática era sua matéria preferida. Ele poderia ter errado duas perguntas, mas *e daí* que sua mãe achava que ele havia se dado mal na prova? Ele não precisava da ajuda de Phil para estudar. E com certeza não queria que ele mexesse nas suas coisas sem pedir.

James fechou o livro, colocou-o na mochila e puxou o caderno debaixo do antebraço de Phil. Ele não saiu do lugar. James puxou novamente o caderno e Phil sorriu devagar, recostando-se na cadeira. Ele enganchou um cotovelo no espaldar e acenou com o queixo para James.

– O que você estava aprontando?

– Jogando futebol com o pessoal. – Ele guardou o caderno.

– Só isso?

James fechou o zíper e colocou a mochila no ombro.

– Só isso – ele respondeu, saindo da sala de jantar.

– Eu só estava tentando ajudar! – Phil gritou atrás dele.

James lhe mostrou o dedo médio por cima do ombro. Então vasculhou a sala de estar à procura da sacola de compras, primeiro embaixo do sofá, depois atrás da mesa. Seu olhar percorreu os balcões da cozinha antes de ir para o quarto. Atirou a mochila sobre a cama e ficou ali, esfregando os antebraços. Será que tinha deixado a sacola na loja? Não, ele lembrava claramente de colocá-la em sua mochila antes de correr como louco para casa.

Estressado demais para se dar conta de que estava imundo, sentou-se à escrivaninha e tentou estudar. Ele rolou o lápis entre as palmas das mãos. Bateu a ponta no livro aberto. Correu os dedos em seu cabelo duro de lama e o apertou. Ângulos complementares e obtusos se misturavam fora de foco nas páginas enquanto o coração pulsava na garganta. Sua garganta estava seca, e ele desejava tomar um copo de água, mas não queria ir pegar um, pois podia se deparar com a mãe. Quanto mais tempo ficava ali sentado, olhando para o dever de casa, mais acreditava que sua mãe havia revistado a mochila e encontrado os materiais. Era só uma questão de tempo antes que percebesse que ele estava em casa. Ficaria de castigo por meses.

Uma batida leve soou na porta. James virou-se na cadeira e mirou a porta com olhos arregalados. Ela foi se abrindo. A sacola de compras surgiu, dependurando-se de um dedo em gancho. Segundos depois, os ombros largos de Thomas preencheram a soleira da porta. Seu irmão fechou a porta atrás de si e jogou a sacola para James, que a apanhou no ar.

– Onde você achou?

– No chão da sala de jantar. – Thomas se atirou na cama, caindo de costas, as mãos atrás da cabeça e as pernas cruzadas na altura dos tornozelos. – Aposto que caiu quando Phil fuçou os seus livros. Que bundão.

– Obrigado por me dar cobertura. – James empurrou a sacola de compras para a gaveta da escrivaninha, debaixo de uma pilha de cadernos antigos da escola. – Ele teria sido um babaca em relação a isso.

– Não é culpa dele ser do jeito que é. – Seu irmão pegou a bola de beisebol que estava dentro da luva de James, abandonada no chão ao lado da cama. Lançou a bola para cima, apanhando-a antes que atingisse seu nariz.

– Então, a culpa é minha por ele ficar mexendo nas minhas coisas?

– Ele só está tentando encher o seu saco, mas ouça. – Thomas jogou novamente a bola para o alto, e em seguida rolou, sentando-se na beirada da cama e capturando a bola com um movimento. Apoiando os antebraços nos joelhos, ficou brincando com a bola, atirando-a de um lado para o outro nas mãos. – Mamãe nos arrastou para o shopping Valley Fair alguns dias atrás. Trombamos com a secretária do papai.

– A senhora Lorenzi? – Ela era tão altiva quanto a mãe deles, e deveria ter se aposentado há uma década.

– Você sabe que a mamãe, o papai e o tio Grant não reconhecem Phil em público como filho da mamãe.

– Sim, e daí? O que aconteceu?

Thomas deu de ombros.

– Você conhece a mamãe. Ela não pode deixar de falar como ele é ótimo. "Meu sobrinho isso. Meu sobrinho aquilo." – Thomas imitou o tom e a cadência da voz da mãe deles. Então coçou a cabeça, a bola na mão. – Você acharia que Phil iria ficar todo convencido com os elogios. Ele parecia doente e um pouco triste. Senti pena do cara.

James franziu a testa.

– O que isso tem a ver com ele ser um idiota?

Thomas encolheu os ombros.

– Eu não sei. Tenho a sensação de que nossos pais e o tio Grant estão buscando uma sarna séria para se coçarem. Um dia desses, Phil vai se encher de a gente o chamar de primo. – Seu irmão tacou a bola e James a apanhou, colocando-a de lado. Thomas levantou-se e foi até a porta. – Aimee sabe sobre Phil? – Seu tom era de curiosidade.

James torceu os lábios e balançou a cabeça. Ele estava muito envergonhado para lhe contar a verdade. Causava-lhe repulsa que sua mãe fizesse sexo com o próprio irmão. Seria como ir pra cama com Thomas, se ele fosse uma menina. Não poderia haver algo mais repugnante. Ele ainda se lembrava da ridicularização sofrida por sua família antes de deixarem Nova York.

– É, acho que nós dois fizemos um bom trabalho varrendo esse escândalo para debaixo do tapete. Eu também não contei a ninguém. Thomas girou a maçaneta e parou antes de abrir a porta. – Quer um conselho?

James tinha voltado para a mesa e a lição de casa. Inclinou a cabeça para Thomas.

– Qual?

– Faça o mesmo com a sua arte. Você vacilou algumas vezes nos últimos tempos.

James concordou. Ficara descuidado. Ele olhou para a gaveta onde escondia a sacola de compras.

– Se você não tivesse que trabalhar na empresa da mamãe e do papai depois da faculdade, o que gostaria de fazer?

Thomas ficou em silêncio por um momento.

– Eu não sei. Realmente não pensei sobre isso.

– E se tivesse pensado sobre isso?

– O pai de Brian Holstrom trabalha para o FBI. Ele nos contou umas histórias bem legais. – Ele deu de ombros, depois ergueu a mão, com os dedos abertos. – Jantar em cinco minutos. – Seu irmão fechou a porta, deixando James com exatamente quatro minutos para se limpar e um minuto para sentar a bunda à mesa. Correu para o banheiro, os pensamentos em Phil sendo enxaguados junto à terra e à sujeira.

O alto-falante crepita sobre suas cabeças, lembrando James de onde eles estavam e por quê. O embarque para seu voo começaria em breve. Cutuca a canela de Julian com a ponta do tênis.

– Isso foi legal da sua parte – elogia ele, referindo-se à metade da rosquinha sacrificada. – Você é um bom irmão.

Julian não responde, apenas o encara, depois enterra o rosto no celular, enfiando o restante da rosquinha na boca.

No chão ao lado dos filhos, James termina seu café e faz um malabarismo com sua aveia, acrescentando e misturando a ela um pacote de nozes e frutas secas. Sandálias e mocassins cruzam seu campo de visão enquanto ele come. James raspa o fundo da tigela e dá suas últimas mastigadas quando um par de sandálias de tiras cobertas de strass preenche sua visão. Elas brilham furiosamente. Então, ele sente a presença da dona do calçado e sua postura enrijece. A pulsação em seu pescoço lateja.

Ele não precisa ver quem está usando o vestido de verão feito sob medida com o cinto fino de couro apertado em volta de uma cintura magra enquanto olha para cima. Não precisa olhar além do minúsculo botão de pérola no decote e no rosto contrariado para saber quem está ao seu lado.

A aveia que ele acabara de comer cai mal em seu estômago. *Que droga é essa?*

– Olá, James. – Sua mãe o cumprimenta, curvando a boca num sorriso de lábios fechados.

Pela segunda vez naquela semana, ele fica de queixo caído por sua presença inesperada. Tão caído que teve que se conter para não pedir a Marc para recolhê-lo junto à rosquinha suja.

James olha boquiaberto para a mulher que mentiu para ele e seus filhos por cinco anos. A mesma mulher que abominava seu talento artístico de tal forma que ordenara que ele devolvesse seu primeiro kit de pintura a óleo com o qual Aimee o presenteara, em seu décimo segundo aniversário. *Um talento frívolo, James, com o qual não vale a pena desperdiçar tempo.*

Isso sai da boca da mesma mulher que era ela própria uma artista. Uma artista brilhante, por sinal. Ele tinha visto a pintura exposta no corredor do andar de cima de sua casa em Puerto Escondido. Carlos também descreveu em seus diários os outros trabalhos que ela executou durante as estadas prolongadas no México.

Sua pulsação lateja nos ouvidos.

– Por que você está aqui?

O rosto de Claire se contrai. Um sorriso que mal se nota em seu rosto vacila.

– *Señora* Carla! – Marc se levanta e abraça Claire, espalhando açúcar e sujando seu vestido. Ela nem ao menos pisca, mas seu sorriso está de volta, mais vivo e amplo agora.

– Você vem para o Havaí? Vai ficar com a gente? A tia Natalya vai ficar muito feliz em ver você. – Marc derrama num espanhol rápido, incapaz de conter a empolgação.

Julian ergue os olhos de onde está sentado e olha surpreso para Claire, tão chocado quanto James por encontrá-la ali. Ele se levanta devagar, retirando os fones de ouvido e os apoiando ao redor do pescoço. Ele relanceia a vista para James, depois de volta a Claire, e James sabe que não vai demorar muito para que seu filho descubra quem é Claire, e o que ela tem escondido dele durante anos.

Claire beija a cabeça de Marc, depois faz o mesmo com Julian, que está se animando aos poucos. Ela o abraça e depois encara o olhar duro de James.

– Você se importa se eu me juntar a vocês?

– Dê-nos um minuto – ele pede aos filhos. Ele aperta o braço de Claire e a puxa alguns assentos para longe.

– James – ela ofega.

Ele para na lata de lixo e joga a tigela de aveia lá dentro. Em seguida, dirige-se decidido à mãe. Seus dentes estão cerrados para manter a voz baixa e um pouco sob controle.

– Nós tínhamos uma espécie de amizade doentia rolando no México, mas a verdade é uma só. Você se aproveitou da minha perda de memória. Não... espere... que continuemos de onde paramos.

– Não use esse tom de voz comigo. – Seus olhos disparam para a esquerda, depois para a direita, preocupada que eles estivessem fazendo uma cena.

James a solta e deixa o braço pender ao longo do corpo.

– Por que você está aqui?

Suas unhas feitas flutuam para o botão de pérola no pescoço.

– Thomas me contou que você estava partindo. Ele achou que eu gostaria de saber. – O rosto dela se suaviza. – Eu posso ajudar. Os meninos me conhecem.

– Como *señora* Carla. Eu pensei que você não estivesse falando com Thomas.

Ela faz uma careta.

– Nós nos falamos apenas quando necessário. James, querido, por favor. Você não ficava em casa por tempo suficiente, e Thomas não sabia quando você voltaria. – Ela olha ao redor de James. – Sinto falta deles. Não os vejo desde dezembro passado.

Um frio desce por sua espinha como um alpinista caindo de um penhasco.

– Você esteve no México em dezembro?

Ela parece surpresa.

– Claro que estive. Eu ia todos os anos para lá logo após o Dia de Ação de Graças. Passava o feriado de Natal.

Mas ele não a viu. O que significava apenas uma coisa na cabeça de James. Ela soube que ele emergira do estado de fuga e deixara o país.

Pelos alto-falantes, o funcionário anuncia o embarque para passageiros de primeira classe. Claire abre a bolsa e retira sua passagem.

– Você não é o único pai nesta família preocupado com o bem-estar de seus filhos.

Desde quando ela se importava com ele?

– Uma caixa de pincéis caros não compensa anos ignorando algo pelo que eu costumava ser extremamente apaixonado.

Claire fecha a bolsa. Franze o cenho.

– O que você quer dizer com "costumava ser"?

– Você finalmente conseguiu o que queria, mãe. Parei de pintar.

Ela enfia a bolsa debaixo do braço e desvia o rosto. Observa a bagagem sendo carregada para dentro do avião.

– Ainda assim, estou indo. Eu tenho uma passagem e uma reserva de hotel.

O funcionário do portão anuncia o próximo grupo de embarque e os passageiros se encaminham para lá. Julian olha impaciente para ele e articula com os lábios: *Vamos logo*. James levanta um dedo e o mantém erguido, um sinal de que ele estará lá em um segundo, depois se vira para a mãe.

– Não posso impedi-la. Mas eu posso, e vou, determinar quando e como você interage com meus filhos.

– Quando planeja contar a eles sobre mim?

– Não tenho certeza se vou contar.

– Mas sou a avó deles. Você não tem o direito de me manter longe.

– Está brincando comigo? – Uma risada curta ressoa de seu peito. Ele lança à mãe um olhar de repulsa. – Tenho todo o direito. – Ele balança a cabeça, ainda rindo de sua audácia, e retorna para os filhos.

A vez da fileira deles é anunciada.

– Peguem suas coisas, crianças. Hora de ir.

– Onde você está sentada, *señora* Carla? – Marc pergunta quando eles estão na fila.

– Estou bem lá na frente.

– Claro que está. – James se atrapalha com os zíperes em sua mochila, procurando as passagens.

Julian lhe lança um olhar estranho.

– Qual é o seu problema?

– A vida, Julian. – Ele entrega ao filho a passagem. – Não perca.

– Sério mesmo? – ele contesta. – O que você acha que vou fazer? Deixar cair entre aqui e o portão?

Uma mulher com um bebê passa apressada, esbarrando no ombro de Julian, derrubando a passagem de sua mão. Ela flutua até o chão.

James solta uma risada. Não pode se conter.

– Cala a boca – Julian resmunga. Mas sua boca se contrai em um sorriso quando ele apanha a passagem.

James dá um tapinha no ombro de Julian, repousando a mão ali enquanto eles avançam em direção ao portão. Para sua surpresa, o filho não a repele.

Capítulo 12

CARLOS

CINCO ANOS ATRÁS
8 DE JULHO
PUERTO ESCONDIDO, MÉXICO

Acordei quando o sol se erguia sobre a crista das montanhas a leste e percorri meu caminho matinal, dez quilômetros pelas ruas de Puerto Escondido, encerrando na areia batida da Praia Zicatela. Nuvens fragmentadas ondulavam acima, revelando manchas azuis douradas, e a eletricidade carregava o ar. O vento soprava na direção do continente.

Natalya estava me esperando enquanto eu caminhava pela praia, com as panturrilhas queimando e o corpo encharcado. Ela se sentou no muro baixo, tomando café. Partiria em poucos dias. Eu a levaria de carro até o aeroporto, me despediria com um beijo e a faria me prometer que me ligaria quando aterrissasse. Ela me perguntaria novamente quando planejava viajar para a Califórnia.

Parei em frente a ela, que sorriu.

– Bom dia.

Segurando a parte de trás de sua cabeça, dei-lhe um beijo rápido e apaixonado.

– Bom dia.

Ela franziu o nariz.

– Você precisa de um banho.

– Só se você se juntar a mim. – Sentei-me ao seu lado, gemendo quando me inclinei para desamarrar meus Nikes.

– Corrida pesada?

– Uma boa corrida.

Ela sorriu e sorveu um gole de café.

– Estive pensando.

Da minha posição curvada, lancei-lhe um olhar zombeteiro de incredulidade.

– Isso é impressionante.

– Rá-rá. – Ela me deu um empurrão no ombro, de brincadeira; então adotou uma expressão pensativa. – O trabalho vai ficar muito corrido pelos próximos meses.

– As *longboards* da Mari?

Ela assentiu.

– Entre a produção e o marketing, vou estar bem ocupada. Não voltarei até o *torneo*.

– Novembro? – Esse seria o maior período longe um do outro desde que nos conhecemos. Parece ainda mais longo agora que nosso relacionamento tomou um novo rumo. Mudamos sua bagagem para o meu quarto na manhã seguinte à nossa primeira noite juntos. Ela esteve na minha cama todas as noites desde então.

Retirei os sapatos, deslizando-os dos meus pés, as meias encharcadas, franzindo a testa para a dor desconhecida em meu peito.

– Você está tendo dúvidas sobre nós?

– Não, nem um pouco. – Ela tomou minha mão. Nossos dedos se entrelaçaram. – Mas sobre o que tenho pensado... sim, sou bem capaz disso – ela brincou, e eu sorri. – Supondo que sua viagem à Califórnia dê certo – ela tocou a cabeça, referindo-se ao meu estado de fuga e que eu ainda seria eu mesmo, falando de Carlos –, você consideraria me visitar? Novembro parece tão distante.

– Não sei, Nat. – Puxei minha mão da dela. – Ainda não decidi se vou.

– Mas você concordou em ver Aimee. Conversamos sobre isso.

– Não sei se posso ir. Talvez eu não consiga sair do país.

– Você ainda está preocupado com sua identificação.

– Eu seria um idiota se não estivesse.

– Bem... se Jason Bourne consegue fazer isso, você também consegue.

– Quem é Jason Bourne?

Ela abriu a boca para explicar.

– Esquece – interrompi, ficando em pé. Caminhei alguns passos para longe. Com as mãos nos quadris, virei-me para Natalya. – Liguei para Thomas ontem. – Sua boca se abriu. – Ele disse que a minha identidade é legítima. Quando perguntei como, ele não me contou, não pelo telefone. Só me explicará pessoalmente.

– O que você disse? Ele vem para cá?

Encolhi os ombros.

– Não faço ideia. Desliguei na cara dele.

– Carlos... – Ela levou a mão ao alto. – Por quê?

– Está brincando comigo? Essa porcaria de mistério todo é a razão de eu não querer nada com essa família.

– Você quer dizer a sua família. – Ela me lançou um olhar impaciente e ficou de pé, limpando a parte de trás de sua saia de algodão. – Goste ou não, você é parente deles, e só existe uma maneira de descobrir *se* você é como eles. Vá para a Califórnia. Vá conferir como eles vivem. Vá conhecer seus amigos e descubra como você é. Vá falar com Aimee.

– E se eu descobrir que *sou* como eles?

Ela suspirou, seu olhar vagando pela praia.

– Eu não sei. Podemos conversar sobre isso quando você voltar?

Inspirei fundo e fechei brevemente os olhos.

– Sim. – Eu poderia viver com isso. Por enquanto. Então uma ideia surgiu na minha cabeça, saindo pela boca num piscar de olhos. – Nós poderíamos simplesmente nos casar.

– Carlos... – Havia pesar em seu rosto.

– Pensei que você me amasse.

– Você sabe que sim – ela sussurrou veementemente.

Mas não o suficiente para se casar comigo, ou para se mudar para Puerto Escondido.

Virei-me para o mar, sem de fato olhar para ele.

– Esqueça o que propus – eu disse por cima do ombro, porque ela estava certa. Era melhor eu me conhecer antes de me apegar a qualquer outra pessoa.

Ouvi Natalya suspirar; em seguida, senti seus braços ao redor da minha cintura. Ela beijou minha coluna e eu cobri as mãos dela com as minhas.

– Nós vamos resolver isso, Carlos. Você verá. – Ela pressionou sua bochecha contra as minhas costas. – Você é um homem melhor do que acredita ser.

Olhei para o alto, para o céu e o sol que se punha. Um trovão retumbou e senti a vibração profunda em meus ossos. Atrás de mim, em segurança lá dentro, os meninos dormiam, o horário ainda cedo para uma manhã de verão. Thomas disse que a minha identidade e toda a documentação que a acompanhava eram legítimas. Como poderia confiar em sua palavra depois de tudo que me fizera passar?

Mas se a documentação não era forjada, isso significava que eu era legalmente o pai de Julian.

A constatação veio com algum conforto. Também me deixou com o coração pesado. Embora eu não estivesse inclinado a confiar em Thomas, nesse caso não tinha escolha. Ir para a Califórnia era a única coisa que me traria paz mental. Era também a melhor maneira de saber a respeito de James. Eu só esperava ir até lá e voltar com minha identidade intacta, tanto na cabeça como no papel.

Capítulo 13

JAMES

DIAS ATUAIS
27 DE JUNHO
LIHUE, KAUAI, HAVAÍ

James não consegue ficar sentado quieto no lugar. Seus dedos tamborilam o braço da poltrona que separa seu assento do de seus filhos, e seus joelhos balançam. Ele pega emprestado um lápis de cor de Marc só para poder segurar alguma coisa. Não é um pincel, mas seus dedos frenéticos não se importam. O que ele não gosta é do motivo de estar nervoso.

Perto do fim do voo, Julian olha para ele, incomodado. Então James se levanta e caminha pelo corredor. Quando o piloto acende o aviso do cinto de segurança e anuncia a descida, os músculos de seu peito se contraem. Finalmente irá encontrar Natalya cara a cara. Uma mulher que o conhece intimamente. Até seis meses atrás, o relacionamento deles era sério — sério do tipo que se troca mensagens sexualmente explícitas pelo celular, que se passa a noite toda acordados nus embaixo dos lençóis.

James geme e afunda em seu assento, puxando o cinto em seu colo e o prendendo. Ele diz a seus filhos para começarem a arrumar suas mochilas e ajuda Marc a organizar seus lápis de cor, apanhando os que rolaram pelo chão. São cinco, mais ou menos a quantidade de vezes que ele e Natalya conversaram ao telefone desde que ele saiu do estado de fuga. A primeira vez tinha sido na manhã em que Julian subiu no armário e largou um cofre de metal no seu colo. Seu filho digitou o código e saiu do quarto. James o encontrou no andar de baixo, berrando ao telefone. Enquanto Natalya, em sua residência no Havaí, tentava acalmar o sobrinho, James lia os documentos e cartas da caixa. Então, ele vomitou no banheiro e ligou para Thomas.

James sentiu que ia desmaiar. O pânico e a descrença praticamente lhe cortaram o suprimento de ar. Queria reservar o primeiro voo para casa. Em vez disso, estendeu a mão trêmula em direção ao filho que acabara de conhecer e exigiu que lhe passasse o telefone.

– Quem está falando? – Sua voz saiu tensa como um elástico esticado.

– Eu sou Natalya Hayes, sua cunhada, uma norte-americana como você. Moro no Havaí – explicou ela. Ele gostou de sua voz. O sobrenome soava familiar. Evocava imagens de roupas de mergulho e pranchas de surfe, de manhãs surfando ondas em Santa Cruz. Julian correu para o andar de cima, chorando. Uma porta bateu. James levou o telefone para fora. Precisava de ar e de luz, além de uma passagem só de ida para casa. Precisava de Aimee. O ar escapou de seus pulmões.

Deus, ela era a única pessoa com quem ele precisava desesperadamente conversar, que ansiava abraçar a ponto de o vazio em seus braços o deixar ofegante. Teve que se conter para não gritar de angústia.

– Eu sei que você está confuso e sei que Julian está transtornado – Natalya dizia, em um tom de voz que parecia vagamente sob controle. – Ele está com raiva, e vai ficar com raiva por muito tempo. Mas ele é seu filho. Ele sabia que isso poderia acontecer. Você o preparou para a possibilidade.

– Que possibilidade? – ele retrucou, esfregando a testa com a base da palma da mão.

– De que você esqueceria quem é ele. Você tem vivido em estado de fuga há mais de seis anos.

Foi o que Thomas lhe dissera. Parecia absurdo. Irreal, como algo tirado de um filme de ficção científica. Ele precisava pesquisar sua condição e encontrar um médico assim que caísse fora do México.

– E aquele outro garoto? – Aquele que o acordara pulando na cama.

– Mar... cus? – Sua voz se despedaçou como um copo de vidro quente quando preenchido de gelo. – Ele é seu filho também.

– E o que devo fazer com eles, porra? – Ele estremeceu. Não pretendia falar isso em voz alta.

– A mesma coisa que você sempre fez. Ser o pai deles.

– E a mãe deles? Minha *esposa*? – A palavra azedou em sua língua. – Ela está morta?

– Sim – ela disse simplesmente. Mas James captou o tom de dor e perda apesar do bramido de sua própria confusão. Raquel havia sido irmã de Natalya. Ele viu as certidões de casamento e de óbito. Apesar de seu choque, ele notou que ela tinha morrido na data de nascimento de Marcus.

– Me perdoe. – O pedido de desculpas foi automático, embora tenha agradecido a Deus por não estar "amarrado". Foi um pensamento insensível. Mas, puta merda, ele estava no limite.

– Julian quer vir para o Havaí. Eu disse a ele que não, mas que posso pegar o próximo voo para aí.

– Não – negou ele, rápido demais. Estava caminhando de um lado para o outro pelo quintal. – Não, eu preciso pensar. Preciso de tempo. – Ela parecia legal ao telefone, mas era uma estranha para ele. Será que poderia confiar nela?

– Você deixou um diário para si mesmo. Aproveite o tempo para lê-lo. Acho que as respostas para a maioria de suas perguntas estarão lá. E... James? Eu sei que você está com medo, mas seus filhos também estão. Eles o amam, e espero que você possa encontrar dentro de si uma forma de amá-los novamente. São bons garotos. – Ela estava chorando quando terminou; depois, desligou antes que pudesse agradecê-la.

Durante as conversas telefônicas que se seguiram, ela foi agradável, até mesmo prestativa. Mas aquela última, alguns dias atrás? Ficou fria como um lago congelado quando ele disse que estava aceitando a oferta de levar os meninos para o Havaí. Apesar da recepção glacial, lembrou a si mesmo que ela amava o homem que ele costumava ser.

Como Carlos, ele a amava e fizera amor com ela. Mas, como James, tinha lido e relido todas as passagens sobre seus momentos compartilhados. Sabe que ela chupa uma laranja pela manhã, descascando a fruta em um movimento circular para que a casca se solte em uma longa espiral. Sabe que o cheiro dela é tão cítrico quanto, e, quando misturado com o protetor solar de coco que ela passa durante todo o dia, o aroma é inebriante, até mesmo excitante.

Os trechos do diário o fascinaram, assim como a mulher. Mas eles também perfuraram seu estômago como uma broca em uma plataforma de petróleo que penetra fundo na terra. A culpa que sentia por ter ficado íntimo com não apenas uma, mas duas mulheres, quando ele deveria estar com Aimee, muitas vezes o deixava afundado de nojo de si mesmo. Só por esse motivo, quase parou de ler os diários. Ele já se odiava o suficiente.

Assim que o avião aterrissa, e enquanto eles se encaminham para a saída, James se pergunta se reconhecerá Natalya de vista. Carlos tinha sido simpático com Aimee, mas não se sentira atraído por ela. Aconteceria o mesmo com ele e Natalya? Seu coração bate contra o esterno como um punho enluvado. Respira de forma profunda e meditativa, deixando o ar encher suas bochechas enquanto exala. O nervosismo e a umidade encharcam suas axilas e a curva das costas na base da coluna.

Ele a vê imediatamente parada sozinha no lado oposto da esteira de bagagem ao ar livre do aeroporto de Lihue. Os ventos alísios levantam a massa de lustrosos cabelos cor de cobre que Carlos descrevera em detalhes. Terra de siena queimada. Laranja de cádmio. Terra roxa. Amarelo ocre. Seu cabelo tem todos esses matizes de tinta e muito mais. E ele não consegue parar de olhar.

James não avisa os garotos, que estão ocupados com as malas que são trazidas na velocidade de um caracol pela esteira, apostando um com o outro qual delas aparecerá primeiro. Não comunica a eles que já a avistou, porque quer ter a oportunidade de observá-la desprevenida, antes que perceba. Ele a estuda como a um modelo para uma pintura. O ângulo agudo de seu braço dobrado e o jogo da luz do sol em sua pele bronzeada.

A longa inclinação de seu pescoço se fundindo com a curva do ombro acima do volume dos seios. Ela puxa as pulseiras de prata que adornam seus pulsos e enrola os cabelos em um rabo de cavalo improvisado, deixando-os pender sobre o ombro. Mais uma vez, ele tem essa sensação de *déjà vu*, como se já tivesse testemunhado suas peculiaridades antes. Embora saiba que isso é impossível. Só parece familiar porque ele leu sobre ela.

Seu olhar pula de uma pessoa para outra ao redor da esteira até pousar nele. Seus olhares se encontram e, por um minuto, eles apenas se observam. O coração bate forte, mas ele não se move. O peito se eleva bruscamente, e ela aperta a alça da bolsa e caminha na direção dele. As mãos de James começam a transpirar.

Droga.

Ele interrompe o contato visual, enxugando as mãos nos jeans, e então bate no ombro de Marc e mostra quem está se aproximando. Precisa de um momento para se recompor, e Marc é uma boa distração. Além disso, quer observar como seus filhos reagem a ela. Ela é tudo aquilo que Carlos descreveu? Ela os ama como ele disse que amava?

– *Tía Natalya!* – Marc corre até ela e se lança nos braços abertos que o aguardam. Ela cobre o rosto dele de beijos e sussurra em seu ouvido. Seu filho dá uma risadinha, ele sente uma estranha sensação de ciúmes. Quer que Marc reaja dessa maneira quando o filho o vir.

Natalya dá a mão para Marc e caminha em direção a James. Julian a vê e seu rosto se ilumina como as luzes de um estádio. Marc localiza sua mala na esteira e James segura a alça. Vira-se a tempo de ver a reação de Natalya à sua mãe, que se juntou a eles na retirada de bagagem.

A expressão no rosto de Natalya muda totalmente.

– *Señora* Carla?

James derruba a bagagem. Ela aterrissa com um baque na lajota. Prende a respiração, esperando que sua mãe corte o vínculo tênue que ele está construindo com seus filhos mais rápido do que facas de cozinha. Julian observa os três, sua expressão demonstrando que está pensativo. Felizmente, sua mãe não corrige Natalya. Pelo contrário, todo seu comportamento muda. Claire sorri e puxa Natalya para um abraço. As sobrancelhas de Natalya se unem na testa. Ela lança a ele um olhar interrogativo. Ele desliza a mão pelos cabelos e olha para longe. Não planejava que sua mãe estivesse por perto quando conhecesse Natalya. Como explicar isso a ela?

– É maravilhoso vê-la novamente. Como tem passado? – Claire pergunta a Natalya, segurando-a com os braços estendidos.

– Eu estou... ótima. E você?

– Maravilhosa. Absolutamente maravilhosa. – Ela sorri para todos. – Temos muito que conversar. Conversaremos assim que todos estiverem instalados. – Claire dá um aperto amistoso na mão de Natalya.

– Ok. – Natalya arrasta a palavra para fora da boca. – Eu não estava esperando mais uma pessoa, mas acho que você pode ficar no meu quarto comigo.

Claire abana a mão.

– Não se preocupe. Eu tenho um quarto no St. Regis. Você se importa em me dar uma carona até Princeville? Ou... eu deveria pegar um táxi? – Ela olha para James.

– Eu posso levá-la – diz Natalya, olhando em seguida também para ele, como se perguntasse o que fazer a respeito de Claire.

James suspira e esfrega o rosto com as duas mãos.

– Dê-nos um momento – ele pede à mãe.

Claire sorri.

– Estou vendo minha mala. Julian, me dê uma ajuda.

Julian e Claire se afastam, perseguindo a bagagem em movimento. James se vira para Natalya.

– Eu não sabia que ela viria.

– Não entendo. Como vocês dois se conhecem?

– O nome dela é Claire. Ela é minha mãe.

Natalya dá um passo para trás.

– Sua *mãe*? – Ela observa Claire com uma expressão estarrecida, e James imagina que ela está pensando na quantidade de tempo que a *señora* Carla passou com eles. Ela enganara a todos.

Ele aperta os lábios e assente.

Natalya apenas o encara.

– Isso é bizarro.

O canto da boca se ergue.

– Algo que resume a minha família...

Marc dá um tapinha no quadril de James. Ele aponta para a esteira.

– Sua mala.

– Obrigado, mocinho. – Ele bate na aba do boné de Marc e se vira para Natalya. Sua expressão mudou, está ilegível. James se move com desconforto no lugar. Provavelmente está assimilando a constatação da duplicidade de sua mãe, bem como recordando o fato de que Carlos não confiava nos Donato, e ali está ele com a matriarca. Ela provavelmente também está se dando conta de que não conhece *ele* próprio. Ele não é o Carlos dela, assim como Claire não é a *señora* Carla. Mas a diferença é que ele nunca mentiu para ela.

Ele lança um olhar para Claire.

– Os garotos ainda não sabem sobre ela. Com tudo o que passaram ultimamente, não sei como vão encarar a notícia – explica, virando-se para Natalya. Seus olhares se encontram outra vez e ele a ouve respirar fundo. Isso ecoa em um lugar inesperado dentro dele. James se aproxima um passo. Ela o recebeu em sua casa, e ele quer que se sinta confortável. Quer que ela *o* conheça.

– A propósito – ele estende a mão –, eu sou James.

Ela aperta a mão dele, disfarçando rapidamente o tremor no lábio inferior com um sorriso hesitante.

– Aloha... James. Eu sou a Nat. Bem-vindo ao Havaí.

Capítulo 14
CARLOS

CINCO ANOS ATRÁS
13 DE AGOSTO
PUERTO ESCONDIDO, MÉXICO E SAN JOSE, CALIFÓRNIA

Demorou duas semanas depois da partida de Natalya para que eu reunisse coragem para fazer minhas reservas de viagem para a Califórnia, que agendei para dali a mais duas semanas. Embora tenha me dado tempo para me preparar, o nervosismo embrulhava meu estômago dias antes do voo, e não apenas por causa do medo de viajar na minha situação. Ir à Califórnia significava que eu confiava na palavra de Thomas, que a minha identidade não era falsa e que eu não seria detido pela alfândega e preso ou deportado.

Apesar de meus medos, eu precisava ir. Tinha que saber se podia confiar em James para cuidar de Julian e Marcus. Também queria saber mais sobre como e por que Jaime Carlos Dominguez tomou forma. Thomas não me daria as respostas pelo telefone. Ele precisava me contar pessoalmente. Se era para ser assim, então que fosse nos meus termos, razão pela qual não avisei a Thomas que estava indo. Eu não queria que ele censurasse quem e o que eu visse apenas para me convencer a ficar ou me provocar para sair do estado de fuga.

Os garotos ficariam com os Silva, enquanto Pia administraria a galeria. Carla vinha tendo aulas semanais comigo; então, na manhã do meu voo, fui à casa dela para reagendarmos para quando eu retornasse.

Ela me convidou para o andar de cima.

— Quero lhe mostrar meu estúdio.

Eu a segui.

— Uau! — A luz natural se espalhava pelo loft como ouro líquido, mas o que mais me surpreendeu foi o número de pinturas que ela produzira nas últimas quatro semanas.

— Eu encontrei a loja de materiais de pintura que você mencionou.

— É, encontrou mesmo. — Três cavaletes estavam abertos próximos às janelas com telas em vários estágios de conclusão. Tubos de tinta, pincéis, paletas e grandes potes de vidro cheios de terebintina apinhavam a mesa no meio da sala.

— Eu estou me aventurando em aquarelas, também. — Ela me mostrou uma pequena mesa no canto do loft. Ela tirou um pincel de um pote e o rolou entre as palmas das mãos. O cabo estalou contra seus anéis. — Não consigo parar de pintar. É como se eu estivesse compensando o tempo perdido.

O canto da minha boca se levantou. Eu estava bem familiarizado com o sentimento. O deslizar da tinta pela tela, o odor forte de solventes e o arranhar da espátula contra o pigmento. Eles me atraíram de volta ao estúdio como o cheiro de uma mulher na minha cama. Pensei em Natalya, lá em sua casa no Havaí. Sentia falta dela. Novembro não chegaria tão cedo.

Analisei uma pintura a óleo separada para secar. A colocação das camadas de cores era técnica e avançada.

— Estas são magistrais. — O pincel estalava mais rápido em suas mãos, e gesticulei vagamente para ele. — Também faço isso quando quero pintar.

— Oh. — Carla olhou fixo para o pincel e, em seguida, meteu-o em um pote de vidro e segurou minhas duas mãos. — Obrigada por trazer a arte de volta à minha vida.

— De nada.

Ela sorriu e soltou as minhas mãos. Tampou um tubo de óleo e um frasco de terebintina.

Peguei um pincel limpo e acariciei as cerdas. Elas se prenderam debaixo de uma unha.

– Estou curioso. Por que você parou?

Carla ficou em silêncio, de costas para mim. Separou os tubos de tinta por cor, depois graciosamente colocou uma mão sobre eles.

– Meu pai não aprovou uma decisão que eu tomei, e a punição foi severa. Ele tirou de mim a coisa que eu mais amava.

– Pintura. Ele a fez parar?

– Fez mais que isso. Ele proibiu. Também ameaçou me deserdar se encontrasse um pincel sequer em casa. – Ela levantou um dedo. Já magra e delicada, Carla parecia ainda menor e mais frágil com a confissão. Senti sua abstinência forçada e estendi minha compaixão a ela.

– Sinto muito – eu disse baixinho, cruzando os braços. Limpei a garganta com a intenção de mudar para o assunto que me levara até lá. Meu voo partiria em poucas horas.

– Eu estou bem agora. Isso foi há muito tempo. Vivíamos em uma velha casa de pedra no norte do Estado de Nova York, com uma grande lareira. – Ela separou os pincéis limpos, alinhando-os em uma caixa de madeira. Ela me olhou por cima do ombro e um sorriso triste curvou seus lábios. – Eu costumava amar a lareira, e adorava ler ao lado dela. Meu pai acendia fogos durante o inverno que ardiam até tarde da noite. Isso até... – Ela se deteve e ocupou-se com um pincel, abanando as cerdas, depois respirou fundo e o afastou. – Isso até meu pai recolher os meus quadros. Ele acendeu um de seus fogos crepitantes. As chamas dançavam altas na direção da chaminé. Podia sentir o calor nas minhas bochechas do outro lado da sala. Ele ordenou que eu jogasse minhas telas no fogo, e então me fez vê-las queimar. – Ela fechou a caixa de pincéis, mas não se virou.

Meu olhar percorreu suas pinturas. Cada uma delas tornava menos óbvio a um olho inexperiente que ela não pintava há décadas. Tive dificuldade de acreditar no longo intervalo.

– Você nunca mais tentou pintar novamente depois que se mudou?

Carla balançou a cabeça. Inclinou o rosto para mim, revelando os ângulos retos de seu queixo, a elevação para cima na ponta do nariz.

— Na época, eu era menor de idade, com um filho que meus pais abominavam, e meu pai forçou meu irmão, que era seis anos mais velho do que eu, a criá-lo. Casei-me alguns anos depois e tive mais dois filhos. Não havia tempo para pintar, e eventualmente acabei perdendo o interesse. Por muito tempo, tudo que estivesse relacionado a pintura: o cheiro, os materiais, até mesmo ver alguém pintando... me lembrava da horrível vergonha que eu trouxe à minha família. Ainda lembra.

Ela se virou e dispensou o assunto com a mão.

— Você não veio até aqui para ouvir sobre a minha vida lamentável. O que o traz aqui hoje, *señor* Jaime... Carlos... Dominguez? – perguntou, com um ar de formalidade e um leve sorriso.

Desde que lhe contara o que significavam as iniciais JCD em minhas pinturas, ela ficava me provocando ao repetir o meu nome completo. Até ameaçou me chamar de Jaime quando forcei suas habilidades com o pincel. Minha boca se contraiu.

— Bem – comecei –, eu tenho que reagendar sua aula de amanhã.

Seu lábio inferior saltou para fora, num biquinho.

— É uma pena. Eu aguardava ansiosamente por nosso tempo juntos. Está tudo bem?

Meu olhar mergulhou no chão, onde chutei um clipe de papel descartado.

— Sim... sim, está tudo bem. Tive uma oportunidade de última hora para participar de uma conferência de arte na Cidade do México. – Peguei o clipe e o passei pelos meus dedos. Com exceção de Natalya, eu não queria que ninguém mais soubesse do meu destino. Usei a mesma desculpa da conferência de arte que dei para os Silva e para Pia.

— Parece uma aventura adorável.

Fiz uma careta. *Se ela soubesse...*

Carla contornou a mesa e ajeitou um buquê de flores. Arrancou duas margaridas murchas.

— Você gostaria que eu cuidasse dos seus filhos enquanto está fora?

Minhas sobrancelhas arquearam.

– Hum, não... mas obrigado. Os meninos vão ficar com amigos. Queria que você soubesse que ficaremos fora por alguns dias. Podemos ter duas aulas na semana que vem.

Ela deu uns tapinhas nas flores, trocou alguns ramos de lugar. Avistei um bloco de notas adesivo na mesa e anotei o número de telefone dos Silva.

– Só para o caso de você precisar entrar em contato. Você já tem o meu celular.

Ela leu a anotação e a colocou de lado.

– Acho que o verei em alguns dias, então.

Eu esperava que sim, porque isso significava que eu não havia sido preso, ou minha entrada de volta ao México não tinha sido recusada. Meu peito apertou e as palmas de minhas mãos umedeceram só de pensar em tudo o que poderia dar errado nos próximos cinco dias.

– Antes de você ir... – Carla apontou para um quarto à esquerda. – Estou tendo um mar de problemas com minha conexão sem fio. Ela fica caindo. Poderia dar uma olhada para mim?

Relanceei meu relógio.

– Claro – respondi, e a segui para o quarto de hóspedes.

CINCO ANOS ATRÁS
14 DE AGOSTO

O piloto anunciou nossa descida para San Jose, e logo estávamos taxiando até o portão. Eu tinha ligado para Natalya durante a escala em Los Angeles assim que passei pela alfândega. O policial examinou meu passaporte, perguntou a natureza da minha estada (visitando a família), onde estava hospedado (centro de San Jose) e a duração da minha visita (quatro dias). Depois de um breve momento de contato visual, ele carimbou o passaporte e me deu as boas-vindas aos Estados Unidos da América.

Natalya e eu soltamos um longo suspiro. Ela até riu do nervosismo. Mas eu tive que me perguntar. Caramba, como é que Thomas criara uma nova identidade para mim em tão pouco tempo? Ele deixou a documentação nas mãos de Imelda em aproximadamente uma semana após meu acidente.

Depois de um breve desvio para o banheiro masculino, liguei novamente para Natalya, a caminho da esteira de bagagens. Ela atendeu depois do segundo toque.

– Você conseguiu!

– Consegui. – Suspirei dramaticamente, e ela riu.

– Como foi o último trecho do voo?

– Rápido. Minha colega de assento me deixou em paz desta vez. – No voo para a Cidade do México, a mulher sentada ao meu lado percebeu que eu estava nervoso. Ela era linda, se você tem uma queda por maquiagem pesada e unhas vermelho-tamale. Ficou me oferecendo gim com tônica para acalmar meu nervosismo.

Natalya riu.

– Ainda bem, senão eu teria que ir resgatá-lo. E aí? O plano é...?

– O plano é: chuveiro, comida, cama.

– São só duas da tarde na Califórnia.

– Sim, eu sei.

Cocei minha bochecha coberta pela barba por fazer. Eu não dormira nada no avião ou durante as escalas.

– Vou pegar o carro alugado e dirigir um pouco por aí. E encontrar Aimee assim que me orientar.

Minha bagagem caiu na esteira e eu peguei a alça, soltando-a e colocando a mala com rodinhas laterais no chão em um único movimento.

– Vou ligar para você hoje à noite – eu disse, passando pelas portas automáticas de vidro até a área onde os motoristas deixam os passageiros e dando de cara com Thomas. Parei de chofre.

Trajando um terno cinza-ardósia, com os braços cruzados, Thomas estava recostado contra um Tesla metálico preto-obsidiana. Ele me deu um leve aceno e um sorriso de lábios apertados.

– A que horas você acha que vai ligar? – Natalya estava perguntando. – Quero ter certeza de que já voltei da praia.

Cada nervo dentro do meu corpo zumbia a todo vapor. O sangue rugia nos meus ouvidos. Meu coração ribombava contra o meu esterno. *Como ele sabia que eu estava aqui, caramba?*

– Nat, eu te ligo de volta.

– Espera. O quê?

Desliguei o telefone.

Thomas descruzou os tornozelos e se afastou do carro. Suas mãos deslizaram para os bolsos da calça.

– Olá, Carlos. Bem-vindo à Califórnia.

Capítulo 15

JAMES

DIAS ATUAIS
27 DE JUNHO
HANALEI, KAUAI, HAVAÍ

Julian e Marc sobem no assento traseiro do Jeep Wrangler aberto de Natalya. Não passa despercebido para James que ela dirige o mesmo tipo de veículo que Carlos possuía. Claire faz uma careta quando James ordena que Marc vá para o meio do carro. Ele insiste que Claire se sente com os meninos.

— Você queria uma chance de matar a saudade deles. — Sorri.

Natalya o olha de relance quando James se acomoda no banco do passageiro. Ele põe o cinto e sorri para ela, que cora antes de seu olhar se desviar para longe. Enfia na cabeça um boné de aba reta sujo de protetor solar com o logotipo das pranchas Hayes, no qual se vê uma prancha surfando no nome da empresa, onde as letras H-A-Y-E-S são estilizadas para parecerem uma onda. Ela liga o jipe e engata a marcha, com movimentos bruscos, e o veículo entra em movimento com um tranco para a frente.

Afora responder às suas perguntas em frases telegráficas, Natalya fica quieta durante o trajeto de quarenta minutos até Princeville. Sua recepção é tão fria quanto seu tom no outro dia ao telefone. James lê seus sinais em alto e bom som. Ela não está a fim de falar... com ele. James desvia o interesse para a paisagem que passa. Águas de azul intenso, nuvens que parecem pintadas com spray, montanhas à la Jurassic Park e palmeiras da altura de arranha-céus, a Garden Isle é de tirar o fôlego. Depois de seis meses no calor seco do México, o último lugar para o qual ele esperava se ver viajando é outra comunidade à beira-mar. Mas esta ilha é diferente, é linda quase de forma casual. Ele pode sentir o *mana*. A vibração espiritual é quase tangível, e o ar, carregado de umidade e do cheiro de jasmins-manga. Agora ele entende por que Natalya queria que Carlos visitasse o lugar. Kauai é mágico. Uma pintura viva.

Natalya mantém seu olhar focado na Kuhio Highway enquanto dão a volta na ilha. Propositalmente não conversa com ele, que então se permite roubar olhadelas em seu perfil. As constelações de sardas nas maçãs de seu rosto e nariz o intrigam. Os membros, bem definidos, que lhe dizem que ela provavelmente poderia acompanhá-lo numa corrida com a mesma facilidade com que surfa nas ondas. E os cabelos açoitando selvagemente ao redor da cabeça, como o chicote de Indiana Jones. Tudo o fascina. Assim como a mulher. Seria Natalya igual à imagem que Carlos pintou dela em seus diários?

Sua série de pulseiras de prata chacoalha quando ela reduz a marcha, saindo da rodovia. Eles dirigem por Princeville até o hotel, parando com o jipe nas portas do saguão. Um manobrista ajuda Claire a sair do veículo.

— Vocês todos ficarão conosco? — o manobrista pergunta a James enquanto ele se desdobra para sair do carro.

— Não, só ela. — Ele acena com a cabeça na direção da mãe e oferece uma nota de dinheiro ao manobrista depois de indicar sua mala.

— Você quer que eu a apanhe mais tarde para jantar, Carla? — Natalya pergunta.

Ela prende a alça da bolsa no cotovelo dobrado.

— Não, obrigada. Eu vou me instalar aqui por hoje. Que tal eu me juntar a vocês de manhã para o café? — a mãe pergunta a Natalya, mas seus olhos estão voltados para James. Ele realmente não quer que ela se junte a eles para nada, mas o que pode dizer sem levantar questões para as quais não está preparado para responder? Julian o observa atentamente, aquela sua mente curiosa trabalhando.

James encolhe os ombros e caminha para o lado de Natalya.

– A que horas devo buscá-la?

– Não se preocupem comigo – sua mãe o dispensa. – Pego um táxi.

– O café da manhã é às oito.

– Esplêndido. – Claire dá tchau para os netos e gesticula para que o manobrista a siga.

Julian faz um aceno com o queixo na direção dela e Marc retribui o tchau com a mãozinha.

– *Buenos días, señora Carla.*

– Importa-se em esperar um segundo? – James pergunta a Natalya.

Ela aponta para uma vaga vazia no estacionamento.

– Vou estacionar ali.

James bate duas vezes na borda da janela aberta da porta do veículo.

– Obrigado. Volto já.

Natalya sai com o carro e James vai atrás da mãe. Coloca a mão no meio de suas costas e a arrasta pelo saguão. O manobrista se apressa atrás deles com a bagagem.

– James – Claire o repreende com os dentes cerrados quando ele a direciona para o lado. O manobrista está próximo.

– Dê-nos licença um momento – James pede a ele.

– Sim, senhor. Senhora, suas malas estarão na recepção quando você estiver pronta.

James gira de volta para a mãe.

– Eu não sei por que você está aqui ou o que está aprontando...

– Não estou aprontando coisa alguma, a não ser passar um tempo com os meus netos.

Seus olhos se estreitam. Ela revira os olhos.

– Está bem – ela bufa. – Estou aqui para assegurar que você não desista dos meninos.

Ele vai para trás num ímpeto.

– Por que eu faria isso?

– Carlos tinha medo de que você fizesse algo assim. *Ele* me contou coisas. Tínhamos uma boa amizade.

– Por que ele não sabia quem diabos você era.

Claire desvia o olhar.

– É justo. – Após um instante, ela respira profundamente e endireita os ombros para trás. – Vou fazer o check-in e almoçar. Uma manicure também parece uma boa ideia. – Ela inspeciona as unhas e se afasta.

James esfrega o rosto. Precisa de um banho e fazer a barba. E de comida. O que não precisa é do drama de sua mãe. Ele abafa um gemido com as mãos e sai do hotel.

De volta ao jipe, depara-se com mais drama. Seus filhos resmungam e se lamuriam. Esfregam as barrigas, reclamando de uma fome insuportável.

– Não temos mercearias ou restaurantes na ilha – diz Natalya aos garotos enquanto ele desliza para o seu assento. Ela olha para James com os olhos brilhando. – Temos que pegar nossos frutos das árvores e abater nossas galinhas.

Seus filhos olham com repulsa para a tia.

– Eca – reage Julian.

– Vocês não viram as galinhas correndo soltas?

Os garotos assentem.

– Pegue uma e ela é sua. Vamos comê-la no jantar.

– Eu estava pensando sobre isso – James observa. Galinhas e galos pontilhavam as margens das estradas e lotavam os estacionamentos. Notou as aves selvagens durante a viagem.

– Foi o furacão Iniki em 1992. Ele acabou com as fazendas de frango – explica Natalya, engatando a ré. James agarra o painel quando o carro parte abruptamente. – As galinhas não são fáceis de capturar e a ilha não tem predadores naturais; então, sua população explodiu. Agora são apenas pragas irritantes implorando por comida nos estacionamentos. – Ela aponta para um bando.

– Estão mais para despertadores ambulantes – brinca James, pensando na quantidade de galos que viu.

– Você não tem ideia. – Natalya engata a primeira marcha e eles saem do estacionamento. – Conheço o lugar perfeito para comermos alguma coisa. – Ela grita para os meninos por cima do ombro.

– Nós vamos matar galinhas? – Marc grita animado de volta.

– Não – James e Natalya respondem em uníssono, e se entreolham. Ele passeia os olhos pelo rosto dela, que franze a testa. Suspira, passando a mão por seus cabelos despenteados e açoitados pelo vento enquanto se acomoda em seu assento, pensando o que em Carlos a atraíra, porque ela certamente não estava gostando dele.

Eles comem num *food truck* estacionado na estrada principal que atravessa a cidade de Hanalei. James observa como seus filhos interagem com Natalya enquanto ela os orienta pelo menu de porco kalua, poi e smoothies de taro. Ela lida com suas expressões descontentes e suas objeções sobre as opções alimentares estranhas da maneira como ele presume que surfa ondas traiçoeiras, com jeito e delicadeza. Apesar de suas queixas, Natalya insiste que eles se aventurem.

– Confiem em mim – pede, e eles o fazem.

Carlos confiava nela implicitamente, e observá-la com seus filhos é como se as páginas de seu diário ganhassem vida. Por um breve momento, ele olha para longe, a pontada em seu peito queimando profundamente. Quer que seus filhos confiem nele, que o amem como o amavam quando era Carlos.

Ele enxuga a umidade dos cantos dos olhos e respira fundo, procurando se acalmar. Então faz seu próprio pedido, inclinando-se sobre o ombro de Natalya. O caixa fecha a conta e ele lhe entrega algumas notas, ao mesmo tempo em que Natalya pega seu cartão de crédito.

– Deixe comigo – ele diz.

– Posso muito bem pagar.

– Tenho certeza de que pode. O dinheiro não é o problema. Isso é... – Ele para. A expressão no rosto de Natalya se esvazia. – O que foi?

– Você mencionou isso uma vez, como Carlos. Aparentemente, dinheiro não é problema para *você*. – Ela bate o cartão na borda do balcão.

James franze a testa e guarda seu dinheiro, contendo o desejo de corrigi-la. Ele não está nadando em um mar de dinheiro. Está mais para uma poça de chuva. Ele se junta a seus filhos em uma mesa de metal e se senta em uma cadeira de plástico. Eles comem rápido. Os meninos estão ansiosos para ver a casa da *tía* Natalya e ir para a praia. Ele os segue até o carro e segura a porta dela quando está para fechá-la, posicionando-se no espaço triangular entre ela e a porta.

– Olha, lá atrás, eu não estava tentando ostentar o meu dinheiro.

Ela segura o volante com as duas mãos e suspira.

– Eu sei. É que...

– Queria cobrir o almoço. Você é a minha anfitriã.

– E vocês são os meus convidados.

James passa a mão pela cabeça e agarra a barra de segurança.

– Olha, eu sei que não sou Carlos...

– Não, não é.

– ... mas acho que, pelo bem das crianças, temos que pelo menos tentar nos dar bem.

Ela achata os lábios e assente.

– Você está certo. É que... isto é difícil. E, honestamente – ela diz, rolando as mãos no volante, expondo as palmas das mãos abertas –, eu não concordo com o que você está fazendo.

Seu peito congela.

– E o que estou fazendo?

– Não quero conversar sobre isso agora. Entre no carro. As crianças querem nadar.

Se quisessem, poderiam até ir caminhando para a casa de Natalya, pois ficava bem perto de onde almoçaram. Depois de virar rápido em algumas ruas, estão na Weke, uma estrada paralela à Baía de Hanalei. Muitas das casas são modestas, vilas que lembram cartões-postais antigos, mas as propriedades são grandes e a localização é excelente. Natalya vira em uma longa entrada para carros. Passam por um pequeno bangalô e param em frente a uma casa maior, descontraída e alegre, pintada com o mesmo colorido da folhagem tropical exuberante que cerca a propriedade, que é estreita e funda. Para além do quintal estão a vegetação do Waioli Beach Park e a arrebentação das ondas do Pine Trees.

E *ela* é que tem problemas com a riqueza?

Ela esclarece que a casa está em sua família há várias gerações. Seu avô comprara a propriedade décadas antes. Seu pai era agora o proprietário, mas vivia no bangalô situado na frente da casa, com vista para a montanha.

Bem, ambos moravam nas casas em que cresceram. Pelo menos têm uma coisa em comum. Não que ele esteja buscando por qualquer coisa em comum com ela, e morar na casa de seus pais não é algo que planeje continuar fazendo.

Os aposentos principais estão no segundo andar. Embaixo, fica a garagem, uma oficina para suas pranchas e o escritório de Natalya, onde James dormiria em um sofá-cama.

– Vamos lá, crianças. Vou mostrar seus quartos.

– E depois a praia, certo? – Julian pega a mala que James lhe entrega.

– Pode apostar. – Natalya dá um soco de brincadeira no ombro de Julian. Ele tenta revidar e ela se esquiva. Quando ele vai atrás dela novamente, ela o envolve em uma chave de braço e sufoca seu rosto de beijos. Ele se retorce e geme como um bebê, e, mais uma vez, James é assolado por aquele monstrinho verde da inveja. Fecha a porta com força, batendo-a.

No andar de cima, uma sacada a céu aberto se estende pelo comprimento da parte de trás da casa. Tanto a suíte master como a sala de estar abrem-se para a sacada e ficam de frente para a baía. A cozinha e os quartos dos meninos, decorados como se vivessem lá permanentemente, o que faz James se deter, dão para as montanhas. A mobília é espartana com um toque boêmio, mas os eletrodomésticos de aço inoxidável e o centro de mídia são de última geração. Uma escada leva ao escritório embaixo e um banheiro completo para seu uso. Outra escada no deque conduz a um quintal com churrasqueira e defumador. Sob o seu ponto de vista, James pensa enquanto leva sua mala para baixo, a casa de Natalya é equipada com os bens de primeira necessidade certos.

Quarenta minutos depois, atribuídos e inspecionados os quartos, as malas desfeitas e os trajes de banho colocados, eles atravessam o quintal e chegam às areias finas e castanhas da praia de Hanalei. O mar está bravo, então eles caminham em direção ao píer até Natalya encontrar um lugar para eles nadarem onde ela se sente confortável. Os meninos largam as toalhas e correm para as ondas, empolgados por estarem de volta à água.

– O mar os chama – diz Natalya ao seu lado.

Ele olha para a mulher de cima, para sua cabeça oculta pelo boné. Ela continua usando o mesmo boné sujo de beisebol, que mais parece pertencer a um caminhoneiro. A bainha de sua roupa leve e multicolorida flutua na brisa, dançando em torno de suas coxas. Coxas longas, musculosas e bronzeadas. Ele engole em seco e olha de volta para seus filhos enquanto eles brincam de jogar água um no outro. Saboreia o calor do sol e o aconchego da areia sob seus pés. Pensando no quanto desejava desesperadamente ficar o mais longe possível da praia de Zicatela, ele quer agora mergulhar nessas águas e esquecer o pouco que conseguia se lembrar dos últimos sete anos e simplesmente *ser*.

– *La'i lua ke kai*.

Ele gira a cabeça na direção de Natalya enquanto ela tira a roupa.

– O que significa? – Ele se força a desviar o olhar daquela silhueta atlética e esguia, mas não sem antes flagrar as distintas marcas de pele cicatrizada de seus ossos do quadril. Sua mão involuntariamente toca a cicatriz em seu rosto.

– O mar está calmo. Tudo está pacífico – traduz Natalya.

Marc espirra água em Julian. Julian molha seu irmão mais novo.

– Aquilo não é pacífico – diz James com uma risada.

— Mas a energia é. Eles amam o mar. Todo mundo da minha família ama. Água é vida. Vida é família. — Ela aperta os olhos sob a aba do boné e toca o colarinho de sua camisa. — Acho que Carlos nunca teve uma camisa com um colarinho.

James repara em sua polo branca Under Armour e calções de banho cinza e lisos que mais se parecem com um short elegante do que algo a ser usado numa praia. Seu traje não é nem um pouco diferente do que ele costumava usar na praia, mas não é o que ele usava no México.

— Não sou Carlos — ele murmura. Soa como um pedido de desculpas, e, de certo modo, ele lamenta não poder ser o homem que ela ama.

— Eu sei. Preciso ficar me lembrando constantemente disso. — Há um toque de melancolia em sua voz, e algo muda dentro dele. Estende o braço, mas ela caminha para longe de seu alcance, já de costas. Tira o boné e se atira no mar, agarrando seus filhos em volta da cintura, e todos os três se afundam na água.

James observa da margem, sentindo-se vestido demais e fora de sincronia com sua família. Deslocado em sua própria vida.

Capítulo 16

CARLOS

CINCO ANOS ATRÁS
14 DE AGOSTO
SAN JOSE, CALIFÓRNIA

Thomas abriu a porta do passageiro com um floreio e gesticulou para dentro.

— Vamos dar uma volta.

— Eu passo, obrigado. — Apertei com força o telefone. Ele vibrava sem parar. — Que tal se eu encontrá-lo em seu escritório amanhã?

Thomas se debruçou na porta.

— Vamos lá, Carlos. Você está com uma aparência péssima, e aposto que está com fome. O mínimo que posso fazer é pagar o almoço.

Como se ele já não tivesse feito o suficiente.

— Como sabia que eu estava vindo?

— Essa não é a grande pergunta? — Ele sorriu. — Estou pronto para conversar se você estiver pronto para ouvir. Da última vez, você teve um ataque. — Ele coçou a bochecha onde eu o havia esmurrado em dezembro.

Ainda não estava no espírito para me encontrar com ele. Havia traçado minha própria estratégia. Planos que Natalya e eu repetidamente analisamos e repassamos. Espontaneidade não fazia parte do manual, nem um *tour* com Thomas como guia. Eu me virei, procurando os quiosques de aluguel de carros.

— Vou pegar o meu próprio carro e seguir você.

— Você não faz ideia de quem é quem ou para onde tem que ir. Entre na porra do carro, irmãozinho, ou chamo o meu amigo ali e ele vai botá-lo num avião de volta para o México.

Perto da porta para a esteira de bagagem estava um homem, usando uma camisa de golfe, calças casuais e óculos máscara. Parecia com qualquer outra pessoa que estivesse no aeroporto com a intenção de viajar, exceto por seu comportamento. Tudo nele dizia que era do governo. Ele nos observava cuidadosamente.

O medo percorreu minhas veias, deixando-me com frio. Olhei ao redor do aeroporto, o fluxo de carros na minha frente e o ruído ensurdecedor de um jato acima, e não vi escolha. Ou fazíamos uma cena ou eu ia com Thomas.

Joguei minha mala a seus pés como se ele fosse um manobrista de estacionamento e deslizei para o banco da frente.

— Gostaria que você tivesse me ligado. Eu teria tido mais tempo para me preparar — ele disse, e bateu a porta.

Meu celular vibrou novamente, e o rosto de Natalya iluminou a tela. Toquei no ícone vermelho, deixando a chamada cair no correio de voz; então desliguei o telefone. Esperava que mais tarde ela me perdoasse. Esperava também que não fosse a última vez que eu reconheceria o rosto dela.

— Para onde estamos indo? — exigi saber, quando Thomas afundou em seu assento.

Ele terminou de digitar uma mensagem, jogou o telefone de lado e saiu do meio-fio.

— Almoçar, e, se você estiver disposto, também dar um passeio pelas recordações.

— Não estou interessado.

— Não me venha com essa. Por qual outro motivo voltaria para casa?

— Esta não é a minha casa, e isso não é da sua conta.

Thomas meteu o pé no breque em um sinal vermelho. Bati a minha mão no painel para deter o impulso para a frente.

— No que lhe diz respeito, é da minha conta, sim. Sua situação é uma cagada minha, e eu pretendo corrigi-la. Simples assim. Além disso, somos parentes. Não está nem um pouco curioso sobre o tio dos seus filhos?

— Deixe-os fora disso. — Puxei o cinto de segurança que eu tinha esquecido de colocar.

Ele olhou para mim e depois voltou os olhos para a rodovia.

— Aposto que está aqui para ver Aimee. Ela entrou com uma ordem de restrição contra mim.

Minha boca torceu. Foi merecido.

— Ela e Ian se casaram recentemente.

— Que bom para eles.

Thomas me olhou de relance.

— Você não se importa, não é?

Encolhi um ombro.

Ele praguejou com gosto.

— Nem por um decreto quero estar por perto quando James descobrir que ela se casou com outra pessoa. Ele vai querer ver sangue. — Ele riu, sem achar graça. — Meu sangue.

— Vamos torcer, pro nosso próprio bem, para que isso nunca aconteça.

— E quanto a Nick? Está planejando vê-lo também?

— Quem é Nick?

Ele bateu na testa.

— Eu continuo esquecendo que você não é você. Ele é seu melhor amigo desde que nos mudamos de Nova York para cá.

— Quantos anos tínhamos nessa época? — perguntei, antes de achar melhor não fazê-lo.

— Então você *está* curioso. — Ele balançou o dedo para mim e mudou de faixa, diminuindo a velocidade enquanto deixávamos a rodovia. — Você tinha onze anos. Eu tinha treze e Phil quinze, talvez dezesseis. Não me lembro.

À menção do nome de Phil, senti uma súbita vontade de fugir. Agarrei a maçaneta da porta.

– Ele vai ficar na prisão por mais uns cinco anos. Quando foi indiciado por lavagem de dinheiro, negociou uma sentença menor e fechou um acordo com os policiais federais para lhes contar tudo o que sabia sobre o cartel de Hidalgo. Caso contrário, ele pegaria uns dez anos de cana. Depois de toda a merda que me fez passar, eu faria qualquer coisa para mantê-lo lá. É por isso que espero que James se lembre do que aconteceu no México. Além daquele ferimento no quadril, eu não tenho provas de que Phil atirou em você. É a palavra dele contra a minha. – Ele cutucou meu antebraço. – Ei, cara, você está bem?

– Encosta o carro. – Soltei um suspiro, sentindo-me zonzo.

– Vamos almoçar, lembra?

– Perdi o apetite.

– Aguente firme. Estamos quase lá. O Barrone's é o seu favorito. Você sempre adorou comer lá.

A fúria me atravessou.

– Qual parte de "não estou interessado em nenhum passeio pelas recordações" você não entendeu?

Thomas levantou a mão em sinal de rendição.

– Vamos apenas comer e conversar. Eu o deixo no seu hotel quando terminarmos. Não vou incomodá-lo novamente enquanto você estiver aqui.

– Por que eu acho difícil de acreditar nisso?

Thomas riu.

– É justo. Você não confia em mim, entendo. Mas compreenda: desde que éramos crianças, eu o protegi. Nunca vou parar de cuidar de você.

Pensei em Julian e Marcus. Eles tinham cinco anos de diferença um do outro, e Marcus ainda era muito pequeno para jogar bola e sair com Julian e seus amigos. Mas seu rosto, de fato, iluminava-se quando Julian prestava atenção nele, e sua cabeça balançava como a de um *bobblehead* procurando seu irmão quando Julian não estava por perto. Será que se tornariam mais próximos à medida que ficassem mais velhos? Julian defenderia o irmão mais novo? Eu não conseguia imaginar como era a vida entre Thomas e James. Não sentia uma conexão familiar.

Thomas entrou no estacionamento do restaurante e parou suavemente em uma vaga. Apesar da vontade de comer logo e ir embora, o Barrone's era bom. Limitamo-nos a assuntos neutros enquanto comíamos, Thomas falando a maior parte do tempo. Ele me contou como estava reconstruindo as Empresas Donato, adquirindo novos clientes na Ásia e na América do Sul. E reclamou sobre como *nossa mãe* o estava pressionando para que se casasse e procriasse. Alguém precisava assumir os negócios quando ele batesse as botas. Então ele perguntou sobre a minha arte e os meus filhos.

Recostei-me no espaldar da cadeira e joguei o guardanapo sobre a mesa.

— O Julian é meu filho?

— Claro que é. Por que não seria?

— A adoção. Foi legal? Eu sou legal? Você disse que a minha identidade é verdadeira. Como isso é possível?

Thomas espiou ao redor do salão, depois se apoiou nos antebraços e baixou a voz.

— Sua situação é peculiar. Eu não podia conversar sobre isso no México, e nós realmente não deveríamos discutir isso aqui, em público. Mas não sei quanto tempo mais você vai me dar, então, aí vai... Phil, no fim das contas, acabou confessando que se associara ao cartel de Hidalgo. Ele me contou sobre a lavagem de dinheiro, há quanto tempo ele estava realizando pedidos fictícios e enviando nossos produtos para a fronteira, e que você disse a ele que nós sabíamos sobre isso. Que as Empresas Donato e a DEA haviam fechado um acordo e tinham uma operação policial em curso. Os policiais federais queriam o intermediário de Phil na esperança de que isso os levasse ao paradeiro de Fernando Ruiz, que comanda o cartel de Hidalgo. Phil não sabia que eu estava no México procurando por você quando me ligou pela primeira vez para me contar sobre a sua suposta viagem de pesca e que você estava perdido no mar. Na época, eu apenas o encontrei no hospital. Você estava lá há alguns dias e ainda delirava, então não contei a

Phil que o tinha localizado. A história original dele, antes de confessar tudo, foi a de que você caiu no mar e desapareceu. Essa é a história que optei seguir quando nós, e quando digo "nós", estou falando da DEA, tivemos que fazer parecer que você havia morrido. Acho que ele tentou matá-lo, ou foi pressionado a matá-lo.

– Por quem?

– Phil confessou mais uma coisa. – Thomas bateu com o dedo na mesa. – Ele estava se encontrando com alguns tenentes do cartel quando você os flagrou. Depois de uma breve conversa, você foi levado para um quarto dos fundos. Phil diz que ficaram com você trancado lá por mais ou menos uma hora, e quando o trouxeram para fora, você estava quase inconsciente. Seu nariz estava quebrado, e a lateral do seu rosto – ele aponta para a minha cicatriz – dilacerada e ensanguentada. Ele disse que parecia que alguém o havia golpeado com um pedaço de pau. Foi quando eles o arrastaram para fora do bar e o colocaram em um barco para desovar seu corpo. Phil não acha que você confessou ao cartel sobre o nosso acordo com a DEA, e eu também não acho isso, porque você não conhecia os detalhes. Mas ele acredita que o cara que o torturou é o mesmo que a DEA está atrás: Fernando Ruiz. Phil nunca o viu, mas acha que você, sim. E se descobrirem que você ainda está vivo, podem tentar matá-lo novamente. Todo mundo está em compasso de espera para descobrir quem você viu e o que ouviu. É possível que você detenha informações que podem nos levar ao paradeiro de Fernando Ruiz. Supondo que tenhamos sorte, nós o capturaremos sem a sua ajuda; então você pode sair do programa sem ficar se preocupando pelo resto da vida que algo possa lhe acontecer. Você pode sair do programa a qualquer momento. É a sua vida. Fui eu quem insistiu para que você fosse colocado nele. Argumentei que você poderia ser uma testemunha confiável no julgamento de Fernando Ruiz quando ele fosse capturado, mas que sua vida estaria em perigo nesse meio-tempo. Também queria manter você escondido de Phil. Precisávamos que ele se concentrasse em seu trabalho para o cartel, não em procurar por você.

Olhei para ele como se tivesse me contado a trama de um *blockbuster* de verão e não a sequência de eventos que me levaram a quem eu era hoje. A cicatriz no meu rosto latejava e o corte em meu quadril queimava, as únicas conexões físicas que eu tinha com os eventos daquele dia. Ferimentos que os médicos e Imelda pensavam ter ocorrido quando nadei para a costa. Causados pelas ondas me atirando contra as rochas. Foi a maneira como minha mente interpretou isso acontecendo nos meus sonhos.

– Que programa é esse do qual você está falando, e quem é Jaime Carlos Dominguez?

– É você. Você está no programa de proteção a testemunhas do México. Para sua sorte, uma medida que autoriza benefícios que incluem novas identidades foi recentemente transformada em lei. Devido à situação, cobrei alguns favores e requisitei um pedido urgente. Você havia me indicado como seu representante legal, e não estava em condições de tomar decisões sobre sua vida na ocasião. O governo emitiu sua documentação de identificação, mas eu comprei sua galeria e residência. Abri e adicionei fundos nas suas contas; construí o seu passado. Eu o recriei para salvá-lo – explicou Thomas, pontuando cada afirmação com o toque do dedo na mesa.

– Por que o México? Por que não me realocar aqui?

– Tanto lá como aqui, você ainda precisa de proteção até que Fernando Ruiz seja capturado, julgado e condenado. Escondendo-se à vista de todos, esse é o fundamento de qualquer programa de proteção a testemunhas. O estado de fuga proporcionou uma camada extra. Nós o escondemos de você mesmo.

Assim James deixaria Phil em paz e eles poderiam realizar a operação policial.

A garçonete trouxe a conta para Thomas e ele agradeceu. Conferiu rapidamente os valores e pegou sua carteira.

– Você *nunca* pode contar a ninguém quem é de verdade. Deve permanecer escondido até que Ruiz seja capturado e você possa testemunhar.

– E se James não se lembrar de nada?

– Então recomendo que tragamos você e seus filhos para casa e o estabeleçamos no programa de proteção a testemunhas aqui. Até que Fernando Ruiz seja capturado, o cartel de Hidalgo precisa pensar que você está morto, ou eles mandarão alguém atrás de você.

Bebi longamente da minha água. Que situação terrível.

– Onde Imelda entra nisso tudo? Ela sabe da coisa toda?

– Ela não sabe que você está no programa. Eu convenci o meu contato a deixá-la interpretar o papel de sua irmã porque ela estava bem estabelecida na comunidade. Tinha credibilidade; então, eu a tornei parte da sua história. As pessoas a conheciam e iriam acreditar nela. Acreditariam em quem você é e, por sua vez, você mesmo continuaria acreditando em quem é. Eu não previ que ela se cansaria de fingir, já que tínhamos um acordo financeiro. Pensei que viria primeiro até mim.

– Ela estava com medo de você.

Ele deu de ombros, indiferente.

– Ainda assim, eu devia ter previsto o que ela faria. – Thomas estalou os dedos para a garçonete, que apanhou a conta e o cartão de Thomas. – Você já pesquisou mais a respeito da sua condição?

Bati o copo de água um pouco forte demais na mesa.

– Não... por quê?

– Eu li alguns artigos. Ela não é fácil de tratar.

– Não quero tratamento.

– Sim, li sobre isso também. Caras como você não querem recuperar a identidade original. Por que você acha que isso acontece?

– Além do fato de que estaríamos trocando um conjunto de memórias por outro? Que tal por nossos eus anteriores terem sido uns babacas?

A garçonete retornou com a conta. Thomas assinou o recibo e guardou seu cartão de crédito.

– James era um homem melhor do que eu.

– Isso não muda o fato de que eu prefiro o homem que sou agora em vez dele.

– Sua vida é realmente tão melhor assim?

— Me diga você. Não tenho nada com o que comparar.

Thomas exalou, as narinas se dilatando.

— A certa altura, pensei que sim. Ajudei a criá-la para que você tivesse a vida que James aspirava ter, mas agora... – Ele moveu a mão para cima e para baixo, medindo-me. – Você está assustado.

— Cauteloso.

— Fraco.

Minhas mãos se fecharam em punhos.

— Desconfiado. Você acabou?

Thomas recostou-se na cadeira e cruzou os braços.

— Eu deparei com alguns casos interessantes durante minha pesquisa. Você sabe que não há medicamentos disponíveis para ajudá-lo.

— Eu não preciso de ajuda. Estou bem do jeito que sou.

— Você já tentou hipnose?

— Já terminamos aqui. – Eu me levantei.

Thomas soltou um longo suspiro. Percorreu os olhos pelo salão, sem focar em nada específico. Ele bateu na mesa e se levantou.

— Vou levá-lo ao seu hotel.

Na saída, o telefone de Thomas tocou. Ele olhou para a tela, depois para mim.

— Com licença, tenho que atender esta ligação. – Ele atendeu a chamada enquanto caminhávamos para o carro. – Você está pronto? – Ele fez uma pausa, ouvindo. – Já passo aí.

Ele franziu a testa para o telefone enquanto desligava.

— Eu tenho que dar uma passada no nosso armazém. É uma nova parada, mas fica no caminho. Você se importa? Vai levar só um minuto.

— Claro. – Contanto que me levasse mais perto de um banho quente, uma cama limpa e um momento de privacidade para ligar para Natalya.

Dirigimos para o armazém e Thomas estacionou nos fundos.

— Vai levar só alguns minutos. Interessado em entrar?

— Passo. Obrigado.

Thomas me estudou por um momento.

– Como quiser. – Ele abriu a porta e saiu.

Observei-o digitar um código na caixa ao lado da porta e ouvi o clique quando a tranca foi liberada. Thomas entrou e esperei no carro. Cinco minutos depois, eu ainda estava esperando. Dez minutos depois, saí do carro e fiquei andando de um lado para o outro. Vinte e cinco minutos depois, mais furioso que um ninho de vespas, decidi entrar e arrastar o traseiro dele para fora.

Então me lembrei que a porta tinha uma tranca automática.

Bati e ninguém respondeu. Bati mais forte na porta. Ainda assim, ninguém. Puxei a maçaneta e a porta se abriu.

– Opa. – Detive o impulso da porta com o meu pé e olhei para dentro. Estava escuro como breu.

– Olá? – Escutei, em algum lugar à minha esquerda, plástico sendo amassado.

Entrei no armazém. A porta bateu atrás de mim. Tateei a parede, encontrei o interruptor e o acendi. Uma lâmpada de alta potência zumbiu a poucos metros do meu rosto, cegando-me.

Merda. Suspendi o antebraço acima dos olhos.

– Carlos. – Uma voz desprovida de corpo disse além da luz. – Olhe para mim até que eu diga alguma coisa.

Abaixei o braço um pouco e apertei os olhos.

– Quem está aí?

– Não fale. Apenas ouça. Ouça... ouça... ouça. – A voz acalmava em uma cadência uniforme. – Em um momento, vou contar um, dois, três, e quando fizer isso, eu quero que você assinta.

Escutei e esperei.

– Um... dois... três – veio a voz monótona.

Assenti.

– Agora continue assentindo e, enquanto assente, quero que seus olhos se fechem. Quero que eles pareçam pesados como se você tivesse ficado acordado até tarde. Você está cansado, Carlos.

Cabeceei de sonolência.

– Seus olhos parecem pesados... eles estão muito pesados...
Minhas pálpebras se fecharam.
– Durma... você deve... dormir.
Desabei no chão.

⁂

O zumbido de sussurros acalorados chegou até mim quando a escuridão em minha cabeça diminuiu. Forcei-me a abrir os olhos, o que era como arrancar um esparadrapo de um ferimento na pele. A luz irradiava do alto. Não era ofuscante como a que eu jurava ter brilhado na minha cara há pouco, mas queimava. Meus olhos lacrimejaram e minha testa latejava. Meus membros estavam pesados como se estivessem presos a onde quer que eu estivesse deitado. Tentei mover a cabeça na direção das vozes. Uma dor disparou atravessando minha têmpora.

Caramba, isso doeu. Gemi.

Os sussurros foram sumindo e um rosto apareceu acima de mim, bloqueando a luz. Parecia familiar.

– Qual é o seu nome?

Franzi o cenho e gemi novamente.

– Qual é o seu nome? – ele perguntou em tom mais firme.

O meu nome? O meu nome é... o meu nome... meu... nome... é...

– Carlos. – A palavra raspou pelas minhas cordas vocais secas.

– Droga. – O rosto desapareceu e os sussurros acalorados se iniciaram de novo ao fundo.

Eu queria que meus braços se movessem. Um plástico duro enrugava-se por baixo de mim. Mexi devagar a cabeça. Quando foi que ela doeu tanto assim?

Certa vez, pensei. Nos primeiros dias depois do meu acidente.

Soltei um suspiro enquanto vislumbrava as lembranças no horizonte. O acidente, a fisioterapia, a minha esposa, sua morte, os meus filhos.

Thomas, aquele babaca. Natalya. *Ah, cara.* Eu precisava ligar para ela. Concentrando-me na luz acima, tentei obter algum controle sobre a dor.

As vozes se elevaram, passando de um burburinho para um silvo, acelerando. Havia duas, talvez três pessoas ali comigo, e elas estavam discutindo. Os ligamentos ao redor das minhas orelhas ficaram tensos enquanto eu tentava decifrar suas palavras em meio à dor.

– Inibição de memória... desequilíbrio cerebral... é preciso uma imagem neural anterior ao episódio.

– Não é possível. Podemos tentar de novo?

– Não aqui... não deveria ter vindo... perder a minha licença... leve-o para mim.

Tentei me sentar. A dor disparou da minha cabeça e percorreu os ossos da minha espinha. Um longo e baixo gemido emanou do meu peito.

– O que há de errado com ele?

– Ainda não passou o efeito da sugestão.

– Você deu a ele uma dor de cabeça?

Alguém praguejou, depois suspirou, demorada e impacientemente.

– O que mais podemos fazer?

– Nada, na verdade, além de determinar os estressores. Partir daí.

Houve uma longa pausa antes de:

– Acho que pode haver outro jeito. Preciso levá-lo ao hotel antes que sua "sombra" pense que algo além de um *tour* está acontecendo.

O que quer que estivessem falando, eu não ia descobrir. Rolei para o lado e caí. Meu nariz, peito e joelhos se chocaram contra o chão de cimento.

– Ai! – Recolhi os joelhos e levei a mão em concha ao nariz.

Pés trovejaram ao meu lado. Mãos agarraram minhas axilas, puxando-me de volta para o divã coberto de plástico no qual eu estivera deitado. Apoiei os cotovelos nos joelhos e deixei cair o rosto nas mãos. Meu nariz latejava. Toquei cautelosamente a ponte.

O divã afundou ao meu lado.

– Duvido que você o tenha quebrado.

Meu cérebro finalmente se reconectou e ligou a voz ao meu lado a Thomas.

— Vai se ferrar — eu disse, as palavras abafadas em minhas mãos.

— Eu não pretendia demorar tanto. Estava saindo quando você entrou.

— O que aconteceu? — Minha cabeça gritou e eu fechei com força os olhos. Ainda via aquela luz resplandecente toda vez que os fechava. Sua forma e sua intensidade chamuscavam minha retina.

— Você apertou o interruptor e acendeu as luzes, tropeçou no cabo e caiu no chão. Despencou mais forte do que uma viga de aço largada por um guindaste. Me assustou pra caralho. — Ele riu desconfortavelmente.

Levantei a cabeça e olhei em volta.

— Onde está todo mundo?

Thomas me lançou um olhar estranho.

— Quem?

— As outras pessoas que estavam aqui.

Ele balançou a cabeça lentamente.

— Não há ninguém aqui além de nós.

— Eu ouvi vozes...

A boca de Thomas se repuxou em uma curva e eu fechei a minha. Eu sabia exatamente como essa declaração me fazia parecer. *Maluco*.

— Como está se sentindo?

A náusea serpenteava em meu estômago como a víbora disfarçada de irmão sentado ao meu lado. Não acreditei em uma única palavra dele, mas não estava em condições de discutir.

Ele bateu no meu ombro.

— Vamos levá-lo para o hotel.

Levantei-me devagar e no mesmo instante perdi o equilíbrio. Thomas agarrou meu antebraço e eu o sacudi, afastando-o.

— Não me toque. — Comecei a caminhar em direção à porta. — Me... deixe... em... paz... porra.

Ele ergueu as duas mãos.

— Claro, mano.

Thomas me deixou no hotel sem quaisquer sugestões adicionais sobre visitar a casa em que crescemos ou dar uma conferida nos escritórios do legado que nossos pais haviam nos deixado. Mas queria conversar, e se ofereceu para me pagar um coquetel no bar.

Eu queria tomar três aspirinas, um banho e ligar para Nat.

Não perguntei novamente a Thomas sobre as pessoas que podia jurar que estavam no armazém conosco. E quanto mais nos afastávamos, mais eu me perguntava o que havia acontecido exatamente. Envolto sob a névoa espessa de uma enxaqueca, o incidente foi ficando mais indistinto a cada instante.

Thomas parou em frente à entrada do saguão e eu saí do carro. Ele abriu o porta-malas e o manobrista retirou minha bagagem.

– Carlos. – Thomas se inclinou no banco da frente e ofereceu seu cartão de visita. – Ligue se precisar de mim ou tiver dúvidas – ele disse, como se tivesse acabado de me vender uma apólice de seguro de vida.

Talvez tivesse mesmo. *Alguma coisa* tinha acontecido no armazém, e eu saí intacto. Ainda era o Carlos.

Seu rosto ficou sério.

– Senti saudade de você.

– Sim, claro – murmurei e fechei a porta. Thomas partiu, e joguei seu cartão no lixo.

Depois de entrar no quarto com a mala e despejar a bagagem de mão dentro do minúsculo armário, saquei três aspirinas, engoli-as a seco e tomei um banho. A água escaldante encharcou meus cabelos e derramou-se sobre os ombros. Observei-a escorrer pelo meu abdômen, criando córregos através da minha virilha e coxa. Ela escorreu girando pelo ralo, carregando um dia inteiro de sujeira de viagem para os esgotos. A veia na minha cabeça latejou e eu cerrei os dentes. *Caramba, o que foi que aconteceu hoje?*

Toda vez que eu pensava naquele depósito e tentava recordar as vozes que sussurravam ao meu redor, não importava quão borradas estivessem as imagens e indecifráveis as palavras, o rachar de crânio na minha cabeça acionava sua britadeira. Pressionei os dedos contra os cantos dos meus olhos, tentado a tirá-los das órbitas para aliviar a pressão.

Desliguei a água e enxuguei meu corpo exausto. Nem o chuveiro nem a aspirina ajudaram. Eu me sentia péssimo.

Prendendo uma toalha em volta da cintura, fui me sentar na beirada da cama e liguei para Nat. Caiu direto no correio de voz. Desliguei e liguei de novo alguns segundos depois. Dessa vez deixei uma mensagem.

– Dia maluco. Estou bem. Eu conto sobre isso mais tarde, mas agora preciso cair duro. Eu te amo.

Encerrei a ligação, enviei uma rápida mensagem de texto com o número do meu quarto, já que eu havia prometido fazer isso antes, e joguei o celular na mesa de cabeceira. Ele escorregou até a borda e caiu no chão, mas não me importei. Estava cansado demais.

Gemendo, caí de costas nos travesseiros. Minhas pálpebras se fecharam e apaguei, dormindo a noite inteira e boa parte do dia seguinte.

Capítulo 17

JAMES

DIAS ATUAIS
27 DE JUNHO
HANALEI, KAUAI, HAVAÍ

Naquela noite, grelharam frango – que Natalya comprou no mercado local de produtos frescos. O sol se põe em uma variedade de tons vibrantes de lavanda e ouro. Uma vista espetacular, que ele pintaria se tivesse a disposição para fazê-lo, o que não tem.

Natalya observa o sol descer abaixo do horizonte, e ele, por outro lado, sente a decepção despontar dentro de si. Ela desejava que ele pintasse seu pôr do sol.

James lança olhares discretos para ela de onde eles comem na varanda, girando o garfo como faz com os pincéis. As conversas entre eles têm sido formais, e há momentos em que pode jurar que ela fica conversando com seus filhos só para que não tenha que se envolver com ele.

– O dia hoje foi incrível, tia Nat. – Julian boceja a declaração e Marc segue o exemplo. Ele esfrega os olhos. – Podemos pegar algumas ondas amanhã? – Julian pergunta.

– Quero construir mais castelos de areia. – Marc boceja novamente.

James cobre o próprio bocejo. No fuso horário a que estão acostumados, já seria bem mais tarde. Puerto Escondido tem quatro horas a mais do seu horário atual. Ele se levanta e recolhe os pratos. Natalya faz menção de apanhá-los.

— Pode deixar, eu cuido disso — diz ele. — Por que não os ajuda a se arrumarem para dormir? — Ele se lembra de ter lido que ela gosta de participar do ritual noturno durante as visitas ao México. Leva os pratos para dentro.

Não há muito para limpar. Além da salada, que contou com a participação dos meninos para ser feita, a refeição havia sido preparada na grelha. Termina de lavar a louça rapidamente. Natalya ainda está com seus filhos, então ele caminha de volta para a varanda em busca de tirar um tempo para si, e continua caminhando, descendo as escadas, atravessando o quintal e cruzando o parque. Senta-se onde as longas folhas de grama encontram a areia fresca e escuta o mar. Emparelha sua respiração com o ritmo das ondas e pensa nos anos perdidos, na paternidade instantânea e em como ele não se sentirá em paz até resolver as coisas com os seus irmãos, o que poderia levar Phil de volta à prisão. Ele tem a cicatriz, a flagrante marca na altura do quadril, mas não tem a lembrança. Por enquanto, não. Deseja mais provas do que a mera convicção de Thomas de que Phil tentou assassiná-lo.

Sua mãe não aceitaria numa boa outro escândalo familiar, não depois do que tinha passado. Aparentemente ela tivera um colapso após sua morte. Mandar seu filho mais velho de volta à prisão poderia levá-la de volta ao "retiro" para o qual Thomas a levara no verão depois que James havia "se perdido no mar". Mas, a essa altura, ele não se importa. A segurança dos filhos é sua maior prioridade, e ele não se surpreenderia se Phil os ameaçasse para dar o troco nele. Porque Phil havia perdido tanto quanto James. Sua posição na família, seu direito de primogenitura às Empresas Donato e cinco anos de liberdade.

O mar prossegue com sua melodia ritmada, conduzindo-lhe a mente a Puerto Escondido e sua costa violenta, que atrai surfistas experientes. Eles pegam ondas numa vertiginosa descida até a praia antes de elas os devorarem por inteiro.

James se sente afundando, girando, seu mundo escurecendo até que ele se vê parado diante de uma mesa num bar de quinta categoria. A luz do sol é turva, e o ar, denso, por causa da fumaça de charuto.

– Você entrou no ninho de vespas, Jim.

Ele olha para Phil, vestido com uma camisa preta e bermuda azul-petróleo. Phil puxara mais o lado de sua mãe do que ele e Thomas, o que fazia sentido, considerando que ambos os seus pais eram daquele lado da família. Phil volta aquelas feições de ave de rapina para ele, sua boca se retorcendo em um sorriso cínico. Ele balança a cabeça lentamente. Seus óculos Ray-Ban escuros ocultam os olhos, mas James sabia que eles estavam apertados em advertência. Phil havia dito a ele para que não o seguisse no bar. Seu irmão balança a cabeça devagar, baixando o queixo, parecendo mais fascinado com a tampa de garrafa que girava na mesa. James sente um frio terrível no estômago. Sabia que o que quer que fosse acontecer a seguir era culpa dele próprio. Pragueja por sua impaciência. Enfurecido com a própria raiva e por ser movido por vingança.

– Este é o cara de que você estava nos falando?

O olhar de James percorre os outros dois homens. Aquele que havia falado e se sentado ao lado de Phil tinha um braço sobre a barriga inchada, a mão enfiada sob o outro braço, escondido da vista. James cruzou os braços, ocultando as mãos úmidas. Não queria pensar naquilo que o homem mantinha fora de sua visão e dos outros clientes no bar.

– Não, Sal – disse Phil, o tom inflexível. – Esse é o meu outro irmão. Jim já estava de saída.

O segundo homem, trajando uma camisa de seda e calças de linho, os antebraços tatuados, chuta a cadeira vazia. Ela atinge James nas canelas.

– Por que você não se senta?

– Importa-se que eu me sente?

James pisca e olha para cima, desorientado. Uma garrafa de cerveja paira na sua linha de visão. A condensação forma gotas no vidro, e pingos de suor brotam da linha de seu cabelo. Ele apanha a cerveja e ajusta sua posição de modo que os antebraços se apoiem nos joelhos, e Natalya se acomoda ao seu lado.

– Como estão as crianças? – ele pergunta.

– Marcus caiu no sono no meio da história e Julian já estava apagado quando passei no quarto dele.

Ele bebe a cerveja e o sabor explode na boca. Seus olhos se arregalam com o sabor cítrico e de manga. Ele verifica o rótulo.

– Cerveja, estilo havaiano. – Natalya bebe a dela.

– É... diferente. – Ele prefere cervejas mais escuras, mas em uma noite como aquela, onde os ventos alísios úmidos são mais agradáveis do que o calor escaldante de Puerto Escondido, a mudança é bem-vinda.

– Em que você estava pensando?

Ele franze a testa.

– Quando?

– Há alguns instantes, eu o chamei e você não ouviu. Talvez você estivesse apenas me ignorando. – Ela ri baixinho, nervosa.

– Não, eu não faria isso. – Ele começa a tirar o rótulo pelo canto. – Estava pensando no meu irmão. Nada em particular. – Tenta capturar novamente a lembrança, mas é como pegar fumaça. Os detalhes recuam como a maré a cada segundo que passa.

Sua pele pinica. Ele sente que Natalya o está observando, então se inclina até ela. O céu noturno ilumina sua pele com um brilho azulado. A expressão dele é de questionamento, convidando-a a perguntar o que quer que seja. Muita coisa deve estar se passando por sua cabeça.

Seus olhos vagueiam sobre ele; então, seu peito sobe com uma inspiração profunda.

– Eu vou ser bem direta e falar de uma vez. É muito difícil para mim olhar para você e não enxergar Carlos.

– Minhas roupas sóbrias e cabelo mais curto não são suficientes para nos diferenciar? – ele brinca, apelando para o humor, na esperança de dissipar a tensão na qual se sentiu preso perto dela desde sua chegada.

– Eu gostaria que fosse assim tão simples, mas não. Por muito tempo, Carlos encarou a situação dele de forma diferente de mim. Ele se separou de você. Ele falava de você como se fosse um irmão ou um primo.

– Como você me vê?

– Vocês são a mesma pessoa. Quase – ela acrescenta como uma reflexão tardia. – O mesmo sangue corre em suas veias. Vocês têm o mesmo coração e a mesma alma. Então, diga-me, James Charles Donato. Quem é você?

Ele não sabe. Não sobrou muito da sua antiga vida. Ele dá um gole em sua cerveja.

— Vamos lá — ela o cutuca. — Tem que me dar alguma coisa. O que o faz diferente de Carlos?

— O fato de eu não colecionar jornais? — ele destaca.

Ela assente, considerando.

— Isso já é alguma coisa. Mas você sabe que ele fazia isso por você?

James recolhe a areia com a mão e a deixa escorrer por entre os dedos. Havia mais pilhas de jornais do que ele se importou em contar, encaixotadas na garagem do México. Deixadas para trás por Carlos para James, para que ele não perdesse um dia sequer de notícias. Ele se livrou deles sem abrir as caixas. A bagunça era opressiva. Isso apenas aumentava o espantoso número de questões que ele tinha de enfrentar.

— Existem algumas semelhanças entre vocês. Vocês dois correm, sabe-se lá por quê.

James ri, apesar de seu humor carregado. Ele termina de beber a cerveja.

— Vocês dois pintam.

— Não mais.

— Por quê?

Ele levanta um ombro.

— Não tenho vontade.

Ela o estuda por um momento. Sua pele coça pela forma como ela o observa. Ele não é o seu Carlos, e está farto de ser comparado a um homem que não existe mais. Ele próprio já se comparou o suficiente com Carlos. Finca a garrafa na areia ao seu lado e considera voltar para a casa. Talvez eles devessem conversar amanhã. Seu humor escurecera junto ao céu noturno.

Natalya afunda os pés na areia e fica mexendo os dedos.

— Eu tinha quatro anos quando minha mãe morreu. Meu pai deixou de surfar durante muito tempo. Lá estava ele, no auge de sua carreira profissional, e não conseguia competir. O surfe é como qualquer outro esporte. Tem a ver com onde sua mente está. — Ela bate com o dedo na própria testa. — A mente do papai não estava na água, então ele decidiu tirar um tempo e vivenciar o luto. Levou mais um ano para começar sua empresa. Mas o oceano o chamava, e em seu devido tempo lá estava ele de volta à água e ganhando títulos, porque, quando ele voltou, estava pronto para voltar. Agora ele tem um negócio em expansão, viaja o mundo patrocinando torneios e tem uma garota em cada porto.

— Você e Raquel eram irmãs, certo?

— Meias-irmãs. Papai é um espírito livre. Ele sempre foi aberto quanto a seus relacionamentos. Amo todos os meus irmãos.

— Quantos você tem? — James se recorda de ler algo a respeito da família dela, mas não os detalhes. Essas pessoas eram as tias e tios de seus filhos. A família deles.

— A minha irmã, Tess, está em Sydney, na Austrália, e o meu irmão, Calvin, está na África do Sul. Ele é o caçula. Eu sou a mais velha.

— Quantos anos você tem?

— Trinta e três.

— Você provavelmente já sabe que eu tenho trinta e seis. Sinto que tenho trinta.

— Humm, por que isso?

Ele bate com o dedo na têmpora.

— Na minha cabeça, estou bebendo uma cerveja com uma mulher mais velha.

Natalya olha para ele com uma cara desprovida de expressão; então, uma risada irrompe de seu peito. Ele sorri.

— Não pude resistir.

— Enfim, há um ponto importante na minha história.

— Que seria...?

— Você não está pronto para pintar.

— Bem... — diz ele, levantando-se e limpando o short. — Envie-me um lembrete quando descobrir quando isso vai acontecer. — Sua intenção é fazer uma piada, mas o meio-tom rude é inevitável.

— Ah, mas eu já sei. — Seu tom se nivela ao dele. Ela se levanta e apanha a garrafa vazia que ele deixou na areia. — Você vai voltar a pintar quando parar de odiar a si mesmo e à sua vida.

Ele fica tenso. Carlos não escreveu nada sobre a franqueza de Natalya. Exceto por dizer a ela no último dezembro que não precisava da sua ajuda, ele não tem ideia do que fez para merecer a atitude fria que continua dispensando a ele.

— Você já me decifrou por inteiro. — Ele cruza os braços. — Qual é a sua história? Quem diabos é você, Natalya?

— Carlos não escreveu tudo sobre meus profundos e íntimos segredos?

James estala a língua.

— Ah... então você sabe o que ele escreveu nos diários.

Seu rosto fica vermelho sob a luz pálida.

— Eu li alguns trechos. — Ela toma um longo gole de cerveja e ele não precisa adivinhar a que partes ela está se referindo. Como as suas pinturas, a redação de Carlos era muito detalhista.

— Momento contrangedor. — O comentário ecoa em sua garrafa. Ela parece triste, e ele não pode deixar de se sentir um idiota.

— Não me lembro de nada sobre, hum... nós. — E gesticula entre eles.

Ela aperta os lábios e assente. Seus olhos brilham.

— Talvez seja melhor assim. Vai tornar o dia de amanhã mais fácil.

— O que vai acontecer amanhã?

— Vou ligar para o advogado para ele começar a redigir os documentos de adoção.

Capítulo 18

CARLOS

CINCO ANOS ATRÁS
15 DE AGOSTO
SAN JOSE, CALIFÓRNIA

Um ruído abafado ecoou pelo quarto. Parecia um martelo batendo pregos nas paredes, mas estava acontecendo dentro da minha cabeça. Uma dor incandescente atravessou meu couro cabeludo.

Tum, tum, tum. Abri com dificuldade os olhos remelentos de sono para um quarto escuro. Pisquei e pisquei de novo, tentando ajustar a vista à escuridão total.

Tum, tum, tum.

— Carlos! — Meu nome veio através das paredes.

As lembranças da noite anterior, ou a falta delas, espalhavam-se dentro do meu cérebro como salsolas secas rolando em uma estrada vazia. Sem direção definida e completamente ao sabor do vento. Em algum momento das primeiras horas da manhã, fechei as persianas para bloquear a luz do sol. Não conseguia enxergar nada.

Espremi as palmas das mãos contra as órbitas dos olhos.

Tum, tum, tum.

— Abra essa maldita porta, Carlos, antes que eu ligue para a recepção e exija que façam isso por mim.

— Estou indo — resmunguei. Rolei para fora da cama, desabando em um joelho. A enxaqueca que queimava como um incêndio florestal tinha diminuído durante a noite, mas meu corpo doía, os músculos tensos de dormir mal nas últimas horas.

Levantei-me e fui apalpando o trajeto até a porta, as mãos à minha frente buscando pelas paredes. Topei com o dedão na cadeira e praguejei. O impacto irradiou pela canela. Empurrei a cadeira que eu não me lembrava de haver mexido de volta para debaixo da mesa.

Tum, tum...

Atrapalhei-me com a fechadura e abri a porta.

Os olhos de Nat se arregalaram como os de um gato pego de surpresa. Ela arfou e, então, a tensão desapareceu.

– Você está aqui. Graças a Deus. – Ela baixou a vista e seus olhos cresceram novamente. – Você está pelado. – Ela bateu as palmas contra o meu peito e me empurrou de volta para o quarto. A porta se fechou atrás dela.

Ao contato de sua pele com a minha, meu cérebro acordou. Assim como meu corpo.

– Nat – gemi, meus braços se entrelaçando nela tal qual um polvo. Eu a empurrei contra a parede e pressionei toda a extensão do meu corpo contra ela. – Você está aqui. *Que sensação incrível tocá-la.* Eu a beijei profundamente. Minhas mãos subiram por sua blusa e capturaram seus seios. Meus quadris embalavam. Gemi outra vez.

Ela arfou.

– Carlos.

– Estou bem aqui. – Mordi o pescoço dela.

– Ai. Carlos. – Ela bateu as mãos nos meus ombros.

Safadinha impaciente, pensei com um grunhido. Abri afobado a braguilha dos jeans dela. Ela meteu um joelho entre nós, direto no meu abdômen inferior.

– Aaai!

Ela se desvencilhou dos meus braços e afastou-se de mim.

– Caramba, Carlos, que droga é essa? – ela se enfureceu e acendeu a luz.

– Ai, droga! – Apertei com força os olhos.

– O que você pensa que está fazendo, porra?

Olhei de esguelha para ela. Ela parecia possessa, o rosto rubro como um tomate sob as sardas, os punhos postados nos quadris. Ela era tão linda e gostosa, e era maravilhoso que a única pessoa no mundo em quem eu confiava estivesse ali comigo. Isso só me deixou ainda mais excitado.

– Eu estou ardendo de tesão por você, Nat. – Gesticulei para a minha virilha.

Ela me devolveu uma careta e dirigiu o olhar para a cama bagunçada.

– Você ficou dormindo esse tempo todo?

– Hã... – Massageei a minha nuca. Meu olhar disparou para a cama, os lençóis amarrotados no chão. – Sim.

Suas narinas se dilataram.

– Você provavelmente tem que fazer xixi.

À menção dessa função corporal, minha bexiga rugiu e a excitação desapareceu.

– O que aconteceu com você?

– Tenho que mijar. – Acendi a luz do banheiro e fechei a porta com um chute.

– Escove os dentes também – ela berrou. – Você está fedendo.

Fiz xixi, lavei as mãos e enxaguei o rosto com água fria, esperando que a temperatura baixa dissipasse a névoa espessa que se condensava dentro da minha cabeça. Eu não conseguia pensar ou me concentrar. Então escovei os dentes, duas vezes, e vesti uma cueca boxer e uma camiseta antes de voltar para Nat.

Ela tinha aberto a cortina e ligado o ar-condicionado para circular o ar parado do quarto. Também havia arrumado a cama. Os lençóis estavam de volta no colchão. Ela folheava um pequeno bloco de papel, e voltou sua atenção para mim quando me aproximei. Então fechou o bloco.

– Eu estava morrendo de preocupação com você. Fiquei ligando e mandando mensagens de texto desde que você desligou na minha cara.

Meu olhar saltou para a mesa de cabeceira.

– Onde está o meu celular?

– Está aqui. – Ela o entregou para mim. – Eu o encontrei no chão junto às trocentas mensagens de texto e chamadas não atendidas.

Abri a tela do aparelho, vi a lista de notificações e joguei o telefone na mesa. Desabei na cadeira.

— Esqueci de tirar do modo silencioso antes de apagar na cama.

— Duvido que você o teria escutado. Você estava dormindo como uma pedra. Sabe há quanto tempo eu estava batendo na porta? Dez minutos — ela respondeu diante da minha expressão de quem não fazia ideia.

Esfreguei o rosto, áspero por causa da barba por fazer.

— Desculpe, Nat. — Odiei o fato de ter lhe causado preocupação, e de ela ter precisado pegar um voo até ali para ver como eu estava. — Reembolso você pelo seu voo.

Seus olhos quase saltaram para fora e sua boca franziu. Acho que o comentário a incomodou, porque ela foi pisando forte o chão até a janela. Cruzou os braços e observou um avião aproximar-se para a aterrissagem.

— Por Deus, Carlos, eu te amo, mas não me assuste desse jeito — disse ela depois que o avião pousou na pista. Ela passou um dedo embaixo de cada olho.

Eu queria chorar com ela, mas percebi que já havia me desonrado o bastante em sua presença. *Tarado desgraçado.*

— Venha aqui — pedi, abrindo os meus braços.

Ela se enroscou no meu colo e descansou a cabeça no meu ombro, enfiando o rosto no meu pescoço. Nossos braços envolveram um ao outro e, por alguns instantes, ficamos ali apenas sentados. Foi uma dádiva.

— Vou tentar não assustá-la assim novamente. — Não era uma promessa definitiva, considerando que eu próprio estava apavorado. Beijei-a suavemente, na esperança de tranquilizar a nós dois.

Ela mudou de posição no meu colo, aconchegando-se ainda mais.

— Não se preocupe com o meu voo. Eu planejava mesmo vir para Los Angeles na segunda-feira.

Mordisquei sua orelha.

— O que tem em LA?

— A Miss Malibu Pro* do ano. Ela mora em Santa Mônica. Papai e eu teremos uma reunião com ela sobre a licença das nossas novas *longboards.*

---

* Competição de surfe *longboard* para mulheres (N.T.)

A Miss Malibu Pro apresenta uma competição de surfe *longboard*.

– Aquelas com os desenhos da Mari.

– Essas mesmas. Mas eu não quero conversar sobre isso. – Ela se inclinou de volta em meus braços e embalou meu pescoço. Seus polegares acariciaram meu maxilar. Mais do que sentir, ouvi o raspar de sua pele contra a minha barba por fazer. A linha entre as sobrancelhas dela se aprofundou. – O que aconteceu com você ontem?

– Eu não sei. Não consigo lembrar. – A admissão faz meu coração acelerar como se eu tivesse corrido uma maratona.

– Não se lembra porque está com amnésia? Ou não se lembra porque encheu a cara e não consegue se lembrar?

– A última opção, mas sem o benefício do álcool. – Apertei gentilmente sua coxa revestida pelos jeans. – Thomas estava esperando por mim no aeroporto.

A boca de Natalya se abriu, efeito da surpresa.

– O quê? Como?

– Talvez minha identidade tenha emitido algum sinal de alerta quando passei pela alfândega. – Ela inalou bruscamente e eu beijei seu nariz. – Não se preocupe. Não havia ninguém para me prender. Mas Thomas de alguma forma foi notificado de que eu estaria lá. Também acho que estou sendo vigiado enquanto estou aqui.

– Carlos. – Ela parecia alarmada.

– Thomas se ofereceu para me mostrar as redondezas e me proporcionar um encontro com velhos amigos. Imaginou que eu tinha vindo porque estava curioso a respeito de mim mesmo.

– Coisa que você está – Natalya completou.

– Sim, mas eu disse a ele que não estava. Ele me levou para almoçar e... – Franzi o cenho, meus pensamentos se voltando para dentro enquanto eu tentava apreender os eventos do dia anterior. Alguns me escapavam.

– E o quê? – Os dedos de Natalya martelaram na minha nuca para chamar a minha atenção.

– Thomas não contou a Imelda e a Aimee a história toda sobre James. –Revelei então a Natalya o que Thomas havia me dito, e, quando terminei, um misto de incredulidade e angústia deturpava suas feições delicadas.

– Meu Deus, Carlos. Você precisa entrar num avião de volta e ir encontrar seus filhos agora mesmo. Sua vida pode estar em perigo. – O pânico erguia sua voz a cada palavra.

Sacudi a cabeça com veemência.

– Não, eu não acho que esteja. Phil está na prisão e não sabe sobre mim. Enquanto ele e o cartel de Hidalgo acreditarem que James está morto e Carlos não conseguir se lembrar do que aconteceu, não tenho qualquer valor para ninguém.

– Tem para mim. E para Julian e Marcus.

– Sim, eu sei. Mas ouça. Tem mais. Depois do almoço, Thomas recebeu uma ligação. Ele tinha que dar uma passada num armazém antes de me trazer para o hotel. Eu me lembro de esperar no carro por ele e então... então... – Minhas sobrancelhas franziram. – Então, ele estava me largando no hotel.

– Você não consegue se lembrar de nada entre esperar no carro e chegar ao hotel?

Icei Natalya de cima de mim e comecei a caminhar de um lado para o outro pelo quarto.

– Não. E minha cabeça dói pra caralho toda vez que tento pensar no que aconteceu.

– Algo de fato aconteceu, porque você escreveu sobre isso.

Parei de repente.

– Escrevi?

Seu rosto assumiu uma tonalidade esverdeada enquanto ela folheava o bloco.

– O que é isso?

Ela pressionou o bloco de notas virado para o peito, como se não quisesse que eu o lesse.

– Eu acho que Thomas fez algo com você.

– Deixe-me ver isso.

Relutante, ela me entregou o bloco de notas, depois torceu a mão no volume de cabelos que rodeava sua cabeça como uma auréola.

Folheei com agilidade os papéis, passando os olhos nas palavras que eu mesmo havia escrito em algum momento durante a noite. Tinha usado o bloco inteiro. A náusea se manifestou rapidamente, seguida por uma onda de tontura. Afundei na beirada da cama e praguejei.

– É por isso que Thomas teve que me contar sobre a minha identidade pessoalmente. – Agitei o bloco de notas no ar. O papel farfalhou, abrindo-se em leque com o movimento. – Ele queria que eu fosse até ele, e estava pronto para mim. O filho da mãe me hipnotizou.

Atirei minhas anotações para o lado e imediatamente fiquei de pé.

Thomas era meu irmão. Era também o tio dos meus filhos. Um homem ao qual eles seriam expostos se minha cabeça ferrada descobrisse um jeito de se consertar. Porque James gostaria de retornar para a Califórnia.

Caminhei até a janela. O sol já havia baixado três quartos no céu. Meu olhar disparou para o relógio ao lado da cama. Três e quarenta e cinco da tarde. Eu dormira o dia todo.

– Agora você entende porque eu quero que você seja a tutora deles?

– Carlos... – ela começou a dizer.

– *Você* quer que Julian e Marcus sejam expostos a pessoas assim? – Gesticulei freneticamente para o bloco de notas.

– É claro que não.

– Pois eles serão. Essa é a família com a qual eles comemorarão seus Natais. Com quem eles passarão as férias de verão. Que vão querer os *meus* filhos trabalhando em seus negócios.

– Não tem como você saber disso.

– Essa é a porra da família de James, Nat. A *minha* família. – Bati no peito.

Enfiei as duas mãos no cabelo e o segurei firme. Meu olhar ziguezagueou de Natalya para o relógio e depois para o bloco de notas antes de deter-se no closet. Atravessei o quarto a passadas pesadas e apanhei minha mala. No banheiro, juntei meus pertences e os joguei dentro dela.

— O que você está fazendo?

— Arrumando as malas. Vou pra casa. — Então lembrei-me de que estava fedendo.

— Carlos?

Escolhi roupas limpas, peguei de volta os meus artigos de higiene e me dirigi para o banheiro.

— Carlos!

— Que foi? — gritei da soleira da porta.

Suas bochechas assumiram uma tonalidade rosada.

— Tem mais alguma coisa acontecendo aqui, Carlos — disse ela com firmeza. — Com relação aos seus sentimentos e a forma como você se sente a respeito de James e da família Donato.

— O que isso quer dizer?

— Sua reação a eles é feroz.

— É justificada, Nat. Meu irmão me hipnotizou contra a minha vontade.

— Sim, entendo o porquê de você desprezá-lo. Mas quando se trata de seus filhos, você tem essa necessidade primordial de mantê-los seguros.

— Isso é parte de ser humano, parte de eu ser pai.

— Nem todo pai sente o mesmo. Caso contrário, haveria muito menos casos de abuso infantil e negligência no mundo hoje.

Ajeitei as minhas roupas debaixo do meu braço.

— Onde você quer chegar?

— Por acaso já lhe ocorreu que James pensava da família dele a mesma coisa que você? Seu irmão mais velho quase estuprou a noiva dele. Você me contou sobre os sonhos que costumava ter de Aimee antes de saber quem ela era, e o terror que sentiu por não ser capaz de protegê-la. Não vá embora sem antes conhecer James. Porque, se você costumava ser como o homem que é hoje, e eu acredito que sim, James desistirá de sua própria vida para manter Julian e Marcus em segurança.

Capítulo 19

JAMES

DIAS ATUAIS
27 DE JUNHO
HANALEI, KAUAI, HAVAÍ

— Opa, opa, opa! — James se levanta num impulso. A parte de trás de suas pernas coça por causa da grama e da areia, mas ele ignora. — Do que você está falando, caramba?

Natalya inclina a cabeça. O brilho das luzes da casa contorna sua silhueta, deixando o rosto às escuras. Ele não consegue ler a sua expressão.

— A documentação. É para quê? — ele pergunta, sendo mais específico.

— A tutela de Julian e Marcus. É por isso que você está aqui, não é?

Ele ergue os braços dobrados.

— Não!

— Mas você disse ao telefone... — Ela se interrompe.

— Eu disse o quê? — Ele se aproxima um passo.

Ela franze a testa e respira profunda e tremulamente.

— Meu Deus, que confusão. Eu estava falando sobre Carlos, não você. É que toda vez que olho para você, eu vejo... ele.

Enquanto para ele é a primeira vez que a vê pessoalmente, ela está às voltas com ele há anos. A cirurgia reconstrutiva em seu rosto ajudou Aimee a separá-lo de Carlos em sua mente, mas, para Natalya, ele parece idêntico ao homem que ela amava.

Seus ombros se curvam e o queixo baixa.

– Isso é tão esquisito.

Ele desliza as mãos nos bolsos e abaixa a cabeça para olhar para ela.

– Se isso ajuda alguma coisa, estou na mesma situação. – Vê-la é como testemunhar um personagem de romance ganhar vida. Ele lera tanto a respeito dela... Conhece inúmeros detalhes íntimos, como por que ela possui cicatrizes em sua barriga, e que tinha mágoas tanto quanto as mulheres que seu pai deixava para trás quando rodava o mundo.

Seus olhos se ajustam aos poucos ao céu noturno, e ele tem um vislumbre de brancura quando ela sorri rapidamente. Uma brisa suave agita sua saia, e ele fica bastante impressionado com a beleza dela. Seu corpo fez amor com ela. Suas mãos tocaram cada canto secreto. E sua boca venerara cada uma de suas curvas femininas.

Sua mente, no entanto, não consegue se lembrar de um maldito segundo sequer disso, e, por mais estranho que pareça, James lamenta o fato.

Natalya recolhe os cabelos, retorce-os e os deixa cair por cima do ombro.

– Vou reformular, para que não fique confuso para nenhum de nós. Carlos não queria que seus filhos fossem criados próximos à família Donato. Ele não confiava neles, e isso inclui você. Também estava convencido de que você não iria querer o fardo de cuidar de dois filhos pelos quais não pediu. Ele me pediu para assumir a tutela legal. Disse-me que ia lhe dar uma "cláusula de exclusão" – ela simulou aspas gesticulando com os dedos no ar –, escrevendo em seu diário que eu levaria seus filhos se você não quisesse criá-los. Quando você me ligou e disse que queria que eu tomasse conta de seus filhos...

– Não por tempo indeterminado. – Ele corta com a mão o ar do espaço entre eles. – Talvez apenas por uma semana ou duas, se tanto. Mas voltemos a Carlos. Se existe uma coisa com a qual podemos concordar, é a minha família. Eu não confio em meus irmãos nem para chegar perto dos *meus* filhos.

Natalya solta um suspiro longo e tranquilo. Sorri gloriosamente.

– Fico tão aliviada em ouvir isso. – Agora ele percebe por que ela o recepcionara de forma tão fria no aeroporto. Pensou que estava descarregando nela os seus filhos.

– Minha mãe, no entanto, é outra história.

– Sim. – Natalya rola para a frente e para trás na ponta dos pés. – Isso foi um choque. Não posso acreditar que Carla é sua mãe. Devo me preocupar?

Ele coça a nuca, depois o cotovelo.

– Eu posso lidar com ela. Os garotos não sabem, e não sei como vão lidar com a notícia. – Pega as garrafas vazias de Natalya e pede que ela o siga de volta para casa. Os mosquitos estão picando. – Eles já estão com raiva de mim porque não sou o pai *verdadeiro* deles. Como acha que vão se sentir quando souberem que a senhora que comprava sorvete e churros, vizinha deles, não é quem achavam que era?

– Não sei dizer, mas a *señora* Carla adorava os seus filhos, o que significa que sua mãe adora os netos. Assumimos riscos e fazemos coisas que não podemos necessariamente explicar para aqueles que amamos.

A declaração de Natalya não poderia ser mais verdadeira. James tem se sentido culpado por isso em mais de uma ocasião. Sente-se um hipócrita quando diz:

– Mas ela mentiu para eles.

– E isso o incomoda.

– Imensamente. – Porque ele mentira para Aimee por anos sobre sua família, e olhe só aonde isso o levou. Arranca uma flor de hibisco do arbusto pelo qual passam e gira o caule nos dedos. – E a você?

– Sim, mas... entendo por que ela fez o que fez. Carlos não a teria deixado se aproximar deles se tivesse dito a verdade. Também não acho que ela se deslocou até lá apenas para vê-los.

– Não? – Ele fica girando o caule da flor.

– Ela passou a maior parte do tempo com você, James. Estava lá para vê-lo. Você é seu filho, um filho que ela pensou que tivesse morrido. Suponho que Thomas acabou lhe contando sobre você. Consegue imaginar como ela se sentiu?

– Eles não estão se falando. Não regularmente, não como costumavam fazer.

– Até aí, nenhuma surpresa.

Uma brisa sopra entre eles, com cheiro de chuva e carregada de sal. Natalya para perto do último degrau da escada que conduz até a varanda e se vira para ele.

– Suponho que ame seus filhos, já que não os está dando para mim.

– Incondicionalmente.

– Eu disse a Carlos que você amaria. – Ela sorri brevemente, então arranha distraída o corrimão de madeira com uma unha. – Lembro de Carlos me contando como Carla ficara nervosa perto de você durante a primeira visita dela ao México. Imagine como você se sentiria ao descobrir que Julian ou Marcus ainda estava vivo depois de ter enterrado o corpo de seu filho. Isso é emocionalmente intenso.

Ela tinha um argumento.

– Ainda não confio nela.

Natalya apanha a flor que ele está destroçando e a encaixa em sua orelha.

– Dê tempo ao tempo. Ela é sua *ohana*, sua família, e "família significa que ninguém é deixado para trás, ou esquecido".

Sua boca se contrai. Ele puxa outra flor do arbusto ao lado de sua coxa.

– Você está citando *Lilo & Stitch* para mim?

– Muito bom. Estou impressionada.

– Tenho um menino de seis anos.

– É, tem mesmo. – Ela envolve a mão dele nas suas, pedindo silenciosamente a flor. James entrega e Natalya a coloca na orelha dele. As cócegas das pétalas em sua bochecha, o toque quase inexistente de seus dedos contra a pele sensível e o hálito quente em seu queixo o fazem tragar o ar bruscamente. Sensações disparam por todo o seu corpo, despertando-o como se ele estivesse hibernando há anos. Ela olha para a flor, depois para ele, e sorri maravilhosamente. Ele cora como um adolescente, e a culpa o inunda como tinta encharcando a ponta de um pincel.

Além de Aimee e da frenética e dolorosa separação deles vários dias antes, ele não era tocado ou beijado por uma mulher há mais tempo do que conseguia se lembrar. Aquele abraço em Kristen não contava. Fora completamente platônico e um tanto esquisito. Depois, tinha os abraços de braços rígidos que ele recebe de Marcus, que parece interromper o contato mais rápido do que começou. Afora isso, James não é de fato abraçado por nenhum outro ser humano — que dirá estar nos braços de uma mulher — pelo que lhe parecem anos.

O oxigênio é expelido de seus pulmões. Ele toca a flor.

— Obrigado. — Sua voz está tensa, carregada por um sentimento que ele mal compreende.

Desta vez, é Natalya quem enrubesce.

— Então... por que você *está* aqui?

Ele ergue uma sobrancelha.

— Férias?

— Por que será que não acredito nisso?

Uma rajada de vento provoca um calafrio em sua pele. De repente, ele se sente cansado, exausto, como se não dormisse há meses, o que não deixava de ser verdade. Estava sempre preocupado em manter os filhos seguros, ou em como a revolta deles os afetaria a longo prazo, ou em como nutrir seu vínculo como pai e filhos. Não é um cara mau, e está farto de ser tratado por eles como tal. Mas, neste exato momento, ele só quer dormir por dias. Surpreendentemente, ali, no Havaí, com seus irmãos a milhares de quilômetros de distância e Natalya ao seu lado, ele enfim sente como se pudesse fazê-lo. Sente que está em um lugar seguro.

Percebe ser esta a razão principal de ter levado os filhos para lá, e é muito menos complicado do que o ímpeto de fugir de Phil até que possa se orientar ou evitar que Thomas fique em seu cangote por umas três horas de "branco", algo de que ele poderá jamais se recordar. James foi a Kauai pura e simplesmente porque não tinha outro lugar para ir. Não tinha ninguém a quem recorrer que entendesse completamente não apenas o que estava acontecendo à sua volta, mas o que havia de errado com ele. Não tinha ninguém, exceto Natalya. Talvez ele possa encontrar conforto nesse pensamento. Ou talvez esteja apenas buscando a amizade dela. Ainda não achou o que está procurando, mas talvez possa encontrar isso ali, naquele paraíso, com a ajuda de uma mulher que não é nem uma estranha nem uma amante, mas, no momento, simplesmente sua *ohana*.

Começa a chuviscar e Natalya vira o rosto para o céu.

– Vai chover. Vamos entrar.

Na cozinha, James joga as garrafas no lixo reciclável, e boceja profundamente.

– Vou me deitar. Obrigado pela cerveja e pelo papo.

– Claro, foi legal. – Ela olha para as escadas que levam até o primeiro andar. – Espero que você não se importe de eu tê-lo colocado no meu escritório. Meu pai estará de volta em breve, e geralmente nos encontramos lá para botar a conversa em dia quando ele retorna de suas viagens de negócios. Posso juntar os meninos num beliche e mudá-lo para um dos quartos deles, se nos tornarmos muito invasivos.

– Vou ficar bem. – Ela o havia instalado em um sofá-cama em seu escritório. Fizera a cama e deixara toalhas e sabonete para o banheiro anexo.

– Você tem tudo de que precisa?

– Acho que sim. – Ele começa a se mover em direção à escada, então para. – Obrigado por nos deixar ficar.

Natalya o está encarando, observando enquanto ele se retira. Seus ombros se erguem e baixam em um longo suspiro; então ela levanta os olhos para encontrar os dele.

– Claro, você é da família.

– *Ohana*.

Ela sorri.

– Sim, *ohana*. – Então torce as mãos.

O gesto o deixa desconfortável.

– Está tudo bem?

Ela assente e faz um círculo no ar com a mão como se apagasse seus pensamentos.

– Você se movimenta como ele. Quero dizer, você se movimenta como você. Acho que esperava que houvesse mais diferenças do que apenas o nome.

– Nós *somos* diferentes. Aposto que amanhã à noite você vai me expulsar porque sou esnobe demais para seu gosto. – Ele aponta para a camisa de colarinho.

Ela ri.

– Duvido muito. Mas, falando em amanhã, tenho trabalho a fazer. Espero que você não se importe que eu tenha que invadir seu espaço.

– De jeito nenhum. Vou levar os garotos para explorar.

– Bem... hum... boa noite, então. – Ela se move em direção ao corredor que leva a seu quarto.

– Boa noite, Natalya. – James a observa partir. Carlos teria lhe dado um beijo de boa-noite. Ou a levado para o quarto. Feito amor com ela até que os dois se acabassem, resfolegantes e suados, em lençóis amarrotados. Leu essas passagens várias vezes, muitas vezes se perguntando quão diferente dele Carlos era na cama. *Será que Natalya sentiria a diferença se fechasse os olhos?*

Ele geme por dentro. Por que raios está pensando em ir para a cama com ela? Tinham acabado de se conhecer.

Sentindo-se levemente envergonhado, ele coça a nuca e se afasta.

– James?

Ele se vira.

– Julian me disse que você está deixando ele e Marcus aqui.

Quando Julian vai entender que ele não os abandonará?

– O que mais ele disse?

Natalya retorna para a sala principal.

– Ele não acredita que você o quer. E Marcus acredita em qualquer coisa que seu irmão lhe diga.

James prageja. Esfrega o antebraço, coçando a picada no cotovelo.

– Serei sincero: foi difícil naquelas primeiras semanas, quando eu emergi. Colocar nossas vidas em ordem não tem sido fácil. Ok, tem sido extremamente difícil, no mínimo. – Ele sorri levemente com a admissão. – Mas eles são meus filhos. Eu os amo e jamais os abandonarei. Só queria que eles acreditassem nisso.

A princípio, quando James surgiu, ele e seus filhos ficaram confusos e assustados. Apesar de Carlos ter preparado Julian para a possibilidade de que tal coisa acontecesse, isso não tornava a situação menos apavorante. Nem as instruções de Carlos para Julian. Ele disse a seu filho que poderia esquecê-lo e precisar de ajuda para ser pai novamente. Também o advertiu de que James poderia não querê-los, e mandá-los morar com a tia Natalya. James poderia dar uns tapas no seu outro eu por falar essas coisas. O garoto tinha dez anos na época. No que ele estava pensando quando fez isso?

– Eu não sei o que Carlos disse a seus filhos, mas ele achou que você poderia ser como seus irmãos. – Ela o olha de cima a baixo. – Você não é como eles, é?

– De jeito nenhum.

– Eu sabia. – Ela pega sua mão. – Quero ajudá-lo.

– Como? – Ele a observa traçar as linhas na palma de sua mão. Esse simples toque lhe provoca sensações. Ele as sente subir por seu braço. Sua garganta engrossa com os sentimentos não expressos.

– Meus sobrinhos confiam em mim. Deixe-os observar como interagimos e ver que gosto de você. Deixe-os ver que confio em você. – Ela levanta o olhar e encontra o dele. – Talvez eles façam o mesmo.

– Talvez – murmura, olhando para ela. Consegue ver porque Carlos amava aquela mulher. E ela acabou de admitir que gosta dele, James. – Obrigado.

– Posso lhe pedir uma coisa?

Ele concorda.

– Posso abraçar você?

– Hã... claro. – Ele abre os braços e ela caminha para aninhar-se, acomodando a orelha acima de seu coração. Ele fica ali, com os braços projetados para a frente, o pulso acelerado, sem saber o que fazer. Deveria retribuir o abraço? Deveria segurá-la? Então, sente o calor do corpo dela invadi-lo. Descobre que isso o conforta, e libera dos pulmões o ar que não percebeu que estava prendendo. Então envolve os braços ao redor dela.

Natalya solta um gemido de prazer, um som de satisfação. Então, depois de alguns batimentos, algumas respirações pensativas, ela sussurra com um suspiro:

– O mesmo coração.

Capítulo 20

CARLOS

✣

CINCO ANOS ATRÁS
15 DE AGOSTO
LOS GATOS, CALIFÓRNIA

Várias semanas depois de Aimee aparecer no México e Imelda me contar o que sabia sobre minha situação e o papel que ela interpretou, recebi um pacote de Thomas pelo correio. Um iPhone. Aimee havia baixado os contatos, músicas e fotos de James da conta dele do iCloud quando Thomas lhe avisou que o telefone era para mim. Só para o caso de eu encontrar um uso para ele.

Eu não tinha encontrado, até agora.

Eu levara o telefone comigo e o carreguei enquanto tomava banho. Natalya preparou café e, quando o telefone pôde ser ligado, ela deslizou pelos contatos de James. Então deu uma olhada em suas fotos.

— Tem um monte de fotos de você e Aimee — disse ela, seu tom de voz murcho, entregando-me o telefone depois que eu me vesti. Ela enrolou os cabelos, sua atenção se transferindo para o telefone na mesa com muitas fotos nossas.

— Ei — murmurei. Minha mão segurou seu rosto. Resvalei o dedo por sua bochecha sardenta, a pele sedosa como lençóis caros. — Eu amo *você*. — Beijei-a suavemente, e em seguida pousei minha testa contra a dela. — Você.

Ela assentiu.

— Eu sei. É que...

— Você não precisa vir comigo.

— Sim, preciso. Alguém tem que protegê-lo para que você não seja derrubado de novo.

Nós dois rimos desconfortavelmente.

— Já deu uma olhada nas fotos?

Balancei a cabeça. Ver a vida de James através de suas fotos era um risco para a minha mente que eu não estava disposto a correr.

Ela se afastou de mim e pegou sua bolsa.

— Encontrei o endereço em que você morava. Deveríamos ir lá.

Estávamos sentados agora no carro que Natalya havia alugado, estacionados a uma casa da minha, ou da que *era* minha. Dois garotos brincavam no gramado, um atirando uma bola de beisebol e o outro a apanhando com a luva, e a mulher sentada na varanda não era Aimee.

— Ela deve ter se mudado — supôs Natalya.

Eu havia lhe dito durante o trajeto que Aimee e Ian tinham se casado recentemente. Dessa parte da minha conversa com Thomas eu me lembrava.

Uma dor chata latejou na minha testa. Peguei do meu bolso da frente as duas aspirinas que havia trazido comigo e as engoli a seco.

Natalya me passou uma garrafa de água.

— Quantas você já tomou desde que eu o acordei?

Bebi metade da garrafa.

— Seis, acho. — Fechei a garrafa, girando a tampa, e a devolvi ao porta-copos do console central. — Elas não estão ajudando.

— Talvez devêssemos ir ao hospital.

— Não. Nada de médicos. Eu não quero mais ninguém mexendo com a minha cabeça. Não quero esquecer meus filhos. — Segurei-lhe a mão e beijei o interior de seu pulso. — Ou você.

— Meu Deus, como você é teimoso. Nada de médicos, a menos que a sua dor de cabeça piore. Promete?

Inclinei-me no banco da frente e a beijei.

– Prometo.

Ela ligou o carro.

– Para onde vamos agora? O café?

O relógio do painel mostrava 5h56 da tarde.

– Não vai dar tempo. O café fecha às seis horas.

– Então, qual é o plano?

Esfreguei a testa e fechei os olhos em reação a uma onda de tontura.

– Estava pensando na casa dos pais de Aimee. Eles podem nos dizer onde ela está morando. Mas preciso comer alguma coisa.

Ela engatou a primeira marcha e saiu do meio-fio.

– Vamos encerrar por hoje, então.

– Que desperdício de tempo – reclamei, pressionando a palma da mão contra a cabeça.

Natalya me lançou um olhar de preocupação.

– Vamos visitar os Tierney amanhã. Esta noite, pago o jantar. Depois, faço uma massagem em suas costas.

– Só nas costas?

Ela bufou e bateu de brincadeira no meu ombro.

– Vamos enfiar um pouco de comida nessa sua barriga, aí veremos o que acontece.

Estávamos no meio da manhã quando soei a campainha dos Tierney. Natalya ficou ao meu lado, nossos ombros roçando. Apertei firmemente a mão dela. Ela afagou meu antebraço. Parei de apertar um pouco.

– Estou tão nervosa quanto você. – Ela ficou mais junto de mim.

Passos abafados se aproximaram da porta e, depois de um momento de hesitação, a fechadura girou e a porta se abriu. Uma versão menor e mais velha de Aimee nos recebeu. Os olhos azuis, vivos e grandes, sob uma cabeça adornada por um elegante cabelo espetado e grisalho, saltaram de mim para Natalya, depois voltaram para mim. Ela ficou ali nos encarando, piscando várias vezes, depois recuou um passo e ofegou. Suas mãos cobriram a boca e o nariz, e seus olhos brilharam.

– Senhora Tierney? – perguntei.

Ela tirou as mãos do rosto.

– James?

As unhas de Natalya se enterraram na minha mão. Olhei de soslaio para ela. Estava pálida.

– Carlos. – Ofereci a minha mão.

– Sim, claro... Carlos. – Ela segurou a minha mão nas dela. – Carlos – ela repetiu, considerando o nome. – Você parece diferente de... Nunca pensei. – Ela apertou os lábios, o queixo tremendo, e soltou minha mão. Tocou os cabelos, puxou para baixo a pulseira de prata que usava, e olhou por cima do ombro para o interior da casa. Secou discretamente as lágrimas.

– Nossa – ela murmurou. – Estou um pouco emocionada.

Imaginei que se deparar comigo na porta de sua casa seria como ver um fantasma. Eles compareceram ao velório de James, e ao enterro.

Natalya puxou o meu braço.

– Esta é Natalya Hayes, minha...

– Eu sou a cunhada dele – apresentou-se ela, olhando para mim. Franzi o cenho, ela balançou a cabeça e, em seguida, estendeu o braço. – Prazer em conhecê-la.

– Sou Catherine. – A senhora Tierney parecia um pouco atordoada.

– Podemos entrar? – perguntei.

– Meu Deus, onde estão minhas boas maneiras? Entrem, entrem. – Ela abriu mais a porta.

Natalya foi primeiro, e hesitei. O pânico se instalou em mim. E se eu reconhecesse os quartos? E se houvesse fotos de mim com Aimee? E se de repente me esquecesse quem sou e lembrasse de tudo que fui?

Natalya olhou para mim por cima do ombro e apertou minha mão para que eu pudesse ler os seus lábios. *Está tudo bem*, ela me transmitiu em silêncio. Cruzei a soleira e olhei em volta, girando 360 graus. Exceto por uma pintura a óleo de uma velha ferrovia que reconheci como sendo de James – por seu estilo artístico e a assinatura no canto –, nada mais me foi familiar. Eu exalei e sorri tranquilizador para Natalya.

Catherine fechou a porta da frente, nos observando. O modo como Natalya ficava ao meu lado, nossas mãos dadas. Os olhares secretos dispensados um para o outro, que aparentemente não eram tão secretos.

– Ela é mais do que uma cunhada.

– Eu a amo.

A boca de Catherine se curvou para baixo. Ela assentiu.

– Não posso imaginar como a vida deve ser para você com a maior parte dela faltando. Tudo o que sua família fez com você... – Seu queixo estremece. – Você ainda é bem-vindo aqui. Sempre será da família para nós. – Ela se virou para Natalya. – Estou feliz que ele tenha você.

Natalya ajustou a alça da bolsa no ombro com a mão trêmula.

– Obrigada – ela sussurrou.

– Fico feliz que não esteja sozinho – disse Catherine. Lágrimas inundaram seus olhos, escorrendo em faixas sobre as bochechas desgastadas pelo tempo. Seus ombros tremiam; então, ela desatou a chorar.

– Oh! – Natalya exclamou. Ela abraçou Catherine enquanto a mulher mais velha soluçava em seu ombro.

– Cathy? – Uma voz ribombou pela casa.

– Aqui, Hugh. – Sua voz rompeu as lágrimas.

Passos pesados ecoaram pela casa. Um homem grande surgiu por trás da quina de uma parede.

– Por que você está chorando? – Hugh perguntou à esposa. Assisti com deturpado divertimento quando sua expressão foi da confusão ao choque quando ele me viu. – Jesus Cristo!

– Não exatamente, mas acredito que se pode dizer que nós dois ressuscitamos.

Natalya bateu no meu peito.

– Carlos.

Catherine agarrou meu pulso.

– Você vai ficar para o almoço de domingo?

– Cathy, não acho que...

– Almoço? – perguntei, então notei a mesa da sala de jantar posta para quatro antes de a porta da frente se abrir do nada.

– Olá! Estamos... aqui. – A voz de Aimee mudou de tom no meio da frase, a última palavra deixando sua boca num leve sussurro. Ela parou abruptamente na soleira, seus olhos de um azul tão profundo quanto o mar, e madeixas castanhas que se derramavam sobre os ombros em cascata. Ela produziu um ruído estranho no fundo da garganta. – Carlos.

Ian surgiu atrás dela.

– Afaste-se, querida, senão vou deixar cair... – Seu olhar encontrou o meu. Enquanto o rosto de Aimee havia empalidecido, o de Ian se fechou e ficou avermelhado. Um lampejo de temor se manifestou em seus olhos.

– Não se preocupe – assegurei. – Ainda sou o Carlos.

Capítulo 21

JAMES

DIAS ATUAIS
28 DE JUNHO
HANALEI, KAUAI, HAVAÍ

Programado biologicamente para um fuso horário mais avançado, James acorda antes do sol. A chuva cai lá fora, como aconteceu ocasionalmente durante a noite. Ele veste o short de corrida e a camiseta que ele havia separado na noite anterior e amarra os cadarços de seus Nikes. Já faz muitas semanas desde a última vez que deixou os meninos sozinhos. No último inverno, ele simplesmente não dava a mínima. Saía para uma corrida de noventa minutos e não achava nada demais deixar um menino de cinco anos com um de onze que ameaçava diariamente pegar uma carona até o aeroporto. Sua mente estava prejudicada, e o mundo que ele conhecia havia seguido em frente sem ele. Tinha que sair e correr, correr muito e rápido até que seus pulmões queimassem e as panturrilhas se contraíssem com as cãibras. Então, ele corria.

Esta manhã, no entanto, a corrida é puro prazer, aquela descarga de adrenalina que vem à medida que os quilômetros vão se acumulando. Porque, desta vez, seus garotos estão a salvo, dormindo profundamente sob o teto da tia.

Ele desliza a tela de seu iWatch, passa por uma mensagem de texto de Thomas sem se dar ao trabalho de ler, e prepara as configurações para sua corrida. Será boa, e ele planeja torná-la longa.

Ele corre em direção à Kuhio Highway, mantendo um ritmo constante, passando por casas envoltas pela neblina espessa do horário. Sabe que as árvores acima e os gramados que despertam na estrada são tão verdes e brilhantes quanto uma pintura acrílica. Ele os viu ontem quando se dirigiram para a casa de Natalya. Enquanto Carlos adorava o calor e o apelo rústico de Puerto Escondido, seu ar impregnado de sal e poeira, seco como as colinas circundantes, James prefere a vibração *vintage* desta comunidade à beira-mar. Hanalei é um cartão-postal dos anos 1950, e passar diante das fachadas das lojas, da escola primária e da pequena igreja pintada de verde Wai'oli Hui'ia é como voltar no tempo. Enquanto vence os quilômetros, seus calçados batendo no asfalto encharcado pela chuva, ele deixa sua mente divagar. De volta às horas em que se esforçava no condicionamento do futebol americano, dando tiros de corrida, liderando o time. Então, sua mente divaga mais além. De volta ao tempo em que moravam em Nova York e tudo mudou.

James tinha nove anos naquele fim de semana de Ação de Graças quando ele, Phil e o amigo de Phil, Tyler, entraram repentinamente no barracão usado como depósito de lenha e toparam com sua mãe e o tio Grant, pai de Phil, com braços e pernas enroscados um no outro e as roupas desalinhadas. Depois de um momento atordoado, Tyler agarrou Phil pela gola da camiseta e o arrastou para longe dali. Grant correu atrás deles, implorando para que seu filho esperasse.

A mãe de James endireitou a saia e segurou os ombros dele.

– Você tem que esquecer o que viu – ela implorou. – Seu pai nunca pode saber, e você não pode contar para Thomas. Prometa-me.

Como lhe era possível esquecer isso?

Sua mãe o sacudiu quando ele não respondeu.

– Prometa-me.

Ele prometeu, mas não foi por ele que seu pai acabou ouvindo falar sobre a mãe de James e seu irmão no barracão.

Haviam contado a Phil desde muito pequeno que sua mãe o abandonara, deixando seu pai para criá-lo como pai solteiro. Mas depois do incidente do barracão, Phil foi atrás da sua certidão de nascimento. Sempre achara que sua mãe e sua tia tinham o mesmo nome, mas depois de ver seu pai e sua tia juntos, a verdade de sua filiação estava na caligrafia manuscrita nítida de sua tia que ele reconhecia agora que era mais velho. *Claire Anne Marie Donato.* Infelizmente para Phil e para o restante da família de James, Tyler estava com Phil quando ele encontrou a certidão de nascimento. Pouco depois de Phil ter descoberto a verdade, seus amigos na escola e eventualmente a pequena comunidade em que estavam inseridos e a igreja deles também ficaram sabendo. Logo, os corredores e cubículos das Empresas Donato, cuja sede era em Nova York na época, estavam comentando sobre o desastre de Ação de Graças. Porque a notícia sobre Grant Donato e sua irmã era uma fofoca chocante demais para não se espalhar.

Seu pai, Edgar, em desgraça, fez as malas para mudar-se com a família e levou-os para o outro lado do país, mas não sem antes negociar um vantajoso acordo que o levou a ser o segundo maior acionista ao lado de Grant. Abriu a divisão ocidental da Donato, que acabou se tornando a sede da empresa após a morte do tio Grant. Por mais estranho que pareça, Edgar ainda amava sua esposa, mas amava ainda mais a companhia.

Embora Phil não soubesse disso na época, foi por causa do acordo e do que ele testemunhara no barracão que ele perdeu qualquer chance de herdar as Empresas Donato.

Ofegando tanto por causa das lembranças quanto por exercitar o corpo, James chega a Haena Beach Park mais rápido do que calculou. Havia percorrido os quase dez quilômetros partindo da casa de Natalya em ritmo de corrida. Ele se curva, as mãos nos joelhos, os pulmões arquejando. O suor escorre pelas extremidades do cabelo, nariz e queixo, e cai na grama. Phil mudou ao ficar sabendo de sua filiação. Droga, todos eles mudaram. No fim das contas, entretanto, Phil acabou conseguindo o que se propôs a fazer. Os agentes federais apreenderam a maior parte dos ativos das Empresas Donato e James perdeu Aimee. Seria fácil botar toda a culpa em Phil, mas todos os três – Phil, Thomas e James – acenderam o pavio que detonou a família.

Com James escondido no México, Phil trancafiado na prisão e Thomas reconstruindo as Empresas Donato, ele se pergunta se os últimos anos foram apenas o olho do furacão. O que Phil quer com ele? Ele saciou sua necessidade de vingança, ou ainda estava com sede de sangue? Ou poderia ser algo completamente diferente? Merda, ele gostaria de poder se lembrar do que aconteceu dentro daquele bar imundo e no barco.

Por mais que aprecie a ideia de ficar em Kauai, ele sabe que deve retornar para a Califórnia e se encontrar com Phil. Descobrir a verdade sobre o que aconteceu no dia em que sua mente saiu do ar. Se Phil de fato tentou matá-lo, James concorda totalmente com Thomas. Eles têm que fazer o máximo possível para mandá-lo de volta para a prisão.

※

Na corrida de volta a Hanalei, os raios de sol da manhã atravessam timidamente as nuvens baixas e reluzem através da copa das árvores, lançando tons dourados. Seus dedos se contraem como se segurassem um pincel ilusório. Por um instante, talvez um pouco mais do que isso, ele considera pesquisar no Google onde são vendidos materiais de arte na ilha, até que se lembra das pinturas acrílicas de Carlos, pinturas tão vibrantes quanto a paleta de cores florais no quintal de Natalya. Telas pintadas com uma habilidade que ele não pode esperar replicar.

Natalya amava o trabalho de Carlos. Três de suas obras estavam penduradas na casa dela. Cenas de Puerto Escondido, e nenhuma delas tinha um pôr do sol.

Em Hanalei, ele para para comprar café, pedindo um para si e outro para Natalya, depois volta para casa. Ele deixa seus calçados na varanda e abre a porta deslizante de vidro. Risadas estridentes e panelas batendo preenchem os cômodos. Ele segue o barulho e o cheiro delicioso e adocicado de panquecas na cozinha. Encontra Natalya ao fogão, derramando massa em uma frigideira de ferro. Julian serve um suco rosa-choque em copos de plástico, e Marc empunha uma faca de manteiga em uma luta de espada imaginária enquanto põe a mesa. Sua mãe corta frutas com a habilidade de um chef de cozinha.

Ele pisca, e, se não estivesse carregando copos de café quente, esfregaria os olhos, porque claramente duvida deles. Primeiro os sanduíches de ovo em Los Gatos, e agora isso. Desde quando sua mãe gostava de trabalhar na cozinha? Ele se lembra de jamais tê-la visto cozinhar o que quer que fosse. A governanta deles deixava seus lanches esperando por ele e Thomas no balcão da cozinha para quando voltassem da escola. Era ela quem preparava as refeições. E, pelo amor de Deus, que vestido floral é esse que sua mãe está usando? É tão claro que chega a brilhar.

Claire desliza a lâmina através de um mamão maduro e o vê encarando-a. Ela lhe lança um sorriso tão deslumbrante quanto seu traje.

– Bom dia, James.

Sua boca se abre de forma abobalhada.

– Hã... – Ele não consegue tirar os olhos dela. A roupa, que ele imagina ser uma saída de praia sobre o maiô, a faz parecer jovem, artística e divertida. Ela quer ser a vovó divertida.

Ela franze os lábios, as linhas finas se aprofundando.

Ah, aí está a sua mãe.

– Francamente, James. Feche a boca. As lagartixas que vi correndo por aí podem pensar que é um novo lar.

Sim, é ela, sem dúvida.

Marc ri. Ele bufa ruidosamente de alegria.

– Você acha isso engraçado? – James pergunta com ironia.

Marc concorda com a cabeça.

– Aham.

– Hilário – Julian fala arrastado.

– Julian – Natalya chama a atenção dele.

James olha para ela do outro lado da cozinha. Suas mãos estão suadas por causa do calor do café. Natalya sorri. *Bom dia.* Seus lábios formam as palavras. Um elástico prende frouxamente seus cabelos em um coque bagunçado na nuca, e semicírculos roxos sustentam seus olhos verdes. Ela é a única entre o bando animado que parece cansada. Devem ser no máximo oito horas da manhã, mas todos, fora ela, estão funcionando no horário do Pacífico.

Ela vira algumas panquecas em uma pilha de outras e desliga o fogão. Então o chama para que a siga até a sala principal.

– Você não precisa cozinhar para nós – diz ele, quando ela começa a endireitar revistas sobre a mesa de centro.

– Eu não me importo. – Ela as realoca na prateleira inferior no rack da TV. – Os meninos adoram ajudar na cozinha.

Isso é novidade para James. Embora ele propriamente não cozinhe nenhuma refeição. Na maioria das vezes, eles comem fora. Ele deposita os copos de café sobre a mesa de centro e guarda na cabeça que tem de ir ao supermercado hoje. Sente falta de fazer churrasco, e gostou de ajudar com o jantar na noite anterior.

– Sua mãe chegou aqui há uma hora. Ela sabia que os meninos acordariam cedo. – Ela organiza os desenhos que Marc deixou espalhados no sofá, enquanto ele apanha os lápis de cor do filho. – E não – assegura Natalya, lançando-lhe um sorriso luminoso –, eles não sabem quem ela é de verdade. Vou deixar a grande revelação para você.

– Obrigado. – James faz uma careta, alinhando os lápis na mesa de centro. Um cai no chão e rola em direção aos pés descalços de Natalya. Ela o entrega a ele, que o adiciona à fileira de lápis, depois se senta no sofá. – Não achei que você contaria a eles.

– Claire não está entusiasmada com isso. Caramba, é estranho chamá-la assim. – Ela se ajoelha no chão e olha embaixo do sofá, buscando por lápis rebeldes, e encontra dois. – Marc também trouxe tinta?

James balança a cabeça.

– Eu não queria que ele fizesse bagunça.

– Tenho uma toalha de mesa de vinil. Ele pode usar a mesa da cozinha ou a mesa de plástico na varanda. A loja de brinquedos em Princeville vende materiais de arte. – Ela coça a base do couro cabeludo com um lápis. – Meu pai ligou hoje de manhã. – Seu sorriso luminoso aparece novamente. Ele gosta da forma como lhe cai bem. – Acordou a mim, não a seus filhos, caso você esteja se perguntando.

– Eu não estava, mas está tudo bem?

– Sim, ele está bem. Está voando para cá mais cedo do que eu esperava. Tipo hoje à tarde.

– Ah. Você está me contando ou me avisando?

Ela ri com nervosismo e se senta ao lado dele. Sua atenção recai sobre os lápis, que ela empurra para a frente e para trás.

– Eu estava meio que esperando que ele não viesse por mais alguns dias para que pudéssemos ser só nós por um tempo. A propósito, quanto tempo você pretende ficar?

Indefinidamente.

A palavra surge em sua língua mais rápido do que ele consegue pensar em uma resposta mais realista. Ele fecha bem a boca para evitar dizer isso, embora deseje que seja verdade. A vida na Califórnia não é mais o que costumava ser, e a única pessoa que ele mais queria que estivesse lá não é mais dele.

Mas sabe que deve voltar em breve.

– Estou pensando em uns quinze dias, se você não se importar.

– Não me importo de jeito algum. Você é bem-vindo para ficar mais. Na verdade, adoraria que você e as crianças prolongassem a estada. Eu não as vejo há algum tempo. Suas aulas na escola não começam até agosto, certo? – Ele assente, e ela pousa a mão em seu antebraço. – Vocês vão ficar?

– Acho que os meninos vão gostar disso.

– E quanto a você? – Seu olhar o perscruta. – Você quer ficar?

James pensa no anel de noivado em sua mala, que ele provavelmente vai transferir para o bolso depois de tomar banho e trocar de roupa. Pensa em seus filhos comendo na cozinha, e em como essa mulher ao seu lado se ofereceu para ajudar a reuni-los.

– Sim, quero ficar.

– Excelente – comemora ela, sorrindo. – Embora você possa mudar de ideia quando papai chegar.

– Já nos encontramos?

– Um dia. No seu casamento.

Ele sente um frio no estômago, e sua mente salta para Aimee e o casamento que eles nunca tiveram. Em vez disso, ela passou aquele dia especial que eles reservaram em seu calendário por quase um ano em seu velório e enterro. Então, lembra-se de que Carlos se casou com Raquel.

– O que aconteceu no casamento? – Não havia muita informação nos diários. Naquela época, Carlos não estava escrevendo como se os diários fossem um recurso para preservar a vida.

– Bem... – Natalya esfrega as mãos e fica em pé. Pega a mochila de Marc e retira de lá seus livros, empilhando-os na mesa de centro. – Papai é um mulherengo, e ele estava assediando Imelda, a mulher que lhe disseram que era sua irmã – acrescenta, quando ele franze a testa. – Ele não estava sendo muito inconveniente. Mas ela estava aborrecida, então você deu uma prensa nele.

As sobrancelhas de James dispararam para a linha de seu cabelo.

Natalya abre os zíperes de cada um dos bolsos. Enfia a mão dentro e acrescenta o que quer que encontre na crescente pilha na mesa de centro.

– Quando era Carlos, você tinha pavio curto. Era um homem muito físico.

Ela abaixa a cabeça e o coque que já estava frouxo se desfaz de uma vez. Seu cabelo cai para a frente, encobrindo seu rosto, mas não rápido o suficiente. Dá tempo de James captar o rubor que tingia suas bochechas. Ela está envergonhada, e nervosa também, a julgar pela forma como vasculhou cada bolso mais de uma vez.

James se levanta e pega a mochila. Quer dizer que ela não tem que ficar nervosa perto dele, mas ela parece tão desconfortável que está preocupado que possa assustá-la, fazendo-a recuar e se refugiar em sua atitude fria novamente.

Ele coloca a mochila de lado.

– Imagino que seu pai não goste muito de mim.

– Na verdade, não.

Por alguma razão, a admissão o faz rir.

– O que há de tão engraçado?

Ele ri ainda mais. Limpa os cantos dos olhos.

– Oh, Deus. Não consigo dizer como é bom ouvir que não sou o único com uma família ferrada. E eu aqui achando que vocês eram a família perfeita. – Seu tom é leve e provocativo.

– Bem... ele é seu sogro.

Seus olhos se arregalam.

– Bem lembrado. Mas não se preocupe com ele. Farei o que puder para fazer as pazes. Deus sabe como será isso.

– Apenas seja você mesmo. Ele vai gostar de você.

Ele se segura para não sorrir quando olha para ela. Sente o cheiro da loção sobre a qual Carlos escreveu mais de uma vez. Um calor se agita em seu íntimo quando aspira o perfume dela, e seu pulso se acelera.

– E, James?

– Humm? – ele pergunta, seu olhar hipnotizado pela linha da clavícula dela que desaparece sob o decote da blusa. Sente o desejo de beijar a depressão entre aquele osso e o ombro.

– Você está fedendo.

– Ah, caramba. Corri quase vinte quilômetros hoje. – Seu rosto esquenta. Ele ri e recua, circulando pelo lado oposto da mesa.

– Isso é pra mim? – Ela aponta para o café.

– Sim. Eu os comprei numa casa de café a alguns quarteirões daqui. – Ele lhe entrega um copo.

Ela levanta a tampa, assopra a superfície e dá um gole cauteloso. Seus olhos se arregalam ainda mais.

– Como você sabia do jeito que prefiro o meu café?

– É seu favorito, certo? – Um toque de leite de coco com uma dose de xarope de macadâmia.

— Sim, mas... — Ela desliza um dedo ao redor do lábio, parecendo desconfortável. Dá para dizer que ela está pensando nos diários de Carlos. Talvez ele não deva deixar tão óbvio *o quanto* sabe sobre ela. A situação entre eles já é bastante esquisita como está.

— Não parece justo você saber tanto sobre mim e eu ter que conhecê-lo tudo de novo — confessa ela, seus pensamentos alinhados com os dele. Mas há um convite em sua observação.

— E você quer conhecer?

Ela bate na borda do copo e assente.

Ele sorri, satisfeito por isso. Pega seu copo, brinda com ela e bebe pela abertura da tampa.

— Não se preocupe com o seu pai. Estou ansioso por conhecê-lo. — Ele sorri largamente. — De novo.

Enquanto Julian surfa com a tia, James pega emprestado o carro de Natalya e leva Marc e sua mãe para fazer compras no supermercado. Mal passaram pelo corredor de produtos e Marc já começa a reclamar. Ele está entediado. Quer construir castelos de areia na praia com a tia Natalya. E quer desenhar.

— Ajude-me a escolher a abobrinha — sugere James, ensacando o legume que planeja grelhar.

Marc se joga, os braços dependurados.

— Isso é chaaaaaato.

James empurra o carrinho para a seção de frutas tropicais. Marc relutantemente o segue, seus chinelos deslizando ao longo do piso de linóleo. James seleciona dois abacaxis e compara o peso entre eles.

— Não sei dizer qual está maduro. — Ele nunca teve problema para escolher um corte de carne para acompanhar batatas e salada. Aimee sempre fazia as compras para as outras coisas. Ela era a cozinheira no relacionamento.

– Cheire-os. – Claire coloca uma sacola com uma fruta marrom e espinhosa no carrinho. James cheira cada um dos abacaxis. – Com aroma ou sem aroma? – sua mãe pergunta.

– Este aqui está com um cheiro doce. – Ele salta o abacaxi equilibrando-o em sua mão esquerda dominante. – E esse não tem aroma.

Sua mãe aponta para o abacaxi sem aroma, e ele devolve o abacaxi doce e excessivamente maduro.

Marc espia dentro do carrinho e aponta para a fruta espinhosa.

– O que é aquilo?

– Pitaia, ou fruta do dragão – esclarece Claire.

– Uau. – Ele cutuca a fruta. – Os dragões as comem?

– Talvez – diz Claire, entrando na brincadeira. – Vamos experimentar uma quando voltarmos para a casa de sua tia. – Ela inspeciona as bananas-maçã, uma variedade de banana menor e mais saborosa, conforme observado no rótulo que James lê ao lado do preço. Ele inclui o abacaxi em suas compras.

Marc se pendura no carrinho.

– Já terminamos?

– Quase. Depois vamos para a loja de brinquedos.

– Que tal eu levá-lo lá agora?

– O quê? – James segura mais forte a alça do carrinho.

– *Sí, sí, sí!* – Marc puxa a mão de Claire. – Digo, sim! Vamos. – Ele tenta arrastar Claire para longe.

– Eu não vou fugir com ele. Não tenho carro.

Ele faz uma cara feia, e não porque suspeita que sua mãe vai embora com o neto como ela pensa. *Ele* quer passar um tempo com Marc.

– Você não quer me ajudar a fazer as compras? – pergunta ao filho.

Marc meneia vigorosamente a cabeça. E puxa a mão de Claire.

– Vamos, *señora* Carla.

Sua mãe faz uma careta ao ouvir esse nome, e James não consegue deixar de rir às suas custas. Então, apoia os antebraços na alça do carrinho, estreitando os olhos para observá-la.

Ela lhe lança um olhar perturbado.

– Não direi nada. Você e Natalya foram bem claros quanto a isso. Mas James – acrescenta ela, deixando Marc puxá-la para longe –, fazer compras em um supermercado não é como Marc quer passar o tempo com seu pai.

James abaixa a cabeça e suspira. Odeia admitir, mas sua mãe está certa.

– Me dê vinte minutos. Encontro vocês lá.

Ela lhe dá tchau com os dedos.

– Vejo você em breve.

James os observa partir, suas mãos dadas balançando, e se pergunta quando seu filho fará espontaneamente o mesmo com ele. Assim que estão fora de sua vista, James verifica as horas em seu telefone. As notificações de correio de voz cobrem a tela, uma de seu amigo Nick e várias de Thomas. Ele desliza o telefone de volta no bolso, anotando mentalmente que precisa ligar para Nick mais tarde. Thomas pode esperar. Embora esteja curioso para descobrir se sabe que a mãe deles veio junto para Kauai. Provavelmente não. Thomas poderia estar mantendo sua mãe atualizada sobre seu paradeiro, mas duvidava que ela estivesse retribuindo o favor.

James encolhe os ombros. Não é problema dele, pensa, empurrando o carrinho em direção à seção de carnes. Está louco por um bife.

※

Trinta minutos depois, James está na porta do Spotted Frog Toy & Art Supply, uma loja que é um recanto aconchegante. Fileiras de prateleiras de mostruários transbordam com uma variedade de quebra-cabeças, jogos, livros e tintas. Seu olhar percorre a loja, e uma onda de pânico o invade. Não há sinal algum de sua mãe e do filho. Ele está dez minutos atrasado, e eles já vieram e foram embora. Mas para onde?

James olha em volta da praça de compras. A capacidade de concentração de Marc é menor do que os lápis coloridos com os quais ele gosta de desenhar. Sua mãe prometeu ficar por perto, então ela deve estar perambulando pelas lojas para manter seu filho ocupado. Seu olhar se desvia para o estacionamento, e sua mão desliza para o bolso para envolver as chaves em um punho. Será que poderia confiar que ela não iria embora?

Ele quer confiar, mas trata-se de uma mulher que mentiu para ele e seus filhos durante cinco anos. Relutantemente, ele se afasta das tintas, pincéis e telas e sai à procura deles. Depois de vasculhar as butiques de roupas femininas, lojas onde esperava encontrar sua mãe e um filho extremamente entediado, ele os encontra em um espaço vazio de vendas, e só porque ouviu a risada de Marc.

Solta um suspiro de alívio, forçando o pânico a diminuir, e observa seu filho da soleira da porta. Marc se arrasta de parede em parede, respondendo às perguntas de Claire. *Quantas pinturas? Sobre o que serão as pinturas? Ele vai preservar as mesmas luzes de teto ou instalará novas? Quantos funcionários? Onde ele vai pintar? Qual será o nome da galeria dele?*

El Estudio del Pintor, responde Marc. *Assim como a de seu pai.*

Então, ele vê seu pai parado ali. A empolgação de Marc desaparece como os pedacinhos de borracha que ele varre com a mão em seus desenhos. James sente seu coração despencar ao chão com aquelas minúsculas partículas. Ele quer que Marc lhe sorria de volta. Quer que seu filho o olhe com a mesma expressão de empolgação que tinha quando falava sobre Carlos. Quer que seu filho o chame de *papá*.

Ele entra no espaço e Claire se vira.

— Que bom, você está de volta.

— O que você está fazendo?

Marc arrasta os pés para o canto mais distante da sala e pega uma sacola. James repara no logotipo da loja de brinquedos.

— Marcus estava me contando sobre a galeria de arte que quer abrir quando crescer. Não estava, Marcus?

— *Sí, señora Carla.* — Ele olha nervoso para James e limpa a garganta. — Quero dizer, sim, senhora Carla.

Claire produz um som no fundo da garganta.

– Bem, senhores, está terrivelmente quente aqui. Eu os encontrarei no carro. – Ela desliza para a porta e diminui o passo quando passa por ele. – Esse espaço daria uma galeria linda. A iluminação é perfeita.

Depois de ouvir sua mãe dizendo-lhe quase a vida toda que pintar era frívolo, James se esforça para não ficar boquiaberto. Quem é esta mulher? Por que ela mudou o tom depois de todos esses anos?

Talvez todos eles estejam mudando.

– Mãe.

Claire gira e arqueia uma sobrancelha feita.

– Obrigado por cuidar de Marc. – *E por incentivá-lo a pintar*, ele quer acrescentar. Mas o sentimento entalado em sua garganta o impede. É recordar-se demais do que ela não fez por ele.

Ela baixa o queixo e então parte, caminhando pelo prédio e em direção ao carro.

Um saco plástico é amassado atrás dele. James olha para baixo, para a expressão de Marc, sua boca aberta e os olhos arregalados.

– Pronto para ir para a praia?

– *Sí*, quero dizer, sim.

– Eu também. E, Marc? – Ele estende a mão. – Contanto que você entenda e fale inglês, o que eu sei que você sabe fazer, e muito bem, você pode falar qualquer idioma que quiser perto de mim.

Marc ilumina-se.

– *Gracias, papá.* – Seu filho pega sua mão e James afasta o olhar enquanto eles saem da galeria de arte imaginária de Marc. Seus olhos ardem como se ele estivesse olhando diretamente para o sol.

Capítulo 22
CARLOS

CINCO ANOS ATRÁS
16 DE AGOSTO
LOS GATOS, CALIFÓRNIA

Almoçar com os Tierney foi... esquisito. Catherine não deixou a conversa morrer durante a refeição, composta de salmão grelhado e verduras de verão. Ela se sentou na extremidade à minha esquerda, de frente para o marido, Hugh. Natalya, que ciscava o peixe como um pássaro, sentou-se à minha direita, sua mão segurando minha coxa. Eu não achava que alguém na mesa estivesse confortável, e eu sabia que Natalya estava pensando a respeito do tempo que havia passado com Aimee. Eu próprio estava, e com certeza não esperava ter uma plateia quando me encontrasse com ela.

Aimee se sentou de frente para Natalya. Ela não olhou para nenhum de nós, e não participou da conversa. Ian estava à minha frente. Ele não tirou os olhos de mim, enquanto Catherine me enchia de perguntas. *Quantos filhos você tem? Quantos anos eles têm? Que esportes eles gostam? Você gosta do México? Você ainda está pintando? O que pinta?*

Perguntas seguras, até que Ian se inclinou para a frente sobre os cotovelos e uniu as mãos.

— *Por que* você está aqui, Carlos?

Aimee largou o garfo no prato, produzindo um barulho estridente.

— Ian, não faça isso.

Hugh pigarreou e baixou a cabeça. Suas mãos estavam fechadas ao lado de seu prato.

Ian olhou para a esposa.

– É uma pergunta justa, e para a qual todos nós queremos saber a resposta. – Ele olhou ao redor da mesa.

Natalya virou a mão na minha coxa e agarrou a minha. Apertei de volta. Aí estava, a razão pela qual viemos. Era hora de pôr as cartas na mesa, literalmente.

– Tenho certeza de que vocês estão cientes da minha condição. – Dirigi-me a todos, mas mantive meu olhar nivelado com o de Ian. – Eu posso permanecer assim, como Carlos, pelo resto da minha vida. Ou posso voltar à minha identidade original tão rápido quanto um estalar de dedos.

Natalya fez um ruído baixo na parte de trás de sua garganta quando estalei meus dedos para produzir um efeito. Acariciei os nós dos seus dedos com meu polegar.

– Aimee me contou um pouco sobre o que aconteceu com você. – O olhar de Catherine se deslocou brevemente para a filha. – O que pode desencadear você a ser... hã, eu não quero usar a palavra *normal*... ops, que acabei usar. Mas o que pode fazer sua identidade voltar a ser James?

– É diferente para cada pessoa e, geralmente, acontece quando essa pessoa está pronta para lidar com o trauma que provocou a fuga. Entretanto, na verdade, qualquer coisa pode me fazer emergir. O ambiente familiar, visitar a família e amigos.

– Você está correndo um risco vindo aqui – afirmou Hugh.

– Sim – Natalya apressou-se em dizer.

– O que me faz pensar em *por que* você está aqui. – Ian cruzou os braços na beirada da mesa. – Você foi inflexível dezembro passado. Não queria ter nenhuma ligação com o seu antigo eu.

– Eu não confio em ninguém da família Donato. Incluindo James – acrescentei, lançando um rápido olhar para Aimee. Ela exalou uma respiração entrecortada e olhou para a comida em seu prato, que mal havia sido tocada.

– Você não devia mesmo confiar neles – Ian concordou.

– Se eu voltar a ser James, perco toda a lembrança dos meus filhos. James não iria reconhecê-los, não pediu por eles e poderia não os querer, mas ainda assim será o pai deles. Eu não posso perguntar a ninguém da família Donato sobre James e o tipo de homem que ele é. Ele será um bom pai? Ele é um ser humano decente? Ou ele é como os irmãos? Posso confiar nele para criar meus filhos?

Ian se recostou na cadeira.

– Pensar sobre isso com que você está lidando ferra com a minha cabeça. Sem querer ofender. – Ele levantou a palma da mão.

– Não ofendeu.

Catherine estendeu o braço e colocou a mão no meu antebraço.

– James não era nada parecido com os irmãos dele. Nós o adorávamos.

– Fico aliviado em saber. Mas tenho dúvidas.

– Eu não consigo fazer isso. – Aimee levantou-se rapidamente. Ela jogou o guardanapo sobre a mesa e empurrou a cadeira para trás. Ian agarrou-a antes que a cadeira se chocasse com o aparador. – Com licença – Aimee deixou a sala.

Ian a observou ir embora. Quando a porta da frente se abriu, ele se levantou e, pedindo licença, rapidamente a seguiu. A porta bateu atrás dele, sacudindo a janela da sala de jantar.

Através daquela janela, vimos Aimee e Ian discutindo no gramado da frente. Seus braços se agitavam em gestos exagerados, as bocas se movendo, os peitos arfando, os rostos ficando vermelhos, e as expressões, graves.

– Faça alguma coisa, Hugh – pediu Catherine.

– Como o quê? – Ele levou uma garfada de salmão à boca, manobrando uma espinha através dos lábios, que depositou na borda do prato. – Ian consegue lidar com isso.

Lá fora, Ian batia com os punhos na cabeça, os cotovelos erguidos. Ele caminhava em um círculo fechado.

Catherine suspirou, uma mistura de preocupação com Aimee e exasperação com Hugh. Aimee começou a chorar. Ian tentou confortá-la e ela o empurrou.

– Hugh – ela retrucou –, você é o pai dela.

– E ele é o marido. Não há possibilidade de eu me meter nisso. – Ele apontou um garfo para a janela.

Dobrei o meu guardanapo.

– Nós não deveríamos ter vindo.

– Bobagem – assegurou Catherine. – Você é da família. É que nunca esperávamos... você estar aqui... – Ela suspirou. – Estamos surpresos, só isso.

Aimee estendeu o braço para a frente. Ian enfiou a mão no bolso e retirou de lá um molho de chaves, que segurou acima da mão dela. Eles se encararam até Ian soltar as chaves na mão de Aimee, que desapareceram em seu punho fechado.

Ian voltou e parou na soleira da porta da sala de jantar, de braços cruzados. Ele fitou seus pés até que Aimee entrou e se postou ao seu lado. Então, ele levantou o rosto, direcionando sua atenção para mim.

– Eu não concordo com o que ela está fazendo, e não fico confortável com ela levando você a lugar nenhum. Só de vê-lo já foi uma grande comoção. Para todos nós.

– Pelo amor de Deus, Ian – Aimee resmungou, os olhos avermelhados e o rosto inchado. – Eu quero lhe mostrar uma coisa, Carlos. Você vem comigo?

Natalya levantou-se rapidamente. Ela olhou para mim de cima, em pânico. Nós dois sabíamos o que acontecera da última vez que saí sozinho.

Pus-me de pé e passei um braço ao redor de sua cintura. Seu peito recostou-se contra o meu flanco.

– Eu vou ficar bem – sussurrei em seu ouvido. – Duvido que ela tente me hipnotizar.

Natalya apertou a mão aberta no meu peito.

– Isso não é engraçado.

– Não vamos demorar muito, Natalya – asseverou Aimee com um tom inconfundivelmente ríspido em sua voz. Ela podia estar casada e apaixonada por Ian, mas não gostava de ver Natalya comigo, a julgar pela forma como visivelmente fervilhava sob a aparência controlada que mal conseguia manter enquanto nos observava.

Ian relanceou o relógio.

– Vocês têm uma hora; depois disso, vou buscar você.

Aimee ergueu o rosto para o teto, irritada.

– Com o quê? Eu estou com o carro. Pai, certifique-se de que Ian fique quieto no lugar.

As sobrancelhas de Hugh se levantaram sobre a borda da taça de vinho que estava bebendo. Ele apontou com um garfo para a cadeira vazia de Ian.

– Sente-se, filho. Você e Cathy podem interrogar Natalya agora.

– Hugh – Catherine bufou, aborrecida. Ian beijou a bochecha de Aimee. Sussurrou para ela, depois voltou para sua cadeira. Catherine se levantou.

– Você gostaria de outra taça de vinho, Natalya?

– Não, obrigada.

– Bem, preciso de uma. Assim como você, Ian. – Ela deu um tapinha em seu ombro ao passar por ele, dirigindo-se para a cozinha. – Na verdade, acho que precisamos de outra garrafa.

Segurei a bochecha de Natalya entre as minhas mãos.

– Eu vou ficar bem.

Seus olhos perscrutaram os meus.

– E se o lugar para onde ela o está levando trouxer James? – ela perguntou em voz baixa, apenas para mim. – E aí você está com ela e você se esquece de mim...

Beijei-lhe intensamente a boca, detendo suas palavras.

– Eu te amo, Nat.

Então saí com Aimee, antes que qualquer um de nós pudesse mudar de ideia. Além disso, estava cansado de ter uma plateia. Vim para a Califórnia para me encontrar com Aimee. Era ela quem eu queria ver mais do que qualquer outra pessoa.

※

Aimee dirigia a minivan da família, pegando as ruas laterais para uma rodovia. Ela não era Thomas, e tinha sido um peão em seu jogo para me manter escondido, mas minhas mãos ainda assim estavam suando. Eu não conseguia fazer meu coração parar de martelar. Ela não me disse para onde estávamos indo, apesar de eu ter-lhe perguntado.

– Você vai ver – ela respondeu, lutando para não derramar as lágrimas. Imaginei que fosse muito difícil explicar. Ainda assim, fui com ela.

Ela saiu da rodovia depois de guiar por uma curta distância para entrar em uma via expressa. Falou parcimoniosamente, indicando pontos de referência aqui e ali. Não notei nada que pudesse ter significado muito para mim, e, pelo seu tom, não eram importantes para ela também. Seus comentários eram destinados apenas a preencher o vazio entre nós.

Depois de alguns quilômetros, ela subiu uma colina, passando por ruas residenciais. Tive um momento de pânico, pensando que ela estava nos levando para o prado que ela me disse uma vez que havia sido seu lugar preferido para estar com James, um lugar que significava muito mais para os dois. E o primeiro e único lugar que imaginei que poderia me arrancar do meu estado de fuga. James havia feito a proposta de casamento a Aimee – e Phil a havia atacado – naquele prado. Era um local emocionalmente intenso para todos.

Mas minhas preocupações desapareceram e foram substituídas por outra forma de pânico. Ela virou na entrada de um cemitério.

Agarrei a maçaneta da porta, sabendo exatamente para onde ela estava nos levando.

Seguimos pela rua em meio aos jardins até que ela finalmente parou o carro em uma vaga e desligou o motor.

— Está logo ali. — Ela apontou para o gramado, depois abriu a porta e saiu do carro. Caminhou decidida naquela direção sem olhar para trás.

Soltei o cinto, saí do carro e a segui. Ela parou depois de andar por cerca de vinte e cinco metros pela grama e se afastou para o lado quando me juntei a ela, apontando para uma lápide de granito.

JAMES CHARLES DONATO
FILHO AMADO

As datas de nascimento e de morte vinham em seguida.

Deslizei as mãos para os bolsos traseiros. Eu deveria ter sentido raiva ao olhar para a lápide, deveria ter sentido algum tipo de conexão ou sensação de perda em relação à mulher ao meu lado. O homem que eu costumava ser havia perdido tudo. Em vez disso, senti um medo profundo de que Natalya pudesse estar certa. Será que eu a reconheceria quando voltasse para a casa dos Tierney?

Relanceei da lápide para o carro e de volta e engoli o pânico crescente.

— Tem alguma coisa enterrada aqui?

Aimee soltou uma risada. Soou cruel e estava repleta de aversão.

— Um caixão cheio de sacos de areia. — Parte do estratagema de Thomas para fingir minha morte, ela contou, e eu tive que lembrar a mim mesmo de que ela não sabia da história toda. Com base no que Thomas me explicara no dia anterior, Aimee e qualquer outra pessoa próxima a James foram informadas do mínimo possível do que precisavam ouvir.

— Deixar você para trás no México foi a coisa mais difícil que já fiz. Mas foi a coisa certa.

A luz do sol da tarde atravessava gentilmente a copa das árvores. Sombras de folhas dançavam em suas roupas. A luz quente brincava nos contornos de seu corpo. Refletia-se no brilho de lágrimas que umedeciam a pele delicada sob seus olhos.

— Eu amo James. Sempre vou amá-lo. E, no geral, ele me tratou muito bem. No fim, no entanto... — Sua voz foi sumindo. Ela passou o dedo sob os olhos e cantarolou nervosamente. — Você sabe o que aconteceu.

— Eu gostaria de poder pedir desculpas em seu nome. — Eu gostaria de poder encher James de porrada pelo que pedira a ela. Como ele esperava que o amor de sua vida enterrasse de vez o que aconteceu com Phil até que Thomas e a DEA pudessem realizar a operação secreta? Por não permitir que ela se curasse do jeito que precisava?

Ela chupou o lábio inferior.

— Há três razões pelas quais consegui perdoar James. — Com seu braço estendido ao lado do corpo, ela abriu três dedos. — Um, eu tinha que deixar o passado para trás. Dois, James era ferozmente leal a mim. Ele estava me protegendo da melhor maneira que sabia, e isso significava fazer o que achava que podia para manter Phil longe de mim. Mas, Carlos — ela ergueu a cabeça, os olhos de um azul penetrante, à sombra —, eu preciso acreditar que James está morto. Ele está morto para mim.

Meu peito subiu e desceu com uma respiração profunda e firme.

— Essa é a terceira razão, não é?

Ela pressionou os lábios entre os dentes, como se segurasse a emoção, e assentiu.

— Eu não sei o que faria, ou como me sentiria, se você fosse James, e voltasse para cá. Isso me assusta. Eu nunca contei a Ian, mas sei que é uma coisa na qual ele pensa.

Dei dois passos para trás e um para a frente, balançando no gramado. O que James faria? Eu tinha que presumir que ele voltaria para casa assim que pudesse. Traria os meninos com ele ou os deixaria para trás?

— Você mencionou que James não era como os irmãos. Tirando a forma como ele lidou com a situação com Phil, ele era um bom homem?

— Eu não teria passado tantos anos da minha vida com ele se não fosse. Havia coisas sobre o seu passado, coisas que aconteceram antes de ele se mudar para a Califórnia quando éramos crianças, que ele escondeu de mim. Tenho que acreditar que ele fez isso porque tinha vergonha. Mas confiaria nele a minha vida, mesmo depois do que aconteceu no prado.

– Meus filhos... se alguma coisa acontecer comigo...

– James ficará zangado e magoado. Ele vai se sentir como se todos o tivessem abandonado, mas jamais desistiria deles.

Aimee construíra uma nova vida com Ian, um homem que eu sentia que ela amava profundamente. O que aconteceria com eles quando James retornasse? Tentaria conquistá-la de volta? Ele já havia abandonado Aimee, mas naquele momento não foi intencional. Provavelmente nunca lhe passou pela cabeça que ele não voltaria para o casamento.

E quanto a Natalya? Ela desistiria ou lutaria por ele? James não a reconheceria.

– Você deixaria Ian por James?

– Sinceramente, não sei. Mas posso lhe dizer o seguinte. Para que Ian e eu sejamos verdadeiramente felizes juntos, eu não posso morar perto de James. Há todo um histórico. Ian confia em mim, mas sei que vai ficar se perguntando, e isso não é justo com ele. – Ela pousou a mão sobre o ventre. – Não seria justo com nosso filho.

– Você está grávida.

– Sim – ela confirmou baixinho. Sua boca virou para baixo e ela olhou para a lápide. Ela provavelmente imaginara durante o tempo que ela e James namoraram como seria dar-lhe essa notícia. Porque um dia eles seriam casados e ela daria à luz seus filhos. E ali estava ele, mas não ele de fato, e ela estava grávida do filho de outro homem.

Seus olhos brilhavam, e eu me angustiei quanto ao que fazer. *Isso deve ser tão difícil para ela. Eu não deveria ter vindo.* Em vez disso, abri meus braços.

– Venha cá.

Depois de uma ligeira hesitação, ela se inclinou contra mim e eu cruzei os meus braços enquanto ela chorava no meu ombro.

Uma brisa varreu as árvores, farfalhando ramos, fazendo os cabelos de Aimee voarem. A luz do sol iluminou o tom de vermelho que acompanhava suas madeixas, e de repente, com Aimee em meus braços, desejei estar com Natalya com uma intensidade que nunca senti antes. Abraçá-la enquanto prometia que jamais a abandonaria. Que jamais a deixaria ou esqueceria dela.

Mas na esteira dessa necessidade sobreveio uma insuportável realidade. Se por um lado eu poderia fazer essas promessas a Natalya, por outro não seria eu quem iria quebrá-las.

Aimee logo se soltou suavemente do meu abraço e afastou os cabelos de seu rosto.

– Devem ser os hormônios. – Ela enxugou as bochechas úmidas.

Assenti ligeiramente.

– Parabéns.

Ela esticou uma mão trêmula para mim, só para deixá-la cair de lado, ao longo do corpo. Gesticulou para a lápide.

– Enfim – ela explicou com um suspiro melancólico –, eu queria que você entendesse como me sinto, e mostrar-lhe isso era a única maneira que sabia. Saber que esta lápide está aqui me ajuda a deixar o passado no passado. E James faz parte do meu passado. Tive que deixá-lo ir.

Na manhã seguinte, Natalya voou para Los Angeles, e eu parti para Oaxaca. Não conversamos muito a respeito da tarde que passamos com Aimee, Ian, Catherine e Hugh, mas naquela noite fizemos amor feroz e exaustivamente, até as primeiras horas da manhã. Eu me enterrei fundo nela, convencido de que, amando-a com tamanha intensidade, poderia imprimi-la na minha alma, e seria impossível esquecê-la quando eu emergisse da fuga. Por que como James não poderia sentir quão profundamente eu a amava?

Durante o voo, agradeci à aeromoça pela tequila com gelo que pedi e terminei a bebida em três goles. O agave fermentado trilhou um caminho ardente ao longo da parte de trás da minha garganta e apaziguou meu estômago agitado. Não fez coisa alguma para a dor chata na minha cabeça, que persistia desde que me encontrara com Thomas.

Ao cruzarmos a fronteira entre os Estados Unidos e o México, minha mente repassou os últimos dois dias. Thomas me surpreendeu no aeroporto e me chocou ainda mais com as maquinações que ele ajudou os governos de dois países a tramar em questão de semanas – até mesmo dias – para me manter escondido da vista de todos. Pensei em como ele me hipnotizara e nas horas que faltavam da minha viagem. Havia algo que acreditava que eu poderia ter visto, e queria essa informação. Houve a refeição pra lá de inconveniente com os Tierney e a feroz preservação de Ian em relação à sua esposa. Eu sentiria o mesmo se estivesse no lugar dele.

Então minha mente viajou para as palavras de despedida de Aimee. No caminho de volta para o carro, ela me parou com um toque suave de sua mão.

– James queria filhos. Ele teria dado um pai maravilhoso. Ele era leal àqueles que amava e irá proteger aqueles que ama. Ele fará o que precisa ser feito para mantê-los seguros. Ele fez isso por mim. Mas, Carlos... – Ela apertou ainda mais o meu antebraço. O medo tingiu suas bochechas de marfim, intensificou o azul em seus olhos bem abertos. – James e Phil têm assuntos pendentes. Um dia desses, Phil sairá da prisão, e eu não ficaria surpresa se ele fosse atrás de James. Ele estará furioso e talvez ainda se sinta passado para trás, não apenas por ter sido excluído dos negócios da família, mas por causa dos anos que perdeu confinado. É assim que Phil enxergará isso. Ele usará de quaisquer meios ou pessoas para ferir James. Não importa o que fizer, mantenha seus filhos longe dele.

Do lado de fora, manchas de nuvens pairando sobre as colinas secas e amarronzadas do México passavam por baixo da barriga do avião. Parti de casa com medo de não confiar em James com meus filhos. Mas, se por um lado eu retornava com a segurança de que ele seria um bom pai, chegaria até a amar Julian e Marcus como eu os amava hoje, por outro ainda não tinha certeza se poderia confiar totalmente nele. Não tinha certeza se ele conseguiria manter os meninos a salvo.

    Droga, sabendo de tudo o que eu sabia agora, eu não tinha certeza se *eu mesmo* conseguiria mantê-los a salvo.

Capítulo 23
JAMES

DIAS ATUAIS
28 DE JUNHO
HANALEI, KAUAI, HAVAÍ

Depois de uma rápida excursão com Marc de volta à loja de arte e brinquedos, onde compraram tintas acrílicas, pincéis, telas e cavaletes portáteis, porque não havia melhor momento do que o presente para começar a galeria de arte de Marc, os dois retornam para a casa de Natalya. James para na garagem atrás de uma caminhonete que já teve sua cota de água salgada. Três pranchas projetam-se da caçamba. Julian está dando uns arremessos na cesta de basquete com um homem mais velho, cujas longas e atléticas passadas e constituição vigorosa são uma previsão do corpo no qual Julian está se desenvolvendo. Gale Hayes, surfista aposentado de nível mundial e proprietário das pranchas Hayes. Esse homem é o avô de seu filho. Seu sogro.

Também é aquele cuja cara Carlos esmurrou em seu casamento.

Pela primeira vez, fica grato por não conseguir se lembrar.

Gale apanha o rebote de Julian e lança-lhe a bola de basquete enquanto James desliga o motor. O homem aperta os olhos para o carro, a mão levantada para bloquear o sol alto. James sai do carro, e Gale, abaixando o braço, aproxima-se decidido.

Caramba. Isso vai correr bem, James pensa sombriamente. Fecha a porta, empurra os ombros para trás e estende a mão. Ele também podia se apresentar novamente, e em seguida pedir desculpas em nome de seu outro eu.

– Senhor Hayes, eu sou...

– James, sim, eu sei. – Gale aperta a mão de James e bate no seu braço, cumprimentando-o. A pele desgastada dobra-se sob um singelo bigode ruivo desbotado e grisalho, revelando dentes manchados de amarelo pela idade. Julian fica driblando com a bola atrás dele, ouvindo a conversa. Gale segura seus quadris e alarga sua postura, abaixando a cabeça contra o brilho do sol para ver James melhor. – Nat me disse que você não se lembra de nada dos últimos sete anos.

James levanta seus óculos Maui Jim para apoiá-los sobre a cabeça. Seus olhos imediatamente lacrimejam sob a intensa luz do dia refletindo na claridade do asfalto.

– Tirando os últimos seis meses, não me lembro de nada.

Gale sorri.

– Então vamos nos dar muito bem. Embora – ele segura levemente o braço de James – seja uma pena que você não se lembre de Raquel.

A intensidade dos dribles de Julian diminui. Ele vira seu corpo para outro lado, agindo como se não se importasse, mas James sabe que ele está ouvindo atentamente.

– Ela é a mãe dos meus filhos e, só por essa razão, sempre serei grato.

Gale assente e dá tapinhas no braço de James.

– Ela era uma boa mulher.

Uma porta de carro se fecha atrás de James, e Gale estica o pescoço para dar uma olhada melhor em volta dele. Os olhos verdes da mesma cor dos de Natalya se arregalam.

– Quem é essa adorável belezura?

James se vira a tempo de ver sua mãe corar.

Marc se balança da barra de proteção do jipe.

– Ela é a *mamá* do *papá*.

Os dribles com a bola cessam. Julian olha embasbacado para o irmão.

– Não seja tonto, Marc. Ela era a nossa vizinha.

– É verdade. Eu ouvi *papá* chamar a *señora* Carla de "mãe".

Julian gira a cabeça e olha feio para James.

O coração de James congela, e ele prageja baixinho. Marc o ouvira. E já tinha idade suficiente para juntar as peças. Ele observa a cor se esvaindo do rosto de Julian, como suas mãos se flexionam, os dedos esticados e curvados segurando a bola. As emoções vêm em uma rápida sucessão de ondas, alastrando-se por seu rosto – incredulidade, medo, raiva e, então, a pior de todas. Traição. James está bem familiarizado com tal sentimento.

O corpo de Julian fica rígido. Ele atira a bola em James, acertando-o nas costelas.

Ele grunhe, escolhendo absorver o impacto da raiva de Julian, em vez de espalmar a bola. Apanha-a e segura a bola contra o peito.

– Você é um idiota – grita Julian. Ele parte em direção à praia correndo a toda velocidade.

– Você não vai atrás dele? – Claire pergunta, sua voz elevando-se com seu desapontamento.

– Daqui a pouco. Ele está com raiva de mim há muito tempo. Precisa aliviá-la um pouco correndo.

James dá a bola para Gale, deixando-a rolar para fora dos dedos. Sua mãe o encara furiosamente.

– Provavelmente é melhor assim – resigna-se com sinceridade. – Eles teriam descoberto mais cedo ou mais tarde. Eu deveria ter contado a eles...

James levanta um dedo, detendo-a.

– O que você fez no México é um assunto completamente diferente. Agora preciso ir conversar com meu filho.

※

James encontra Julian a mais ou menos um campo de futebol de distância na praia, agachado sob a sombra de uma palmeira, os cotovelos apoiados nos joelhos e a cabeça enterrada nos braços. James se aproxima lentamente com um longo suspiro para se sentar ao lado de seu filho; então, desamarra os cadarços de seus calçados e os joga na areia. Tirando as meias, ele as enfia nos sapatos e enterra os calcanhares na areia em busca dos grãos frios abaixo.

Julian levanta a cabeça. Ele limpa o rosto úmido com a base da palma da mão e olha para longe. Seus pulmões chiam e os ombros vibram.

James reprime o impulso instintivo de abraçar seu filho. Ele fará doze anos em breve, está a caminho de se tornar um rapaz. Em vez disso, ele pega e inspeciona uma folha morta.

– Por que... – Julian bufa. Ele passa as costas da mão sob o nariz. – Por que você não nos contou que ela é nossa avó?

James gira a folha.

– Porque eu não sabia. Eu não conseguia me lembrar de quem ela é e ela nunca me disse. Não acho que ela tenha contado a qualquer um de nós, porque não li nada nos diários que me fizesse pensar que a *señora* Carla era a minha mãe. – Ele escolhe suas palavras com cuidado. Quer que Julian enxergue ele e Carlos como o mesmo homem. Quer que Julian veja *ele* como seu pai, o que significa que deve fazer o mesmo. Como Natalya lhe disse anos atrás, e novamente na noite passada, "o mesmo corpo, o mesmo coração e a mesma alma". Só uma mente prejudicada, que ele estava fazendo o máximo que podia para consertar.

– Eu não sabia que a *señora* Carla e a minha mãe eram a mesma pessoa até que ela apareceu do nada na nossa casa na semana passada.

Julian limpa o nariz mais uma vez. Ele pega um graveto e o espeta na areia.

– Aposto que você ficou furioso com ela.

– Ainda estou furioso – garante James, fitando o oceano. O sol passou o ponto mais alto do dia. A mancha da sombra deles se inclina. O suor escorre ao longo da linha de seu cabelo. Ele sente uma gota deslizando por sua coluna. – Estou com raiva de toda a minha família. Não de você e Marc – ele esclarece em reação à rápida tomada de ar de Julian. – Só da minha mãe e dos meus irmãos. Mas você sabe com quem estou mais irritado?

Julian balança a cabeça inclinada. Ele espeta o galho com mais força. Ele se parte.

— Comigo mesmo. — Ele teve mais do que sua parcela de decisões ruins, cada uma delas levando-o mais longe do futuro que ele e Aimee planejaram como uma viagem de carro. Mas cada erro o trouxe mais próximo de Julian e Marc. — Eu gostaria mais do que qualquer outra coisa de me lembrar dos anos que esqueci. — O peito de Julian produz um chiado e James prossegue. — Gostaria de me lembrar da sua mãe, e de tudo o que você e eu fizemos juntos.

As lágrimas derramam-se livremente pelo rosto de Julian. Elas caem na areia, criando torrões. James bate delicadamente o joelho dobrado contra o de Julian.

— Sabe de uma coisa?

— O quê? — Julian funga.

— Eu fui esperto. Anotei tudo, e me lembro de ter lido sobre nós e o nosso tempo juntos em Puerto Escondido. E, enquanto eu lia, imagens se formavam na minha cabeça como lembranças reais.

Julian assente, considerando.

— Por que você teve que mudar?

— Eu não sei, Julian. Minha mente está doente, e estou tentando me curar.

Julian franze a testa.

— Como você ficou doente?

Ele encolhe os ombros.

— Eu não me lembro. Não sei o que me fez esquecer de ser James, e não sei o que me fez esquecer de ser Carlos.

Julian pisca. Seu lábio inferior treme.

— Você está com medo?

— Bastante.

— Eu também.

James esfrega as costas do filho.

— Vai ficar mais fácil para nós, prometo. Mas qualquer que seja o nome que eu estiver usando, se Carlos ou James, ainda sou o seu pai. *Yo siempre voy a ser tu papá.*

Julian suga uma respiração irregular. Lágrimas novas fluem como um claro rio sobre um leito de pedras.

– Ainda assim, gostaria que você se lembrasse de tudo de verdade.

– Eu também. – E ele sinceramente gostaria.

– Você gostaria de se lembrar da tia Natalya?

James pendura as mãos entre os joelhos.

– Sim.

– Ela está muito triste por você não se lembrar. Eu a ouvi chorando ontem à noite.

Algo que James não consegue explicar se torce em seu peito. Ele tem estado tão focado em manter uma boa distância entre eles e seus irmãos até que tenha a chance de pensar direito que não considerou quão difícil a presença dele, dormindo sob o mesmo teto, deve ser para ela.

– Ela ama você.

– Eu sei – diz James em voz baixa. A maneira como ela olha para ele, estende a mão para tocá-lo apenas para retraí-la logo em seguida, como ela se sente por ter que pedir para abraçá-lo e não simplesmente fazê-lo. Ela abriu sua casa para eles, ofereceu-lhes refúgio sem pedir nada em troca.

Julian traça o dedo no ponto onde estava golpeando o galho.

– Sinto falta da nossa casa.

James não sabe como deve responder a isso. Eles jamais se mudarão de volta para o México. Ele não pertence àquele lugar. E ele não está com pressa de voltar para a Califórnia. Não sente como se pertencesse também àquele lugar.

– Podemos morar aqui?

James arqueia uma sobrancelha.

– No Havaí?

– Tia Natalya quer que a gente fique.

– Você gosta daqui?

Julian estende os braços para abranger a praia curvada da Baía de Hanalei. Ele olha para James como se ele fosse maluco por não considerar o contrário. Julian cresceu morando ao lado do mar. Faz sentido que seja atraído por este.

James apanha um punhado de areia, depois a deixa escorrer por entre os dedos.

– É muito bom aqui.

Julian enterra os dedos dos pés.

– Eu não gostei da Califórnia.

– Ei, eu não disse que não. Mas temos que ouvir a opinião de Marc, também, antes de decidirmos.

Um sorriso molhado de lágrimas repuxa a boca de Julian. Então, ele franze a testa e o sorriso desaparece. Ele observa uma trilha de formigas caminhando pelas colinas e vales ao seu lado.

– Qual é o nome verdadeiro da *señora* Carla?

– Claire Donato.

– Como devo chamá-la?

– Por que você não pergunta a ela?

– Por que ela mentiu para nós?

– Ela tinha medo que eu a mandasse embora.

– Você teria mandado?

James abre a boca para dizer que sim, mas se detém. Ele reflete sobre dizer a verdade a Julian, se o filho continuará a enxergá-lo como o cara mau. Aquele que está destruindo sua família quando tudo o que ele está tentando fazer é juntar as peças. Então ele se lembra do que o colocou nessa situação complicada. Esconder a verdade. E ele estava começando a desprezar sua vergonha mais do que as falhas que o tornavam humano. Sendo uma delas o fato de ele ter um péssimo relacionamento com sua mãe.

– Sim – ele finalmente diz. – Eu a teria mandado embora.

Julian abre a boca e então a fecha. James observa a mente de seu filho trabalhando.

– Você vai mandar Marcus e eu embora? – ele pergunta hesitante, com um toque de receio na voz.

Aí está, James pensa, suspirando longamente. A coisa pela qual Julian mais tem sido assombrado nos últimos seis meses. Em alguns poucos registros nos diários, Carlos comentou sobre o medo de que James abandonasse seus filhos. Carlos expressou esse medo com Julian. Falou sobre um pesado fardo de responsabilidade em ombros tão jovens.

James encara o filho.

– Olhe para mim – diz ele, e aguarda enquanto Julian levanta a cabeça e enxuga os olhos. – Nunca vou mandar você e Marc embora. Eu jamais os abandonarei também.

Julian inala um soluço de choro e assente.

– Eu nunca deixei de amá-lo. Mesmo em dezembro passado, quando não conseguia me lembrar de você. Eu o amava naquela época. Você é o meu filho, Julian. Você sempre será o meu filho.

Julian engole outro soluço. Seu corpo vibra enquanto ele chora. James puxa seu filho contra si. Então, ele simplesmente o abraça.

※

Marc está comendo na mesa da cozinha e Natalya guardando condimentos na geladeira quando James e Julian retornam para a casa. Ela levanta a cabeça acima da porta da geladeira quando os ouve chegar.

– Preparei o almoço. – Ela acena com a cabeça para os pratos no balcão.

James ergue uma sobrancelha para Marc, impressionado por ele estar devorando o sanduíche de carne enlatada com abacaxi.

– *Muy bueno* – exclama Marc, a boca cheia de comida.

– Se você está dizendo, garoto. – James espia os sanduíches. Ele tem lá suas dúvidas.

– *Gracias, tía Natalya*. – Julian escolhe um prato e o leva para a mesa.

– Obrigado – diz James para ela da soleira da porta. – Eu vou cuidar do jantar.

Ela assente.

— Guardei as compras para você. — Natalya enrola o saco de pães de forma, fechando-o, e o acondiciona na despensa. — E a sua mãe — ela baixa a voz, o olhar se direcionando rapidamente para os meninos — voltou para o hotel.

James não está surpreso. Ela é a próxima em sua lista de discussões familiares, e também está ciente disso.

— Ela saiu com o meu pai.

Ele enfia as mãos nos bolsos.

— Sério?

— Ele é um mulherengo, lembra-se? Não se preocupe. — Ela acena com a mão. — É platônico, tenho certeza. Ela queria se refrescar e papai se ofereceu para dirigir. A essa altura, eles provavelmente estão almoçando, tomando um coquetel e dando um mergulho na piscina.

— Isso não parece platônico para mim. — James não sabe o que pensar a respeito do rumo que essa questão tomou. Seu pai faleceu pouco antes de seu desaparecimento. É verdade que seus pais nunca foram próximos, até dormiam em extremos opostos da casa nos últimos anos. Mas ele nunca imaginou sua mãe com alguém que não fosse seu pai ou tio. *Eca! Tire isso da cabeça.* Ele entra na cozinha e espia dentro de seu sanduíche. Ele não come carne enlatada desde a faculdade, e só o fez porque seu colega de quarto o desafiou.

— Coloquei seus materiais de arte no quarto de Marc. Vou lhe mostrar. — Ela joga os utensílios sujos na pia.

James a segue pelo corredor. Ela tomou banho recentemente. O cabelo úmido está amontoado em um coque bagunçado. Um punhado de sardas salpica seus ombros como gotas de tinta. Ela usa uma regata folgada lavanda e short branco. Pernas elegantes, torneadas e bronzeadas. Ele não consegue afastar os olhos daquelas pernas. Seus dedos se contraem, do jeito que fazem quando sente a necessidade de pintar. Ele quer pintar as pernas dela. Ele quer...

— James.

Ele levanta rapidamente a cabeça.

Ela franze o cenho e ele se sente envergonhado por dentro. Um calor aquece seu peito.

– O quê?

– Você comprou um monte de coisas. – Ela entra no quarto de Marc e abre um armário. Os materiais de arte ocupam inteiramente duas prateleiras largas, o suficiente para manter Marc ocupado durante semanas.

– É, comprei. – Ele lhe lança um olhar constrangido.

– Alguém poderia achar que você está planejando ficar por algum tempo. – Ela fecha o armário e gira por completo. Apoia as omoplatas contra o armário e cruza os braços. – Ou que você planeja voltar a pintar.

James ouve a esperança em sua voz. Ele esfrega a nuca e se senta, deixando o corpo cair na beirada da cama de solteiro de Marc.

– Quero passar um tempo com Marc fazendo o que ele gosta de fazer. Vamos ver para onde a pintura me leva a partir daí.

Ela olha pela janela, puxando uma mecha para trás de sua orelha. Seu olhar se foca além do vidro, e ela pisca lentamente uma vez, duas vezes. Então afasta-se do armário, movendo-se em direção à janela.

– Meu quarto é o que tem a melhor luz natural. Você é bem-vindo para pintar lá – ela oferece sem olhar para ele.

James admira o perfil dela. A testa alta e a inclinação feminina do nariz. Sardas adornam a ponte, distribuindo-se por suas bochechas como folhas de outono. Seus dedos se contraem novamente. Desta vez, ele quer fazer mais do que apenas pintá-la. Quer tocá-la. Em sua mente, faz mais de um ano – na realidade, sete anos, já que a identidade de James foi enterrada esse tempo todo – desde a última vez que tocou uma mulher. Para um homem que é mais físico do que reservado, tende a sentir mais do que pensar, e responde mais empaticamente às emoções dos outros, sete anos é um tempo muito longo e solitário. Está numa seca danada.

– Você não ia querer sentir o cheiro enquanto dorme.

– Tem razão. Tinha me esquecido disso.

– Estava pensando que poderíamos pintar na varanda. Não é um trabalho artístico sério, é apenas uma forma de Marc e eu passarmos um tempo juntos.

– Sua mãe também? Você comprou três cavaletes.

Ele tinha comprado, sim, mas só por desencargo de consciência. James une as mãos entre as coxas.

– Esta é uma boa pergunta. Eu nunca pintei com ela.

– Mas em Puerto Escondido...

– Antes disso. Você sabia que ela odiava minha pintura?

Natalya franze a testa.

– Como pôde fazer isso? Ela é uma artista incrível.

– Eu não sabia disso até ler os diários. – Ele rememora aqueles registros sobre a *señora* Carla e o tempo que ela passara pintando com Carlos. A raiva e a tristeza se misturam como tinta quando ele se lembra de que várias das pinturas que empacotou e enviou para a Califórnia eram dela. Como Carlos, ele as pendurara nas paredes de sua casa. Sua mãe jamais pendurou uma única pintura dele.

– Ela tinha suas razões, o que eu entendo, principalmente agora, já que ela contou ao Carlos. Mas fez tudo o que pôde para me manter no caminho certo para uma carreira nas Empresas Donato.

– Como você pintava, então? Vi o seu trabalho. É óbvio que você pintava há anos.

– Os pais de Aimee montaram um estúdio para mim na casa deles. Sou autodidata.

À menção dos Tierney, Natalya desconfortavelmente muda de posição no lugar.

– Eu os conheci.

Seu olhar encontra o dela.

– Eu sei.

Eles ficam se encarando por um momento até que a atenção de Natalya se volta para um ponto no chão de madeira de teca. Ela desfaz o coque e o cabelo úmido se derrama sobre o ombro. James puxa o ar silenciosamente em reação à sua beleza natural.

– Você sente falta dela? – Há um nó em sua voz.

– Sim.

– Você ainda a ama?

Ele assente.

Natalya rola os lábios para dentro da boca e fita as unhas dos pés pintadas de coral brilhante.

— Como foi sua conversa com Julian?

Ele pisca com a mudança de assunto. Quer contar que Aimee o deixou para trás, que seguiu em frente, e que todos os dias, a cada segundo de sua vida, ele está tentando fazer o mesmo. Para construir uma nova vida a partir dos escombros da sua vida anterior. Mas agora provavelmente não é o melhor momento. Ele ainda está lidando com suas emoções.

— Tivemos uma boa conversa. Ele tirou um peso do peito. Nós dois tiramos.

Natalya torce o cabelo. Suas mãos tremem e seus lábios se encolhem em um sorriso distorcido.

— Está bem, então... hã... eu acho que você tem tudo sob controle com os meninos, no fim das contas. — Ela inclina a cabeça para a porta. — A menos que precise usar o seu quarto agora, tenho que trabalhar um pouco. — Ela se vira para sair.

James franze a testa, não gostando nem um pouco da mudança de humor dela.

— Oh. — Ela estala os dedos, parando na porta. — Vi os bifes que você escolheu. Eu posso ajudar com o jantar, a menos que você também tenha isso sob controle.

— Eu gostaria da sua ajuda — diz ele, ficando em pé. Dá dois passos em direção a ela. — Natalya, qual é o problema?

Seu lábio inferior treme e ela levanta a mão, parando-o.

— Eu tenho que começar a trabalhar — ela sussurra asperamente antes de ir embora.

Ele ouve o barulho de seus pés pisando forte pelo corredor, e em seguida o deslizar da porta de vidro se abrindo para a varanda. Ela não tinha ido para o escritório onde ele dormira na noite anterior. Em vez disso, correu para fora. Para longe dele.

Capítulo 24

CARLOS

TRÊS ANOS ATRÁS
11 DE JULHO
PUERTO ESCONDIDO, MÉXICO

O azul do céu estava instável. Do lado de fora, as sombras iam e vinham, enquanto lá dentro a luz ambiente preservava uma claridade uniforme em todo o estúdio. Perfeito para misturar cores. Incluí azul cerúleo e verde-esmeralda à minha paleta e misturei as duas cores com um toque de branco de titânio para suavizar o tom. Inalei profundamente. Os vapores dos pigmentos, uma mistura pungente de octano, terra úmida e flores de magnólia, preencheram minhas narinas. O cheiro transmitiu uma sensação de euforia ao meu cérebro. *Barato de pintor*, pensei, sorrindo.

A cor não estava exatamente correta, então acrescentei um pouquinho de azul cerúleo do tamanho de uma unha. Um calor de satisfação me envolveu enquanto eu observava a cor se misturar e resultar na tonalidade que eu pretendia alcançar.

Mãos esbeltas se curvaram em volta da minha cintura, deslizando pelas minhas costelas até o meu peito. Dedos longos e delicados abriram um botão, depois outro. Eles mergulharam sob a borda da minha camisa e acariciaram minha pele. Meu coração bateu forte sob aqueles dedos errantes. O sangue bombeou para o meu centro e a minha respiração saiu entrecortada. Gemi.

Lábios se pressionaram entre minhas omoplatas. O calor do seu hálito me aqueceu através da camisa. Eu me virei em seus braços e olhei para baixo, para um par de olhos que combinavam com a cor da minha paleta.

– Aimee.

– Beije-me – ela pediu, e eu o fiz.

Ela terminou de desabotoar a minha camisa e eu abri o zíper de seu vestido. As roupas caíram no chão e nós as acompanhamos. Rolei de costas, colocando-a por cima. Ela foi desferindo beijos a partir do peito, descendo, trilhando a linha de pelos que passava pelo meu umbigo. Minha cabeça caiu para trás e os olhos se fecharam. *Caralho, o toque de sua boca é tão bom.*

Isso era tudo o que eu conseguia pensar, tudo o que eu conseguia sentir. E eu queria assistir.

Levantando a cabeça, abri os olhos. Aimee tinha sumido e eu não estava mais no estúdio em nossa casa.

Em vez disso, olhei para cima, para o cano de uma arma empunhada pelo meu irmão mais velho. Observei sua boca se mover e mal consegui compreender as palavras.

Levante-se!

Levante-se ou Aimee é a próxima.

Parecia que uma pilha de tijolos havia caído sobre o meu rosto. A náusea se manifestou no meu estômago como um bote balançando em ondas agitadas. Abaixo de mim, a superfície subia e descia. Segurei uma grossa corda pendurada próximo e tentei me puxar para cima. A dor atravessou o ombro e irradiou pelo meu braço. Gritei, caindo de joelhos. Tênis brancos desapareciam e surgiam na minha linha de visão. Mãos me içaram. Lábios pressionaram-se contra o meu ouvido.

– Nade. – E então eu estava voando e, em seguida, afundando. Um frio que eu nunca havia sentido penetrou meus ossos, forçando minhas pernas a chutarem. Um dos braços se debatia. Eu tinha que chegar até Aimee. Eu tinha que chegar em casa.

Eu quero ir para casa.

Acordei sobressaltado, ofegando.

Um sonho. É apenas um sonho.

Balancei minhas pernas para o lado da cama e me sentei lá, a cabeça enterrada nas mãos. Meus dedos fincaram no meu couro cabeludo enquanto eu esperava o meu coração desacelerar. Massageei minhas têmporas para persuadir a dor de cabeça que raramente apaziguava, só diminuía, a ir embora. Ela queimava, assim como a fina e comprida cicatriz no meu quadril.

Minha mão deslizou sobre a cicatriz, e a última imagem que vi no meu sonho ardeu na minha cabeça como o tecido espesso no meu quadril. Balas passando zunindo, seu longo e borbulhante rastro se distribuindo e se dissipando no sobe e desce do oceano. Uma dor lancinante no meu flanco quando uma dessas balas atingiu o alvo.

Dedos deslizaram pelas minhas costas úmidas de suor. Um calafrio eriçou os pelos dos meus braços e pernas.

– Mesmo sonho? – Natalya perguntou com uma voz grogue.

– É. – Levantei rápido da cama, os joelhos estalando, tanto para ir ao banheiro quanto para ficar longe de seu toque. Meu coração ainda estava acelerado, e o meu corpo ensopado por temer pela vida de outra mulher. Uma mulher que certa vez amei tão desesperadamente quanto o próprio ar que eu respirava.

Saquei duas aspirinas e as engoli bebendo diretamente da torneira. Deparei-me com o reflexo de Natalya no espelho enquanto limpava a água da minha boca. Ela se recostou contra a soleira da porta, os braços cruzados.

– Aquele frasco estava meio cheio quando cheguei aqui há duas semanas. – Ela acenou com a cabeça para a garrafinha de remédio.

Espiei no interior dele antes de girar a tampa para fechá-lo. Haviam sobrado quinze comprimidos. Eu precisava sair às compras hoje. Então, lembrei-me de que Julian e eu iríamos pedalar pelas colinas. Eu teria que dar uma passada na loja no trajeto de volta.

– Você já se consultou com um médico?

Virei-me e balancei a cabeça.

– Carlos. – Ela proferiu o meu nome devagar, entrando no banheiro, e olhando firme nos meus olhos. – Esses sonhos estão piorando. E, no ritmo que você está indo – ela sacudiu o frasco e as poucas aspirinas que ainda restavam chacoalharam lá dentro –, você terá uma úlcera para combinar com a dor de cabeça.

Eu a prendi em meus braços e enterrei o rosto na curva de seu pescoço.

– Não é a minha testa que dói agora. – Beijei sua pele aquecida da cama, na esperança de distraí-la. Esperando distrair a mim mesmo e todas as minhas dores, porque meu cérebro realmente estava em chamas. Aquele maldito sonho ficava cada vez mais vívido, e as dores de cabeça eram sempre intensas nas horas seguintes.

Levantei Natalya no colo e a carreguei para a cama. Ambos desabamos nos lençóis. Pelo jeito como ela me beijou, dava para dizer que ela estava com vontade de conversar. Eu não estava. Eram três da manhã, porra, e minha cabeça doía pra caralho.

Ela gentilmente cutucou meus ombros e beijou meu nariz. Suspirei e deitei de barriga para cima, os braços abertos enquanto fitava o ventilador de teto acima. Péssima ideia. O quarto girou como um carrossel e minhas entranhas pegaram uma carona, rodando junto a ele. Coloquei o antebraço sobre a testa e respirei através do amargo na minha boca.

– Por que você não se consulta com um médico?

– Já passamos por isso antes, Nat. – Eu não queria ninguém mexendo com a minha cabeça e administrando testes. Um experimento de hipnose surpresa já havia deixado uma britadeira sem um botão de "Desliga" perfurando meu cérebro. Eu não tinha o menor desejo de participar, voluntária ou involuntariamente, de outras sessões de psicoterapia.

Natalya se deitou de barriga para cima.

– Tenho vontade de matar o Thomas.

– Então somos dois. – Levantei o braço para olhar para ela, que puxou um lençol sobre os seios e enterrou os dedos nos cabelos.

– Eu posso ajudá-lo a encontrar um médico que realize consultas em domicílio. Você pode ser examinado aqui e eu ficarei ao seu lado. Só para garantir, sabe?

– Não. Eu não quero ser examinado. – Saí da cama e caminhei até a porta deslizante. Estava escuro como breu lá fora, e a única coisa que vi foi o meu reflexo, o rosto amassado e exausto com profundas linhas de tensão, um trilho de trem cruzando a testa.

– Não diga ao médico o que de fato há de errado. Invente uma desculpa, como se você tivesse enxaqueca crônica ou algo assim.

– Eu *tenho* enxaqueca crônica.

– O que significa que você precisa de medicação prescrita para parar de tomar aspirinas como se fossem jujubas.

Balancei a cabeça.

– Não.

– Talvez seja o estresse que esteja causando as dores de cabeça. Já pensou em antidepressivos ou remédios para ansiedade?

– Nada de drogas – eu disse, cortando com a mão o ar entre nós. – Elas causam muita dependência.

Ela me lançou um olhar. Embora a aspirina em si não seja viciante, nós dois sabíamos que a minha crescente confiança nessas pílulas para controlar a dor estava bem próxima de uma dependência.

Natalya ergueu o olhar para o teto. Ela estava frustrada comigo, e eu não a culpava. *Eu próprio* estava frustrado comigo. Ela deixou as mãos caírem sobre o colo.

– Entendo por que você não viaja e sei por que não quer consultar um médico. O que não me entra na cabeça é por que insiste em viver com a dor quando pode fazer algo a respeito. Pense nos seus filhos.

– Eu estou pensando. – Saí pisando firme para o escritório, onde meu laptop estava carregando. – Eu penso neles e em seu futuro com um pai que não consegue se lembrar deles a cada maldito segundo do dia. Alguém que talvez tenha sempre que fugir com eles.

– Você não sabe disso, Carlos. Já faz vários anos e ninguém veio atrás de você. Eu não acho que alguém desse cartel saiba quem é você, muito menos que James ainda está vivo.

– Ainda não. – Phil ainda estava na prisão, e ainda acreditava que eu estava morto. *O que acontecerá quando ele descobrir a verdade?* Porque o instinto me dizia que um dia ele iria.

Natalya suspirou, exasperada.

– Diga-me como posso ajudar. Eu quero ajudá-lo.

Case-se comigo. Adote os meus filhos. Fuja para bem longe com eles, para que James ou qualquer outro membro da família Donato não os encontre.

– Olhe, estou cansado. Eu não quero conversar sobre isso agora. – Retirei com violência o cabo de energia e apanhei o laptop.

– Aonde você vai?

Virei-me na soleira da porta em resposta ao tom de pânico em sua voz. Ela se levantou sobre os joelhos, agarrando com força o lençol com as duas mãos, os nós de suas juntas ficando brancos. Por um momento, quis largar o laptop e voltar para a cama com ela. Assegurar a nós dois que tudo ficaria bem. Mas eram promessas que eu não conseguiria cumprir.

– Vou descer. Para escrever.

Ela se sentou sobre os calcanhares, mas ainda segurava o lençol.

– Eu não gosto de discutir. Por favor, não vá. Volte para a cama. – Ela deu tapinhas no travesseiro ao lado dela.

– Durma. Só vou até a cozinha. – Puxei a porta atrás de mim, deixando uma fresta aberta. Passei pelo quarto de Marcus, depois pelo de Julian.

– Pai?

Retrocedi alguns passos até o quarto e enfiei a cabeça lá dentro. Sua luminária do Capitão América lançava um suave brilho azul, projetando sombras no canto.

– Já é de manhã? – Julian se sentou no meio da cama e esfregou os olhos.

– Quase. Temos mais algumas horas até o nascer do sol.

Ele caiu de novo nos travesseiros.

– Eu vou descer a montanha mais rápido do que você.

– Tenho certeza de que vai. Durma um pouco.

Ele bocejou.

– Boa noite, *papá*.

Desci decidido as escadas até a cozinha e liguei o laptop. Enquanto esperava, classifiquei a correspondência do dia anterior, acrescentando as últimas revistas à pilha ao longo da parede oposta. O jornal não continha nenhum artigo que eu achasse que pudesse ser do meu interesse no futuro, então eu o joguei no cesto de reciclagem.

Assim que o laptop estava pronto, abri minha conta no iCloud e carreguei as cerca de vinte fotos que tirara no dia anterior – fotos dos meninos e Natalya no jogo de futebol de Julian – e as movi para a pasta onde estava armazenando as imagens do mês. Eu havia criado pastas para tudo – fotos, registros no diário, demonstrativos financeiros, documentos legais e outras instruções importantes. Até escrevia anotações sobre o que fazia diariamente, quem eu amava (Natalya e os meus filhos), em quem eu confiava (Natalya) e em quem não confiava (Thomas e Imelda). Tudo estava meticulosamente organizado. Porque aquela sessão de hipnose à qual Thomas me submetera à força... Aquilo não trouxera apenas as dores de cabeça. Despertara o Jekyll do meu Hyde. Meu outro eu estava lutando para chegar à superfície, e eu sabia, sem dúvida alguma, que não me restava muito tempo.

※

– Diminua a velocidade.

Julian se curvou devagar sobre o guidão e se inclinou na curva. Eu vinha logo atrás, ganhando velocidade. O circuito através do sopé da montanha era pavimentado em grande parte e nós já havíamos pedalado esse percurso muitas vezes. Para um garoto de oito anos, Julian era destemido em sua bike.

Emparelhei com ele.

– Vá mais devagar. Permaneça no controle.

Ele enfrentou outra curva, aplicando uma leve pressão no freio.

– Muito bem.

O ar uivou através dos nossos capacetes. A luz do sol brilhava forte no alto e o calor queimava em nossas costas. O suor escorria do meu queixo. Nós começamos cedo, e embora ainda fosse de manhãzinha, o dia já estava quente, seco e empoeirado. Ainda bem que tínhamos só mais alguns quilômetros a percorrer, todos em declive. Tínhamos pedalado muito. Esse tempo entre pai e filho era ótimo, e eu não mudaria isso, mas caramba. Por mais que eu tentasse, eu não conseguia pedalar por causa do pesadelo da noite anterior. Era como se eu estivesse lá. A dor latejante e ensurdecedora no meu crânio me deixou com náuseas, e aquela arma na minha cara me apavorou pra caralho.

Fiz um sinal para que parássemos para beber, e diminuímos a velocidade até parar no acostamento da estrada.

Julian bebeu avidamente a água e soltou um longo e merecido suspiro.

– Podemos pegar a trilha? – perguntou ele, referindo-se ao caminho de terra que acompanhava a estrada em alguns trechos. Era estreito e cheio de buracos e mato crescido.

– Você acha que consegue encarar? – Já havíamos percorrido mais de cinco quilômetros, alguns dos quais subindo estradas de terra e ruas de paralelepípedo.

Ele apontou para si mesmo com ambas as mãos.

– Acorda... Eu sou o *halfback* mais rápido da minha equipe.

– Isso você é. – Sua capacidade atlética e competitividade sempre me surpreenderam. Tomei um par de aspirinas e uma súbita onda de tontura me invadiu. Cambaleei para o lado, quase deixando cair a bicicleta.

– Nota dez de dez. – Julian avaliou minha falta de sutileza.

– Engraçadinho. – Balancei a cabeça para afastar a névoa e verifiquei meu relógio. Estaríamos de volta ao carro em menos de vinte minutos.

Ele empinou o pneu dianteiro da sua bicicleta.

– Está pronto?

– Sim. Mas vá devagar. – O nevoeiro não desanuviaria na minha cabeça e a última coisa que eu queria fazer era me estatelar nos arbustos. Julian não me deixou concluir esse pensamento.

Depois de olhar para os dois lados da via, cruzou a estrada, e cerca de vinte metros adiante desapareceu por cima do aterro no início da trilha.

Devolvi a garrafa de água ao suporte, subi na minha bicicleta e atravessei a estrada. Em seguida, estava sentado em uma rocha com a cabeça entre os joelhos.

Que merda é essa?

A dor me cortou quando levantei a cabeça. Gemi. Meu crânio parecia uma melancia aberta ao meio no asfalto quente.

Olhei em volta. A bicicleta estava na estrada ao meu lado e Julian não estava à vista.

– Julian? – gritei, ficando de pé. – *Julian!*

Onde ele estava?

Girei 360 graus no meio da estrada enquanto era dominado por um pânico crescente.

– Julian! – gritei de novo. Então lembrei-me do carro. Julian e eu tínhamos combinado que nos encontraríamos no carro se nos separássemos.

Pulei em cima da bicicleta e corri colina abaixo, devorando os quilômetros. O jipe estava parado em um estacionamento de terra na base da estrada, e Julian estava agachado contra o pneu traseiro. *Graças a Deus.* Desci da bicicleta antes de parar e corri em direção a ele. O veículo se chocou contra o para-choque do carro e eu derrapei os últimos metros.

– Julian! – Ajoelhei-me diante dele. – Você está machucado?

Ele levantou a cabeça. Lágrimas marcavam seu rosto sujo como rastros de pneus na lama.

– Você sabe o meu nome?

– Como assim? É claro que sei o seu nome.

– Mas lá atrás você não sabia. Você saiu pedalando logo depois de gritar comigo.

Kerry Lonsdale

Cada uma das terminações nervosas dentro de mim congelou. Eu parei de respirar e olhei firme para ele pelo que pareceu ser uma eternidade. Então, inspirei o ar profundamente e agarrei seus ombros como o terror me agarrava.

– O que eu disse? – Ele soluçou de choro. – O que eu disse?! – gritei.

– Você perguntou quem eu era e quando eu disse que sou Julian e que eu era seu filho, você disse... você disse... – Ele estava chorando abertamente, incapaz de formar as palavras.

Meus dedos cravaram em seu tríceps.

– Eu disse *o quê*?

– Você disse que não tinha filho.

Capítulo 25

JAMES

DIAS ATUAIS
28 DE JUNHO
HANALEI, KAUAI, HAVAÍ

James está do lado de fora do escritório de Natalya, refletindo se deveria interrompê-la. Ela obviamente retornou. Ele pode ouvi-la ao telefone. Não se conforma com o pensamento de ele ser a razão pela qual ela ficou aborrecida mais cedo. Não sabe como fará para ela se sentir melhor, mas quer ver aquele meio sorriso peculiar em seu rosto novamente. Sua voz se eleva com determinação. Ela está no meio da negociação do preço de alguma coisa, então agora não é o melhor momento para incomodá-la.

Ele retorna ao quarto de Marc e seleciona uma variedade de tintas, pincéis, telas em branco e cavaletes portáteis. Dirige-se para a varanda, passando na sala principal por Julian, que está esparramado no sofá. Com os fones de ouvido enfiados nas orelhas e os pés apoiados no braço do móvel, seus dedos flutuam pela tela do celular. Uma bola de praia multicolorida repousa sobre sua barriga, à espera.

Julian retira os fones de ouvido quando o vê e estende o braço para ele, mostrando-lhe o celular.

— Esse cara fica me mandando mensagens. Diz que é o tio Thomas. Ele quer que você ligue para ele.

James descarrega o material de arte na mesa de centro e pega o telefone. Imediatamente reconhece o número de Thomas. Não deveria surpreendê-lo o fato de seu irmão jogar tão baixo a ponto de contatá-lo através do número de telefone de seu filho. Era exatamente o tipo de estratagema no qual Carlos não queria ver seus filhos envolvidos.

Mas James tem a sua parcela de culpa. Ele o está ignorando. Lembra a si mesmo de ligar para Thomas mais tarde, ou ele iria aparecer na porta de Natalya.

– Você ligou ou mandou uma mensagem de volta? – pergunta ao filho.

– Só mandei mensagens para Antonio desde que estamos aqui.

James verifica o registro de chamadas. Desliza o dedo pela lista, toca no ícone de informações ao lado do número de telefone de Thomas e seleciona a opção "Bloquear este contato". Então devolve o telefone a Julian.

– Ele não vai mais incomodá-lo – assegura James, com o pensamento irônico de que ele deveria fazer o mesmo em seu celular.

Julian enfia o telefone no bolso e quica a bola de praia contra os joelhos erguidos.

– O que rola entre você e seu irmão, afinal? Ele parece legal. Quero dizer, ele foi legal comigo e com Marcus.

– Quando foi isso?

Julian revira dramaticamente os olhos.

– Dezembro passado, quando o tio Thomas nos visitou. Tudo o que vocês fizeram foi gritar um com o outro. Achei que o *señor* Martinez falasse um monte de palavrões.

O *señor* Martinez era o pai de um dos colegas do time de futebol de Julian. Sua língua era tão livre quanto a bola tocada pelo campo.

Mas aquelas primeiras semanas do último mês de dezembro foram as piores de sua vida. Ele não sentia tanta raiva de sua família desde que Phil atacara Aimee. Se Phil tivesse acertado a cabeça de James com mais força a ponto de deixá-lo desacordado, ele teria... *Minha nossa!* Ele não quer nem imaginar o que teria acontecido.

Ele suspira, liberando a raiva que as lembranças trazem de volta, e afunda no sofá ao lado de Julian. Pressiona as costas contra as almofadas e fita o teto. Julian se senta reto e abraça a bola. O pai rola a cabeça para olhar para ele.

— As coisas não estavam fáceis entre nós no inverno passado.

Julian balança a cabeça.

— Você sabe um pouco sobre a minha amnésia. Algum dia, quando você for mais velho, vou contar por que acho que perdi a memória.

— Por que não agora? Já tenho quase doze anos.

James se inclina para a frente, os cotovelos nas coxas.

— Você assiste ao noticiário. Há algumas pessoas assustadoras por aí, e algumas coisas assustadoras aconteceram comigo.

O medo escurece a expressão de Julian, uma nuvem passageira de emoção.

— Que tipo de coisas?

James reflete sobre o quanto contar a ele.

— Meu irmão sabia que eu perdi minhas lembranças, mas não me disse quem eu realmente era.

As sobrancelhas de Julian se unem. Ele quica a bola uma vez, depois outra.

— Talvez ele estivesse tentando mantê-lo a salvo das pessoas assustadoras. Talvez ele quisesse ficar de olho em você, assim como você sempre me diz para vigiar o Marcus para que ele não faça nenhuma besteira ou se machuque. O tio Thomas *é* o seu irmão mais velho. Os irmãos maiores devem cuidar dos irmãos mais novos.

James absorve o impacto das palavras do filho.

— Sabe, você é uma criança muito inteligente.

Julian quica a bola na mesa de centro. James a retém no rebote.

— Ei!

Ele mantém a bola longe do alcance de Julian.

— Não dentro da casa. — Ele coloca a bola no chão.

Julian geme e se joga de volta no sofá.

Marc entra na sala. Migalhas de pão e suco derramado manchavam sua camiseta como tinta respingada. Maionese escorria até o queixo. Ele vê os materiais de arte e seu rosto se ilumina.

— Você vai pintar, *papá*?

— Vou. Você quer pintar comigo?

– *Sí!*

– Vá lavar as mãos e o rosto. Eu encontro você na varanda dos fundos.

Marc corre para o banheiro.

– Quer pintar conosco? – James pergunta.

Julian contrai o rosto, expressando estranheza.

– Tô fora, cara. – Ele coloca de novo os fones nos ouvidos e fica deslizando a tela de seu telefone, voltando a mandar mensagens de texto para os amigos.

※※※

Exceto pelas aulas de arte durante a faculdade, James nunca pintara com ninguém. Sem contar a família Tierney e os poucos amigos que costumavam frequentar a casa de Aimee quando eles estavam crescendo, ninguém sabia sobre sua arte. A pintura sempre foi um empreendimento solitário. Ele nunca conversou sobre o seu trabalho e, tirando as telas que os Tierney penduraram em suas paredes, e mais tarde nas paredes da casa que ele alugara com Aimee, nunca o exibiu.

Mas ele tinha sonhado.

Visualizava a si mesmo sendo dono de um estúdio, ensinando aos outros o que ele havia aprendido e ele próprio se aperfeiçoando. Imaginava suas pinturas em exposição nas galerias. E sonhava em pintar com seus filhos, quando encorajaria o talento deles, não o reprimiria.

Como Carlos, ele conquistara esses sonhos. Seria capaz de fazer isso de novo? Pensa no espaço comercial em Princeville. Puerto Escondido não era o seu lar, e a Califórnia não é o lar de seus filhos. Nem tem certeza se hoje em dia é também o seu lar. Talvez pudessem começar uma nova vida ali.

James relanceia a vista para a casa. Seu olhar percorre o quintal e se direciona para a praia. Eles já tinham uma base em Kauai. Natalya é da família. Ela é a tia de seus filhos e sua cunhada. Fora sua amante.

Os pensamentos se estendem para Aimee, seu único e verdadeiro amor, e ele sente aquela dor familiar no peito, como se chocasse uma antiga contusão em um canto pontudo de um móvel. Ele se pergunta se é capaz de se apaixonar por outra pessoa quando ainda ama Aimee.

Carlos queria que ele se apaixonasse por Natalya. Ele teceu cada frase e poliu cada palavra naquele maldito diário, de modo que James se preocupasse com uma mulher que ainda nem conhecia cara a cara. *Mas amá-la?* Ele não enxerga isso como uma possibilidade quando Aimee ainda é dona de seu coração.

Admite, no entanto, que tem inveja de Carlos pelo tempo que passou com Natalya. Também tem inveja do talento artístico de Carlos, o que manteve James afastado de sua própria arte. *Isso vai acabar hoje*, pensa. Ele vai pintar com a liberdade que jamais permitiu a si mesmo antes, e planeja ensinar o filho a fazer o mesmo. Chega de se esconder.

James monta os cavaletes em um canto da varanda e posiciona duas cadeiras do quintal em frente a eles. Está organizando tubos de tinta e pincéis quando Marc o alcança.

– O que você vai pintar, *papá*?

– Nós – James corrige o filho, entregando-lhe um conjunto de pincéis – vamos pintar aquela palmeira, aquela alta, no meio. – Ele aponta para o quintal.

A boca de Marc forma um pequeno círculo enquanto ele assimila um aglomerado de palmeiras de vários tamanhos.

– Nunca pintei uma palmeira antes.

O canto da boca de James se retrai. Marc pintava animais, barcos e caminhões.

– Não há melhor momento para começar do que o atual. O que você acha?

– Posso colocar pássaros nas minhas árvores?

– Claro, por que não? Agora, olhe para os verdes na árvore. Que cores devemos usar? – Ele gesticula para o conjunto de tubos de tinta.

Marc coça a ponta do nariz. A pele se acumula entre as sobrancelhas e, por um instante, James vê Raquel em seu filho. É a primeira conexão física que ele consegue fazer entre seu filho e a mulher com quem se casara seis anos antes. Ela era linda como a irmã, e James lamenta que seu filho nunca tenha tido chance de conhecer a mãe.

Marc seleciona os tubos de verdes seiva e cádmio e os mostra para James.

— Excelentes escolhas. — Ele bate no ombro do filho e lhe puxa uma cadeira.

Marc senta e balança as pernas.

— Vai me ensinar o que ensinava às outras crianças no seu estúdio?

Ele olha para cima de onde está acrescentando tantinhos de tinta nas paletas.

— Eu ensinava crianças?

— Muitas.

Ele não se lembra de ter lido nada a respeito de crianças nos workshops de Carlos, mas as novidades o deixam feliz. Enquanto estava imerso no estado de fuga, James tinha sido um homem que ele podia admirar: um pai dedicado, um marido fiel e um indivíduo respeitado dentro da comunidade. Talvez pudesse ser assim novamente.

— Sim. Vou ensiná-lo o que ensinava a eles.

Marc sorri largamente, e o vínculo que James começara a sentir entre eles se fortalece.

Algumas horas depois, após as pinturas de palmeiras terem sido concluídas e as de pássaros tropicais começarem a ser esboçadas, Claire e Gale retornam. A risada de sua mãe ressoa, originando-se do interior da casa, fazendo sua pele se contrair. Então percebe que sua mãe está dando risadinhas, e gira o corpo na cadeira, procurando por ela. Nunca em sua vida ele ouviu sua mãe dar risadinhas. A risada vai ficando cada vez mais alta conforme ela abre a porta deslizante de vidro e se junta a eles na varanda.

Atrás dela, ele vê Julian vindo logo atrás de Gale. Ele pergunta ao avô se eles podem surfar. Claire se aproxima dele, bloqueando o filho de sua vista. Suas bochechas estão rosadas, e o sorriso que exibe suaviza seu rosto geralmente fechado. Ela fica atrás de Marc e admira sua pintura.

– Muito bom – ela observa antes de se virar para James.

Ele segura a respiração como se esperasse por um elogio, e então solta o ar, especialmente quando o olhar dela se estreita e os lábios se apertam.

Ele desvia o olhar, tolerando silenciosamente sua análise, o que o irrita ainda mais. Ele tamborila o cabo do pincel em sua coxa e fita o horizonte. Um azul cristalino e um amarelo pálido colorem o céu. A água brilha como quartzo branco decorativo. O sol baixou mais, e logo as cores suaves vão se intensificar para roxo e laranja. Pensa em Natalya. Ela queria que ele pintasse seu pôr do sol.

Claire estala sua língua e suas costas ficam rígidas.

– Você já fez melhor.

James joga o pincel no cavalete.

– Estou um pouco enferrujado. – Ele se levanta e endireita o short. Afastando-se da cadeira, ele mergulha as pontas dos pincéis usados em um frasco de terebintina.

– Ainda não terminei – diz Marc, pintando mais rápido.

– Você tem tempo para terminar. Tenho que começar a preparar o jantar.

James remove sua pintura e a substitui por uma tela em branco. Abaixo deles, Julian e Gale atravessam o quintal, as pranchas de surfe enfiadas sob os braços. James os chama e eles se viram.

– Voltamos em uma hora – Gale berra para ele.

James acena, depois reposiciona a cadeira em frente ao cavalete, convidando sua mãe para se sentar.

Os olhos dela baixam na direção da cadeira, depois sobem lentamente para encontrar os dele.

– Você quer que eu pinte?

Ele se volta para a mesa, apanha o estojo de pintura não aberto e o oferece à mãe. Seu rosto empalidece, e ele consegue imaginar exatamente o que ela está pensando. A caixa é uma réplica quase exata da que Aimee havia lhe dado em seu décimo segundo aniversário. Aquela que Claire exigiu que ele devolvesse.

Seus dedos flutuam até o botão de cima de sua blusa e seus lábios se entreabrem ligeiramente. Ele pode sentir que ela quer pintar, mas não tem certeza de seu próximo passo, principalmente porque é ele quem a está encorajando a fazê-lo. Eles provavelmente nunca conversaram sobre seus problemas, e provavelmente jamais seriam tão abertos um com o outro como quando ela estava com Carlos. Ele também duvida que possa perdoá-la – eles não têm esse tipo de relacionamento. Mas pode conviver com uma trégua. O estojo de pintura é sua bandeira branca, assim como os pincéis de arte premium que lhe dera na semana anterior eram a dela.

– Marc quer pintar com você – esclarece James.

– *Sí, señora...* – Marc se detém, o pincel posicionado em frente à tela, um montinho de tinta agarrado à ponta. Marc olha de Claire para James e de volta para Claire.

Sentindo a tensão nele, James pergunta à mãe:

– Como os meninos deveriam chamá-la? Vovozinha?

Seus olhos se arregalam de horror.

– Deus, não. *Não!* – Ela abana a mão em um gesto de dispensa e força um sorriso.

– *Nonna* está bom. Me chame de *nonna* – ela instrui Marc, retirando de James a caixa de materiais de arte.

James enfia as mãos nos bolsos e abaixa a cabeça para esconder o sorriso que se insinua em seu rosto.

– *Nonna* – diz Marc, saboreando a palavra em sua língua carregada de um forte sotaque.

– É italiano – explica Claire, abrindo o estojo de pintura.

Marc lambuza o pincel em sua tela, deixando um rastro de azul.

– Eu sou italiano?

– Sim. E também é mexicano.

Marc se endireita na cadeira.

– Eu sou, é? Radical, cara – ele pronuncia as palavras com uma voz que imita a de seu avô.

Claire faz uma careta e James ri, deixando os dois pintando sozinhos.

Na cozinha, James retira os bifes da geladeira e seleciona os temperos na despensa. Organiza os bifes no balcão para que eles aqueçam à temperatura ambiente; então, sai à procura das batatas. Ele as encontra em uma cesta no chão da despensa. Está lavando-as na pia quando Natalya se junta a ele na cozinha.

– Que tal um pouco de salada e vegetais para acompanhar essa carne e as batatas?

– Parece ótimo. – James lhe sorri por cima do ombro.

Eles trabalham em conjunto, os antebraços se tocando enquanto Natalya lava tomates ao seu lado, e ele está absolutamente consciente de cada movimento que ela faz. O jeito como ela dá uma paradinha enquanto está fatiando quando ele estende o braço na frente dela para pegar sua própria faca, e o modo como a respiração dela reage quando ele pousa a mão na parte inferior de suas costas, impelindo-a a se afastar para que ele possa ir atrás de uma tigela. Capta o seu cheiro, a leve essência de tangerina que é sua marca registrada, fazendo-o sofrer com uma familiaridade que ele não compreende direito. Sua mente não se recorda dela, mas talvez o seu corpo sim, o que pode explicar por que se sente tão à vontade perto dela em tão pouco tempo.

Ela se vira de repente, esbarrando em seu cotovelo. A tampa do tempero para grelhados que ele estava tentando rosquear de volta escapa de seus dedos.

– Desculpe – ela murmura, enquanto ambos se agacham até o chão. Natalya pega a tampa do lugar para onde ela rolara, atrás de seus pés, e a deposita na mão de James com os dedos trêmulos. Seus olhos se encontram e ela desvia rapidamente os dela.

A luz do sol que vai se desvanecendo lança um brilho quente em sua bochecha sardenta. Seu cabelo é uma paleta de vermelhos e dourados, que juntos compõem o cobre que ele está determinado a pintar. Não consegue mais resistir. Toca o cabelo dela.

Ela inspira fundo e se afasta. Ele abaixa a mão.

Apoiando-se contra as coxas, ela se levanta. James se levanta mais devagar, sentindo uma nova tensão dentro dela.

– Você está bem?

Ela pega a faca e começa a fatiar outro tomate. A lâmina atinge a tábua com força, e ela volta a cortar.

– Perdemos um contrato hoje – ela revela depois de um tempo. – Normalmente consigo prever quando isso vai acontecer. – Depois de cortar, ela joga a faca na pia. Enxágua as mãos e as seca com o pano de prato.

James baixa a própria faca e se vira para encará-la. Apoia o seu peso contra a borda do balcão, inclinando-se para trás sobre as mãos.

– Há algo que eu possa fazer para ajudar? – Ele quer saber mais sobre o que ela faz durante o dia, mais do que leu em um diário.

– Não, é fato consumado. – Ela dobra a toalha e olha para o relógio do forno. – Quanto tempo até o jantar ficar pronto?

James espia os bifes, que estão marinando.

– Mais ou menos quarenta e cinco minutos.

Ela levanta a mão trêmula e coça o couro cabeludo.

– Vou tomar um banho. – Ela sai da cozinha, passando por James tão rápido que ele sente o ar se movimentar.

Seu olhar recai sobre os tomates fatiados, seu suco sangrando na tábua de cortar; a alface intocada; a abobrinha embrulhada na embalagem. Pela forma como a salada e os legumes foram esquecidos, algo havia expulsado Natalya da cozinha, e ele tem certeza de que sua brusca mudança de humor não tem nada a ver com um contrato perdido.

Capítulo 26

CARLOS

TRÊS ANOS ATRÁS
21 DE JULHO
PUERTO ESCONDIDO, MÉXICO

Passei um pincel pelo amarelo de cádmio e tentei me concentrar nos retoques finais de uma pintura que um restaurante local havia encomendado. Outro pôr do sol para combinar com os outros três em uma sala de jantar privada: *El otoño*, *El invierno* e *La primavera*. Outono, inverno e primavera. Eu entregaria *El verano* em algumas semanas, assim que a tela secasse.

Suor pontilhava a minha testa e se acumulava na parte inferior das minhas costas, logo acima da cintura dos meus jeans. O ar-condicionado estava funcionando ininterruptamente, mas ainda estava quente pra diabo dentro do estúdio. Abanei-me com a camisa. A dor de cabeça também não ajudava, embora já não incomodasse tal qual uma marreta como antes. Finalmente fui ao consultório pegar uma receita médica após o apagão da semana anterior. A médica diagnosticou que a tontura e a desidratação tinham causado o blecaute, e que minhas dores de cabeça eram de estresse. Mas não lhe contei a história toda, e dez dias depois eu ainda estava abalado pela experiência.

Assim como Julian. Desde aquele dia, ele me perguntava se eu sabia que ele era meu filho, o que apenas reforçava o que eu sempre temi.

James não iria querer Julian e Marcus porque não pensaria neles como sendo seus filhos.

Como eu era teimoso como uma mula – palavras de Natalya, não minhas – e me recusava a fazer a investigação, ela entrou em contato com a doutora Edith Feinstein, uma neuropsicóloga dos Estados Unidos. Natalya contou à médica o que sabia da minha condição e mencionou o blecaute e também meus pesadelos, que estiveram em minha mente durante todo o percurso com Julian. Sem me examinar, a doutora Feinstein só podia afirmar que os pesadelos eram memórias dissociativas, e que o que eu tive foi um flashback. As emoções traumáticas evocadas pelo pesadelo podem ter provocado o flashback e, durante aqueles dez minutos aterrorizantes, vivenciei um estado de identidade diferente. Eu podia ter sido James ou alguém completamente diferente. Só não tinha sido eu mesmo.

A conversa delas prosseguiu por mais de uma hora. A doutora Feinstein explicou algumas coisas que já sabíamos. Minha condição era o resultado de um trauma psicológico, não de um dano físico. Era por isso que eu conseguia falar, escrever e ler em espanhol. Podia correr maratonas sem ter qualquer recordação de como havia treinado. Era por isso, também, que conseguia pintar como um artista profissional. Porque James podia fazer essas coisas. A única coisa que faltava era o meu passado, que estava trancado em minha cabeça. Era por isso que pessoas com a minha condição conseguiam começar facilmente uma vida nova. Ou, no meu caso, assumir uma vida que tinha sido criada para mim.

A doutora Feinstein perguntou a Natalya se eu estava interessado em tratamento. A hipnoterapia poderia desbloquear as lembranças, e eu poderia voltar para minha vida como James. Quando Natalya recusou-se em meu nome, a médica observou que, independentemente de eu ter decidido ou não continuar, talvez eu não tivesse escolha. Minha mente decidiria quando estava pronta para se curar. Ela saberia quando eu estivesse pronto para enfrentar os estresses e os traumas que me empurraram para aquele estado. A mudança poderia ocorrer hoje, amanhã ou daqui a alguns anos. E a transição para a minha identidade anterior seria rápida.

Antes de encerrarem a ligação, a doutora Feinstein tinha um último conselho. Considerei isso um aviso, um que me levou, nas primeiras horas da manhã, a documentar cada detalhe da minha vida. Em algum nível, eu sentiria quando estaria pronto para enfrentar os meus demônios. O aumento da frequência e a maior clareza dos pesadelos, e agora o apagão, eram possíveis indícios de que minha mente estava se preparando. Ela avisou Natalya, sendo ela minha companheira, conforme havia se apresentado, que ela própria precisava se preparar mental e emocionalmente. Quando a transição acontecesse, nossas vidas seriam seriamente desestabilizadas. Era provável que eu fosse acometido por depressão severa, sofrimento e vergonha. Poderia haver transtornos do humor, tendências suicidas e à agressão.

Ótimo. *Vou ser um cretino. É só mais uma coisa para eu me preocupar*, pensei, jogando de lado o pincel.

Atrás de mim, sandálias arrastavam pelo assoalho de madeira. O perfume do protetor solar de coco me alcançou antes dos braços de Nat me envolverem. Ela descansou o queixo no meu ombro. Levantei seu antebraço até meus lábios, saboreando o sal e o amargo da loção.

– Eu não quero deixá-lo. – Havia uma ponta de preocupação em seu sussurro.

– Então fique. – Desvencilhei-me de seus braços e a puxei diante de mim, pousando-a entre as minhas pernas. O banquinho no qual eu estava sentado me deixava na altura dos olhos dela.

Ela agarrou a minha nuca. Seus polegares acariciaram o meu couro cabeludo.

– Você sabe que eu não posso.

Reuniões, viagens, grandes negócios para tratar. Um torneio na África do Sul. Uma visita ao seu irmão mais novo. Ela voltaria a Puerto Escondido para uma passada em setembro e novamente em novembro para o *torneo de surf*. Entre essas visitas, trocaríamos mensagens de texto e nos falaríamos pelo FaceTime, conversaríamos ao telefone. Apesar disso, setembro parecia muito distante, especialmente quando tudo que eu queria fazer era segurá-la em meus braços e beijá-la. Deslizar-me profundamente dentro de seu calor. Casar-me com ela, e convencê-la a adotar os meus filhos.

Beijei-a, dolorosamente delicado e agonizantemente lento. Senti o formigamento do gosto metálico de seu protetor labial, mas não me importei. Despejei tudo o que sentia por ela naquele beijo. Meu amor, solidariedade e medos. Seus dedos afundaram no meu pescoço e sua pélvis aconchegou-se na minha, estimulando-me a intensificar o beijo, a possuí-la uma última vez antes de ela embarcar no avião.

– Case-se comigo – sussurrei contra os seus lábios. Ela choramingou e eu perguntei de novo. – Por favor, case-se comigo.

Seus lábios desprenderam-se dos meus. Ela pressionou a testa contra a minha e murmurou o meu nome. Esta não tinha sido a primeira vez que eu propunha.

– Você me ama? – Odiei a frivolidade no meu tom.

Ela se retirou do meu abraço e minhas mãos caíram no meu colo. O ar frio rodopiou no espaço que ela deixou. Meu olhar a percorreu enquanto ela focava sua atenção nas gotas de tinta no chão. Ela torceu seu cabelo. As emoções brincavam em seu rosto, confusão e incerteza. Levantei seu queixo e nos observamos por um momento.

– Nat, você me ama?

– Sim. Com todo o meu coração.

– Então, por que não quer se casar comigo? – questionei. Aí, inesperadamente, pensei em suas cicatrizes, feridas de batalha sobre as quais nunca perguntei, imaginando que ela um dia tomaria coragem suficiente para me contar. Eu já havia esperado tempo demais. Ela me disse que estava tomando anticoncepcionais. Talvez algo mais estivesse acontecendo.

– Você pode ter filhos?

Ela ficou rígida.

– Espero que sim.

– Mas e suas cicatrizes?

Ela franziu a testa.

– Minhas cicatrizes?

Resvalei os polegares pelo interior dos ossos de seus quadris.

– Você fez alguma cirurgia? – Sua mãe faleceu de câncer de ovário. – Você ficou doente? – Não me agradava a ideia de que fosse verdade que ela tivesse escondido tal coisa de mim. Eu ainda precisava saber.

– Doente? – Ela baixou os olhos para as minhas mãos, onde elas seguravam seus quadris. – Eu ganhei essas cicatrizes enquanto surfava. – Foi minha vez de franzir a testa. – Uma onda me atirou contra as rochas afiadas quando eu tinha dezessete anos. Elas rasgaram a minha pele e doeu pra caramba, mas isso não tem nada a ver com a razão pela qual não me casarei com você.

– Então qual é a razão? – Eu praticamente rosnei a pergunta, buscando frustrado por uma resposta.

Seu corpo inteiro murchou.

– Eu quero me casar com você, quero de verdade. É que... Receio que você só esteja querendo se casar comigo pelo bem das crianças.

– *Dios*, Nat. – Ela achava que eu não a queria. – Eu te amo. É você quem eu quero a cada maldito segundo do dia. Não há mais ninguém com quem eu queira estar.

– Você diz isso agora.

Minhas mãos se soltaram dela, caindo de lado. Deslizei para fora do banquinho e recuei um passo. *Meu Deus, eu sou um idiota.*

– Você tem medo que eu queira ficar com Aimee.

– É um medo que tem fundamento, Carlos. Você está convencido de que o estado de fuga vai acabar. Você também está convencido de que James não vai querer seus filhos, ou que não conseguirá mantê-los a salvo de sua família. O fato de sermos casados me coloca na mesma situação de Julian e Marcus. Estou com medo de que você me deixe para trás também.

– Nat... – Meu mundo caiu. Ela se virou, parecendo tão perdida e abandonada quanto eu. Tive vontade de esmurrar alguma coisa. A vida era tão injusta, porque Nat estava certa. Deslizei a mão pelos meus cabelos e os agarrei com força.

O telefone dela soou um alarme de compromisso. Ela verificou o horário.

– Tenho que ir. – Ela colocou o telefone de lado, depois olhou detidamente para mim. Estendendo a mão, deslizou os dedos ao longo da minha mandíbula com a barba por fazer. Tomei sua mão nas minhas e pressionei meus lábios na palma, mantendo-a lá.

– Deixe James decidir o que ele quer – disse ela, encarando-me fundo nos olhos quando soltei sua mão.

Balancei a cabeça enfaticamente.

– Não posso fazer isso. Não me importa o que Aimee me disse. Eu não consigo enxergar o cara que ela descreveu. – No entanto, eu queria vinculá-la a mim. Cerrei meus dentes e desviei o olhar.

– Ei. – Ela me atraiu de volta com o toque suave de seus dedos no meu rosto. – Se ele não quiser os meninos, ou se achar que não pode mantê-los a salvo de sua família, então sim, vou adotá-los. Eu lhes darei um bom lar. Pode colocar isso no seu diário para que James saiba.

Coloquei ambas as mãos em seu rosto e a beijei apaixonadamente, de uma forma até um tanto selvagem.

– Obrigado – sussurrei. – Obrigado. – Eu aceitaria o que quer que ela estivesse disposta a me dar.

– Eu te amo, Carlos.

Abracei-a com força.

– Eu sempre a amarei.

Ela murmurou no meu ouvido e, em seguida, despediu-se, desvencilhando-se do meu abraço. Segurei sua mão, seus dedos escapando dos meus enquanto ela se afastava. A porta se fechou atrás dela, deixando-me sozinho com as minhas pinturas e as palavras que ela sussurrou após minha declaração de que eu sempre a amaria.

Espero que sim.

Capítulo 27

JAMES

DIAS ATUAIS
28 DE JUNHO
HANALEI, KAUAI, HAVAÍ

Eles jantaram na varanda sob o céu que escurecia, com o cheiro inebriante de churrasco no ar. Durante a refeição, a conversa é animada entre seus filhos e a avó e o avô deles. Gale e Julian comparam as ondas que pegaram; então é a vez de Marc falar, e ele compartilha a experiência de usar tintas "de adultos" pela primeira vez. No intervalo entre os bifes preparados à perfeição e o sorvete como sobremesa, Claire esclarece a todos à mesa sobre suas viagens à Itália. Ela se tornou especialista em pechinchar sobre preços de móveis. Exceto por um sorriso ou uma reação mais entusiasmada para reconhecer um feito que Julian e Marc compartilham com o grupo, Natalya tem ficado quieta. James também percebe que ela intencionalmente se sentou entre seus filhos. Ele pôs de propósito o prato dela ao lado do dele, esperando por uma chance de conversar com ela, mas ela o mudou para outro lugar, acomodando-se lá quando ele voltou para a grelha para pegar o bife de Gale.

Depois do jantar, Natalya dá beijos de boa-noite nos meninos e se refugia na cozinha. James os leva para os quartos e os coloca na cama, o que equivale a uma despedida tocando os punhos e um "Té 'manhã, pai" da parte de Julian. Marc ainda quer que lhe leiam uma história. Como esperado, ele adormece contra o ombro de James na metade do livro.

Da próxima vez, ele começará a ler do meio para concluir a história de uma vez.

Gale tinha levado Claire de volta ao hotel, então ele vai procurar por Natalya. Ela ainda está na cozinha, lavando pratos. Junta-se a ela na pia, apanha um pano de prato e seca uma panela que está no escorredor.

Natalya o olha de relance, as mãos com as luvas de borracha enfiadas até os cotovelos em água com sabão.

– Obrigada, mas você não precisa fazer isso.

Ele lhe lança um olhar de estranheza.

– Fui eu que fiz a bagunça.

– Você cozinhou. Eu vou limpar. É como nós... – Ela pressiona os lábios e esfrega com mais força.

– É como nós sempre fazemos – James conclui para ela, seu tom de voz gentil. – Ainda assim, gostaria de ajudar. – Ele coloca a panela de lado e apanha outra.

Natalya coloca a mão na panela, impedindo-o.

– Deixa que eu faço isso. – Ela olha por cima do ombro. – Por que você não pega uma cerveja e relaxa na varanda?

Lá fora, e longe da cozinha. James pode ser um pouco lerdo para se atualizar dos mais de seis anos que faltam em sua vida, mas ele sabe quando não o querem. Ser abandonado durante anos em um país estrangeiro lhe ensinou bem essa lição.

Ele dobra outra vez o pano de prato e se afasta, apoiando-se contra o balcão. Ele cruza os braços, cruza os tornozelos e observa Natalya. Ela esfrega com movimentos bruscos. Umidade brilha em sua bochecha, onde ela se coçou com uma mão enluvada. Ela está passando rápido pelos pratos e se recusa a olhá-lo. Está obviamente desconfortável perto dele.

– Você quer que a gente vá embora? – ele pergunta antes de pensar melhor na questão. Ele e os meninos podem ficar em um quarto de hotel por alguns dias. Mas e depois? Para onde iriam? Nenhum deles quer voltar para a Califórnia, mas é onde provavelmente acabarão. Ele tem que começar a procurar anúncios de imóveis, já que não há hipótese alguma de ficar na antiga casa de seus pais. Ali há muitas lembranças que prefere esquecer. Ele nunca gostou daquela casa.

– Não... não, eu não quero que vocês vão embora. – Natalya acrescenta um prato à lava-louças. – É que... – Ela coça a testa com as costas da mão.

– "É que" o quê?

– Eu não consigo fazer isso. – Ela fecha os olhos e James é acometido por uma terrível sensação na boca do estômago. – Eu pensei que conseguiria, mas é muito difícil. – Ela tira as luvas, joga-as na pia e o deixa ali, perplexo com sua partida abrupta.

A porta da frente bate.

– Nat? – Gale chama.

Pés ressoam pelo corredor.

– Nat? O que há de errado, querida?

James visualiza Gale chamando por ela no corredor. Ele esfrega os antebraços; então, percebendo o que está fazendo, porque ele sempre esfrega os braços quando deve tomar uma decisão difícil, começa a esfregar o rosto em vez disso. A barba por fazer arranha suas palmas, e ele geme em suas mãos. Estava cansado de se sentir inquieto, e agora eles têm que partir mais uma vez.

Ele precisa arrumar as malas esta noite, para que possam ir embora logo pela manhã. Quanto mais tempo ficarem, mais difícil será para Julian e Marc deixarem sua tia e seu avô. Partir de Kauai é a melhor opção, e isso o deixa irritado. Seus filhos irão odiá-lo novamente.

Gale entra na cozinha como quem não quer nada, girando um molho de chaves no dedo indicador. Ele dá uma longa espiada em James.

– Quer uma bebida?

James suspira.

– Quero.

Gale joga as chaves no balcão, onde deslizam até o revestimento de ladrilhos da parede. Ele abre um armário.

– Uísque? – ele pergunta, mostrando a James uma garrafa de Macallan.

– Com certeza.

– Quando o assunto é mulheres, eu não sou o cara mais comprometido do mundo – confessa Gale. James arqueia uma sobrancelha, e Gale solta uma risadinha. – Ah, então Nat lhe contou algumas histórias.

– Algumas – revela ele, embora soubesse mais sobre o pai dela pelo que leu nos diários.

Gale seleciona dois copos *lowball* de outro armário.

– Gelo? – James assente e Gale vai até a geladeira. – Eu também não sou, de forma alguma, um especialista em mulheres.

– E quem é? – James zomba. Ele namorou Aimee por uma década, e houve várias ocasiões em que não fazia ideia do motivo de ela estar aborrecida com ele.

Gale empurra um copo contra o dispensador de gelo. O dispositivo faz barulho, ganhando vida, e os cubos caem no copo.

– Kylie, no entanto, a mãe de Nat – ele esclarece –, foi a minha primeira e única. O único amor verdadeiro e a única esposa.

Ele estuda James enquanto desenrosca a tampa da bebida.

– Sei o que você está pensando. Eu amava, sim, a mãe de Raquel, mas não era a mesma coisa. Não foi o mesmo com as mães dos meus outros filhos.

James não estava pensando em Raquel, mas, enquanto observa o líquido âmbar se derramar em seus copos, ele se vê perguntando.

– Você acha que um homem pode amar mais de uma mulher em sua vida?

– Claro que pode.

– Estou falando sobre esse amor profundo e devotado, como o que você sentiu por Kylie. – E o que ele sente por Aimee.

Gale gira a tampa de volta na garrafa.

– Depende do homem e da mulher que ele quer. Eu não tive tanta sorte; de qualquer forma, não quis mais encontrar esse amor novamente. Você tem que querer isso. Aqui dentro. – Ele bate em seu peito e entrega um copo a James. Eles brindam e James engole metade da bebida. O líquido desce queimando, aquecendo suas entranhas.

Gale agita o gelo em seu copo.

– O que estou tentando dizer, e fazendo um péssimo trabalho nisso, é...

– Natalya é como a mãe dela – ele murmura para si mesmo.

– O que disse?

– Sua filha é como a mãe dela. Ela quer compromisso. – Ela não quer ser deixada para trás, não como seu pai havia feito com as mães de seus irmãos. É por isso que foi Natalya quem sempre partiu, e a razão pela qual nunca se mudou para o México nem se casou com Carlos. Ela sabia que assim que ele saísse do estado de fuga retornaria para os Estados Unidos. Iria abandoná-la. Exatamente como seu pai fizera com as mulheres na vida dele.

Gale o observa por um longo momento. Bebe de seu copo sem tirar os olhos de James.

– Nat pode não ser familiar para você, e pode parecer estranho estar com ela. Mas o fato de você *não estar* com ela, sem falarem um com o outro, sem se tocarem ou se beijarem, e fazendo todas as outras coisas que casais apaixonados fazem, bem, isso é bizarro para o restante de nós, principalmente para Nat.

– Você e eu podemos não ter nos visto desde o casamento de Raquel, mas Nat falou sobre você ao longo dos anos. Falou muito. E ela está sofrendo.

James observa o gelo flutuar em seu copo.

– Eu sei. – Ele poderia esmurrar a si mesmo por não ter percebido isso antes.

– Ela sabia que esse dia chegaria, de você não se lembrar dela. Pensar nisso, no entanto, e vivenciar? Bem, como as ondas do lado de fora dessas portas, elas podem parecer e soar da mesma maneira, mas quando você está lá em cima da sua prancha, cada uma delas é uma pegada diferente.

James se recorda do trecho em que Carlos conheceu Aimee e soube do estado de fuga. Ele se sentiu ultrajado e em conflito. Não tinha nenhum interesse em saber mais sobre sua identidade original ou seu relacionamento com Aimee, o que, pelo que ele leu a respeito de sua condição, é algo comum em pessoas com fuga dissociativa. O medo de perder o eu atual é palpável, e Carlos ficou aterrorizado. Ele não conseguia se lembrar de Aimee, e não queria se lembrar. Isso a fez ir embora.

O mesmo aconteceria com Natalya.

Seus filhos ficarão devastados se ela não quiser vê-los, porque tê-lo por perto é muito difícil para ela suportar. Sua situação com Natalya é diferente da de Carlos e Aimee. Carlos o preparou para isso. Ele deixou para trás páginas e páginas com seus desejos e vontades. Desenhou uma imagem extremamente detalhada, por dentro e por fora, da mulher que amava, e a deu de presente a James na esperança de que ele pudesse encontrá-la novamente. Mas será que um homem pode amar uma mulher quando ainda ama outra?

— Você quer o bem de Natalya? — pergunta Gale.

— Sim — responde James.

— Eu não sei direito o que está acontecendo com você aqui em cima — Gale balança um dedo próximo à sua têmpora —, mas acho que você ainda a ama aqui. — Ele coloca a mão sobre o coração. — Esse seu cérebro só precisa se curar e recuperar o atraso.

— É isso o que estou tentando fazer, senhor. — É por isso que está aqui.

— Está bem, então. — Gale deposita o copo vazio na pia. — Chega desse papo meloso. Eu já disse o que tinha pra dizer. Hora de cair na cama. Aquele seu filho é uma fera indomável com as ondas. Me deixou esgotado hoje.

— Boa noite, Gale. — James o segue até a porta da frente para que possa trancá-la atrás dele.

— Mais uma coisa. — Gale para na porta. — Se você sente alguma coisa por Natalya, vá até ela. — Seu olhar desliza em direção ao corredor. — O restante, você vai descobrindo depois.

Depois que Gale se recolhe para sua cabana em frente à propriedade, James se vê do lado de fora do quarto de Natalya. Com a cabeça curvada, a orelha colada à porta, ele bate de leve com o nó do dedo indicador. Ainda não sabe o que dirá. Ele imagina que eles vão conversar, discutir como fazer o relacionamento deles funcionar – seja lá o que fosse esse relacionamento –, para que ele não precise desenraizar novamente os meninos.

Bate de novo, um pouco mais alto desta vez. Como ela não responde, ele abre um pouquinho a porta, perguntando-se se ela ao menos está no quarto. Da última vez que pareceu agitada, ela tinha ido dar uma volta.

– Natalya? – ele a chama baixinho.

Ele entra no quarto, sua visão se ajustando aos poucos. A escuridão impera, exceto pelo brilho amarelo da luz que contorna a porta do banheiro. Que maravilha; ela está se preparando para dormir e ele está invadindo sua privacidade. Isso sim é que é abusar da hospitalidade. Ele se sente um cafajeste e está indo embora quando seu olhar pousa nela. Está aconchegada numa poltrona no canto mais distante do quarto, as pernas dobradas embaixo de si. A umidade brilha nas pronunciadas maçãs de seu rosto como uma camada de tinta fresca.

Agora ele realmente se sente um idiota. Ele a fez chorar.

– Natalya? – Ele se move mais para o interior do quarto.

Ela o fuzila com os olhos e ele para. Limpando a umidade com a base de sua palma, ela desdobra as pernas, sai da poltrona e vai para o banheiro. A luz inunda brevemente o quarto quando a porta se abre, e depois se fecha com uma batida forte. James suspira, derrotado. Ele não é bem-vindo. Está prestes a ir embora, mas um barulho faz com que se vire. Natalya está do lado de fora da porta do banheiro, observando-o. Enxuga os cantos dos olhos com um lenço de papel.

– Peço desculpas – diz ele. – Minha presença aqui a incomoda.

– Aqui na minha casa ou aqui no meu quarto?

O canto de sua boca se ergue.

– Ambos?

Ela suspira, de forma demorada e melancólica, e seus braços pendem para os lados.

— Não sei lhe dizer o número de vezes que imaginei você de pé parado bem aí. E aqui está você — ela levanta ligeiramente um braço —, olhando para mim como se tivesse acabado de me conhecer.

O coração de James se parte um pouco. O desejo de confortá-la o impulsiona para a frente.

— Natalya...

Ela levanta a mão, detendo-o.

— Havia tantas noites enquanto você estava no México e eu estava aqui em que eu fantasiava nós dois fazendo amor na *minha* cama pela primeira vez. — Ela fecha os olhos. — Quero desesperadamente estar com você, e você não quer nem mesmo segurar minha mão.

Sua respiração se torna entrecortada e ela morde o lábio inferior. Seus olhos ficam marejados e uma lágrima se derrama, seguida por outra.

— Eu disse a mim mesma que conseguiria fazer isso, que, se você saísse do estado de fuga, eu conseguiria ser só sua amiga. Poderia ajudá-lo a resolver as coisas com os meninos e estar lá para você, se precisasse de mim. Quer saber? — Ela olha vagamente pela janela na direção da praia. — Eu costumava arrasar pegando ondas de quinze metros. Isso não é uma tarefa fácil, mas é fichinha comparado ao que aconteceu ontem.

— O que aconteceu ontem? — ele pergunta, ansioso.

Ela levanta o rosto e seus brilhantes olhos verdes encontram os dele, estudando-o atentamente como se estivesse completamente perdido para ela.

— A coisa mais difícil que já fiz na vida foi apertar sua mão no aeroporto e agir como se acabássemos de nos conhecer, quando tudo o que eu queria era correr para os seus braços. Eu não o vejo desde novembro, e isso está acabando comigo. — Ela bate no peito. — Está acabando comigo você não ter me beijado ou me abraçado. Você costumava me abraçar como se estivesse com medo de me deixar partir. Meu Deus... — Ela suga o ar com a respiração irregular. – Eu quero que você me toque. Eu só quero que você me abrace. – Sua voz falha na última palavra.

James deseja desesperadamente abraçá-la também. Ela o está destruindo. Mas ele não é a pessoa que ela quer, de fato. Ele não é o seu Carlos. Ele se importa com ela, mas não a ama, não do jeito que Carlos a amava, ou do jeito que espera que ele a ame. Não tem certeza se pode voltar a amar assim novamente.

– Sinto muito, Natalya. Sinto muito, muito mesmo, por não ser o homem que você quer que eu seja.

Conforme as palavras o deixam, ele se sente como se estivesse se desculpando por muito mais. Por exigir que Aimee esquecesse o ataque de Phil. Por não ouvir Thomas quando ele disse a James para que recuasse no caso de seu irmão. Por segui-lo até o México sem pedir ajuda de ninguém. Por arrancar seus filhos de seu país natal. E por não se lembrar o quanto amou certa vez Natalya.

Oprimido por suas emoções – raiva, desespero, tristeza e vergonha –, ele deixa seu olhar deslizar para a porta do quarto até a varanda. Caramba, ele é um idiota por vir ao quarto dela, mas, neste momento, precisa sair. Correr, berrar, enfurecer-se ou até mesmo dar um soco em alguma coisa.

– Eu devo ir embora. – Ele não deveria ter tentado consertar o que estava errado com eles, porque ele é um zero à esquerda quando se trata de reparar relacionamentos.

– Eu te amo, James – confessa ela quando ele segura a maçaneta. – Eu o amei como Carlos e eu amo o homem que você é agora.

Seu braço treme, sacudindo a maçaneta. Ele a solta e se vira para olhar para ela. Está sozinha no meio do quarto, seu rosto marcado por rastros de lágrimas, as mãos torcendo um lenço de papel esfarrapado.

– Você é um ser humano brilhante e um pai maravilhoso. Como sabia que você seria.

Vá até ela!

Uma voz grita em sua cabeça, e por uma fração de segundo de insanidade ele se pergunta se não seria Carlos.

Ela lhe lança um sorriso triste, e é como se tudo se encaixasse. Carlos lhe deu o presente de suas lembranças na forma da palavra escrita. *Eu sou você*, ele escreveu.

É então que se dá conta. James é o seu Carlos.

Ele atravessa o aposento em três passadas largas e a toma nos braços. Ela grita, enrijecendo em reação ao contato rápido e inesperado. Então, suas mãos prendem-se e ele a sente se entregar. Ele enfia a cabeça na curva de seu pescoço, aninhando seu corpo ao redor do dela como se fosse seu abrigo, e geme contra sua pele, um lamento de angústia. Já faz muito tempo desde a última vez que abraçou alguém, ou que alguém quis abraçá-lo.

Suas mãos deslizam pelas costas dela, e James percebe que ela está tremendo. Ambos estão. Fortes e roucos soluços sacodem o corpo de Natalya enquanto seus dedos enterram-se nos cabelos dele, que simplesmente a aperta nos braços. Roça a boca sobre o ombro, o pescoço, a orelha. Aquele sentimento de ter uma mulher que o ama tocando-o, abraçando-o e o acariciando abala-o profundamente. Seus olhos se enchem de lágrimas.

Natalya pressiona os lábios em seu ombro. Ele sente o calor de sua respiração através da camisa, e em seguida o mordiscar de seus dentes contra a pele exposta acima da gola. A sensação se propaga por seus músculos tensos e ele geme. Ele a aspira de forma selvagem – sua fragrância quente e característica e o cheiro salgado e almiscarado de sua excitação – e, de repente, não quer outra coisa senão possuí-la. *Precisa* dela.

Seus lábios se movem sobre ele. Natalya murmura o seu nome – *James* – e, que Deus o ajude, seu coração bate mais rápido e seu sangue corre todo para baixo. Ela puxa sua camisa e o calor irradia por seu corpo. Cada pedacinho dele se inflama, como uma floresta seca depois de anos de aridez.

– Eu quero você. Eu o quero tanto. – Ela puxa sua camisa novamente.

– Eu sei, querida. – Mas ele continua com a camisa.

– Beije-me – ela sussurra contra sua boca. E é o que ele faz. Ele se permite isso. É quase a sua ruína.

Cada um dos trechos dos diários que descrevem como é beijar Natalya tornam-se monótonos comparados a beijá-la de verdade. Ele a quer com o desespero de um homem que está sozinho há anos, a ânsia de um homem que perdeu muito.

Mas havia começado o relacionamento com Aimee baseado em mentiras e meias-verdades. Manteve segredos guardados por anos e, no final, destruiu aos dois. Por mais envergonhado que esteja de sua família, assim como de seu próprio comportamento, ele não cometerá os mesmos erros. Seja lá o que for isso com Natalya, o que quer que tenha a chance de se tornar, deve começar do modo correto. Ela precisa saber quem ele é, não o que aprendeu sobre ele através de Carlos. E precisa saber o que ele fez.

Ele segura seu rosto e diminui a intensidade do beijo. Natalya choraminga, e quando ele levanta a cabeça, ela pisca para ele, confusa. Seus lábios estão molhados e inchados, e é preciso toda a sua força de vontade para não voltar a mergulhar neles novamente.

– O que foi? – Seus olhos perscrutam os dele. Aparentemente, ela encontra uma resposta, e seu rosto desmorona. – Você não me quer.

– Não, não é nada disso. Eu a quero. Não consegue sentir o quanto quero estar com você? – O canto de sua boca se ergue quando ele puxa mais seus quadris contra os dela.

Seus olhos se movem para a esquerda e para a direita, encarando cada um dos dele.

– Então, porque você não... – Ela para de falar quando fica claro o motivo. Seus ombros caem e ela parece encolher alguns centímetros. Ela leva a mão trêmula até o peito dele e esfrega uma dobra de sua camisa entre as pontas dos dedos. – Ainda é muito cedo para você. – Ela passa a mão ao longo de sua camisa, alisando-a.

Ele agarra a mão em seu peito.

– Eu não acredito que estou dizendo isso, e meu corpo está furioso comigo por parar, mas, sim, preciso de mais tempo.

– Então... tá – ela murmura. Seu olhar direciona-se para baixo. A rejeição arruína a paixão que meros segundos atrás havia colocado um rubor em suas bochechas.

Ele a puxa contra ele e embala sua cabeça. Seus dedos mergulham em seus magníficos cabelos.

– Eu não estou dizendo não, Natalya. Só preciso colocar as ideias em ordem. Apenas me dê um pouco mais de tempo para eu me atualizar sobre nós.

DIAS ATUAIS
29 DE JUNHO

James acorda lentamente com a noite anterior em sua mente. Ele dormiu com três mulheres em sua vida, e só consegue se lembrar de uma delas. Aimee. Quanto a Raquel, não sabe muito sobre ela, o que o atormenta, já que ela é a mãe de seus filhos. Os registros do diário daquela época não eram tão detalhados quanto aqueles que vieram depois que Carlos descobriu sobre sua identidade original. O que James sabe é que ele certa vez a amou imensamente, o afeto mútuo entre eles tinha sido imediato e intenso.

Seus pensamentos se desviam para a meia-irmã daquela mulher. Natalya. Eles passaram boa parte da noite na varanda, bebendo cerveja e conversando. Ela lhe contou sobre seus medos. Por mais que quisesse se casar com Carlos e ser mãe de Julian e Marcus, ela tivera medo do comprometimento, apavorada por ele enxergá-la como outro fardo, ou um obstáculo que o impedisse de retornar para casa quando emergisse de seu estado de fuga. Ele teria se divorciado dela por Aimee. Porque essa é a mulher que James ama.

Quando Natalya perguntou, ele lhe contou que tinha visto Aimee na semana passada, e não lutar por ela tinha sido uma das decisões mais difíceis que tomara. Mas foi a decisão correta. Ela havia seguido em frente, e estava apaixonada e casada com outro homem. Ele, então, compartilhou as partes de seu passado que escondera de Aimee. A vergonha de sua família quando a comunidade e a igreja na Costa Leste do continente os repudiaram porque sua mãe amava seu irmão biológico e teve um filho com ele. Foi por isso que sua família se mudara para a Califórnia. Eles queriam começar de novo, onde o escândalo da família e a humilhação de seu pai permanecessem ocultos. Explicou como reiteraram insistentemente para que ele e Thomas jamais assumissem em público Phil como irmão.

Já passava das três da madrugada quando Natalya adormeceu na espreguiçadeira. James a carregou para a cama e, quando se virou para ir embora, ela segurou sua mão.

– Por favor, fique.

Foi o que ele fez, estendendo-se na cama enquanto ela ficava aninhada a ele. Com o braço ao redor dela e a mão de Natalya pousada sobre o seu coração, eles adormeceram. É onde estão agora. Não devem ser mais do que seis horas da manhã, o que o faz se perguntar por que está acordado. Ele abre lentamente os olhos em busca de um relógio, quando o que parece ser um pé cutuca a lateral de seu corpo.

Ele grunhe e seus olhos se arregalam abruptamente. O quarto está tomado por um tom cinza amarelado. Seu relógio biológico lhe diz que não está nem perto das seis; está mais para cinco e meia da manhã. Sob os lençóis, a mão dele busca o responsável por tê-lo despertado com um sobressalto e agarra um pezinho. Ele puxa o lençol para cima e espia lá embaixo. Marc está esparramado de costas entre ele e Natalya, a boca bem aberta e o rosto relaxado. Está dormindo.

O lençol volta a baixar, flutuando, e ele joga a cabeça no travesseiro. Seu olhar encontra o de Natalya do outro lado da cama. Ela está enrolada de lado, as mãos dobradas debaixo do rosto, observando-o. Ela sorri timidamente e sussurra:

— Bom dia.

Ele rola para o lado, com cuidado para não incomodar Marc.

— Bom dia... — Preocupado que tivesse falado demais na noite anterior, ou com o que ele disse (como ele tratava Phil quando eles eram pequenos, e como ele lidou com o ataque a Aimee, mas que ainda carregava consigo o anel de noivado dela) pudesse ter feito Natalya enxergá-lo de forma diferente esta manhã, agora que ela tivera tempo de digerir a conversa deles, oferece a ela um cauteloso meio-sorriso. — Eu não pretendia mantê-la acordada até tão tarde.

— Está tudo bem. Obrigada por conversar.

— Obrigado por ouvir. — Ele sorri, e ela retribui o sorriso. Não consegue se lembrar da última vez que acordou sentindo-se com a consciência limpa. Dá-se conta de que o fato de ter aberto o jogo com Natalya tem muito a ver com isso, e se pergunta se é desse jeito que o relacionamento entre eles sempre foi, aberto e honesto. Sem segredos. — É sempre assim com a gente?

A pele bronzeada entre as sobrancelhas dela se dobra e ela pisca algumas vezes.

— Não — ela sussurra, hesitando ligeiramente, como se estivesse ponderando sobre a resposta. — Normalmente, quando estávamos juntos, ficávamos frenéticos, como se não aproveitássemos o bastante da companhia um do outro enquanto passávamos aquele tempo juntos. Eu visitava muito vocês e ficava durante várias semanas cada vez que ia, então o problema não é que não nos víssemos. Era mais como se você soubesse que o seu tempo como Carlos chegaria ao fim. Apesar disso, ainda era bom entre nós. Bom demais. — Ela puxa a borda da fronha. — Amo estar com você desse jeito.

Ele a encara por um longo momento, depois sorri largamente.

— Eu agradeço. Mas não era isso o que eu estava perguntando.

Seu rosto fica vermelho.

— Não?

James indica com a mão, correndo-a ao longo deles.

— É sempre assim? Tem sempre uma criança rastejando para a cama? Não me lembro de ler sobre isso — ele brinca, levantando o lençol para mostrar um Marc adormecido. Não conseguiu resistir. A reação dela foi adorável, e suas bochechas adotaram o mais belo tom de rosa.

Natalya enterra o rosto no travesseiro e geme.

– Estou tão envergonhada.

Ele ri e cutuca seu ombro.

– Para ser honesto, suspeitava que costumava ser muito legal entre nós. Não se esqueça que eu mantinha um diário muito detalhado.

– Eu sei. – Natalya geme as palavras, seu rosto ainda enfiado no travesseiro.

– Acho que é por isso que o fato de eu querer conversar na noite passada a pegou desprevenida.

– Sim.

Ele não consegue deixar de provocá-la ainda mais.

– Passávamos mais tempo transando do que dormindo, não é? – Ele também supunha que ela estava acostumada a passar suas noites nua sob os lençóis, parcialmente vestida, e tendo conversas profundas que se estendiam por horas.

Seus ombros se elevam, e em seguida caem. Ela murmura alguma coisa que ele não consegue compreender direito, mas parece que disse que ele não dormia bem. Isso fazia sentido, porque Carlos muitas vezes tinha pesadelos e, a certa altura, dores de cabeça excruciantes.

– Olhe para mim.

– Hã-hã.

– Nat. – O apelido sai naturalmente. Ele cutuca o ombro dela.

Ela rola para o lado e ele se apoia sobre o cotovelo para fitá-la do alto. Segura a nuca dela, e seu polegar acaricia a linha do cabelo ao longo de sua têmpora.

– Falando sério, é sempre assim tão pacífico de manhã? Nós dormimos por menos de três horas, mas me sinto descansado como não me sentia há meses. *Há anos* – acrescenta com um sorriso.

– Como eu disse, você não dormia bem, então não, não era assim. Mas isso me agrada muito. – Ela gesticula de um para o outro. – E quanto a você?

– Sim, bastante. – Seu polegar desce até os lábios dela, bem como o seu olhar. Ele considera beijá-la, quando ambos recebem um forte lembrete de que não são as únicas pessoas na cama. Marc muda de posição sob o lençol e seu cotovelo acerta o peito de Natalya.

Seus olhos se esbugalham.

– Ai. – Ela esfrega o ponto delicado.

– Role para cá, pequeno. – James arrasta Marc para mais perto dele. – Que horas ele rastejou até aqui?

– Quatro e meia, acho. – Ela boceja. – Vou precisar de um cochilo hoje.

– Vou dormir com você – diz James, bocejando. Então ocorre-lhe que existe mais de uma forma de interpretar o que ele disse. Ele lhe lança um sorriso embaraçado. – Quis dizer que também preciso de um cochilo.

Ela ri baixinho.

– Eu entendi. Você é bem-vindo para dormir aqui comigo.

Eles ficam olhando um para o outro enquanto o quarto se ilumina e os pássaros anunciam o dia. Suas mãos se encontram sobre o corpo adormecido de Marc.

– Obrigado – ele diz.

– Pelo quê?

– Por não desistir de mim, e por me convencer a não desistir deles.

– Dos seus filhos?

Ele assente.

– No México.

– Eu não tinha dúvida de que você os amaria.

– Incondicionalmente.

James se inclina para beijá-la. Um barulho estridente estraga o momento. Ele fica tenso. Marc geme sob os lençóis.

– Desculpe – diz Natalya, rolando para longe. – Estou esperando uma ligação do continente.

Ela franze a testa para a tela e atende o telefonema com uma pergunta. Seu olhar se desvia para James antes de ela lhe passar o telefone.

– É para você. É o Thomas.

Capítulo 28

CARLOS

**SETE MESES ATRÁS
27 DE NOVEMBRO
PUERTO ESCONDIDO, MÉXICO**

A senhora Carla parecia excepcionalmente incomodada pelo calor seco. Estava particularmente cansada de multidões. No último verão, Julian a havia convencido a ficar durante as *Festas de Noviembre*; então, Carla estendeu sua habitual estada de férias em Puerto Escondido para várias semanas.

O *torneo de surf* era naquele fim de semana. Os turistas lotavam as praias, as ruas e os restaurantes. Esperando proporcionar-lhe algum alívio para o barulho do torneio, do tráfego e da temperatura do dia, convidei-a para ir à galeria. No andar de cima, após a limpeza de uma oficina, decidimos passar o restante da tarde pintando. Infelizmente, meu ar-condicionado estava pifando, e os ventiladores de teto apenas deslocavam o ar estagnado e quente.

Carla olhou além da tela em branco, os olhos vidrados e a pele vermelha. Abanou a blusa, uma roupa de linho cor de flamingo clara, e enxugou com suaves tapinhas a testa e o pescoço úmidos com uma toalha de mão dobrada. Suspirou, exasperada, e pôs de lado seu pincel ainda limpo antes de se dirigir ao conjunto de janelas. Por um instante, observou as pessoas se movimentarem lá embaixo; então, abriu uma janela. O ar intoxicante de cheiro de peixe queimado pelo sol, frutas apodrecendo e suor penetrava no estúdio, sugado pelo ar-condicionado sobrecarregado. Gritos altos, risadas estridentes, música acústica e o acelerar de uma motocicleta perturbaram a solidão do estúdio.

O rosto de Carla se contorceu em uma expressão de repulsa. Ela fechou a janela com violência.

– Você gosta de morar aqui, Carlos?

– *Sí*. – Revolvi a ponta do pincel no azul ultramarino e tracei pela tela a cor. O pequeno barco de pesca navegando em um mar azul estava lentamente ganhando vida.

Ela me estudou do outro lado da sala, como se estivesse considerando me usar como modelo para sua próxima pintura. Arqueei uma sobrancelha. Ela abanou o rosto com a toalha.

– Por que você mora aqui? Este lugar é medonho.

– Medonho? – repeti, rindo.

– Você sempre morou aqui?

Abri minha boca para dizer-lhe que não e hesitei. O pincel, pesado de tinta, pairava a poucos centímetros da tela. Minha mão começou a tremer, então baixei o pincel.

Carla aguardou que eu dissesse alguma coisa. Além de Natalya, Imelda e Thomas, ninguém mais em Puerto Escondido sabia do meu passado e da condição da qual eu padecia. Nem mesmo meus filhos. Thomas havia me advertido para não revelar minha identidade a ninguém. Por razões que eu não podia explicar – talvez porque Carla, certa vez, houvesse se aberto comigo sobre sua relação com a arte –, queria compartilhar minha história com ela.

– Posso confiar em você?

– Que tipo de pergunta é essa? Sim, você pode. Eu sou sua... – Ela se deteve e apontou para si mesma. – Eu sou sua amiga.

Olhei para ela por um longo momento, ponderando, então assenti.

– Você é minha amiga e sou grato por sua companhia – eu disse, então admiti: – Já morei em outro lugar antes. Califórnia, para ser exato.

Um leve suspiro deixou meus lábios. Os dedos de Carla flutuaram até o decote da blusa, mexendo no botão do tamanho de uma pérola.

– Sofri um acidente e não me lembro de nada que tenha relação a morar lá ou às pessoas que eu conhecia. Não consigo me lembrar de nada sobre mim mesmo. Meu verdadeiro nome é James. – Contei-lhe os pontos principais da minha condição.

O rubor descolorindo seu pescoço e peito transformou-se num branco calcário. Ela vacilou sobre os pés ligeiramente. Peguei um banquinho e a alcancei em três passos. Ela se sentou no banco e agarrou meus antebraços.

– Por que você não volta para a Califórnia? Você não pertence a este lugar.

– James não pertence, mas eu, sim. Assim como meus filhos. – Retirei gentilmente suas mãos, sentindo eu mesmo um terrível calor. O suor escorria pela minha coluna, colando a camisa na pele úmida. Caminhei a passos largos até a parede oposta e ajustei o termostato. – Este é o nosso lar – declarei, meus braços estendidos para abranger a sala e a grande cidade ao nosso redor enquanto caminhava de volta para ela.

– E quanto à sua família na Califórnia? Você não sente falta deles? Certamente deve sentir falta da sua mãe. – Sussurrou a última palavra.

– É difícil sentir falta de alguém de quem não me lembro.

Sua boca se entreabriu levemente antes de ela desviar o rosto. Olhou pela janela.

– Em relação aos meus irmãos – prossegui, puxando um banquinho ao lado dela –, não confio neles. Não tenho certeza nem se confio em James.

Ela se virou para mim.

– Como pode confiar em alguém, quem quer que seja, se não pode confiar em si mesmo?

– Porque eu não conheço o homem que eu supostamente deveria ser.

– Tenho certeza que sua mãe sente desesperadamente sua falta e gostaria que você voltasse para casa.

– Não tenho certeza se ela sabe que ainda estou vivo. Se souber, onde está?

– Você não quer ir descobrir?

– Não – afirmei, decidido. Cada coisa nova que eu ficava sabendo sobre o meu passado me levava um passo mais próximo de voltar à minha identidade original. Isso era algo que eu nunca estaria pronto para fazer.

Voltei para a minha tela, joguei pincéis sujos na terebintina e apertei as tampas dos tubos de tinta. Uma dor lancinante atravessou minha testa. Gemi. Apertando a vista, enterrei o polegar e o indicador nos cantos dos meus olhos.

Escutei o raspar no chão de uma cadeira e o farfalhar de roupas.

– Suas dores de cabeça são devido à sua fuga – disse Carla ao meu lado.

Deixei cair a minha mão e olhei para ela.

– Acho que sim – reconheci, mesmo que não tivesse a confirmação de um médico. Talvez elas fossem também um efeito residual da sessão de hipnose de Thomas.

Ela franziu a testa.

– Elas estão piorando.

– Elas foram controláveis durante um tempo, mas ultimamente, sim. Têm ficado piores, mais frequentes e... – Não concluí a frase. – Peguei um pincel e bati o cabo dele na mesa.

– E o quê? – ela me encorajou a continuar.

– Preciso contar a Julian sobre mim.

– Por que você faria isso?

– Ele precisa saber o que fazer quando eu esquecer que ele é meu filho, e o que acontecerá se eu não quiser ser o pai dele.

Carla ficou dois tons mais pálida. Ela fez menção de dizer algo, tentando formar palavras.

– Natalya irá adotar Julian e Marcus – revelei, antecipando sua pergunta. – Eles vão morar com ela.

– No Havaí?

Assenti.

Um verniz deslizou sobre seu rosto, tornando impossível ler sua reação. Seu olhar pulou de um lado para o outro pelo estúdio e pousou em sua bolsa. Foi buscá-la.

– Se me der licença, vou para casa descansar.

Observei-a caminhar para a saída.

– Carla?

Seus dedos longos e ossudos agarraram a maçaneta e ela girou o queixo na minha direção.

– Tem alguma coisa errada? Eu a aborreci de algum modo?

Ela me encarou com um ar de superioridade. A mulher com a qual minha família fizera amizade e que meus filhos enxergavam como uma avó havia simplesmente sumido. Em seu lugar estava a mulher que tínhamos conhecido na praia há cinco anos.

– Estou perfeitamente bem. É que está terrivelmente quente e desconfortável neste estúdio. – Ela partiu, a porta se fechando devagar atrás dela.

Capítulo 29

JAMES

DIAS ATUAIS
29 DE JUNHO
HANALEI, KAUAI, HAVAÍ, E SAN JOSE, CALIFÓRNIA

Com pouco tempo, James faz as malas freneticamente. Natalya entra no quarto com duas canecas fumegantes de café quando ele sai do banheiro. Ele joga sua *nécessaire* de produtos de higiene pessoal na mala pronta em cima da cama.

– Que horas é seu voo?

– Oito e quarenta e cinco. – Ele tem duas horas.

– Oh! Temos que nos apressar. – Ela baixa as canecas. – Levará pelo menos quarenta e cinco minutos para chegarmos ao aeroporto.

– Chamei um táxi.

– Tem certeza?

A hesitação no tom de voz dela faz James olhar para cima de onde está fechando o zíper da mala com rodinhas. Natalya esfrega as mãos. Seu olhar flutua dele para a bagagem. Ela mastiga o lábio inferior e ele endireita lentamente as costas.

– Vou voltar – assegura ele baixinho.

– Eu sei, é que... – Ela desvia o olhar e desliza o dedo por uma das bordas da caneca na mesa.

– É que o quê?

– É vergonhoso admitir que estou com medo?

Ninguém mais do que ele tinha autoridade para falar quando o assunto era vergonha.

– Não. – Porque ele próprio estava com medo. – Confie em mim, eu vou voltar. Meus filhos significam muito para mim. Você... Eu quero vê-la de novo. Quero muito.

– Quero vê-lo também, mas não é isso que me preocupa. Quanto Carlos escreveu no diário sobre minha conversa com a doutora Feinstein?

– O suficiente, presumo. O trecho era bastante extenso. Também conversei e me consultei com alguns médicos especialistas.

– Então você sabe que seu estado de fuga pode voltar a ocorrer.

Seus olhos se encontram do outro lado do quarto.

– Sim.

Embora raros, houve casos documentados em que uma pessoa pode ter não apenas uma reincidência de episódio, mas várias. Mais uma vez, ele ficará com uma lousa em branco em sua cabeça, enquanto não resta nada àqueles ao seu redor a não ser sofrimento e as lembranças do homem que ele costumava ser. É por isso que um dos psicólogos que avaliaram James recomendou terapia. É provável que haja mais em guerra em sua cabeça do que apenas o medo que Carlos sentiu em seus pesadelos quando Phil ameaçou ir atrás de Aimee. Essa imagem poderia ser simbólica de uma questão mais importante de seu passado, possivelmente de sua infância, que sua mente tinha enterrado.

E ali está ele, correndo direto para as garras do homem que ele e Thomas acreditam ter sido o gatilho que o lançou ao estado de fuga. E que eles também acreditam que tentou matar James. Phil ainda não admitiu isso, e, felizmente para ele, James não consegue se lembrar de grande parte do que aconteceu.

Passadas menos de vinte e quatro horas de sua libertação, Phil apareceu nas Empresas Donato naquela manhã. Estava lá quando Thomas chegou ao escritório. A princípio, ele pensou que Phil estava procurando emprego. Em vez disso, estava procurando por James, e parecia muito determinado a encontrá-lo. Não contou o motivo, e quando Thomas propôs que os três se encontrassem para jantar naquela noite, Phil não se mostrou interessado na ideia. Tinha assuntos a tratar com James, e apenas com James. É por isso que James precisa ir para a Califórnia antes que Phil chegue até eles.

Natalya pisca rapidamente e desvia o rosto. Ele sente o desespero dela como se fosse o seu, bem no meio do peito. Um punho imaginário que espreme seu coração palpitante. Ele atravessa o quarto e a abraça.

– Eu voltarei – ele sussurra em seus cabelos.

– Não tenho medo que você não volte. Tenho medo que você não se lembre de voltar.

Aquela resposta direta o atinge como um soco.

– Se algo acontecer comigo quando eu vir meus irmãos...

Natalya balança a cabeça.

– Não diga isso. Tenho que acreditar que nada vai acontecer com você.

Ele se inclina para trás para encará-la. Ela pisca, afastando as lágrimas.

– Nat, querida, a última vez que pensei isso de Phil, perdi seis anos e meio. A última vez que pensei isso de Thomas, ele me hipnotizou sem o meu consentimento. – Ele precisa ser realista a respeito de sua situação. Precisa se preparar mental e emocionalmente. Assim como Natalya. – Meus filhos, Nat... Preciso que você os mantenha seguros para mim. E se eu não voltar...

– Você vai. Vai dar um jeito. Tenho que acreditar nisso. Lembre-se de Stitch. Você é a minha *ohana*.

Família.

Onde ninguém é abandonado ou esquecido.

Sua boca se contorce.

– Você está citando filmes da Disney de novo.

Apesar das lágrimas, Natalya deixa escapar um sorriso.

– Vou manter seus filhos seguros.

– Você está nos deixando?

Sobressaltados, James e Natalya se afastam num pulo. Julian está em pé na porta, paralisado. Quanto da conversa ele ouviu? O bastante, a julgar pela mistura de emoções distorcendo seu rosto: incredulidade, raiva e rejeição.

Traição.

Suas mãos fechadas em punhos ao longo do corpo. Seu olhar vai de Natalya para a mala sobre a cama e depois para James.

– Eu sabia que você nos abandonaria. Eu te odeio. Quero o meu antigo pai de volta. – Ele parte com rapidez. James ouve a porta bater no quintal dos fundos.

Uma buzina ressoa na entrada da garagem. O táxi chegou. James corre as duas mãos pelos cabelos úmidos do banho. Ele olha para a mala e começa a ir atrás de Julian.

– James. – Natalya bloqueia seu caminho. – Você vai perder o voo. Eu vou conversar com ele e explicar por que você está indo embora. Vou dizer que você vai voltar.

– Ele não vai acreditar em você. – Ele puxa a mala da cama e a apoia no chão, na vertical. – Ele não vai acreditar que eu vou voltar até que eu volte.

– Então certifique-se de fazer isso. – Ela lhe entrega um envelope lacrado.

– O que é isso?

– Uma carta para você. De você mesmo.

Sua pele se contrai atrás do pescoço.

– De *mim*?

– Você me fez prometer dá-la se encontrasse um caminho de volta para mim.

– Você não leu?

– Não, mas você me falou sobre ela uma vez. Como nós dois sabemos que existe uma possibilidade, por menor que seja, de que você possa esquecer novamente, talvez a carta o ajude a encontrar o caminho de volta para nós. Agora, vá. Seu táxi está esperando.

James toca sua bochecha, acaricia seu queixo e deixa o braço pender. Ele sai do quarto, deixando para trás Natalya e seus filhos – e possivelmente suas lembranças.

James telefona para Julian ao desembarcar em San Jose. A ligação cai no correio de voz, então, ele desliga e envia uma mensagem de texto: *Ligue para mim.*

Também envia uma para Natalya. Ela responde no mesmo instante. James observa os três pontos piscarem abaixo de sua mensagem de texto enquanto sai do avião. Poderia beijar seu celular quando ela terminasse.

> Estamos no St. Regis, nadando e almoçando com papai e Claire.

> Como estão as crianças?

> Marcus está ótimo. Divertindo-se perseguindo papai na piscina. Julian não está falando com ninguém, mas está aqui.

Ela anexa uma foto de Julian em uma poltrona, fones enfiados nos ouvidos, rosto colado na tela do celular. O que significa que Julian viu a mensagem de texto dele. James verifica. Como já era de se esperar, a mensagem mostra que foi lida.

Chega outra mensagem de texto.

> Esqueci de te dizer que te amo. Eu te amo.

James fica encarando a mensagem. Aimee regularmente lhe mandava essas palavras, e ele sempre respondia na mesma moeda, porque a amava além de qualquer coisa ou de qualquer outra pessoa em sua vida. Ela tinha sido a primeira e a única. Ele gosta de Natalya, mas ainda carrega consigo o anel de noivado de Aimee, pelo amor de Deus.

Com esse pensamento, sente o anel queimar em seu bolso, como se a platina estivesse quente a ponto de derreter, relembrando-o de que ainda está lá. Exceto pelos momentos de tomar banho, correr e nadar, ele não deixa sua pessoa há mais de seis meses. Ele até o portava quando passou a noite anterior com Natalya. Que tipo de homem faz isso?

Um que não está pronto para esquecer seu passado, com certeza.

Seus polegares pairam sobre o teclado e ele finalmente envia uma mensagem de resposta antes de deslizar o celular para dentro do bolso.

> Te ligo hoje à noite.

James chama um táxi. Não queria voltar para a casa de seus pais, mas tem algumas horas livres antes de se encontrar com Thomas e Phil no restaurante. Adentra o ar parado da casa fechada pela porta da frente. Deixa a valise e a bagagem de mão na entrada e vai em direção à cozinha pegar um copo d'água.

Caminha pela sala principal, e um movimento no canto do olho atrai sua atenção.

– Jesus Cristo. – O coração de James dispara para sua garganta.

Thomas está descansando no sofá de couro, girando um *lowball* de uísque com gelo. James não precisa sentir o cheiro para saber que é Johnny Walker.

– Encontrei uma garrafa fechada na biblioteca. Acho que são sobras do papai.

Então tinha ficado lá por algum tempo, porque o pai deles morrera há mais de sete anos.

– O que você está fazendo aqui, porra? – *E como você entrou?* James havia trocado as malditas fechaduras.

Thomas toma um gole sem pressa.

– Você se lembrou de alguma coisa sobre aquele dia no México?

Sério? É disso que se trata?

– Um pouco.

– É de alguma ajuda para mim?

– Duvido muito.

Thomas deixa o ar escapar pelos lábios, bufando.

– Isso é uma pena.

James entra na sala, ficando cada vez mais apreensivo a cada segundo.

– Fernando Ruiz está atrás das grades. Minha vida não está mais em perigo devido ao cartel dele, se é que algum dia esteve. Não há mais nada com que eu possa contribuir para o caso da DEA, porque ele foi resolvido. Que diferença faz se me lembro ou não?

Seu peito se expande em uma profunda inspiração; então ele fala devagar, enfatizando cada palavra, sua voz aumentando a cada frase.

– Eu quero saber o que aconteceu naquela porcaria de barco e o papel de Phil nessa história. Porque quero o traseiro dele de volta na prisão. Quero que mamãe o deserde. Quero que ele suma da porra das nossas vidas.

Um calafrio percorre a espinha de James.

– Onde está Phil?

Thomas espia o interior de seu copo. Inclina-o para a frente e para trás.

– Thomas. Onde está Phil?

O telefone de James toca. Ele olha para a tela. O rosto de Julian pisca. Seu olhar se depara com o de Thomas no instante em que ele atende à ligação. No mesmo segundo, Thomas diz: "Kauai". E, no mesmo segundo, Phil o cumprimenta do outro lado da linha.

– Jimbo, há quanto tempo não batemos um papo.

DIAS ATUAIS
30 DE JUNHO

Meu Deus, nossos caminhos se cruzaram no ar.

James caminha a passos rápidos para a varanda dos fundos. Tem vontade de vomitar, de tão enojado consigo mesmo. O medo o está comendo vivo. Ele não mudou, como se os mais de seis anos em um estado de fuga não tivessem lhe ensinado a lição o suficiente. Mais uma vez, entrou em um avião e perseguiu Phil até o outro lado do mundo, deixando seus entes queridos para trás a milhares de quilômetros de distância, desprotegidos.

Depois de vários telefonemas que caíram direto no correio de voz e um número ainda maior de mensagens de texto sem resposta, ele finalmente consegue se comunicar com Natalya. Ela está em casa com os meninos, graças a Deus, não no St. Regis, que seu aplicativo Find My Phone mostra ser a localização do celular de Julian.

– Como Phil conseguiu o telefone dele?

Através do aparelho, James a ouve chamar por Julian. Ela retorna alguns segundos depois.

– Ele diz que deixou o celular sem querer no quarto de Claire. Sua mãe levou Julian e Marcus até lá para tomar banho e trocar de roupa. Almoçamos tarde no restaurante do hotel.

Mas eles estão em casa agora. Graças a Deus.

– Você quer que eu volte lá e o apanhe?

– Não – ele exclamou, seu coração acelerado. – Definitivamente não. Não vá lá amanhã também. Falando nisso, tranque suas portas e janelas. Prometa que ficarão aí até terem notícias minhas. Não deixe minha mãe ir para aí também. Diga a ela que você e os meninos estão ocupados o dia todo. Não quero que traga Phil com ela.

– Por que ele está aqui, afinal? O que ele quer com você?

– Eu não sei. – James agarra sua nuca. – Ele está muito determinado a ficar cara a cara comigo desde que soube que eu ainda estava vivo.

– Isso não faz sentido. Por que ele simplesmente não liga para você? E como ele *descobriu* sobre você? Você me disse que Thomas nunca contou para ele. Não queria que ninguém soubesse, para que pudesse mantê-lo seguro no México.

– Isso foi o que Thomas me disse.

– Você acredita nele?

Leva apenas um segundo para que James considere sua resposta.

– Não mesmo.

– Sua mãe poderia ter dito a ele?

– Ela basicamente o deserdou. Eles não estão se falando, pelo que eu saiba.

– Bem, agora estão – diz Natalya, afirmando o óbvio.

James suspira.

– A única coisa em que consigo pensar é que ele provavelmente quer vingança. Assim como eu, ele está com raiva. Nós dois perdemos esses anos todos, porque fui o idiota que entrou naquele bar depois de ele ter me advertido a não fazer isso.

– Você nunca teria estado naquele bar se Phil não tivesse abusado de sua posição nas Empresas Donato. Você nunca teria voado para o México se ele não tivesse atacado Aimee. Sim, você estava com raiva, mas é Phil o culpado, não você.

– Eu não vou deixar Phil machucar alguém que é importante para mim. De novo, não. Apenas me prometa que vocês ficarão em casa até terem notícias de mim.

– James, um homem que acabou de sair da prisão e jamais esperou que fosse parar lá, para começo de conversa não fará nada que o faça voltar. E qualquer homem obcecado em querer qualquer tipo de vingança contra os seus irmãos não vai correr de volta para sua mãe, que por acaso ama aqueles irmãos que você acha que ele odeia tanto.

Thomas se junta a ele na varanda.

– Eu tenho que ir. Por favor, prometa que vocês vão ficar em casa.

– Eu prometo. Tenha cuidado, James. Eu te amo.

Ele sabe que ela quer ouvir aquelas palavras, mas não pode dá-las a ela, ainda não.

– Vejo você amanhã.

– Reservei um voo para nós sem escalas até Kauai logo pela manhã – informa Thomas quando James encerra sua ligação. – Aterrissamos às dez e devemos estar no St. Regis às onze, no máximo onze e meia.

James bate a quina do telefone no corrimão de madeira. Ele rememora sua conversa com Natalya. As perguntas dela ecoavam as suas próprias. Thomas o convencera de que Phil desprezava tanto seus irmãos que ele iria atrás de James assim que descobrisse que ainda estava vivo. Foi categórico sobre Phil ter tentado matar James. Mas Phil havia falhado, e, se James se lembrasse, isso proporcionaria a Thomas as provas de que precisava para mandar Phil de volta à prisão. Isso também colocava James em risco.

Mas se Phil queria "silenciá-lo", por que se dar ao trabalho de organizar um "encontro"? Por que não aparecer na sua porta?

– O que está acontecendo, Thomas? O que ele quer?

– A resposta para essa pergunta está dentro deste seu cérebro. Mas, se quer minha opinião, Phil fará o que for necessário para não voltar para a prisão, mesmo que isso signifique ameaçar você e a sua família para ficarem de boca fechada. Venha, vamos dormir um pouco. Lidaremos com ele amanhã. Não tem nada que possamos fazer agora.

James observa Thomas entrar na casa. Não tem certeza se concorda com ele, sobre as ameaças ou tentativa de assassinato. Chame isso de instinto, mas havia algo que Natalya disse. *Que tipo de homem volta correndo para sua mãe?*

Certamente não um que está determinado a se vingar.

James balançou para a frente e para trás. O mundo ao seu redor rodava, e o ar cheirava a água salgada, peixe podre e sangue seco. Seu nariz latejava e os olhos doíam demais para abri-los.

Uma voz sussurrou em seu ouvido.

– James. Acorde.

Alguém sacudiu seu ombro. Ele gemeu. Um motor acelerou mais alto, fazendo seus ossos vibrarem. A água espirrava para lá e pra cá. Seus cabelos estavam molhados, e as roupas, encharcadas.

– Estamos quase lá – surgiu novamente a voz sem um corpo. – Acorde. Você precisa estar pronto. Eles vão me obrigar a matá-lo. Você tem que pular quando eu lhe disser, e é melhor nadar como se a sua maldita vida dependesse disso. Vamos lá, James. Acorda... porra. – Outro cutucão em seu ombro. – Pense em Aimee. Pense em mim em cima dela.

James gemeu. Bem fundo de sua mente, ele gritou. A fúria bombeou através de sua corrente sanguínea.

– Isso mesmo. Agora acorde, levante-se e fique puto da vida. É a única forma de você sobreviver.

– Diga a ele para se levantar – fez-se ouvir uma voz diferente, mais áspera.

– Estou trabalhando nisso, Sal.

Phil.

– Levante-se. – Um pé calçando bota chutou de leve a lateral de seu corpo. Era Sal, um dos tenentes do cartel que estivera no bar.

James grunhiu. Abriu os olhos com dificuldade e tentou se erguer apoiando-se em um rolo de corda. A dor atravessou seu braço e ele desabou de joelhos. Mãos o agarraram e o puxaram para cima. Ele tropeçou e agarrou a lateral do barco, que subia e descia. Seu estômago sacudia como uma rede, de um lado para o outro. Respirou fundo várias vezes para não vomitar, então ergueu a vista direto para o cano de uma arma que o irmão mais velho lhe apontava.

– Vá se foder – James cuspiu.

– Não, maninho. Isso é o que vou fazer com a sua noiva.

Sal relanceou o relógio.

— Estamos atrasados. Atire nele e vamos embora.

O coração de James pulou em sua garganta. A arma tremeu. Seu olhar subiu pelo braço que segurava a arma e se fixou no irmão que nunca deveria ter sido um irmão. Algo brilhou nos olhos de Phil. Uma emoção fugaz deturpou sua expressão. No instante em que James reconheceu isso como arrependimento, a boca de Phil se moveu, pronunciando uma palavra. *Nade.*

— Pelo amor de Deus. — Sal agarrou a arma. Ela disparou.

James não pensou duas vezes. Ele caiu para trás, por cima da borda do barco e para as águas azuis e profundas. Balas passaram mergulhando, deixando rastros longos e furiosos na água. Uma delas rasgou seu quadril, e ele se encolheu. Queimava mais do que o estalo do cinto de couro de seu pai.

Ele sentiu aquilo de novo e de novo, e, em seguida, o aperto forte de uma mão em seus cabelos que torcia seu pescoço para trás. Em vez do rosto de Phil deturpado pelo remorso, ele agora olhava para o rosto manchado e suado de seu pai, Edgar Donato. Um homem que amava sua esposa, apesar da humilhação e vergonha que ela trouxera para a família. Ele nunca a deixou, porque amava sua posição nas Empresas Donato e o legado que proporcionaria a seus filhos.

— O que você disse a ela? — ele gritou no rosto de James.

Ele estava falando sobre Aimee, a garota que conhecera naquela tarde. Sua boca ainda estava inchada e dolorida do soco que permitiu que aquele tal de Robbie aplicasse e se safasse impune. Mas agora, debruçado sobre a mesa de seu pai com as calças arriadas até a altura de seus tornozelos, seu traseiro fazia sua boca parecer um arranhãozinho.

— Eu não contei nada a ela, juro.

— Não acredito em você. — *Pá.* — Eu não criei mentirosos, e posso ver que você está mentindo para mim. — *Pá.*

O impacto do cinto subia por sua espinha, fazendo seus dentes vibrarem.

Ele não aguentava mais. Suas costas estavam em chamas, e ele tinha perdido a conta dos golpes. Perguntou-se se haveria mais do que vergões desta vez. Jurava que podia sentir o cheiro de sangue.

O cinto açoitou sua carne viva e ele choramingou.

– *Ai!* Pare. Tudo-tudo... bem. – Ele sufocou o grito. Ele diria ao pai qualquer coisa, se fizesse com que ele parasse. – Ela perguntou quantos irmãos eu tinha. Mostrei-lhe dois dedos. Eu não tive a intenção de fazer isso. Foi um acidente. Eu só disse a ela que tinha um. Juro, senhor. Disse a ela que tinha apenas um.

Seu pai ergueu o braço para trás, o cinto de couro balançando de sua mão. James fechou os olhos e se preparou. Ficou se perguntando se era possível alguém desmaiar de dor. Deus sabia que ele não aguentaria muito mais. Ele ouviu o zunido do couro antes de senti-lo. O impacto o pôs de joelhos.

– Pare! Pare de machucá-lo.

James ergueu os olhos de sua posição seminua e encolhida no chão. Phil estava de pé ao lado dele enquanto enfrentava Edgar.

– Nós *somos* irmãos, goste você disso ou não. Nós *sempre* seremos irmãos. Mas é a mim que você odeia. Bata em mim.

O pai de James jogou o cinto de lado.

– Você me enoja. Suma da minha frente. Vocês dois.

Phil se curvou para ajudá-lo e James afastou sua mão. Deveria estar agradecendo a ele, mas tudo o que sentia era humilhação. Levantou-se por conta própria e puxou as calças para cima. Deus, desejou jamais ter flagrado sua mãe e o tio Grant. Ele os odiava, e odiava Phil. Phil era a razão de seu pai punir a ele e a Thomas. Por que teve que ir lá e cavar a certidão de nascimento dele para encontrar a prova? Phil era o motivo de eles estarem na Califórnia. Phil era o motivo de seu pai o espancar. Tudo era culpa dele.

– Você *não é* meu irmão – disse a Phil. – Fique longe de mim. *Só fique longe.*

– Acorde, senhor.

Fique longe.

– Acorde!

James acorda sobressaltado. Ele pisca e olha para cima, para o rosto de uma mulher que nunca viu antes. Ele não a reconhece, nem nada ao seu redor.

– Quem é você? – ele pergunta, ofegante.

Ela franze a testa.

– Onde estou?

Capítulo 30

CARLOS

SETE MESES ATRÁS
29 DE NOVEMBRO
PUERTO ESCONDIDO, MÉXICO

Como pode confiar em alguém, quem quer que seja, se não pode confiar em si mesmo?

A pergunta de Carla vinha me assombrando há dois dias.

Quando fiquei sabendo pela primeira vez a verdade sobre minha condição, não havia dúvida na minha cabeça de que eu sempre seria Carlos. Eu já estava em estado de fuga há dezenove meses quando Aimee apareceu. A verdade era que eu estava em negação. A gravidade da minha situação não havia sido assimilada.

Dias e meses se passaram, bem como essa convicção, dissipando-se assim como a neblina pairando sobre o mar ao nascer do sol. Com as dores de cabeça, o apagão e a conversa de Natalya com a doutora Feinstein, ficara evidente que a minha mente estava em processo de cura. A questão não era mais *se* eu emergiria do estado de fuga, mas quando, como e onde.

Essa incerteza me assustava.

Confiei em Natalya para cuidar dos meus filhos. Ela deveria mantê-los a salvo e criá-los longe da família Donato se (que Deus não permitisse) James – melhor dizendo, *eu* – não quisesse a responsabilidade.

Kerry Lonsdale

Confiei em Julian para cuidar de seu irmão. E confiei naquele jeito rebelde e pré-adolescente dele não apenas para ajudar a me guiar de volta à paternidade, mas também para me fazer querer ser pai. Era uma responsabilidade enorme, mas Julian tinha um espírito forte. Ele também teria a ajuda de sua tia.

Desde o dia em que acordei na clínica médica, mais de seis anos atrás, tinha muito pouca confiança no que quer que fosse, exceto na minha arte, ou em qualquer outra pessoa a não ser meus filhos e Natalya.

Vocês são o mesmo homem, Natalya havia me dito vezes sem conta. *O mesmo corpo, o mesmo coração... a mesma alma.*

Minhas dores de cabeça não respondiam mais à medicação como costumavam fazer. Como Carla observou, elas estavam aumentando em frequência e intensidade. Assim como meus pesadelos. Eles deixavam meu estômago se retorcendo em nós e meu coração palpitando durante a noite.

Era hora de eu tentar algo arriscado. Era hora de depositar um pouco de fé em mim mesmo. Era hora também de confiar que o homem que eu deveria ser faria a coisa certa.

Abri o cofre de metal que comprei on-line. Em seu interior coloquei minha certidão de casamento, o atestado de óbito de Raquel e as certidões de nascimento dos meninos. Acrescentei CDs de vídeos médicos e relatórios, chaves, senhas para o laptop, computadores na galeria e contas na nuvem, e alguns pen-drives contendo outros documentos importantes, bem como os meus registros no diário até aquele momento. Incluí tudo o que conseguia pensar que me ajudaria a entender quem eu era, como cheguei no México, como vivi e quem amava. O último desses itens resumido com uma das minhas fotos favoritas, Natalya de braços dados com os meninos, a Playa Zicatela como pano de fundo.

Por fim, escrevi uma carta e a enderecei a James. Coloquei o envelope não selado no topo com o anel de noivado de Aimee. Então, com profunda tristeza e uma prece, fechei a tampa, defini o código – a data de nascimento de Julian – e saí em busca do meu filho mais velho.

Tive que lhe contar uma história. Tive que orientá-lo sobre o que fazer quando eu me esquecesse de que era seu pai. E tive que ensiná-lo a me ensinar a ser pai novamente.

※

Natalya estava me esperando lá atrás. De frente para o mar, ela estava sentada na mureta divisória, o queixo voltado para o céu noturno. As estrelas cintilavam na tela escura, mais brilhante ainda com a lua nova. A brisa que vinha da água levantava seus cabelos, uma crina selvagem na qual eu queria me perder. Sorvi a visão dela, absorvi cada curva, para que eu lembrasse dos detalhes mais tarde, quando escrevesse sobre o dia. Ela ainda usava o biquíni depois de uma tarde sob o sol mexicano. As alças turquesa da roupa de banho espreitavam por debaixo do tecido de linho branco, enrolando-se em seu pescoço como o abraço de um amante.

Pensei em nosso futuro, imaginando quantas vezes mais eu a contemplaria com os *meus* olhos. Será que a veria novamente? Ela voaria para casa no dia seguinte para finalizar projetos de fim de ano antes das festas.

Uma onda de emoção me persuadiu a ir até ela. Sentindo minha presença, ela se virou para mim e sorriu. Seus dedos se entrelaçaram com os meus.

— Como foi?

O vento subiu pelas minhas costas e bagunçou seus cabelos. Recolhi os fios que se agarraram aos seus lábios úmidos e os coloquei atrás de sua orelha, deixando os dedos se demorarem ao longo do esguio contorno de seu pescoço. Meu olhar os acompanhou quando mergulharam na depressão de sua clavícula e então roçaram o volume de seus seios.

— Ele tem muita coisa para digerir — respondi. Julian chorou, eu chorei. Fiquei com ele até que caiu em um sono agitado.

— Ele terá perguntas quando tudo isso for assimilado. — Ela afastou os joelhos um do outro, e eu me movi para o espaço que ela abriu.

— Vou responder a qualquer coisa que ele perguntar. — Beijei levemente sua testa, e seus dedos pressionaram meus quadris, prendendo-me a ela. — Eu te amo, Nat.

— Eu também te amo, Carlos. Sempre amarei você, cada uma de suas versões.

Meus olhos queimaram. Meu rosto se contraiu enquanto eu controlava as emoções ainda cruas da longa conversa com Julian. Segurando sua mão no meu peito, sussurrei contra seus lábios:

— O mesmo coração. — E beijei-a intensamente. Entre a troca de beijos, a nossa respiração ficando pesada, contei-lhe sobre os itens que guardei no cofre.

— Escrevi para mim duas cartas. Coloquei uma delas na caixa e a outra eu enviei pelo correio para você.

— Para mim?

— Não abra. Guarde-a para James.

Sua respiração se prendeu e ela ficou tensa sob minhas mãos errantes.

— O que ela diz?

Beijei seu pescoço, senti o gosto do sal em sua pele, e rezei para que tudo desse certo para nós dois e meus filhos no final.

— Ela diz — comecei a falar, desatando as alças de seu biquíni. — Prezado James...

Então contei-lhe o que eu havia escrito na carta, enquanto fazia amor com ela pelo que eu esperava não ser a última vez.

Capítulo 31

JAMES

DIAS ATUAIS
30 DE JUNHO
HANALEI, KAUAI, HAVAÍ

Thomas espia ao redor da aeromoça debruçada sobre James.

– Pesadelo? Você estava apavorando os outros passageiros.

A comissária de bordo pousa a mão no ombro dele.

– Gostaria de uma xícara de café?

James ajeita a camisa amarrotada e se endireita em seu assento.

– Sim, isso seria ótimo. – Ele mal dormira na noite anterior, e assim que o avião decolou apagara no sono.

Thomas mostra a James seu copo vazio de Bloody Mary.

– Vou pedir outro deste. – Ele caminha para a frente da cabine de primeira classe, deixando James a sós para despertar de sua exaustão e desorientação.

Suas mãos estão tremendo, seu pulso ainda lateja. Aquele pesadelo fora terrível e único. Ele não pensava em seu pai e em seus encontros com o cinto há anos. *É melhor esquecer essas lembranças*, ele pensa, procurando por seu telefone na bagagem de mão. Seus dedos encontram o envelope que Natalya lhe deu, e ele o puxa para fora em vez do aparelho.

Seu nome está escrito na frente. É estranho que a letra de Carlos seja diferente da dele, mas já deveria esperar por isso. Eles têm diferentes estilos de pintura. As bordas do envelope estão gastas, como se ele tivesse sido guardado em uma gaveta com outros itens colidindo volta e meia com ele. Ou talvez Natalya o segurasse com frequência, imaginando se teria a oportunidade de entregá-lo.

Abre o envelope rasgando-o e desdobra o papel de carta. O timbre impresso no topo é da El Estudio del Pintor, a galeria que vendeu em Puerto Escondido. Redigido com capricho no papel está exatamente o que Natalya lhe disse que estaria. Uma carta *para ele*, *dele mesmo*. Enquanto lê, suas mãos continuam a tremer, e seu coração está com o homem que de alguma forma sabia que seu tempo estava quase acabando.

Prezado James,

Quando você acordou do estado de fuga e percebeu que perdeu mais do que anos de lembranças, tenho certeza de que estava com raiva do mundo e desprezava seus irmãos. Você ansiava por Aimee e provavelmente me odiou. Eu fui aquele que recusou tratamento médico. Eu não queria lembrar quem costumava ser, porque isso significava que me esqueceria de quem sou. Mas lentamente aprendi a aceitar que a probabilidade de eu sair do estado de fuga e me tornar novamente você é definitiva. Também passei a entender que há mais do que aversão a si mesmo e vergonha sobre o seu fracasso em proteger Aimee de Phil em jogo aqui. Há algo mais profundo em seu passado, pois vejo isso com frequência em meus pesadelos. Deve ser a explicação do motivo de a fuga ter durado tanto.

Eu lhe peço para que aceite os erros do passado, perdoe aqueles que o prejudicaram e encontre a paz em si mesmo. Você poderá descobrir que, apesar *das perdas, você ganhou muito mais: dois filhos incríveis e talentosos, uma mulher que permaneceu ao seu lado por anos e o ama acima de qualquer outra coisa, e a liberdade de expressão através de sua arte. Talvez você já tenha feito isso tudo. E, talvez, também já tenha encontrado o caminho de casa. Afinal, você está lendo esta carta.*

C.

James desliza a chave que sua mãe lhe deixou na recepção para dentro da fechadura. Destranca-a e abre a porta da suíte de Claire.

Phil está repousando confortavelmente no sofá, os braços estendidos no encosto. Veste uma camisa com estampa havaiana cor de pêssego e short branco com chinelos. Sempre o mais alto e mais magro dos três, a prisão o mudara visivelmente. Linhas de expressão profundas marcam um rosto que não tem sido exposto ao sol com regularidade. Ele traz mais peso na região da barriga e menos cabelo na cabeça. E o que lhe resta é listrado com um cinza sem vida. Ele sorve um gole de um coquetel amarelo e espumante com um guarda-chuvinha de papel azul e sorri quando os vê.

James não sabia o que esperava sentir quando visse Phil. A fúria que o trespassou quando flagrou seu irmão mais velho em cima de Aimee teria sido lógica. Assim como o terror que gelou suas veias quando Phil colocou uma arma em sua cara e ordenou que nadasse como se sua vida dependesse disso. Graças a Deus, ele corria em maratonas desde a faculdade e vinha treinando para um triatlo. Do contrário, jamais teria sobrevivido. Também teria entendido se fosse hostilidade. Era por causa de quem Phil é que ele fora submetido às inúmeras sessões de condicionamento com seu pai. Edgar Donato havia descontado com sucesso usando a cinta nele e em Thomas a amargura que sentia em relação a Phil.

papel de irmão mais velho, e James zombara dele. Quanto menos interagisse com Phil, menor seria a chance de cometer o erro de pensar nele como um irmão. Essa postura mantinha seu traseiro a salvo de vergões.

O homem que Phil é hoje é o homem no qual sua família o transformou. Todos as partes extras – raiva, violência e malícia – são a armadura que ele usava não apenas para sobreviver naquela família, mas para que soubessem em alto e bom som exatamente o que pensava deles.

– *Hola, amigos.* – Phil ergue sua bebida para eles em um brinde. Em seguida, gesticula com um dedo para James. – Você sabe exatamente o que eu disse. Ouvi dizer que passou seis anos no México. Sabia que você gostava de lá, mas fala sério. Isso é meio exagerado.

– O que você quer, Phil? – Thomas exige saber, antes que James tenha a chance de fazê-lo.

– O que *eu* quero? – Phil olha para os dois. Toma um gole devagar de sua bebida e se acomoda mais no sofá. – Nada. Com você. – Seu olhar se estreita em James.

– Então por que você nos fez vir até aqui?

– Ele não fez. Eu fiz. – Claire entra na sala como a majestosa matriarca que é.

– Bem-vindos à terapia familiar ao estilo Donato – Phil caçoa. – É uma porra de uma grande reunião de família.

– Cale a boca, Phillip. – Claire se senta no sofá de frente para ele em uma esvoaçante seda multicolorida. Alisa a túnica sobre as pernas. – O doutor Brackman estará aqui em trinta minutos. Ele é um terapeuta familiar altamente recomendado. Vim no voo com ele esta manhã.

– Você só pode estar brincando comigo, merda. – Thomas arranca do corpo seu paletó e o atira sobre o espaldar de uma cadeira. Suas palavras e seu tom ecoam exatamente os sentimentos de James. Thomas enrola as mangas enquanto o paletó desliza para o chão. Atravessa a sala, dirigindo-se ao bar.

– Thomas, por favor, controle seu linguajar. – Claire endireita as almofadas ao seu lado. – Seu pai faleceu sete anos atrás, que Deus o guarde, e nós não nos sentamos juntos como uma família desde então. Não me agradava a postura dele em muitas coisas, seus métodos. Precisamos discutir isso. Faz uma eternidade desde que conversamos.

– Uma eternidade é cedo demais. – Thomas serve-se de um uísque, manda-o goela abaixo e enche de novo seu copo. Ergue a garrafa e uma sobrancelha para James.

– Não, obrigado. – James apanha do chão o paletó de Thomas. Uma carteira cai do bolso. Ele dobra o paletó sobre o espaldar da cadeira e leva a carteira para a janela.

– Tenho algumas coisas a dizer, Thomas, e vocês vão ouvir. – O tom de Claire é uma ordem de mãe. – Nunca concordei com o modo como seu pai tratava Phil. Ele é irmão de vocês. Mas amava o pai de vocês tanto quanto amava o seu pai, Phil. Eu adorava meu irmão... Eu o idolatrava, se querem saber. Ele não estava por perto enquanto eu estava crescendo porque foi para o colégio interno e depois para a faculdade. Quando voltou para casa, no entanto, havia uma conexão. Nós dois nos sentimos...

– Pelo amor de Deus, mãe. Pare! – Thomas corta o ar com a mão. – Acho que nenhum de nós quer ouvir isso. Eu com certeza não quero. O que quero saber é onde você estava, porra, quando papai nos espancava?

Atrás de James, Thomas continua a despejar perguntas, e a mãe deles reclama. Por que seus filhos não conseguem se dar bem? Por que continuam machucando uns aos outros?

Porque há uma história muito grande. Eles nunca foram encorajados a se tratarem com respeito. Muito pelo contrário, na verdade.

James abre a carteira, que contém a identificação do DEA de Thomas. Por que ele não está surpreso? Seu papel nas exportações para as Américas Central e do Sul o colocou em uma posição perfeita como olhos e ouvidos do governo. Escondido à vista de todos, como certa vez dissera Thomas a Carlos.

Do lado de fora da janela, a lua crescente da baía de Hanalei. As pessoas salpicam a praia do resort como manchas de tinta em uma tela branca. Embora não consiga enxergar, ele sabe que na direção da extremidade da baía está a casa de Natalya, oculta atrás das palmeiras. Ela está lá com seus filhos, esperando por ele.

Quer estar com eles mais do que tudo, especialmente quando a tensão entre seus irmãos e a mãe aumenta. Suas vozes se elevam, cada uma tentando se sobrepor à outra. Ele sabe que eles precisam aceitar e superar o modo como se trataram. Mas, neste exato momento, seus filhos são sua prioridade. Quer construir uma vida para eles aqui em Kauai. Também quer uma chance de conhecer a mulher que permaneceu ao seu lado, mesmo com a consciência de que um dia ele a esqueceria. Eles são a sua *ohana*.

Mas seu coração está pesado, e ele ainda não tem certeza se pode retribuir o amor que Natalya lhe dá livremente. Pergunta-se se tem direito a outra chance com seus filhos depois de tudo que os fez passar. Cometeu muitos erros ao longo dos anos.

Agarra os músculos tensos em seu ombro e desliza a outra mão para dentro do bolso. A ponta de seu dedo enrosca no anel de noivado de Aimee. Ele segura o diamante solitário contra a luz. A aliança de platina reflete uma vista distorcida da sala atrás dele. Enquanto observa Thomas discutir com Phil e a mãe deles, tudo fica claro.

Se Aimee tivesse dito a ele na semana anterior que queria apresentar queixa contra Phil, teria feito tudo ao seu alcance para garantir que Phil recebesse a justiça que merecia. Ainda o faria. Em vez disso, Aimee perdoou James pela maneira como ele lidou com a situação. Ela tinha seguido em frente.

Como pode fazer o mesmo? Ele tomou muitas decisões das quais se arrepende. Desprezando Phil em sua juventude, quando deveria tê-lo amado como irmão. Mentindo para Aimee durante muitos anos. Não confiando em Thomas para lidar com a situação com Phil. E seguindo-o até o México. Esse foi seu maior erro. Um erro que lhe custou tudo, e um que jamais poderá desfazer.

Não tem certeza se pode aceitar esses erros, o que o faz pensar na carta de Carlos. As palavras passam por sua cabeça e, nas entrelinhas, ele encontra a resposta. Embora precise perdoar aqueles que o prejudicaram, ele precisa, acima de tudo, perdoar a si mesmo.

– Ele praticamente faliu a Donato e tentou assassinar James! – Thomas está berrando para a mãe. – Você espera que eu siga em frente como se nada tivesse acontecido?

– O que está feito, está feito. Já perdemos muito de nós mesmos – Claire implora.

– Eu salvei James – defende Phil.

– Não vem com essa!

– Ele está certo.

Três pares de olhos se voltam para James. Phil sorri. O queixo de Thomas desaba.

– Você se lembra.

– Venho me lembrando de algumas partes já há algum tempo. Mas, sim. Eu me lembro. – James segura o anel num punho fechado. – Estou vivo hoje porque Phil me avisou para nadar e quando pular. Havia outro cara no barco. Foi ele quem atirou em mim.

A decepção distorce o rosto de Thomas. Ele olha fixo para o tapete branco felpudo, as mãos nos quadris.

– Você tem certeza absoluta de que não foi Phil? – ele pergunta depois de um longo momento. – E quanto à sala dos fundos do bar? Você ouviu ou viu alguma coisa?

– Eu não vi coisa alguma, e não ouvi nada sobre Fernando Ruiz ou o cartel de Hidalgo que teria contribuído para o seu caso, se é isso que está perguntando. Eles enfiaram um saco na minha cabeça e me transformaram em saco de pancadas enquanto faziam perguntas sobre a investigação do DEA, das quais eu não sabia muito. Eu não era importante para eles. É por isso que me desovaram.

Os ombros de Thomas desabam e seu rosto se contorce em uma obra-prima de arrependimento. Ele nunca precisara manter James escondido.

– Na verdade, testemunhei algo importante.

Thomas ergue o rosto, sua expressão demonstrando expectativa, quase avidez.

James olha para Phil.

– Colocando em risco a própria vida, meu irmão mais velho salvou a minha. Por que, Phil? Por que você não atirou em mim?

Phil passa a língua pelos lábios. Seus olhos se voltam para a mãe e depois retornam para James.

– Não pude fazer isso. Você é meu irmão. – Ele olha para Thomas e James e, então, sustenta o olhar fixo de sua mãe. – Desde que eu soube que você é minha mãe, eu só quis ser seu filho. – Claire suspira suavemente e Phil se vira para Thomas. – Quanto ao que fiz às Empresas Donato, nunca foi minha intenção que alguém fosse morto. Eu só queria que vocês sentissem a mesma perda que senti quando não herdei a companhia do meu pai. E James, eu juro – prossegue ele, voltando a olhá-lo –, vou compensá-lo algum dia. Vou até me desculpar com Aimee. – Ele abaixa a bebida com a mão trêmula, o primeiro sinal de vulnerabilidade que James o viu demonstrar desde que flagrou os pais dele no barracão.

Phil bate com o punho na mão e uma máscara volta a assumir seu rosto. Ele estende os braços com um floreio e faz uma reverência dramática.

– Isso, senhoras e senhores, é o que chamo de progresso no relacionamento. Mamãe, seu terapeuta ficará orgulhoso. – Ele encontra o olhar de James, o seu próprio sincero. – Obrigado por se lembrar.

James atravessa a sala e entrega a Thomas sua carteira. Seus olhares se encontram, e um acordo se estabelece entre eles. O segredo de Thomas está seguro com ele. Enquanto James cresceu querendo ser um artista, Thomas queria ser um agente. Pelo menos Thomas descobriu uma maneira de fazer as duas coisas, trabalhar para o DEA e supervisionar as operações das Empresas Donato. Ele, então, deposita o anel de noivado de Aimee na mesa de centro. Claire observa atentamente.

– Esse é o anel que você deu a Aimee? Ela nunca foi boa o suficiente para você.

– Não, mãe – corrige-a, indo em direção à porta. – Eu é que nunca fui bom o suficiente para ela. Mas estou tentando melhorar.

Ela gira no lugar.

– Aonde você vai?

– Para casa, para a minha família. Ah, e mais uma coisa. – Ele estala os dedos quando chega à porta, e aponta para Phil. – Peço desculpas pela forma como o tratei quando éramos crianças. Mas se você entrar em contato com Aimee, for ao café dela, fizer compras na mesma mercearia, ou sequer sussurrar o nome dela, vou servir suas bolas em um prato para a polícia local. – Ele ainda pode fazê-lo, depois de discutir o assunto com Aimee.

James fecha silenciosamente a porta atrás de si, deixando o hotel e toda a loucura que constituía a família Donato.

No caminho de volta para a casa de Natalya, James para no shopping em Princeville. Tira uma foto do letreiro na vitrine do espaço vazio que está para alugar, depois dá uma escapada até a loja de materiais de arte e compra muitos suprimentos, inclusive uma tela imensa. Encomendará outras on-line mais tarde. Também vai pesquisar os colégios e apanhar os formulários de inscrição.

É fim de tarde quando chega à casa de Natalya. Ele ligou antes, e eles o estão aguardando na entrada da garagem. Marc corre para os seus braços antes mesmo de ele sair completamente do táxi. James não consegue abraçá-lo forte o suficiente.

O taxista pressiona o botão dentro do carro que abre o porta-malas, revelando as compras de James.

– Uau. – Marc desce de James deslizando.

– O que é tudo isso? – pergunta Natalya, enquanto ele descarrega a tela.

– Tenho um pôr do sol para pintar.

Seu olhar salta para o dele. Ela puxa a ponta de seu cabelo e seus olhos se enchem de lágrimas.

— É sério?

— É sério. — Ele a puxa contra si e a beija profundamente, espantado em como sentiu sua falta em tão pouco tempo, considerando que eles só se conhecem pessoalmente há poucos dias.

Ele levanta a cabeça. Quer olhar para a mulher que tem sido tão incrível para ele. Seu rosto se contrai de emoção, e ela dá um soco de leve em seu ombro.

— Seu maldito, você me fez chorar.

— Talvez eu não devesse pintar, então?

— Ah, não! Você vai pintar o meu pôr do sol. Estou esperando por isso há anos, e não vou deixar você ir embora até que termine.

— E se eu estiver planejando não ir embora?

Sua expressão de surpresa é quase cômica, até ela cair em prantos. A emoção contagia James, e sua própria respiração fica dificultosa.

— Venha aqui, Nat. — Ele a abraça enquanto os braços dela o espremem com força.

Por cima do ombro de Natalya, ele vê Julian estudando-os com cautela.

— Dê-me um segundo — sussurra em seu ouvido.

Julian realiza movimentos lentos com uma bola de basquete, mas não faz nenhum gesto para se aproximar. James observa Julian e sua batalha interna. Seu pai falava mesmo sério quando disse que jamais o abandonaria?

James imagina que terá que facilitar as coisas para o garoto. Pede a Marc, que cambaleia com o enorme volume, para pegar a tela, fazendo Natalya rir. James se aproxima de Julian e abre os braços.

— Venha cá, filho.

Julian se aproxima um passo, quica a bola uma vez, e então dá outro passo. Sua boca, que está com os lábios pressionados em uma linha fina, treme quando ele finalmente joga a bola de lado e mergulha nos braços de James.

— Eu amo você, pai.

Epílogo
CLAIRE

SEIS MESES ATRÁS
17 DE DEZEMBRO
PUERTO ESCONDIDO, MÉXICO

Claire Donato estava cansada do calor opressivo de Puerto Escondido, e da interminável trilha de formigas marchando por suas paredes. Estava cansada das queimaduras de sol e da areia que sempre entrava nos lugares errados. E estava cansada de ouvir seus netos chamarem-na de *señora* Carla. Que nome horrível. Por que ela o escolhera, não fazia ideia. Foi uma decisão de momento. Jamais teve a intenção de interagir com seu filho e os netos. Só queria observar, ver com os próprios olhos o que Thomas finalmente acabou confessando. Seu filho mais novo estava vivo, mas para a sua segurança ele tinha que permanecer escondido à vista de todos. *Não interaja, não se envolva*, Thomas lhe dissera, como se *ele* fosse algum tipo de agente do governo.

Bem, ela visitara Puerto Escondido mais vezes do que imaginava, e deixara que a farsa de Thomas prosseguisse por bastante tempo. Estava farta, cansada, e enojada de mentir. Seu filho James – embora ainda não soubesse que era seu filho, porque ainda usava aquele nome ridículo de Carlos – trouxera a pintura de volta à sua vida. O mínimo que qualquer boa mãe poderia fazer era retribuir o favor. Era hora de levar James para casa.

Ela consultara um especialista, que aconselhou que James precisava confrontar o estressor que havia induzido o estado de fuga. Se Thomas estivesse certo, Phil era o estressor. James precisava encarar seu irmão, porque a hipnose não tinha funcionado. Ela disse a Thomas que não funcionaria, e ele não acreditou nela. E por causa de seu estratagema idiota, havia a chance de ela nunca mais ver seus netos novamente. Carlos não confiava na família de Claire. Ele queria que Natalya os adotasse. Ela não podia deixar isso acontecer. Jamais.

Claire ligou o laptop, abriu o Skype e aceitou a ligação da Colônia Penal Masculina da Califórnia para sua teleconferência semanal agendada com Phil. Ela odiava esses telefonemas pré-combinados e com limite de tempo. Mas uma mãe deve fazer o que é necessário. Todos os seus filhos eram importantes para ela. Só queria que eles se dessem bem.

Quando a ligação foi completada, ela disse olá para o filho, então pediu licença momentaneamente do quarto. Precisava de um copo d'água. Estava terrivelmente quente e sua garganta estava ressecada.

Mas ela não foi para a cozinha. Em vez disso, esperou no corredor, fora da vista, Carlos chegar. Ela havia ligado para ele alguns minutos antes reclamando de sua conexão sem fio defeituosa. Precisava da ajuda dele, foi o que alegara.

Sim, era uma mentira, mas uma para o bem maior de sua família.

James a agradeceria depois.

Epílogo

CARLOS

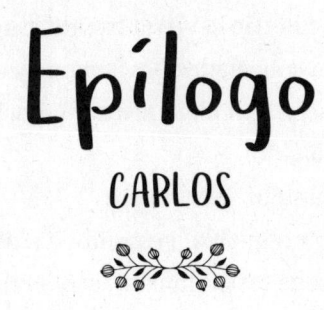

SEIS MESES ATRÁS
17 DE DEZEMBRO
PUERTO ESCONDIDO, MÉXICO

Carlos entrou pela porta deslizante de vidro, como sempre fazia quando visitava sua vizinha.

— *Señora* Carla? — ele chamou.

Música clássica tocava suavemente. Vasos com flores recém-colhidas do mercado local coloriam a sala e perfumavam o ar artificialmente frio da casa, assim como o fazia o leve aroma químico de pigmento. Carla estivera pintando mais cedo.

— Carla? — Ele a chamou de novo. Ele ouviu um ruído fraco vindo da outra sala, como uma caneta batendo em um computador de mesa.

Ele seguiu o som através da grande sala até o escritório. Carla não estava lá, mas o laptop dela estava ligado e em cima da mesa. Ele verificaria rapidamente seu problema de conexão sem fio e depois lhe deixaria um bilhete. Já estava atrasado para uma reunião com um novo cliente na galeria. O prefeito havia encomendado uma pintura para a sede da prefeitura.

Carlos sacudiu o mouse antes de perceber que o aplicativo do Skype já estava aberto com uma chamada conectada. Um homem vestido com um macacão laranja estava sentado do outro lado, as pernas apoiadas na mesa enquanto ele se recostava na cadeira. Ele olhava fixo para o teto, seus dedos tamborilando o braço da cadeira.

Onde estava Carla? Ela não poderia ter ido longe, considerando que tinha uma ligação ainda conectada. Obviamente, conseguira que sua conexão sem fio funcionasse sem ele. Talvez o homem do outro lado soubesse para onde ela tinha ido.

– ¿Hola? – ele perguntou.

O interlocutor baixou o queixo e estreitou os olhos para a tela. Suas sobrancelhas se uniram na testa em confusão; então, sua boca desabou, deixando-o boquiaberto.

– James?

Carlos recuou num sobressalto. Sentiu um frio glacial no estômago.

O homem de roupa laranja deixou cair no chão os pés calçados com botas com um baque alto. Ele se inclinou para a frente, seu rosto e ombros preenchendo a tela. Ele escancarou os olhos.

– É você *mesmo*.

O olhar de Carlos mergulhou no nome estampado no peito direito do homem. Donato, P.

Phil.

O nome despencou com tudo na cabeça de Carlos. Terrível, amargo e tóxico, preencheu o espaço vazio em seu estômago.

Phil bateu uma palma na mesa. Sua imagem chacoalhou na tela – ele levou as palmas das mãos sobre o nariz e a boca, os olhos do tamanho de bolas de beisebol ao lado dos seus dedos.

– Você está vivo. Você está vivo, porra.

Carlos cerrou os dentes. Suas mãos se fecharam em punhos enquanto o terror torcia e se transformava em um nível de raiva que ele não conseguiria compreender. Uma dor irradiou em sua cabeça, fazendo-o se desestabilizar e ver estrelas.

– Thomas, seu filho da puta – Phil disse, mais para si mesmo do que qualquer outra coisa. Apontou o dedo para a tela. – Ele me disse que você estava morto. Jesus, é um milagre que você tenha sobrevivido, considerando como estávamos longe da praia. Ah, cara, pensei que você tava ferrado quando disse para você pular, com seu rosto tão arregaçado.

Eles o machucaram feio. Sal, aquele cretino que estava conosco no barco, ele pegou a minha arma. Ele atirou em você, cara. Ele atirou em você!

Phil continuou a divagar, pulando de sua cadeira para se aproximar da tela. Os olhos de Carlos se arregalaram, a dor por trás deles insuportável. Seus pés vacilaram, ele cambaleou.

Phil bateu no peito.

– Eu nunca tive a intenção de usá-la. Eu não ia matá-lo. Nem a pau, cara. Você pode ter me tratado como merda durante toda a nossa vida, mas eu nunca teria matado você. Irmãos não fazem isso uns aos outros. Eu lhe disse para nadar. Avisei-o quando pular. Eu salvei o seu rabo, isso sim. Sal teria matado você. Mas eu não. Eu não consegui puxar o gatilho. Simplesmente não pude. – Uma chuva de cuspe voou na tela, fazendo seus lábios brilharem de forma anormal. Ele caiu de volta em sua cadeira e soltou um suspiro. – Além disso, mamãe teria acabado comigo se eu o machucasse, principalmente depois do que eu tentei fazer com Aimee. Cara. Foi mal. Mas, porra, a família toda tinha me torrado a paciência. Eu estava cansado de ser tratado como lixo por vocês. Você consegue entender isso, não?

Carlos foi inundado por uma sensação de náusea. Ele se inclinou na altura da cintura, as mãos nos quadris, e soltou profundas lufadas de ar. Começou a arfar.

– É ótimo ver você, cara – dizia Phil –, muito, muito bom mesmo.

Carlos inclinou a cabeça de sua posição curvada e fitou o laptop com um olhar fuzilante. Phil espiou pela minúscula câmera, estreitando os olhos.

– Você está com uma aparência diferente. Eles consertaram o seu rosto, está parecendo uma correção de cirurgia reconstrutiva do Corredor x do *Speed Racer*. Caramba, o seu rosto estava arregaçado quando o vi pela última vez. Seu olho estava praticamente todo fechado. Como você nadou assim? Aliás, pensando nisso, como você *chegou* até a praia?

O peito de Carlos subia e descia. Seus dedos estavam cravados nos joelhos.

Phil coçou a bochecha.

– Isso é incrível pra caralho, cara. Ainda não consigo acreditar que estou vendo você. Esse tempo todo pensei que você estivesse morto, e aí está você, em carne e osso, curtindo com a mamãe.

– A propósito, por que você *está* aí? – Ele engasgou. – Você esteve no México esse tempo todo?

Carlos rangeu os dentes. O suor brotou de cada centímetro de pele. Os músculos se contraíram. Seu corpo inteiro estava tremendo. Ele endireitou bem a coluna e olhou de cima para o laptop.

Phil assobiou.

– Rapaz, você parece mais furioso do que um touro enjaulado. Deve estar realmente bravo comigo. Mas, olha só – ele levantou as duas mãos em sinal de rendição –, eu sou um homem reformado. Assumo total responsabilidade por tudo, inclusive aquele numerozinho com os dedos que fiz em sua noiva. – Ele balançou os dedos, depois limpou a garganta. – Ops, ex-noiva. Eu estava com a cabeça um pouco ferrada naquela época. – Ele apontou para a têmpora e depois bateu palmas. – É o seguinte. Quando eu sair daqui, vou compensá-lo. Devo muito a você. Você me ajudou a ver a luz, por assim dizer. Vou encontrar você e nós podemos...

Carlos rugiu. Agarrou o laptop e o jogou na janela. O vidro se estilhaçou.

Olhou freneticamente ao redor da sala, ofegante, os punhos cerrados. Casa. Ele tinha que chegar em casa.

E aquele lugar não era sua casa.

Epílogo
JAMES

DIAS ATUAIS
31 DE JULHO
HANALEI, KAUAI, HAVAÍ

James enche outro balde ao lado de Marc e o vira ao contrário. Levanta o balde lentamente para que a areia úmida retenha o formato.

– Coloque outro aqui, *papá*. – Marc aponta para o canto mais distante do castelo que eles construíram juntos.

– Pode deixar, garoto. – James puxa mais uma vez areia para dentro de seu balde.

Depois de modelar a segunda torre, James estica o pescoço, olhando ao longe para onde Natalya e Julian estão surfando. As ondas estão fortes hoje, graças a uma tempestade no mar. Perfeitas para surfar, Julian disse a eles.

Hoje é provavelmente a última tarde durante algum tempo que Julian tem para surfar. Eles estão morando com Natalya há mais de um mês. Graças ao mercado imobiliário do Vale do Silício, sua casa vendeu rapidamente em Los Gatos, e a um valor bem acima do preço pedido. Ele deve começar a procurar por um apartamento, mas tem sido bom ficar com Natalya. Ele transferiu seus pertences para o quarto dela há algumas semanas, e ela quer que eles se mudem para sua casa permanentemente. Ainda é preciso conversar sobre o próximo passo no relacionamento deles, e ele quer fazer isso em breve. Porque pensar em um futuro com ela aquece seu coração, e o faz sentir dor – uma dor boa – em todos as partes importantes.

A reforma na galeria inicia em algumas semanas. Amanhã os meninos começam na escola. Logo as tardes de diversão na praia e surfe serão preenchidas com lições de casa e treinos de futebol. Até mesmo Marc, que está começando a primeira série, mostrou interesse pelo esporte.

James respira fundo o ar do oceano. Em um curto espaço de tempo, mudou de nome, de amizades, de lar e de país, mas o estilo de vida deles permanece o mesmo. Estão de volta à rotina diária, o que para ele está perfeitamente bem depois do que passaram.

Julian e Natalya remam com seus braços, buscando a parte mais adequada de uma onda que se aproxima. A água atinge seu ápice abaixo deles, e, como que em sincronia, eles se põem de pé e direcionam suas pranchas para a superfície do mar que se avoluma. James fica observando, prendendo a respiração enquanto protege com a mão os olhos do brilho do sol. Natalya certa vez lhe descreveu o surfe como uma das melhores sensações do mundo. Além do sexo, claro. É como estar, a um só tempo, no topo do mundo e ser parte do oceano.

– Aquela é sua esposa?

James olha para baixo, surpreso por encontrar uma mulher pequena ao seu lado. Seu vestido de algodão branco gira ao vento, dançando em torno de seus tornozelos. Ela coloca uma mão na cabeça para que o chapéu de abas largas não voe para longe. Óculos de sol grandes e redondos, com armação branca, protegem os olhos do sol do fim da tarde. O cabelo platinado flutua ao redor de suas bochechas. Ela sorri para ele, e James se sente sorrindo em resposta.

– Ainda não. – Ele se vira na direção de Natalya. – Algum dia, talvez. – E o pensamento o faz se sentir ansioso, confortado e em paz, tudo de uma vez.

Ele pensa na carta que Carlos lhe escrevera. As palavras retornam com frequência em momentos inesperados, uma lembrança sutil de como sua vida é abençoada agora. O último desejo de Carlos foi de que ele pudesse encontrar o caminho de volta para os braços de Natalya. E ele encontrou. Também está gostando de se apaixonar por ela novamente.

– Parece-me que você pode enxergar o futuro – brinca a mulher.

– Muito melhor do que posso enxergar meu passado – ele observa com sarcasmo, não esperando que aquela estranha entenda.

– Eu tenho formas de ajudar as pessoas a redescobrirem seu passado.

Um calafrio percorre James, deixando-o ligeiramente abalado.

– Você é o quê? Uma psicóloga? – Ele sabe que precisa de terapia, mas está assim tão óbvio?

Um sorriso misterioso toca os lábios dela.

– Eu sou uma amiga.

– Vovó! Encontrei um caranguejo. Venha ver.

A mulher ao lado dele sorri.

– Aquela é a minha neta. – Ela indica com o queixo uma menina que está cavando a areia onde a maré beija a praia. A garota acena para a avó novamente.

– Estou indo – ela grita, e desliza a mão em um bolso lateral. – Acredito que você conheça alguém que possa precisar disso, James. Ele está procurando por mim. – Ela lhe entrega o cartão, com a face virada para baixo.

James se enrijece ao ouvir o seu nome e observa a mulher se juntar à sua neta. Franzindo a testa, vira o cartão.

Lacy Saunders

CONSELHEIRA MÉDIUM, CONSULTORA E ESPECIALISTA EM SOLUCIONAR ASSASSINATOS, DESAPARECIMENTO DE PESSOAS E MISTÉRIOS NÃO RESOLVIDOS. AJUDANDO VOCÊ A ENCONTRAR AS RESPOSTAS QUE PROCURA.

– Pai! Pai! Você viu aquilo?

James ergue a cabeça e sorri para Julian. Ele enfia o cartão no bolso, onde desaparece, mas não é esquecido. Julian e Natalya vêm caminhando pela areia fofa até ele e Marc, com as pranchas sob os braços. Exaustos e pingando de tão molhados, eles largam suas pranchas e se sentam.

– Estou só o pó – Natalya ri, caindo de costas na areia, os braços esticados.

James se aproxima e agarra seu filho pela cintura, jogando-o por cima do ombro. Marc solta gritinhos e se debate sacudindo as pernas. James ri, e, com Marc esperneando no ombro e felicidade no coração, junta-se ao restante de sua família.

Nota da Autora

Em janeiro de 2016, foi noticiado na CNN que o México divulgou os números do combate às drogas no país, travado de modo bem agressivo desde 2006. Estimava-se que pelo menos 80 mil pessoas foram mortas entre 2006 e 2015.

Os cartéis de drogas continuam a lutar por territórios, e muitas mortes relacionadas a drogas não são registradas. Muitas outras pessoas estão desaparecidas ou simplesmente sumiram. Embora o México tenha implementado um programa de proteção a testemunhas, foi somente em 2012 que o presidente Felipe Calderón sancionou uma medida que ampliou os benefícios do programa. Para sua proteção, as vítimas de crimes e as testemunhas atualmente podem solicitar novas identidades.

Agradecimentos

Este livro é para todo e qualquer leitor de *Tudo o que restou*, por viajarem com Aimee em sua jornada para encontrar James – e a si mesma ao longo do caminho. Obrigada por ler e compartilhar a minha paixão por esta série. Espero que tenham gostado da história de James e possam respirar aliviados. Ele e seus filhos finalmente tiveram o seu felizes para sempre.

A comunidade de escritores é uma tremenda rede. Há sempre um especialista acessível para cutucar em algum lugar. Muito obrigada a esses autores e advogados, por seus conhecimentos ou por me indicar o recurso certo: Kasey Corbit, Matt Knight e Catherine McKenzie. Obrigada por responder às minhas perguntas malucas, envolvendo desde lavagem de dinheiro e apreensão de bens a leis de custódia de filhos, imigração e adoção internacional. Quaisquer erros cometidos são meus, com a finalidade de fazer com que as informações funcionem dentro da história.

Para minha querida amiga e parceira crítica, Orly Konig-Lopez, obrigada pelas ligações e e-mails enquanto eu quebrava a cabeça com ideias para a história no berço deste livro. Para Michele Montgomery, obrigada por me apresentar a Matt Knight e seus posts do *Sidebar Saturdays*.

Para as Ladies of the Lake e o Tiki Lounge, seu entusiasmo e apoio nunca deixam de me surpreender. Sou grata por todos os textos, e-mails e ligações pelo Skype de incentivo. Vocês me fazem continuar escrevendo.

Para Kelli Martin, obrigada por sua orientação editorial, pelos telefonemas de "boas notícias" e pelos e-mails cheios de emojis que me fazem rir e apreciar o quanto gosto de trabalhar com você. Para Gabriella Dumpit, obrigada por mandar flores quando me aventurei no inferno da sinopse. Para Danielle Marshall, Dennelle Catlett e toda a equipe da Lake Union, obrigada por toda a publicidade e suporte que vocês ofereceram em meus projetos.

Muito obrigada ao meu agente, Gordon Warnock, e à Fuse Literary Agency por tudo que vocês fazem em meu nome, especialmente as capturas de tela que vocês tuítam com um *Uau!* em vermelho quando a classificação dos meus livros aumenta. Elas são demais! Esta jornada tem sido incrível, algo pelo que sou verdadeiramente grata.

Para meus pais, a quem este livro é dedicado: obrigada por acreditarem, e, obrigada, mãe, por me lembrar de vez em quando que eu lhe disse certa vez que um dia escreveria um livro. Esse dia chegou, e depois alguns outros. Amo vocês dois!

Por último, e certamente não menos importante, muito obrigada a meu marido, Henry, por me manter com os pés no chão e – de alguma forma – sã. Muito amor para você e nossos filhos, Evan e Brenna.

Sobre a autora

Kerry Lonsdale acredita que a vida é mais emocionante com reviravoltas. Deve ser por isso que ela gosta de lançar seus personagens em cenários inesperados e ambientações estrangeiras. Formou-se na Universidade Estadual Politécnica da Califórnia, em San Luis Obispo, e é uma das fundadoras da Women's Fiction Writers Association, uma comunidade on-line de autoras espalhadas ao redor do mundo. Vive no norte da Califórnia com o marido, dois filhos e uma golden retriever velhinha que ainda pensa ser um filhote. Lonsdale estreou no mundo literário com a série Everything. Conheça mais sobre a autora em www.kerrylonsdale.com.

TIPOGRAFIA	GEORGIA E OM TELOLET OM
PAPEL DE MIOLO	HOLMEN BOOK 55g/m²
PAPEL DE CAPA	CARTÃO 250g/m²
IMPRESSÃO	IMPRENSA DA FÉ